Anika Schwarz

Beat Girls

Die Bühne gehört uns

atb aufbau taschenbuch

Anika Schwarz ist das Pseudonym der Schriftstellerin Angelika Schwarzhuber, die auch als Drehbuchautorin für Kino und TV arbeitet und unter anderem mit dem Grimme-Preis und dem Deutschen Fernsehpreis ausgezeichnet wurde. Neben dem Reisen ist Musik ihre große Leidenschaft. Sie liebt Rock-, Beat- und Soul-Musik. Mit ihrer Familie und zwei Katzen lebt sie in einer idyllischen bayerischen Kleinstadt. Dort findet sie die nötige Ruhe, um an ihren Romanen und Drehbüchern zu arbeiten. »Beat Girls – Die Bühne gehört uns« ist ihr erster Roman im Aufbau Taschenbuch.

München, 1966: Wenn Monika nicht hinter dem Tresen der Metzgerei ihrer Familie steht, hört sie die Platten ihrer Lieblingsbands, schnappt sich ihre Gitarre und schreibt eigene Texte. Ihr größter Traum ist es, in einer Band zu spielen. Doch auch als ihr Bruder aufgrund einer Verletzung unerwartet ausfällt und seine Band händeringend einen Ersatzgitarristen braucht, verwehrt man ihr die Chance. Frauen sind bei »Charly's Beatboys« nicht erwünscht. Als Moni kurz darauf Rita, Peggy Sue und Inge kennenlernt, steht unmittelbar fest: Dann gründen sie eben eine eigene Band. Und zwar in reiner Frauenbesetzung. Doch wird man die »Monaco Birds« in den Bars und Clubs von München überhaupt ernst nehmen? Als ein Talentsucher aus Hamburg in der Stadt ist, setzen die vier jungen Frauen alles daran, entdeckt zu werden und einen Plattenvertrag für sich zu gewinnen.

Anika Schwarz

Beat Girls

Die Bühne gehört uns

Roman

aufbau taschenbuch

MIX
Papier | Fördert
gute Waldnutzung
FSC® C083411

ISBN 978-3-7466-3918-5

Aufbau Taschenbuch ist eine Marke der
Aufbau Verlage GmbH & Co. KG

1. Auflage 2023

www.aufbau-verlage.de
10969 Berlin, Prinzenstraße 85

Umschlaggestaltung www.buerosued.de, München
unter Verwendung eines Fotos von
© Trinity Mirror / Mirrorpix / Alamy Stock Foto
Satz LVD GmbH, Berlin
Druck und Binden CPI books GmbH, Leck, Germany

Printed in Germany

Für meinen Papa. Du fehlst. Immer.

Kapitel 1
Monika

München, 9. Mai 1966

An den meisten Tagen konnte Monika es kaum erwarten, nach Feierabend die Schürze aufzuhängen, das Licht in der Metzgerei ihrer Eltern zu löschen und bis zum gemeinsamen Abendessen auf ihr Zimmer ganz oben unters Dach zu steigen. Auch wenn der Raum aufgrund der Schrägen so beengt war, dass gerade mal ein Bett, ein Tisch und eine Kommode darin Platz fanden, so war es doch ihr eigenes kleines Reich. Hier konnte sie sich ungestört ihrer großen Leidenschaft widmen: der Musik. Oft vergaß sie die Zeit, wenn sie an ihrer Gitarre die Griffabfolgen für die Hits der angesagten Bands übte. Die Beatles standen neben Simon & Garfunkel derzeit bei Moni besonders hoch im Kurs. Außerdem tüftelte sie an ihren eigenen Texten und Melodien, die ihr schon den ganzen Tag, während sie Schweinekoteletten abwog und Bratwürste einpackte, im Kopf herumspukten. Bisher hatte sie ihre Lieder allerdings noch niemandem vorgespielt. Nicht einmal – oder vor allem nicht – ihrem Bruder Siegfried. Der Fünfundzwanzigjährige arbeitete als Musiklehrer. Er gab Privatstunden in Gitarre, Bass, Klavier und Gesang und hatte auch seine Schwester unterrichtet. Vor Siegfrieds Urteil hatte Monika großen Respekt, weshalb sie schon seit Wochen auf den richtigen Moment wartete, ihm eines ihrer Stücke vorzustellen, und derweil Seite um Seite ihres Notizbuches mit Texten und Noten füllte.

Heute konnte Monika sich allerdings nicht darauf konzentrieren, sie war viel zu aufgeregt. Also legte sie die Gitarre auf ihr Bett und polterte die Treppe wieder hinunter, um sich eine völlig andere Beschäftigung zu suchen, die sie ablenkte. Sie wuchtete den alten Läufer aus dem Flur im hinteren Hauseingang über die Teppichstange im Hinterhof. Energisch bearbeitete sie ihn mit dem Ausklopfer, um den gröbsten Staub und die Hundehaare von Hexi, der altersschwachen Dackeldame, zu entfernen. Den Rest würde sie später mit dem Staubsauger erledigen.

»Sag mal, Moni, was hat dir denn der arme Teppich getan?«, riss eine Stimme sie aus den Gedanken.

Monika drehte sich zu ihrer Schwester Ursula um, die von allen nur Ursi genannt wurde. Die zierliche Sechzehnjährige sah mit ihren zurückgebundenen kupferroten Haaren und den Sommersprossen aus wie eine jüngere Ausgabe der vier Jahre älteren Monika.

»Er hat mir zu viele dumme Fragen gestellt«, scherzte Monika, schlug noch einmal fest gegen den Läufer und ließ dann den Teppichklopfer sinken.

Ursi lachte.

»Gehst du zu Tante Gundi?« Monika warf einen Blick auf das orangefarbene Thermogefäß, das Ursi an seinem Henkel trug.

»Ja. Sie ist immer noch erkältet«, erklärte sie und hob kurz die Kanne hoch. »Mutti hat extra Hühnersuppe für sie gekocht.«

Tante Gundi war eigentlich ihre Großtante. Die pensionierte Lehrerin wohnte ein paar Häuser entfernt von der Metzgerei Fischer in der Wörthstraße im Münchner Stadtteil Haidhausen. Da die alte Dame nur eine magere Pension bezog, war sie dankbar, dass die Familie ihrer Nichte sie regelmäßig mit gekochtem Essen und Wurstresten aus dem Laden versorgte. Sie revanchierte sich, indem sie Ursula Nachhilfestunden in Mathematik und Latein gab.

»Richte ihr bitte gute Besserung von mir aus«, bat Monika, die ihre etwas schrullige, aber liebenswerte Großtante sehr mochte.

»Mache ich. Und Mutti hat gesagt, du sollst dann nach oben kommen. Sie will etwas Wichtiges mit dir besprechen.«

»Was denn?«, fragte Monika verwundert.

»Das musst du sie schon selbst fragen.«

»Na gut. Ich mach nur noch hier fertig.«

»Bis später!«

Monika fand keine Zeit mehr, sich darüber Gedanken zu machen, was ihre Mutter wohl von ihr wollte. Denn kaum war Ursi weg, war aus der Ferne das immer lauter werdende unverwechselbare Brummen eines Zweirades zu hören, auf das sie so sehnlich gewartet hatte. Monikas Herz schlug aufgeregt, als ihr Bruder Siegfried auf seiner geliebten Zündapp Super-Combinette durch das geöffnete Tor in den Hinterhof fuhr.

»Und?«, fragte sie ungeduldig, kaum dass er das Mokick abgestellt hatte.

Siegfried schüttelte bedauernd den Kopf.

»Tut mir leid, Moni. Es hat nicht geklappt«, sagte der schlanke junge Mann, der wie seine beiden jüngeren Schwestern das rote Haar und die braunen Augen ihrer Mutter geerbt hatte.

Doch Monika kannte ihn gut genug, um nicht das feine Lächeln um seine Mundwinkel zu entdecken, das er zu unterdrücken versuchte.

»Ach, wirklich?«, hakte sie die Augenbrauen hochziehend nach.

»Es waren einfach zu viele Leute dort. Tja. Man kann eben nicht immer Glück haben«, meinte er und schob seine rechte Hand in die Tasche seiner Jacke.

»Macht nichts. Ich hatte sowieso keine Lust darauf«, erwiderte sie trocken mit einem Schulterzucken, auch wenn Siegfried allzu gut wusste, wie sehr das Gegenteil der Fall war.

»Ach ja? Dann kann ich die hier ja wegwerfen«, zog er sie auf, während er zwei grüne Tickets aus der Tasche hervorholte und ihr damit vor der Nase herumwedelte.

»Wage es bloß nicht!«, rief sie.

»Ich soll also nicht?«

»Nur, wenn du möchtest, dass ich nie wieder ein Wort mit dir rede!«

»Das will ich natürlich nicht riskieren!«

Siegfried grinste, als seine Schwester ihm überschwänglich um den Hals fiel.

»Du hast sie wirklich bekommen!«, murmelte sie glücklich.

»Hast du daran gezweifelt?«

Monika löste sich und sah ihren Bruder strahlend an. »Eigentlich nicht. Trotzdem kann ich es kaum glauben, Sigi!«

Sie war so überwältigt, dass sie am liebsten einen Luftsprung gemacht hätte.

»Glaub es ruhig, Moni! Wir werden am 24. Juni beim Konzert der Beatles im Circus-Krone-Bau dabei sein! Und zwar in der Vorstellung um 17.15 Uhr. Und ich konnte sogar Parkettkarten ergattern«, beteuerte er und auch ihm war die große Freude anzusehen.

»Ach, Sigi ...«

Einer ihrer größten Träume würde in Erfüllung gehen, wenn sie ihre Idole John, Paul, Ringo und George in nur wenigen Wochen leibhaftig auf der Bühne bewundern durfte. Die Jugendzeitschrift »Bravo« hatte es geschafft, die Band im Rahmen einer Blitztournee für einige Konzerte nach Deutschland zu holen. Auftakt würden zwei Auftritte in München sein, die an einem Tag stattfinden sollten, bevor es für die Band weiter nach Essen und Hamburg ging.

Als Monika im Februar davon erfahren hatte, war sie vor Freude ganz außer sich gewesen. Es gab für sie nur noch den einen Wunsch, bei diesem Konzert dabei zu sein. Die fünfundzwanzig Mark für die Tickets waren zwar nicht gerade wenig bei ihrem knappen Einkommen, doch für die Chance, die Beatles einmal live zu erleben, hätte sie notfalls auch ihre Sparbüchse komplett geplündert.

Siegfried warf einen Blick auf seine Armbanduhr.

»Ich muss jetzt los, Moni. Sagst du Mutter bitte, dass ich nicht zum Essen komme?«

»Hast du denn heute Abend noch Unterricht?«, fragte sie überrascht.

Siegfried schüttelte den Kopf. »Nein. Aber wir haben in einer halben Stunde eine Bandprobe bei Charly.«

»Heute? An einem Montag?«

»Ja. Denn es gibt noch eine weitere, fast genau so tolle Neuigkeit, Moni.«

Erneut begann er zu grinsen.

»Was denn?«, bohrte sie ungeduldig nach.

»Stell dir vor, wir haben am kommenden Samstag einen Auftritt.«

»Mit Charly's Beatboys?«

Er nickte.

»Das ist ja großartig!«, rief sie begeistert.

Siegfried hatte die Band vor einem halben Jahr zusammen mit seinem Kumpel Charly und zwei weiteren Freunden gegründet. Neben Beat- und Rock 'n' Roll-Hits bekannter Interpreten spielten sie auch einige Stücke, die aus der Feder von Siegfried und Charly stammten. Charly, der namensgebende Leadsänger, hieß eigentlich Karl und arbeitete in der Autowerkstatt seines Onkels als Mechaniker. Dort durften er und die anderen Bandmitglieder auch in einem kleinen Lagerraum nach Feierabend proben. Siegfried hatte Monika ab und zu mitgenommen und sie war inzwischen ein echter Fan von Charly's Beatboys. Nur zu gern würde sie selbst in einer Band spielen, doch die Jungs eiferten in ihrer rein männlichen Zusammensetzung ihren großen Vorbildern nach: den Beatles, Rolling Stones oder auch den Byrds. Da war für eine junge Frau kein Platz.

»Wo tretet ihr denn auf?«, wollte Monika wissen.

»In *Angies Vogelbar*. Charly hat in der Werkstatt den Wagen der Besitzerin repariert und dabei den Gig für uns an Land gezogen. Du kommst doch auch, Moni?«

»Aber klar. Das lasse ich mir auf keinen Fall entgehen! Wo ist denn diese Bar?«

»Irgendwo in Schwabing. Das erfahre ich heute. Ich war selbst auch noch nie dort. Es gibt zwar keine Gage, aber wir haben den ganzen Abend die Getränke frei. Was sie vermutlich einiges kosten wird.«

Sie lachten.

»Die Leute werden von euch bestimmt begeistert sein«, versprach Monika.

»Das hoffe ich auch. Aber jetzt muss ich wirklich los, sonst komme ich zu spät.«

Er reichte ihr die beiden Tickets.

»Pass du bitte darauf auf, ja?«, bat er.

»Wie auf meine Augäpfel«, versprach sie hoch und heilig.

Monika legte die Konzert-Tickets zwischen die letzten Seiten des Notizbuches, in das sie ihre Liedtexte notierte, und schob mit einem glücklichen Lächeln die Schublade des Nachtkästchens zu. Dann verließ sie das Zimmer. Auf halber Treppenhöhe unter dem Dachgeschoss befand sich eine Toilette mit Waschgelegenheit. Diese teilte Monika sich mit Siegfried, dem die Eltern, denen das Haus gehörte, im Stockwerk unter ihr eine Zweizimmerwohnung überlassen hatten. In dem größeren Raum gab er Musikunterricht, den anderen nutzte er als sein Schlafzimmer. Im Gegensatz zu Monika hatte er sogar eine eigene kleine Küche mit einer Essgelegenheit, die er jedoch kaum benutzte, weil Mutter ohnehin täglich für alle kochte.

Monika wusch sich die Hände und ging dann die knarzenden Holzstufen nach unten. Im Treppenhaus kam ihr Fritz Kallinger entgegen.

»Guten Abend, Herr Kallinger!«, grüßte sie ihn.

»Guten Abend, Moni.«

Der fünfzigjährige Trambahnfahrer und seine Ehefrau Renate waren vor drei Jahren als Mieter in die Wohnung im dritten Stockwerk gezogen. Daneben wohnte Oma Buschmann mit ihrem Enkelsohn Hans-Jürgen, den sie allein großgezogen hatte, nachdem die Eltern des inzwischen Zweiundzwanzigjährigen im letzten Kriegsjahr ums Leben gekommen waren. Jürgen war ein bulliger, aber sehr sanftmütiger und hilfsbereiter Kerl, der im Wohnhaus Hausmeistertätigkeiten übernahm. Der Lohn besserte die kleine Rente seiner Oma auf und reichte für die Miete und Kinobesuche, die sein größtes Hobby waren.

Im zweiten Stock stand derzeit eine Wohnung leer. Doch es gab schon einige Interessenten, die ihre Mutter sorgfältig unter die Lupe nehmen würde. In die andere Wohnung war vor einem halben Jahr Monikas ältester Bruder Albert mit seiner frischgebackenen Ehefrau Astrid gezogen. Und so lebte die ganze Familie Fischer unter einem Dach.

Monika war im ersten Stockwerk angelangt und betrat die Wohnung ihrer Eltern. Aus der Wohnküche klang leise Musik aus dem Radio.

Maria stand am Herd und rührte in einem Topf. Obwohl sie noch keine fünfzig war, wirkte die Mutter der vier Fischer-Geschwister in ihrer geblümten Kittelschürze und mit den kurz geschnittenen grauen Haaren deutlich älter. Wie immer war ihre Haltung etwas gebeugt, als ob die Last der Welt auf ihren Schultern läge. Und tatsächlich sah man sie nur selten lächeln oder gar lachen, auch wenn sie zu den Kunden im Laden stets höflich war. Ähnlich verhalten benahm sie sich auch ihrer Familie gegenüber. Sie war fürsorglich, bewahrte jedoch immer eine gewisse Distanz. Eine liebevolle Herzlichkeit, wie andere Mütter sie ausstrahlten, ging von Maria nicht aus.

»Hm, hier duftet es aber gut, Mutti«, sagte Monika, der schon das Wasser im Mund zusammenlief. »Was gibt es denn?«

Maria drehte sich zu ihr um.

»Hühnerfrikassee vom restlichen Suppenhuhn, das ich für Tante Gundi gekocht habe«, antwortete sie in ihrer knappen Art.

»Lecker!« Monika freute sich. Hühnerfrikassee mit Reis und Karottensalat war eines ihrer Lieblingsgerichte.

Da die Familie tagsüber durchgehend mit der Arbeit in der Metzgerei beschäftigt war, blieb mittags bei Familie Fischer meist nur Zeit für eine schnelle Brotzeit. Dafür wurde am Abend für alle warm gekocht oder ein Gericht vom Vortag aufgewärmt.

»Sigi musste noch mal weg. Er isst nicht mit, soll ich ausrichten.«

Maria nickte nur. Sie war es gewohnt, dass ihr jüngster Sohn viel unterwegs war.

»Ich decke schon mal den Tisch.«

Während Monika die Teller aus dem Schrank holte, rührte

Maria noch einmal um, legte den Kochlöffel zur Seite und gab dann den Deckel auf den Topf.

»Ursi hat gesagt, du möchtest mit mir sprechen. Was gibt es denn?«, fragte Monika und verteilte sechs tiefe Teller, Besteck und Gläser auf dem Tisch.

Maria wischte ihre Hände an einem Küchentuch ab.

»Dein Bruder möchte gerne, dass Astrid zukünftig im Geschäft mitarbeitet«, begann sie. »Deswegen müssen wir Susi leider zum nächstmöglichen Termin ausstellen.«

Monika sah ihre Mutter entgeistert an.

»Du willst Susi kündigen? Aber das kannst du doch nicht machen!«, rutschte es ihr heraus.

Susi, die eigentlich Susanne hieß, war achtunddreißig und hatte schon als Verkäuferin in der Metzgerei gearbeitet, als Monika noch ein kleines Mädchen war. Susi war die gute Seele des Geschäfts und bei den Kunden wegen ihrer Kompetenz und fröhlichen Art sehr beliebt.

»Es rechnet sich nicht, wenn Astrid zukünftig mitarbeitet, dass wir noch weiter eine Vollzeitkraft bezahlen, die dann überflüssig ist«, sagte Maria.

»Überflüssig? Susi?« Monika lachte kurz auf. »Astrid kann sie niemals ersetzen, die kennt sich doch überhaupt nicht aus in einer Metzgerei!«, rief sie empört.

»Astrid wird rasch lernen. Außerdem traut sie es sich zu und freut sich schon darauf.«

»Sie will einfach nur die Geschäftsfrau spielen und sich überall wichtigmachen! So, wie sie das ständig bei allem tut.«

»Ich möchte nicht, dass du so über deine Schwägerin sprichst,

Monika!«, tadelte Maria sie streng. »Es ist doch verständlich, dass sie sich im Familienbetrieb einbringen möchte. Genauso wie ich damals nach meiner Hochzeit mit deinem Vater. Schließlich wird Albert später einmal alles übernehmen.«

»Aber …«

»Kein Aber. Du wirst das akzeptieren, junges Fräulein«, forderte ihre Mutter streng. »Ich erwarte von dir, dass du Astrid in jeglicher Hinsicht unterstützt. Ich will kein einziges böses Wort von dir hören! Hast du mich verstanden?«

»Ja«, versprach Monika zähneknirschend, auch wenn sie es weder akzeptierte noch garantieren konnte, dass sie sich Astrid gegenüber zusammenreißen würde. Sie konnte einfach nicht verstehen, wie ihr liebenswerter Bruder eine so schnippische Person wie diese selbstverliebte Sekretärin, die sich zudem ständig überall einmischte, überhaupt hatte heiraten können. Die Vorstellung, mit ihr zukünftig jeden Tag im Laden zu stehen und sich womöglich sogar Anweisungen von ihr geben zu lassen, fand sie schon jetzt unerträglich.

Am liebsten hätte Monika selbst gekündigt. Und irgendwann würde sie das auch tun. Sie hatte den Beruf der Metzgerei-Fachverkäuferin nur gelernt, weil ihre Eltern von ihr erwartet hatten, dass sie im Familienbetrieb mitarbeitete. Und weil sie zugegebenermaßen nicht gewusst hatte, was sie sonst hätte lernen sollen. Das Einzige, was sie wirklich interessierte, war Musik. Doch im Gegensatz zu Siegfried, der sich gegen den Wunsch der Eltern gestellt hatte, einen nach ihren Vorstellungen anständigen Beruf zu erlernen, hatte Monika sich nicht getraut, einen ähnlichen Weg wie er einzuschlagen.

Jedenfalls hatte die Ankündigung ihrer Mutter der vorhin so glücklichen Stimmung einen ordentlichen Dämpfer verpasst und ihr war sogar der Appetit vergangen.

»Wann wird sie denn bei uns anfangen?«

»Ihre Chefin ist sehr verständnisvoll und damit einverstanden, dass Astrid bereits Mitte des Monats gehen kann.«

So schnell? Das ist ja schon in einer Woche! Monika schluckte und fragte sich insgeheim, ob Astrids Chefin womöglich froh über die Kündigung war und sie schnellstmöglich loswerden wollte.

»Was sagt denn Papa dazu, dass ihr Susi rauswerft?«, fragte Monika, die sich nicht vorstellen konnte, dass ihr Vater so einfach auf seine beste Kraft im Laden verzichten wollte.

»Wir werfen Susi nicht raus, ihr wird ordnungsgemäß gekündigt«, stellte Maria klar. »Und natürlich wird dein Vater damit einverstanden sein, wenn ich es ihm erklärt habe!«

Also wusste er noch gar nichts davon?

Bevor Monika noch etwas dazu sagen konnte, öffnete sich die Tür und Albert und Astrid betraten die Wohnküche. Maria warf ihrer Tochter einen strengen Blick zu, der ihr nahelegte, ihre Gedanken auf keinen Fall vor den anderen auszusprechen.

»Wir können gleich essen!«, sagte Maria zu den beiden.

»Schön, ich habe einen Bärenhunger!«, erklärte Albert fröhlich und nahm Platz. Der ältere Sohn hatte als Einziger die dunklen Haare und grünbraunen Augen seines Vaters geerbt und auch seinen freundlichen, sanften Charakter.

Astrid hatte sich für das Abendessen mal wieder herausgeputzt, als ob sie auf eine Geburtstagsfeier eingeladen wäre. Sie trug die kurzen hellbraunen Haare akkurat hochtoupiert und hatte sie mit jeder Menge Haarspray fixiert. Egal, wann man sie zu Gesicht bekam, sie wirkte immer wie frisch aus dem Ei gepellt.

»Holst du bitte deinen Vater, Monika?«, bat Maria und schöpfte das Hühnerfrikassee in eine Suppenterrine.

Monika ging ins Wohnzimmer. Dort ruhte ihr Vater auf dem Sofa und schnarchte leise vor sich hin. Auf seinem Bauch lag mit dem Umschlag nach oben ein aufgeschlagener Krimi. Max liebte Bücher, auch wenn er inzwischen immer öfter auch den Fernseher anmachte, den er auf Drängen seiner Kinder vor Kurzem für die Familie gekauft hatte. Am Ende seiner Füße lag Hexi auf einer alten Decke. Die Hundedame hob den Kopf, um zu sehen, wer gekommen war, dann schloss sie die Augen wieder.

»Papi?«, sagte Monika leise. »Papi? Aufwachen!«

Max atmete im Halbschlaf einmal tief durch und blinzelte dann verschlafen.

»Moni ... Wie spät ist es denn?«

»Kurz vor acht. Das Abendessen ist fertig.«

Max setzte sich auf und fuhr durch sein dichtes dunkles Haar, das an den Schläfen von grauen Strähnen durchzogen war.

»So spät schon? Deswegen knurrt mein Magen so.« Er lächelte und rieb über seinen unübersehbaren Bauch, der verriet, dass Essen seine Leidenschaft war und er im Wirtshaus auch gerne mal das ein oder andere Bierchen zwitscherte. »Danke fürs Wecken, mein Mädel!«

Monika überlegte, ob sie ihren Vater darauf ansprechen sollte, dass ihre Mutter vorhatte, Susi wegen Astrid auszustellen.

Sie hoffte, dass er sich für die beliebte Verkäuferin einsetzen würde. Aber sie kannte auch die Überzeugungskraft ihrer Mutter.

»Max? Moni! Kommt ihr endlich?«, rief Maria ungeduldig, und es blieb keine Zeit mehr, das Thema anzuschneiden.

»Sind schon unterwegs!«, antwortete Max und stand vorsichtig auf, um Hexi nicht zu wecken.

Als die beiden das Esszimmer betraten, war auch Ursi zurück vom Besuch bei Tante Gundi und schenkte für alle Getränke ein. Sie nahmen Platz und Maria sprach das Tischgebet. Dann reichten sie die Schüsseln reihum und jeder bediente sich.

»Hat es eigentlich geklappt mit euren Konzertkarten, Moni?«, wollte Ursi wissen, während sie ordentlich Reis auf ihren Teller schaufelte. Sie konnte Unmengen verdrücken und war trotzdem gertenschlank.

»Ja«, antwortete Monika mit einem Grinsen und verspürte wieder die Freude von vorhin.

»Toll!«, sagte Albert und zwinkerte seiner Schwester zu. Er wusste, dass Siegfried und vor allem Monika große Fans der Beatles waren.

»Welches Konzert denn?«, fragte Astrid neugierig.

»Moni und Sigi gehen zu den Beatles«, erklärte ihr Mann.

»Zu diesen Radauburschen mit den schrecklichen Frisuren?«, kommentierte Astrid und schüttelte pikiert den Kopf.

»Das sind keine Radauburschen, sondern großartige Künstler«, empörte sich Monika. »Aber von Musik hast du ja keine Ahnung.«

»Von wegen! Ich habe nur einen völlig anderen Geschmack

als du.« Astrids Tonfall machte deutlich, dass ihr Geschmack natürlich der bessere war.

Monika schluckte. Keine fünf Minuten saßen sie nun zusammen am Tisch und schon ging Astrid ihr bereits wieder gehörig auf die Nerven.

»Ich mag ihre Lieder auch!«, sprang Ursi ihrer Schwester beiseite. Sie konnte ihre Schwägerin ebenfalls nicht sonderlich gut leiden, da sie die Sechzehnjährige meist wie ein kleines Kind behandelte.

Astrid zuckte mit den Schultern. »Wie einem nur so ein Gejaule gefallen kann? Ich würde denen jedenfalls keinen einzigen Pfennig in den Rachen werfen. Die Konzertkarten sollen ja ganz schön teuer sein, habe ich gehört.«

Monika kochte innerlich.

»Was mir gefällt, bestimme ich selbst. Und es geht dich gar nichts an, was ich mit meinem Geld mache«, fuhr sie ihre Schwägerin an.

»Monika! Reiß dich bitte zusammen«, mahnte Maria, die aus unerfindlichen Gründen einen Narren an Astrid gefressen hatte. Lag es daran, dass sie die Tochter von langjährigen Bekannten der Fischers war? Oder durfte Astrid sich als Ehefrau von Mutters Lieblingskind Albert einfach mehr herausnehmen?

Doch es waren nicht die Worte ihrer Mutter, die bewirkten, dass Monika nichts mehr dazu sagte, sondern der bittende Blick ihres Vaters. Max mochte es gar nicht, wenn Unfrieden herrschte. Vor allem nicht beim Essen. Ihm zuliebe schluckte sie das herunter, was ihr auf der Zunge lag.

»Kann ich bitte die Karotten haben, Ursi?«, bat Monika stattdessen bemüht freundlich, und ihre Schwester reichte ihr die Schüssel mit dem Gemüse.

»Danke.«

Sie gab sich einen großen Löffel auf den Teller.

»Ich finde die Musik dieser ausländischen Gammler jedenfalls furchtbar«, sagte Astrid, die offenbar nicht vorhatte, das Thema schon zu beenden. »Aber für Mädels, die keinen Mann haben, mag es wohl aufregend sein, solche Kerle anzuhimmeln.«

Monika konnte es nicht fassen: Jetzt beleidigte Astrid nicht nur die Beatles, sondern rieb ihr auch noch unter die Nase, dass Monika mit ihren zwanzig Jahren noch nie einen festen Freund gehabt hatte.

»Astrid, jetzt gib doch bitte mal Ruhe«, murmelte Albert halbherzig und griff beschwichtigend nach der Hand seiner Frau.

Der Vater nickte zustimmend, mischte sich jedoch nicht weiter ein.

»Natürlich, mein Schatz.« Astrid lächelte in die Runde. »Ich meine es ja auch nur gut! Und irgendwann wird sie über diese Jugenddummheit selbst den Kopf schütteln«, fügte sie gönnerisch hinzu, ohne Monika selbst anzusprechen, was noch verletzender war.

Nun reichte es Monika. Bevor sie mit etwas herausplatzte, was sie hinterher womöglich bedauerte, rutschte sie mit ihrem Stuhl nach hinten und stand auf.

»Entschuldigt. Ich habe leider keinen Appetit mehr!«, verkündete sie nur und verließ das Zimmer.

»Ach, Moni, jetzt bleib doch da!«, hörte sie ihren Bruder noch rufen, bevor die Wohnungstür hinter ihr zufiel.

Als sie kurz darauf ihr Zimmer betrat, ärgerte sie sich, dass sie das Essen nicht mitgenommen hatte. Doch sie hätte es keine Sekunde mehr in der Gegenwart Astrids ausgehalten, die sie mit ihren ständigen Sticheleien auf die Palme brachte.

»Blöde Kuh«, schimpfte sie.

Ihr graute es schon jetzt davor, bald mit ihr täglich zusammen in der Metzgerei arbeiten zu müssen. Sie hoffte so sehr, dass ihr Vater das noch verhindern würde.

Um auf andere Gedanken zu kommen, griff sie nach der Gitarre und setzte sich damit im Schneidersitz aufs Bett. Sie zupfte ein wenig herum, griff schließlich die Akkorde zu *Michelle* – ihrem aktuellen Lieblingslied der Beatles – und sang leise mit.

Je länger sie spielte, desto besser fühlte sie sich. Versunken in die Musik konnte sie alles um sich herum vergessen.

Nach einer Weile spielte sie auch eines ihrer eigenen Lieder: *She loves the World.*

Monika hatte den Text des rhythmischen Stückes mühsam mit ihren mageren Englischkenntnissen und mithilfe eines Wörterbuchs geschrieben. Ihr war klar, dass er nicht ganz fehlerfrei war.

»Das Lied ist toll, Moni. Ist es auch von den Beatles?«

Erschrocken drehte Monika sich um. Ursi war hereingekommen, ohne dass sie es bemerkt hatte. Sie trug eine Schale, die mit einem umgedrehten Teller zugedeckt war.

»Es gefällt dir?«

»Ja. Sehr! Astrid hat echt überhaupt keine Ahnung.«

Monika lächelte und freute sich sehr über das Lob und die Solidarität ihrer Schwester.

»Hat sie tatsächlich nicht«, bestätigte sie. »Aber das Lied hier ist nicht von den Beatles. Es ...« Sie zögerte kurz. »Es ist von mir, Ursi. Ich habe es vor einer Weile komponiert«, erklärte sie schließlich ein wenig verlegen. Zum ersten Mal überhaupt erfuhr jemand, dass sie eigene Musik machte.

»Du hast das Lied geschrieben, Moni? Ganz allein?« Ursi sah ihre Schwester mit großen Augen ungläubig an.

Monika nickte und merkte, wie ihre Wangen sich leicht röteten.

»Dann bist du mindestens genauso gut wie die Beatles«, beteuerte Ursula voller Bewunderung.

»Ach Unsinn!«, winkte Monika ab. »Es ist doch nur ein kleines Lied.«

»Darf ich es bitte noch mal hören?«

»Darfst du. Aber zuerst verrätst du mir, was in der Schüssel ist.« Monika hatte da so eine gewisse Ahnung.

»Ach das? Das ist dein Essen.« Ursula grinste spitzbübisch. »Schließlich darf es dieser doofen Astrid nicht gelingen, dass du ihretwegen mit einem knurrenden Magen ins Bett gehst!«

Monika hätte ihre kleine Schwester am liebsten umarmt.

»Genau das habe ich gehofft. Ich bin echt fast am Verhungern. Du bist ein Schatz, Ursi«, sagte sie und zwinkerte ihr zu.

Kapitel 2
Rita

München, 10. Mai 1966

Rita schob eine Strähne ihres hüftlangen dunklen Haares hinters Ohr und ging in die Hocke. Schwungvoll schrieb sie mit der Kreide auf die Tafel: *Samstag, 21 Uhr: Live-Konzert mit Charly's Beatboys – freier Eintritt!*

Dahinter setzte sie ein dickes Ausrufezeichen.

Zufrieden platzierte sie die Tafel gut sichtbar neben der Treppe, die hinunter zum Kellereingang von *Angies Vogelbar* führte.

»Grüß dich, Rita!«

Die Zwanzigjährige drehte sich ruckartig um und musste sich an der Wand abstützen, um nicht das Gleichgewicht zu verlieren.

»Paule! Erschreck mich doch nicht so«, stieß sie atemlos hervor und stand auf.

»Entschuldige. Das wollte ich nicht«, erklärte der junge Mann ein wenig verlegen und Rita bemerkte, wie sich seine Wangen röteten. Eigentlich war Paul immer eher ruhig und vorsichtig gewesen – und damit das genaue Gegenteil von Rita. Doch in der letzten Zeit wirkte er ab und zu ein wenig schüchtern und gar etwas tollpatschig. Was war nur los mit ihm?

»Schon gut. Ist ja nichts passiert«, winkte sie freundlich ab. »Ist alles in Ordnung mit dir, Paule?«

»Natürlich. Mir geht es prächtig«, beteuerte er. Doch das Rot in seinen Wangen schien sich erneut zu vertiefen.

»Dann bin ich froh«, sagte sie in der Hoffnung, dass er schon irgendwann damit herausrücken würde, was er ihr verheimlichte. Offensichtlich wollte er noch nicht darüber sprechen.

»Darf ich dich als Wiedergutmachung auf ein Eis einladen?«, bot Paul an.

Rita lächelte. »Das ist lieb von dir, Paule, aber gleich kommt die Getränkelieferung und da muss ich helfen.«

»Verstehe. Vielleicht ein anderes Mal?«

»Klar. Gern.«

Paul und Rita kannten sich schon seit der Grundschulzeit. Der damals schmächtige Junge mit den dicken Brillengläsern war eine Jahrgangsstufe über ihr gewesen. Da er ums Eck in der Nikolaistraße wohnte, waren sie oft gemeinsam zur Schule gegangen, bis er nach der vierten Klasse aufs Gymnasium wechselte. Doch ihre enge Freundschaft war weiterhin bestehen geblieben. Nachdem er seinen Wehrdienst geleistet hatte, studierte Paul Medizin, während Rita nach der Realschule eine Ausbildung im Büro einer Versicherung begonnen, jedoch nach zwei Jahren abgebrochen hatte und seither in der Bar ihrer Mutter Angie arbeitete. Das entsprach viel mehr ihrem Naturell. Trotzdem hatte sie das Gefühl, noch lange nicht da zu sein, wo sie hinwollte. *Angies Vogelbar* war eine Zwischenstation auf ihrem Weg, doch ihr eigentliches Ziel konnte sie noch nicht benennen.

»Sind die gut?«, riss Paul sie aus ihren Gedanken und schob seine Brille hoch, die ihm nach unten gerutscht war.

»Was?« Sie sah ihn verwirrt an.

»Na, diese Band, Charly's Beatboys.« Er deutete auf das Schild.

»Ach so.« Sie zuckte mit den Schultern. »Ehrlich gesagt, ich habe keine Ahnung. Mama hat ihnen erlaubt, hier zu spielen. Es sind wohl noch Anfänger. Du kannst ja kommen und sie dir anhören, wenn du magst.«

»Mal sehen. Du weißt doch, wenn Musik zu laut ist, bekomme ich immer Kopfschmerzen.«

»Ja. Ich weiß. Überlege es dir einfach.«

Paul nickte. In diesem Moment fuhr der Bierwagen vors Haus und parkte halb auf dem Bürgersteig.

»Ich muss jetzt«, sagte Rita.

»Ich auch. Bis bald, Rita.«

»Bis bald, Paule.«

Eine Stunde später war der Biervorrat aufgefüllt und Rita bereitete die geräumige Kellerbar für das Abendgeschäft vor. Sie kontrollierte den Bestand an Schnäpsen und räumte Sekt, Weißwein, Cola und Orangensaft in die Kühlfächer unter der Theke. Dann verteilte sie genügend Aschenbecher auf den Tischen.

Plötzlich hörte sie Schritte auf der Treppe. Sie hatte vergessen, abzuschließen, nachdem die beiden Bierfahrer gegangen waren. Zwei junge Männer betraten die Bar, deren Wände mit Plattencovern verschiedenster Interpreten verziert waren und den breitgefächerten Musikgeschmack der Inhaberin widerspiegelten.

»Wir haben noch geschlossen!«, rief Rita.

»Wir möchten gern mit Angie sprechen«, erklärte der größere der beiden und sprach den Namen Angie in der englischen Variante aus. Ein Typ mit dunklen nach hinten gekämmten Haaren und stechend blauen Augen. Der sieht nicht übel aus, schoss es Rita durch den Kopf.

»Ich bin Charly«, stellte er sich mit einem Grinsen vor, das ihr etwas übertrieben vorkam, und der positive Eindruck von soeben verflog sofort. »Wir spielen am Samstag hier. Mit unserer Band – Charly's Beatboys.«

»Servus. Ich bin der Sigi«, erklärte der andere Mann mit dem auffallend roten Haar. Er sah ebenfalls gut aus, wenn auch lange nicht so attraktiv wie sein Kumpel. Dafür wirkte sein Lächeln freundlich und aufrichtig.

»Grüß euch. Ihr gehört also beide zur Band?«

Sie nickten.

»Ich bin Rita. Angie ist meine Mutter. Die hat heute leider einen Termin beim Zahnarzt und kommt erst am späten Nachmittag zurück.«

»Wenn es recht ist, wollen wir uns nur ein wenig umsehen, damit wir die Gegebenheiten kennen für Samstag«, meinte Sigi.

»Ihr wollt doch nicht sagen, dass ihr noch nie hier bei uns in der *Vogelbar* wart?«, fragte sie gespielt empört mit hochgezogener Augenbraue.

»Bisher leider noch nicht«, gab Charly zu und zündete sich eine Zigarette an.

»Da habt ihr aber was verpasst!«, feixte sie. »Krieg ich auch eine?«

»Logisch.«

Sie fischte sich eine Ernte 23 aus der Schachtel, die Charly ihr hinhielt, und er gab ihr Feuer.

»Danke! Schaut euch ruhig um. Aber eigentlich gibt es gar nicht so viel zu sehen. Ihr tretet auf dem Podest vor der Tanzfläche auf. Das ist unsere Bühne. Getränke gibt es bei mir an der Bar.«

»Habt ihr irgendwo einen Raum, in den wir unsere Instrumente stellen und uns vor dem Auftritt umziehen können?«, fragte Sigi.

»Klar. Kommt mit.«

Sie öffnete eine Tür seitlich hinter der provisorischen Bühne. Links waren neben einem alten Schrank zahlreiche Kartons mit Getränken gelagert. Auf der anderen Seite standen ein Schlagzeug, eine kleine Elektroorgel, einige Lautsprecherboxen sowie ein paar Stühle.

»Ihr habt ein Schlagzeug und eine Anlage hier? Und eine Orgel?«, fragte Charly überrascht.

»Die Sachen sind von meinem Onkel. Robert ist Ingenieur und immer viel im Ausland unterwegs. Musiker, die das Schlagzeug und ihre Anlage nicht extra mitbringen wollen oder können, dürfen sie nutzen. Und manchmal dienen sie auch für spontane Sessions nach Feierabend.« Während sie sprach, setzte sie sich auf den Hocker, griff nach den Schlagzeugstöcken und begann, mit der Zigarette im Mundwinkel ein paar Takte zu spielen.

Die beiden Männer sahen sie überrascht an.

»Du hast ein gutes Rhythmusgefühl«, erklärte Sigi anerkennend, nachdem sie die Stöcke wieder weggelegt hatte. Charly nickte zustimmend.

Sie zuckte nur mit den Schultern und stand auf. »Mein Onkel hat es mir beigebracht.«

Robert war früher öfter mit seinen Kumpels in der Bar aufgetreten und als damals Fünfzehnjährige hatte Rita ihn mit einem herzerweichenden Blick aus ihren hellblauen Augen angebettelt, auch spielen zu dürfen. Robert hatte seiner Nichte noch nie einen Wunsch ausschlagen können und so hatte er es ihr beigebracht, wann immer er in München gewesen war.

»Spielst du in einer Band?«, wollte Sigi wissen.

Sie schüttelte den Kopf. »Leider nicht. Also, falls ihr es benutzen möchtet und auch die Anlage, könnt ihr das gern machen. Nur gut darauf aufpassen!«

»Keine schlechte Idee, oder Sigi?« Charly sah seinen Kumpel fragend an.

»Klar, dann brauchen wir die Sachen nicht herzuschleppen.«

»Aber von den Getränken lasst ihr die Finger!« Rita deutete auf die gestapelten Kartons. »Wenn ihr was trinken wollt, dann nur an der Bar.«

»Das ist doch selbstverständlich«, beteuerte Sigi und wirkte fast ein wenig konsterniert.

Doch Rita hatte die Ansage nicht ohne Grund gemacht. Es kam leider immer wieder vor, dass nach Auftritten Schnaps- oder Weinflaschen aus dem Lagerraum fehlten. Da ihre Mutter in dieser Hinsicht eher ein wenig nachlässig war, achtete Rita besonders darauf und führte sorgfältig die Warenlisten. Schließlich mussten sie von den Einnahmen leben, was in manchen Wochen nicht immer ganz leicht war. Auch wenn die Bar insgesamt gut lief, so war sie doch nicht allzu groß und gehörte auch nicht zu den angesagtesten Lokalen wie zum Beispiel der Tanzclub *Big Apple* in der Leopoldstraße. Dort feierten gerne auch viele Stars und Sternchen, während *Angies Vogelbar* in diesen Kreisen eher unbekannt war. Doch Rita und ihre Mutter wollten das ändern. Deswegen sollte es in der Bar zukünftig regelmäßig Live-Konzerte geben. Vielleicht würde sich dann auch die eine oder andere Berühmtheit in ihr Lokal verlaufen und weitere Gäste anlocken.

Nachdem Charly und Siegfried gegangen waren, sah Rita auf die Uhr. Es war kurz vor halb fünf und sie hatte noch gut zwei Stunden Zeit, bevor sie sich für den Abend umziehen musste. Sie sperrte die Bar ab und ging durch den Hauseingang im Treppenhaus nach oben in die Wohnung im vierten Stock, in der sie mit ihrer Mutter und ihrer Großmutter Josefine lebte.

»Es gibt noch Fleischpflanzerl von gestern«, sagte Josefine, die von den meisten Leuten Finni genannt wurde. »Magst du welche, Mausi?« Mausi war der Kosename, mit dem sie ihre Enkeltochter von klein auf liebevoll ansprach.

»Gern, Oma«, antwortete Rita und öffnete den Kühlschrank in der kleinen Küche. »Möchtest du mitessen?«

»Nein danke, ich hatte vorhin eine Rohrnudel.«

Vermutlich nicht nur eine, dachte Rita und verkniff sich ein Lächeln. Ihre Großmutter liebte Süßspeisen in allen denkbaren

Variationen. Und das sah man ihr auch an. Die dreiundsechzigjährige Witwe war eine sehr rundliche Frau, und Rita machte sich manchmal ein wenig Sorgen um ihre Gesundheit. Vor allem war Josefine aber einer der herzlichsten und offensten Menschen, den man sich nur vorstellen konnte, und ihr Lächeln war das schönste der Welt, wie Rita fand.

Während Rita sich eine Brotzeit zubereitete, saß Josefine am Tisch und blätterte durch den neuen Quelle-Katalog. Sie war Schneiderin und nutzte ein Zimmer in der geräumigen Wohnung als ihr Atelier. Hauptsächlich machte sie Reparatur- und Änderungsarbeiten für die Leute aus der Nachbarschaft und näheren Umgebung, doch es kamen auch immer mal wieder Frauen zu ihr, um sich ein Hochzeitskleid schneidern zu lassen oder Kleidchen für die Brautmädchen. Josefine war es sehr wichtig, immer am Puls der Zeit zu sein, und sie informierte sich stets über die aktuellen Trends. Auch wenn man es ihr nicht ansehen mochte, so hatte Josefine ein besonderes Modegespür und sie traute sich an ungewöhnliche Farbkombinationen und etwas gewagtere moderne Schnitte. Die meisten Sachen, die Rita und Angie trugen, stammten aus Oma Finnis Hand und die Frauen wurden oft auf die Unikate angesprochen.

Rita setzte sich zu ihrer Oma an den Tisch und biss in eine mit Fleischpflanzerl belegte Semmel.

»Schau mal, würde dir das gefallen?« Josefine schob den aufgeschlagenen Katalog zu ihrer Enkelin. Abgebildet war eine junge Frau in einem ärmellosen Minikleid in einem Karomuster. »Ich habe noch so einen ähnlichen Stoff. Der würde gerade dafür reichen. Dazu könntest du deine beigefarbenen Stiefel tragen. Und ein passendes Haarband mache ich dir auch. Was meinst du, Mausi?«

»Gefällt mir richtig gut, Oma«, antwortete Rita mit vollem Mund.

In diesem Moment wurde die Wohnungstür aufgesperrt und gleich darauf kam Ritas Mutter in die Küche. Eine Hand lag an ihrer rechten Backe.

»Wie war's beim Zahnarzt?«, fragte Finni ihre Tochter mitfühlend.

»Er musste den Zahn ziehen«, nuschelte Angie ziemlich undeutlich und setzte sich zu den beiden Frauen an den Tisch.

»Tut es sehr weh, Mami?«, fragte Rita.

Angie nickte nur. Trotzdem war ihr von den Schmerzen kaum etwas anzusehen. Mit ihren zweiundvierzig Jahren war Angie eine sehr attraktive Frau und nicht wenige Leute hielten sie für Ritas ältere Schwester. Rita machte das nichts aus. Ihre Mutter war ohnehin mehr eine gute Freundin für sie, während ihre Oma eher die Rolle einer Mutter einnahm. Ihren Vater kannte Rita nicht. Gerald war kurz nach ihrer Geburt im Herbst 1945 verschwunden und nie mehr zurückgekommen. Ab und zu fragte sie sich, warum er seine Frau und seine einzige Tochter verlassen hatte, aber weder ihre Mutter noch Oma Finni konnten ihr darauf eine Antwort geben. Und letztlich vermisste sie ihn auch nicht. Er hatte sie offensichtlich nie gewollt, deswegen wollte sie auch keine Gedanken an ihn verschwenden.

»Du Arme, sicher wird deine Backe bald anschwellen. Leg dich lieber ein wenig hin und ruhe dich aus«, empfahl Josefine ihrer Tochter.

»Wenn es dir nicht gut geht, schaffe ich das heute auch mal ohne dich. Ich bin ja nicht allein«, meinte Rita. In *Angies Vogelbar* arbeiteten noch zwei Bedienungen. Eine hieß Rosi und gehörte bereits seit Eröffnung vor acht Jahren zum Inventar der Bar. Und dann gab es auch noch Leyla, eine Gastarbeiterin, die zusammen mit ihrer Schwester vor drei Jahren aus einem kleinen Dorf in der Türkei nach München gekommen war. Tagsüber arbeiteten die Geschwister in einer Textilfabrik, abends verdiente Leyla sich in der Bar zusätzlich noch etwas Geld, das sie ihrer Familie in Anatolien schickte.

»Und ich kann den Küchenservice für dich mitmachen«, fuhr Rita fort.

In der Bar gab es für die Gäste immer auch eine kleine Auswahl an Speisen: Gulaschsuppe, täglich frisch von Angie gekocht, sowie Schinken- und Käsesemmel und Lachsbrote mit Ei oder Semmeln mit Fleischpflanzerl und Essiggurken.

»Wir kriegen das schon hin, Mama!«, beteuerte Rita, auch wenn ihre geplante Pause damit schon wieder beendet war.

»Ich helfe dir mit den Semmeln und den Lachsbroten«, bot Josefine ihrer Enkelin an. »Die können wir ja gleich vorbereiten.«

»Danke, Oma!«

Angie war anzusehen, dass der Vorschlag, sich hinzulegen, sehr verlockend war. Gleichzeitig bürdete sie damit den anderen mehr Arbeit auf, was ihr offensichtlich unangenehm war.

»Ich nehme jetzt mal eine Tablette und ruhe mich ein wenig aus«, nuschelte Angie. »Sobald es mir wieder besser geht, komme ich und helfe euch.«

Vier Stunden später hatten Rita, Leyla und Rosi alle Hände voll zu tun. Angie hatte so starke Schmerzen, dass noch nicht einmal die Tabletten ausreichend Linderung verschafften, und konnte nicht mithelfen. Ausgerechnet heute war in der Bar viel mehr los als in den letzten Tagen. Dennoch schafften die drei jungen Frauen es, die Kundschaft zu bedienen, ohne sie allzu lange warten zu lassen. Und falls sich doch mal jemand beschwerte, bekam er als Entschuldigung eben ein Stamperl Obstler oder Doornkaat. Damit hatte sich die Sache dann meist auch schon erledigt.

»Wir rechnen noch ab, dann machen wir für heute Feierabend«, sagte Rita müde, als die letzten Gäste schließlich gegangen waren.

»Soll ich dir nicht mehr helfen, die Gläser zu spülen?«, fragte Leyla, der man die Erschöpfung deutlich ansehen konnte. Immerhin musste sie am nächsten Tag wieder früh raus, um in der Fabrik zu arbeiten.

»Das ist nicht nötig, Leyla. Ich mache das morgen«, winkte Rita ab.

Sie gab Rosi und Leyla neben ihrem Lohn und dem Trinkgeld, das sie von den Gästen bekommen hatte, je zwei Mark zusätzlich, weil sie heute besonders eingespannt gewesen waren.

»Vielen Dank, Rita!«, sagte Leyla.

»Danke, Schätzchen«, flötete Rosi, die üppige Brünette mit ausladendem Busen, den sie in ihren körperbetonten Kleidern besonders hervorhob. »Mein Vorbau bringt mir immer ein paar Mark extra«, pflegte sie mit einem Zwinkern zu beteuern. Und der ein oder andere Gast kam wohl tatsächlich hauptsächlich deswegen gern in die Bar, um sich von Rosi ein Bier – oder auch mehrere – servieren zu lassen und dabei einen Blick in ihren freizügigen Ausschnitt zu werfen. Mehr als Schauen gab es allerdings nicht bei ihr, denn Rosi war glücklich mit dem Krankenpfleger Norbert verheiratet.

»Sag deiner Mutter bitte noch gute Besserung von mir«, bat Rosi ein wenig später auf dem Trottoir neben der Bar und stieg auf ihr Fahrrad. Leyla hatte sich bereits auf den Heimweg gemacht.

»Richte ich aus.«

»Bis morgen, Rita. Gute Nacht!«

»Gute Nacht, Rosi. Bis morgen«, verabschiedete Rita die Bedienung. »Und komm gut heim!«

»Werde ich!«

Während Rosi in die Pedale trat, sperrte Rita die Haustür auf und ging nach oben in die Wohnung.

Obwohl sie ziemlich müde war, lag sie eine Stunde später immer noch wach im Bett. Sie konnte nicht einschlafen. So war es oft, wenn in der Bar besonders viel los gewesen war, dann brauchte sie länger, bis sie zur Ruhe kam. Seufzend stand sie wieder auf und ging in die Küche, um Milch warmzumachen. Als sie ein paar Minuten später mit der Tasse in der Hand am Zimmer ihrer Oma vorbeikam, hörte sie ein Schluchzen. Rita blieb stehen. Es war nicht das erste Mal, dass sie Oma Finni in den Nächten weinen hörte. Doch wenn Rita sie darauf ansprach, winkte sie stets ab und schob es darauf, dass sie wohl einfach nur schlecht geträumt habe. Das allerdings nahm Rita ihr nicht ab. Sie vermutete, dass ihre Oma Erinnerungen plagten aus dem Krieg. Hatte sie damals irgendetwas Schreckliches erlebt, über das sie nicht sprechen wollte?

Kurz überlegte sie, ob sie in Finnis Zimmer gehen sollte, um nach ihr zu sehen, und legte schon die Hand an den Türgriff. Doch in diesem Moment wurde es still. Rita wartete noch kurz und als es weiterhin ruhig blieb, ging sie zurück in ihr Bett.

Doch auch die Milch half in dieser Nacht nicht. Und so griff sie nach dem Roman von Anne Golon, der auf ihrem Nachttisch lag, und tauchte ein in die faszinierende Welt der französischen Angélique.

Kapitel 3
Peggy Sue

München, 11. Mai 1966

»Der … Apfel … ist … rot«, las die siebenjährige Charlene langsam und mit starkem amerikanischem Akzent vor. Dabei fuhr sie mit dem Zeigefinger über den Text in ihrem Lesebuch.

»Das machst du sehr gut, Charlene«, lobte Peggy Sue die siebenjährige Tochter ihrer Nachbarn auf Englisch.

Die junge Familie war erst vor zwei Monaten aus Los Angeles in die Wohnung gegenüber in der Wikingerstraße in der amerikanischen Siedlung im Perlacher Forst gezogen. Charlenes Vater gehörte, genau wie Peggy Sues Ehemann Harry, zur US-Army. Sie waren beide für achtzehn Monate in der McGraw-Kaserne stationiert. Peggy Sue hatte Harry vor gut einem halben Jahr nach München begleitet und sich vom ersten Tag an in die bayerische Landeshauptstadt und die herrliche Umgebung verliebt. Harry sah es nicht gern, dass seine Ehefrau einem Beruf nachging, und so kümmerte die Zweiundzwanzigjährige sich ausschließlich um den kleinen Haushalt. Zumindest solange sie hier in Deutschland waren. Peggy Sue hatte nicht vor, nach ihrer Rückkehr in die Staaten weiterhin das Heimchen am Herd zu spielen. Solange sie selbst noch nicht Mutter war, wollte sie unbedingt wieder in einem Kindergarten arbeiten. Das würde Harry akzeptieren müssen, sie würde jedenfalls nicht so leicht nachgeben. Die Zeit bis dahin wollte Peggy Sue jedoch nutzen, um die Stadt und das Umland zu erkunden und Deutsch zu lernen. Oder besser gesagt, ihre Kenntnisse in Letzterem verbessern, denn die Sprache war ihr aus der Kindheit vertraut. Peggy Sue stammte mütterlicherseits von Wiener Großeltern ab, die kurz nach dem Ersten Weltkrieg nach Illinois ausgewandert waren. Und da das Österreichische dem Bayerischen sehr ähnlich war, fiel es Peggy Sue relativ leicht, sich auch außerhalb der amerikanischen Siedlung mit den Menschen zu unterhalten. Es machte ihr Spaß, mit einigen befreundeten Ehefrauen und Kindern der Soldaten zu üben, welchen es ebenfalls daran gelegen war, sich mit den Einheimischen verständigen zu können.

Harry hingegen weigerte sich, die Sprache zu erlernen. Deutsch schien dem Sergeant viel zu kompliziert zu sein, und außerdem kam er auch mit seinem Englisch überall durch, wie er stets betonte.

Peggy Sue bemerkte, wie Charlene ungeduldig mit den Beinen zappelte. Sie beendete somit die Übungen für heute und schickte das Mädchen in die Wohnung gegenüber zu ihrer Mutter zurück.

Sie sah auf die Uhr. Es war kurz nach halb drei und Peggy Sue beschloss, noch eine kleine Spritztour mit ihrem Ford Mustang zu unternehmen. Sie und Harry hatten sich für die Zeit in Deutschland einen Wagen zugelegt und Peggy Sue liebte es, damit durch die Gegend zu fahren. Auf dem Rückweg wollte sie in einer Metzgerei Rindfleisch für ein Rahmgulasch besorgen, das sie am Abend mit Spätzle servieren würde. Harry konnte sich zwar nicht sonderlich für die Deutschen selbst begeistern, dafür aber für das deftige Essen. Genauso wie sein bester Freund Tom, der heute zu Gast bei den Malones sein würde. Peggy Sue hatte sich extra ein bayerisches Kochbuch gekauft und hatte Spaß daran, die regionalen Gerichte auszuprobieren.

Nachdem sie sich umgezogen hatte, nahm sie ihre Handtasche und den Fotoapparat, den sie fast immer dabeihatte, wenn sie unterwegs war, und verließ die Wohnung. Als sie die Autotür öffnete, entdeckte sie einen Platten am linken Vorderreifen.

»Mist!«, schimpfte sie und seufzte enttäuscht. Nun konnte sie sich ihren kleinen Ausflug abschminken.

»Peggy Sue, kann ich dir helfen?«

Sie drehte sich um und erkannte Gilbert Link, einen ihrer Nachbarn, der in der Mensa im Schulzentrum der Munich American High School in der Cincinnatistraße arbeitete und heute offenbar schon Feierabend hatte.

»Ich wollte eben wegfahren, aber mein Wagen hat einen Platten«, erklärte sie, obwohl der Mann sich inzwischen selbst ein Bild gemacht hatte.

»Kein Problem, das kriegen wir schon hin«, versprach Gilbert. Er entdeckte das offene Ventil und vermutete, dass irgendjemand absichtlich die Luft aus dem Reifen gelassen hatte.

»Wer macht denn so was?«, fragte Peggy Sue und schüttelte den Kopf.

»Manchmal erlauben sich Kinder oder Jugendliche leider solche dummen Scherze«, meinte Gilbert, nachdem er Luft in den Reifen gepumpt hatte. »Aber Hauptsache, der Reifen ist noch intakt. Sei bitte trotzdem vorsichtig beim Fahren, ja?«

»Das werde ich. Vielen Dank, Gilbert. Das war sehr freundlich von dir. Womit kann ich mich denn erkenntlich zeigen?«

»Ach komm. Das gehört doch zur Nachbarschaftshilfe«, winkte er ab.

»Vielleicht kann ich mich demnächst einmal mit einem Stück selbst gemachtem Erdbeerkuchen revanchieren?«

»Zu Erdbeerkuchen sage ich ganz bestimmt nicht Nein!«, erklärte Gilbert fröhlich und sie lachten.

Kurz darauf verabschiedeten sie sich und Peggy Sue stieg in den Wagen und fuhr los. Da sie wegen des Reifens fast eine Stunde vertrödelt hatte, blieb nicht mehr genügend Zeit für die geplante kleine Spritztour und so würde sie nur rasch ihre Einkäufe erledigen. Außerdem hatte sich der Himmel inzwischen zugezogen und es sah nach Regen aus.

»*Return to sender!*«, sang sie zusammen mit Elvis Presley und tänzelte zum Rhythmus der Musik vom Herd zum Kühlschrank, um Sahne zu holen, mit der sie das Gulasch verfeinerte.

Sie liebte es, in der Küche das Radio laut aufzudrehen, während sie das Essen zubereitete oder aufräumte.

Als Nächstes lief der Cole Porter-Song *Night and Day* und Peggy Sue bekam, wie so oft, eine Gänsehaut, wenn sie der großartigen Stimme von Ella Fitzgerald lauschte, die das Lied mit einer mitreißenden Leichtigkeit interpretierte. Voller Leidenschaft stimmte Peggy Sue auch in dieses Lied mit ein.

Plötzlich ertönte hinter ihr ein Klatschen und sie ließ vor Schreck den Kochlöffel fallen.

Harry und sein Freund Tom standen in ihren Uniformen in der Tür und applaudierten ihr.

»Ihr habt mich ganz schön erschreckt«, murmelte sie ein wenig verlegen. Sie schaltete das Radio aus und hob den Kochlöffel auf.

»Entschuldige, Peggy Sue. Das war nicht unsere Absicht. Aber deine Stimme ist wie warmes flüssiges Gold in meinen Ohren«, schwärmte der über eins neunzig große Tom, dessen Hang zu poetischen Worten in einem seltsamen Kontrast zu seinem muskulösen, fast bulligen Körperbau stand.

»Sie ist wirklich gut, oder?«, meinte Harry mit einem schiefen Grinsen.

Peggy Sue bemerkte die leicht glasigen Augen ihres Mannes. Er hatte offensichtlich nach dem Dienst getrunken. Sofort schlug ihre gute Laune um, was sie sich jedoch vor ihrem Gast nicht anmerken lassen wollte.

»Mehr als gut!«, beteuerte Tom.

»Schön, dass du da bist, Tom.«

»Vielen Dank für die Einladung. Ich freue mich schon den ganzen Tag auf das Abendessen.« Der Soldat grinste so breit, dass die weißen Zähne in seinem dunklen Gesicht nur so strahlten.

Peggy Sue mochte Tom und die Gespräche, die man mit ihm über Gott und die Welt führen konnte. Er war ein aufgeschlossener und sehr belesener Mann und auch politisch interessiert. Trotz der Schwierigkeiten und teils auch Ausgrenzungen oder gar Anfeindungen, denen er aufgrund seiner Hautfarbe immer wieder ausgesetzt war, schien er mit einer Engelsgeduld ausgestattet zu sein. Im Gegensatz zu Harry, bei dem manchmal schon eine Kleinigkeit ausreichte, um ihn zum Explodieren zu bringen – was hauptsächlich dann geschah, wenn er zu viel getrunken hatte.

Harry spielte sein Verhalten als engagiert und impulsiv herunter. Vor allem konnte er nach solchen Ausbrüchen aber wieder unglaublich charmant sein, so dass Peggy Sue ihm stets verzieh, wenn er sich zerknirscht bei ihr entschuldigte und versprach, sich zu bessern.

»Der Tisch ist gedeckt. Geht doch schon mal rüber ins Wohnzimmer. Das Essen ist gleich so weit.«

»Kann ich etwas helfen?«, bot Tom an.

»Peggy Sue macht das schon. Wie wär's mit einem Bier?«, fragte Harry.

»Gibt es vielleicht auch Cola?«

»Cola? Na gut, wenn du meinst.«

Peggy Sue wäre es lieber, wenn auch ihr Mann heute keinen Alkohol mehr trinken würde. Aber sie hütete sich davor, etwas zu sagen. Und schon gar nicht vor ihrem Gast, auch wenn die beiden gut befreundet waren.

Harry holte die Getränke aus dem Kühlschrank und nahm sie mit ins Wohnzimmer. Peggy Sue hörte, wie drüben der Fernseher eingeschaltet wurde, und beeilte sich, das Gulasch fertig abzuschmecken und die Spätzle in ordentlich viel Butter anzubraten.

Der Abend war sehr unterhaltsam, bis Peggy Sue von dem Platten im Reifen des Wagens erzählte. Harry regte sich gewaltig darüber auf, dass jemand es offenbar gewagt hatte, absichtlich die Luft rauszulassen.

»Wenn ich herausfinde, wer das war, wird es mächtigen Ärger geben«, versprach er mit zusammengekniffenen Augenbrauen.

»Das waren bestimmt nur Kinder, die einen Streich gemacht haben«, spielte Peggy Sue die Sache herunter.

»Trotzdem – wenn ich die erwische, dann setzt es was!«

Tom wechselte rasch das Thema, bevor sein Freund sich zu sehr hineinsteigern konnte und lenkte ihn mit einem Gespräch über den Vietnamkrieg ab, der sie alle sehr beschäftigte. Doch Peggy Sue erkannte an Harrys Blick, dass die Sache für ihn damit noch nicht erledigt war.

»Vielen Dank nochmals, Peggy Sue!«, sagte Tom zwei Stunden später zum Abschied. »Es war wieder einmal sehr lecker. Falls es dir mal richtig langweilig wird, solltest du ein Restaurant eröffnen. Ich würde vermutlich jeden Tag zum Essen kommen.«

Sie lachte.

»Tja, das ist eben mein Liebling. Sie hat ziemlich viele Talente«, sagte Harry mit verwaschener Stimme. Er legte einen Arm um ihre Schultern, zog sie fest an sich und gab ihr einen Kuss auf die Wange. Sie löste sich mit einem bemühten Lächeln von ihm und wandte sich wieder Tom zu.

»Es freut mich, dass es dir geschmeckt hat. Aber auch wenn ich kein Wirtshaus aufmache, du bist auch so jederzeit ein gern gesehener Gast, Tom«, beteuerte Peggy Sue und meinte es auch so.

Nachdem Tom gegangen war, holte Harry sich ein weiteres Bier.

»Denkst du nicht, dass du für heute genug hast?«, fragte Peggy Sue vorsichtig und hätte sich am liebsten auf die Zunge gebissen, als sein Blick sie traf. Harry öffnete daraufhin demonstrativ den Kühlschrank erneut und griff nach einer zweiten Bierflasche, die er neben die andere stellte.

»Hast du was dagegen, Darling?«, fragte er in einem süßlichen Ton, der die Provokation seines Handelns noch verstärkte.

»Nein. Natürlich nicht«, antwortete sie und unterdrückte ein Seufzen. »Ich bin müde und lege mich schlafen.«

»Nicht so schnell.« Er nahm ihre Hand. »Gilbert Link hat dir also heute geholfen mit dem Reifen?«

»Ja. Er kam zufällig vorbei.«

»Dann muss ich mich wohl noch bei ihm bedanken?«

Es gefiel ihr nicht, in welchem Ton er das sagte. »Musst du nicht. Das habe ich ja schon getan, Harry. Du weißt doch, wie hilfsbereit er immer ist«, meinte sie.

Er öffnete eine der Bierflaschen und nahm einen tiefen Schluck. »O ja, das ist er. Vor allem, wenn er so hübschen Frauen wie dir helfen kann. Oder etwa nicht?« Sein Ton wurde schärfer und der Griff um ihre Hand fester.

»Dir hätte er genauso geholfen«, beteuerte sie und versuchte, sich loszumachen, was ihr jedoch nicht gelang.

»Mir hätte er ganz sicher nicht dabei helfen müssen, Luft in einen Reifen zu pumpen.« Seine Aussprache wurde immer undeutlicher und er schwankte leicht.

Peggy Sue wusste nicht, was sie darauf antworten sollte.

»Vielleicht hat er aber auch ganz absichtlich die Luft aus den Reifen gelassen, damit er dir helfen kann!«

»Also bitte, Harry. Das geht jetzt echt etwas zu weit. Er hat doch gar nicht wissen können, dass ich mit dem Wagen fahre und nicht du.«

»Für meinen Geschmack kutschierst du sowieso zu oft mit dem Mustang herum.«

»Ich möchte doch nur die Gegend hier kennenlernen, wenn ich schon die Möglichkeit dazu habe. Was soll ich denn sonst den ganzen Tag tun?«

»*Was soll ich sonst den ganzen Tag tun?*«, äffte er sie nach und Peggy Sue überlegte, wie sie diesem Gespräch endlich entkommen könnte. Egal, was sie auch sagte, er würde ihr alle Worte im Mund herumdrehen.

»Bitte, Harry, ich bin wirklich müde«, sagte sie leise.

Er stellte die Flasche ab, streifte ihr eine Strähne ihres Haares hinters Ohr.

»Aber hoffentlich doch nicht zu müde?«, flüsterte er und sah sie begehrlich an.

Sie schüttelte den Kopf und versuchte zu lächeln.

»Nein.«

Eine halbe Stunde später stand sie im Badezimmer und starrte ihr Spiegelbild an. Die goldbraunen dichten Locken waren zerzaust, die Lippen geschwollen von seinen fordernden Küssen, in ihren türkisblauen Augen schimmerten Tränen.

»Es ist nur der Alkohol«, murmelte sie heiser. »Nur der Alkohol.«

Sie liebte ihren Mann. Ganz bestimmt. Doch seitdem sie in Deutschland waren, schien er sich immer mehr zu verändern. Sie dachte zurück an die Anfangszeit ihrer Liebe, die noch gar nicht so weit zurücklag. Vor zwei Jahren hatten sie sich bei einem Spaziergang am Michigansee in Chicago kennengelernt. Ein streunender Hund hatte sich bedrohlich knurrend vor Peggy Sue aufgebaut und Harry war ihr zu Hilfe gekommen. Er hatte den Hund verscheucht und sie, die fürchterlich erschrocken war, mit frechen Sprüchen aufgemuntert. Noch am selben Abend waren sie zusammen ausgegangen. Anfangs hatte gerade seine Impulsivität sie fasziniert. Harry hatte sie mit Aktivitäten und Ausflügen überrascht und ihr schon drei Monate später einen Heiratsantrag gemacht. Ihre Eltern und die Geschwister hatten versucht, Peggy Sue davon abzubringen, sich so schnell in eine Ehe mit einem Mann zu stürzen, den sie kaum kannte. Doch sie war so in den gut aussehenden Harry verliebt gewesen, dass sie keines der Argumente hatte gelten lassen. Heute fragte sie sich zum ersten Mal ernsthaft, ob das nicht ein Fehler gewesen war.

Sie schloss für einen kurzen Moment die Augen. *Es ist nur der Alkohol,* sagte sie sich wieder. Normalerweise war er nicht so grob, wie er es heute gewesen war.

Kapitel 4
Inge

München, 12. Mai 1966

»Das Kleid steht Ihnen wirklich ausgezeichnet«, versicherte Inge der anspruchsvollen Kundin, die sie inzwischen schon seit fast zwei Stunden beriet.

»Meinen Sie wirklich?«, fragte die Frau in den Vierzigern und drehte sich kritisch vor dem Spiegel hin und her.

»Aber natürlich!«, bestätigte Inge, die als Verkäuferin in einem großen Modegeschäft in der Nähe des Stachus arbeitete. »Es betont ganz wunderbar Ihre blauen Augen und Ihre schlanke Figur. Und mit den passenden Schuhen und Accessoires werden Sie auf der Hochzeit Ihres Patenkindes sicherlich von allen bewundert werden.«

Inge fand tatsächlich, dass die Kundin in dem sonnengelben knielangen Kleid richtig gut aussah. Genauso gut wie in den drei anderen Kleidern, die sie neben vielen weiteren bereits anprobiert und in die engere Wahl genommen hatte. Sie verkniff sich ein ungeduldiges Seufzen. Wenn die Frau sich doch nur endlich entscheiden könnte. Schließlich gab es auch noch andere Kundinnen im Laden. Außerdem brauchte Inge bald einmal eine kurze Pause, um auf die Toilette zu verschwinden. Doch sie konnte die Frau jetzt nicht einfach so stehen lassen.

»Ich weiß nicht ... Soll ich vielleicht nicht doch besser ein Dirndlkleid anziehen?«, überlegte die Kundin laut und schlug damit modisch eine völlig andere Richtung ein.

Am liebsten hätte Inge ihr zugestimmt, denn für die Abteilung mit Trachtenmode waren zwei andere Kolleginnen zuständig und damit wäre sie die anstrengende Frau los. Doch jetzt hatte sie schon so viel Zeit und Energie in die Kundin gesteckt, dass sie sich gefälligst für eines der vier passenden Kleider entscheiden sollte. Außerdem warf ihre Chefin Linde Vilsinger von der Kasse aus immer wieder Blicke in ihre Richtung. Die Geschäftsfrau erwartete, dass Inge die ausführliche Beratung auch mit einem Verkauf abschloss.

»Natürlich können Sie auch ein Dirndlkleid zur Hochzeit anziehen«, begann Inge, ohne sich ihre Ungeduld anmerken zu lassen, »Frauen in jedem Alter können das gut tragen. Da machen Sie gewiss nichts falsch.«

Sie bemerkte, dass die Kundin bei ihren Worten leicht zusammenzuckte. Sie wollte offenbar nicht unter einen Hut gesteckt werden mit *Frauen, die nichts falsch machen wollen*, was doch ein klein wenig langweilig klang. Rasch drehte sie sich wieder zum Spiegel und fragte: »Das hier können aber nicht Frauen jeden Alters tragen, oder?«

Inge schüttelte den Kopf. »Bestimmt nicht. Nur wenige machen so eine gute Figur darin wie Sie.«

Zehn Minuten später sah Inge die Kundin mit einer großen Papiertüte aus dem Laden marschieren und lächelte. Auch wenn sie ein klein wenig getrickst hatte, so konnte sie sich guten Gewissens dafür loben, der Kundin zu einem Kleid geraten zu haben, in dem sie auf der Hochzeit wirklich großartig aussehen würde. Und genau das war Inges Anspruch an sich selbst: Immer das Beste für die Kundinnen zu tun.

Am frühen Nachmittag machte Inge Feierabend und verließ das Geschäft. Sie feierte Überstunden ab, von denen sich im Laufe der letzten Monate jede Menge angesammelt hatten, weil eine Kollegin wegen einer Operation längere Zeit ausgefallen war.

Inge spazierte zum Viktualienmarkt, um einige Einkäufe zu erledigen. Am Karl-Valentin-Brunnen blieb sie kurz stehen und betrachtete mit einem Schmunzeln die Skulptur des bayerischen Komikers, dem an dieser Stelle ein Denkmal gesetzt wurde. Genauso wie seiner wunderbaren Partnerin, Liesl Karlstadt, gar nicht weit von hier entfernt. Ob das erfolgreiche Komiker-Duo sich lieber gewünscht hätte, gemeinsam einen Brunnen zu zieren? Oder wären Karl und Liesl froh darüber, dass jeder seinen eigenen Platz bekommen hatte? Über diese Frage sinnierend ging sie weiter.

Der Viktualienmarkt war einer ihrer Lieblingsplätze in München und heute war er besonders gut besucht. Inge schlenderte vorbei an den vielen Ständen. Sie hatte es nicht eilig und genoss das geschäftige Treiben, die verlockenden Düfte nach Gewürzen und den Anblick der angebotenen Leckereien. Bei einer Obst- und Gemüsehändlerin kaufte sie schließlich eine Schale aromatisch duftender Erdbeeren. Die ersten, die sie sich in diesem Jahr gönnte.

»Was darf's denn sein, gnädiges Fräulein?«, fragte der Verkäufer an einem weiteren Stand mit einer reichen Auswahl an Käse und Milchprodukten.

»Bitte ein Stück von dem Camembert da.« Sie deutete auf den gewünschten Käse. »Und dann hätte ich noch gern zweihundert Gramm Emmentaler.«

»Freilich.«

Ein paar Minuten später steckte sie den in Pergamentpapier gepackten Käse in die Tasche.

»Danke und noch einen schönen Tag!«, wünschte der Verkäufer, nachdem sie bezahlt hatte.

»Ihnen auch.«

Auf dem Heimweg besorgte sie in einem Lebensmittelladen zwei Flaschen Sekt und eine Packung Salzstangen. Nicht weit von ihrer kleinen Wohnung in der Fraunhoferstraße betrat sie schließlich eine Telefonzelle, holte ein paar Münzen aus ihrer Handtasche, warf sie in den Schlitz und wählte eine Nummer.

»Klobinger?«

»Hallo, Mama!«, rief sie in den Hörer. »Ich bin's.«

»Ingelein! Ich habe schon die ganze Zeit auf deinen Anruf gewartet. Alles Gute zum Geburtstag, mein Mädchen!«, gratulierte ihre Mutter Helga.

»Danke, Mama.«

In diesem Moment fiel Inge siedend heiß ein, dass sie am vergangenen Sonntag den Muttertag vergessen hatte. Wie hatte ihr das nur passieren können?

»Und dir nachträglich alles Gute zum Muttertag!«, sagte sie schnell. »Tut mir leid, dass ich dich nicht angerufen habe, aber ich war ...«

Doch ihre Mutter ließ sie nicht ausreden. »Ach, das ist doch nicht so wichtig, meine Kleine. Mach dir deswegen keinen Kopf. Hauptsache, dir geht es gut.«

»Ja. Das tut es, Mama. Wie geht es euch denn?«

»Bösen Leut' gehts doch immer gut«, scherzte ihre Mutter, die sich niemals anmerken ließ, wie es wirklich in ihr aussah. »Papa lässt dich auch ganz lieb grüßen«, fügte sie hinzu. Auch wenn das gar nicht möglich war, denn Inges Vater Johann war seit einem schweren Schlaganfall vor einem Dreivierteljahr bettlägerig und nicht mehr dazu in der Lage zu sprechen.

»Grüß ihn bitte zurück und gib ihm ein Busserl von mir«, bat Inge dennoch.

»Das werde ich. Was machst du denn heute Schönes?«

»Am Abend kommen ein paar Freundinnen zu mir und wir werden ein wenig feiern«, schwindelte Inge, die nicht wollte, dass ihre Mutter sich um sie sorgte.

»Wie gut, dass du nicht allein bist an deinem fünfundzwanzigsten Geburtstag, wenn du ihn schon nicht mit uns verbringen kannst«, sagte Helga und Inge vermeinte, Erleichterung in ihrer Stimme zu hören.

Inge hatte sich nach dem überraschenden Tod ihres Mannes vor zwei Jahren von ihrem persönlichen Umfeld abgekapselt, was ihre Mutter große Sorgen bereitet hatte. Bernd war Maurer gewesen und während der Arbeit auf einer Großbaustelle vom Gerüst gestürzt. Noch an der Unfallstelle war er den schweren Verletzungen erlegen. Zu diesem Zeitpunkt waren Inge und Bernd knapp zwei Jahre verheiratet gewesen. Eine Ewigkeit und gleichzeitig nur eine Sekunde, wie es ihr vorkam.

Es war Inge nie schwergefallen, der großen Liebe wegen die Provinz zu verlassen. Im Gegenteil. Sie hatte es kaum erwarten können, dem kleinen Heimatdorf in der Nähe von Passau den Rücken zu kehren und mit Bernd in München ein völlig neues Leben zu beginnen. Nur wenige Tage nach der Hochzeit hatte sie die Zusage für die Anstellung im Modehaus Vilsinger bekommen, die sie und Bernd ausgiebig gefeiert hatten. An den Wochenenden erkundeten sie tagsüber die Stadt oder faulenzten an warmen Tagen an der Isar. Abends gingen sie dann gern aus, in Tanzbars oder ins Kino. Das Glück des jungen Paares schien perfekt zu sein – bis es zu diesem schrecklichen Unfall gekommen war.

Inges Eltern hatten die Tochter gedrängt, wieder zurück in den Schoß der Familie zu kehren, damit sie ihre Trauer nicht allein bewältigen musste. Doch Inge hatte in München bleiben wollen. Hier fühlte sie sich Bernd am nächsten. Zudem wollte sie in ihrem Heimatdorf von Familie und Bekannten nicht als bemitleidenswerte junge Witwe gesehen werden. Mit der Hinterbliebenenrente und ihrem Lohn konnte sie sich die kleine Wohnung auch allein weiterhin leisten. Außerdem diente die Zahlung aus Bernds Lebensversicherung als Notgroschen, der ihr Sicherheit gab und ab und zu auch Extraausgaben ermöglichte. In der Anonymität der großen Stadt konnte Inge einfach so sein, wie sie war, und tun und lassen, was sie wollte, und musste sich nicht dem strengen Diktat unterwerfen, wie eine trauernde Witwe sich richtig zu verhalten hatte. Auch wenn sie ihre Familie liebte, aufs Land wollte sie nicht mehr zurück.

»Er hofft, dass es diesmal endlich ein Junge wird«, riss ihre

Mutter sie aus den Gedanken. Offenbar hatte sie ihr schon eine Weile lang etwas erzählt und Inge hatte nicht richtig zugehört.

»Was? Es tut mir leid, Mama, ich habe dich nicht verstanden. Die Verbindung ist nicht so gut«, redete sie sich heraus.

»Ich sagte, dass Burgl im Dezember wieder ein Baby bekommt und sie und vor allem ihr Mann hoffen, dass es diesmal endlich ein Stammhalter wird.«

»Das hoffe ich auch für sie, Mama«, antwortete Inge, wobei es ihr herzlich egal war, welches Geschlecht das dritte Kind ihrer Cousine haben würde. »Jetzt muss ich dann langsam mal Schluss machen, vor der Telefonzelle warten schon Leute«, erklärte sie. »Ich melde mich am Sonntag wieder bei dir.«

»Ist recht. Hab noch einen schönen Tag, mein Liebes.«

»Danke, Mama, und bis bald.«

Inge hängte den Hörer ein und verließ die Telefonzelle. Gleich wäre sie zu Hause und würde erst einmal auf dem Sofa ein Nachmittagsschläfchen halten. Und später stand noch ihre Musikstunde auf dem Programm, auf die sie sich schon seit Tagen freute.

»Sehr schön, Frau Becker!«, lobte Siegfried Fischer sie am späten Nachmittag. »Man merkt, dass Sie wirklich viel üben und Freude am Spielen haben.«

Während die meisten Leute Inge mit »Fräulein« ansprachen, gehörte ihr Musiklehrer außerhalb der Arbeit zu den wenigen Menschen, die wussten, dass sie verwitwet war, und sprach sie dementsprechend an. Auch wenn es ihr in seinem Fall lieber gewesen wäre, er würde sie einfach bei ihrem Vornamen nennen. Sie schienen etwa im selben Alter zu sein.

Vor über einem Jahr hatte Inge in der Zeitung sein Inserat für privaten Musikunterricht entdeckt. An diesem Tag hatte Bernd ihr ganz besonders gefehlt. Sein Lachen, seine Lebensfreude, seine Zärtlichkeit. Sie hatte sich daran erinnert, wie er oft auf seiner Gitarre gespielt und sie gemeinsam zu ihren Lieblingsschlagern gesungen hatten.

»Du hast eine großartige Stimme, mein Schatz. Du solltest eigentlich Sängerin werden«, hatte er einmal gesagt, doch sie hatte ihn nicht ernst genommen. Er hatte dennoch ermutigend gelächelt, die Gitarre weggelegt und sie an sich gezogen, um sie leidenschaftlich zu küssen. Die Erinnerungen an Bernd und ihre Liebe hatten sie daraufhin mit voller Wucht überrollt und sie hatte sich ein Glas Cognac eingeschenkt. Um diesen dumpfen Schmerz zumindest ein wenig zu betäuben, hatte sie es auf ex ausgetrunken.

Mit tränennassen Augen hatte sie schließlich seine Gitarre aus dem Schrank geholt und ungeschickt ein wenig die Saiten gezupft. Wie schade, dass sie es selbst nie gelernt hatte zu spielen. Doch war es tatsächlich zu spät, es zu versuchen? Plötzlich hatte sie die Stimme ihres verstorbenen Mannes im Ohr: *»Du kannst alles schaffen, wenn du es möchtest, mein Liebling.«* Gleich am nächsten Tag hatte sie sich für den Kurs bei Siegfried Fischer angemeldet.

Der Unterricht fand im Musikzimmer seiner Wohnung über der Metzgerei seiner Eltern statt. Für Inge gehörten diese eineinhalb Stunden in der Woche immer zu den Höhepunkten.

Sie hatte ein gutes Rhythmusgefühl und in nur einem Jahr sehr große Fortschritte an der Gitarre gemacht. Zudem arbeitete sie mit Siegfried auch an ihrer Gesangsstimme. Wozu der Unterricht führen sollte, wusste sie nicht, denn natürlich würde sie niemals irgendwo auftreten. Selbst einem Chor beizutreten, schob sie immer wieder auf. Dennoch half die Musik ihr bei der Bewältigung ihrer Trauer und sie wusste, Bernd – wo immer er auch sein mochte – freute sich, dass sie auf seiner Gitarre weiterhin die Lieder spielte, die sie damals gesungen haben – zum Beispiel Hits von Peter Kraus, Ivo Robić, Manuela, Peggy March oder auch Cliff Richard.

Inge fiel auf, dass ihr Musiklehrer heute nicht so ganz bei der Sache zu sein schien wie sonst und immer wieder verstohlen auf seine Armbanduhr schaute.

»Frau Becker, wäre es für Sie in Ordnung, wenn wir heute ausnahmsweise zehn Minuten früher aufhören?«, fragte er schließlich ein wenig verlegen. »Dafür machen wir in der nächsten Woche eine Viertelstunde länger Unterricht, wenn Sie einverstanden sind?«

»Aber natürlich geht das!«, bestätigte sie, auch wenn sie gerade heute gern noch länger geblieben wäre. Der Gedanke daran, den restlichen Abend an ihrem Geburtstag ganz allein zu verbringen, bedrückte sie plötzlich sehr, obwohl sie ihn bis gerade eben noch verlockend gefunden hatte.

»Vielen Dank, Frau Becker!«, sagte er mit einem strahlenden Lächeln, das ihr wie aus heiterem Himmel ein längst vergessenes Bauchflattern bescherte. Erschrocken sah sie ihren Musiklehrer an und sofort meldete sich ihr schlechtes Gewissen. Wie konnte ihr Körper nur derart auf einen anderen Mann reagieren, wenn es doch Bernd war, den sie noch immer liebte? Lief sie Gefahr, dass er ihr entglitt?

Abrupt stand sie auf. Nein, sie durfte Bernd nicht verlieren. Und ihr Herz nicht an einen anderen Mann.

»Wenn Sie so in Eile sind, können wir auch schon jetzt für heute Schluss machen, Herr Fischer«, meinte sie ein wenig energischer als beabsichtigt. Obwohl es völliger Unsinn war, hatte sie das Gefühl, etwas Schlimmes angestellt zu haben.

Siegfried sah sie betroffen an. »Aber so war das gar nicht gemeint«, sagte er schnell. »Bis ich wegmuss, haben wir noch eine Viertelstunde. Die sollten wir nutzen und ...«

»Ehrlich gesagt habe ich ebenfalls etwas vor«, unterbrach sie ihn. »Also macht es mir nichts aus, wenn wir jetzt schon aufhören«, fügte sie freundlicher hinzu und vermied dabei seinen Blick.

»Na gut. Aber nur, wenn wir dafür in der nächsten Woche länger machen«, ließ er nicht locker.

»Wenn Sie unbedingt darauf bestehen.«

»Das tue ich. Ach ja, was ich Sie noch fragen wollte, Frau Becker: Nächsten Donnerstag ist doch ein Feiertag. Christi Himmelfahrt. Und außerdem auch noch Vatertag. Meinetwegen können wir den Unterricht trotzdem machen, aber falls Sie da keine Zeit haben ...«

»Mir macht das auch nichts aus, wenn Feiertag ist. Ich habe nichts Besonderes vor«, warf sie ein.

»Sollen wir dann vielleicht schon früher anfangen? Um zwei vielleicht?«

Sie nickte.

»Also dann nächsten Donnerstag um zwei.«

Sie packte ihre Gitarre in den Koffer und hängte ihre Tasche um die Schulter.

»Auf Wiedersehen, Herr Fischer.«

»Schönen Abend noch, Frau Becker.«

Sie war schon an der Tür, da rief er: »Ach, Moment, Frau Becker?«

Inge drehte sich zu ihm um.

»Am Samstagabend habe ich mit meiner Band einen Auftritt. Wir nennen uns Charly's Beatboys und spielen in *Angies Vogelbar* in Schwabing. Der Eintritt ist frei. Vielleicht haben Sie Lust, zu kommen?«

Sie schüttelte bedauernd den Kopf. »Ich denke nicht, dass ich Zeit haben werde.«

»Schade. Aber vielleicht klappt es ja doch? Ich würde mich jedenfalls sehr freuen.«

Wieder dieses Lächeln, das Inge diesmal jedoch nicht an sich heranließ.

Eine Dreiviertelstunde später holte sie eine der beiden Sektflaschen aus dem Kühlschrank und trug sie, zusammen mit einem Glas, einem Tablett mit Erdbeeren, Käse und Salzstangen ins Wohnzimmer. Zuvor war sie in ihren hellblauen Pyjama geschlüpft, indem sie es sich nun auf dem Sofa gemütlich machte.

Sie öffnete die Flasche und schenkte ein. Der Schaum sprudelte über den Rand des Glases und bildete auf dem Tisch eine kleine Pfütze. »Mist!«

Sie hob das Glas hoch und legte eine Zeitschrift auf die nasse Stelle. Dann schenkte sie vorsichtig nochmals nach, bis der Sektkelch bis oben hin gefüllt war.

»Alles Gute zum Geburtstag, Inge«, gratulierte sie sich selbst mit einem Kloß im Hals und prostete in Richtung des Fotos, das in einem silbernen Rahmen auf der Kommode stand. Bernd lächelte ihr entgegen, mit seinen freundlichen blauen Augen und dem frechen Grübchen in der Wange.

Sie setzte das Glas an die Lippen und trank es leer, ohne abzusetzen. Sofort schenkte sie nach, stellte das volle Glas dann jedoch auf den Tisch und stand auf.

Ruhelos vor Sehnsucht und Trauer ging sie auf und ab und fuhr durch ihr kurz geschnittenes hellblondes Haar. Tränen brannten in ihren Augen, bald würden sie überfließen – so wie vor wenigen Minuten der Sekt.

»Du hättest mich nicht allein lassen dürfen!«, warf sie Bernd nicht zum ersten Mal vor. Sie war immer noch zornig, dass er nicht besser auf sich aufgepasst, dass er sie einfach so verlassen hatte. Aufgewühlt griff sie nach dem Glas und trank es erneut leer. Atemlos und erschöpft, als ob sie eben einen Marathon gelaufen wäre, legte sie sich aufs Sofa. Die Wirkung des Alkohols setzte langsam ein und dämpfte den Schmerz, drängte ihn in eine entfernte Ecke. Zumindest für eine Weile. Bewegungslos lag sie mit geschlossenen Augen da.

Die Stille wurde nur vom leisen Klacken des Sekundenzeigers der Wanduhr unterbrochen, der unaufhaltsam seine Runden zog. Jede Sekunde entfernte Inge mehr von der Zeit, von dem Leben, das sie mit ihrem Mann hatte verbringen dürfen.

Wenn der Sekundenzeiger sich nicht im Kreis herum bewegen, sondern auf einer Geraden jede Sekunde einen Millimeter immer weiter nach vorne springen würde, wie lange wäre dann die Strecke von Bernds Tod bis heute zu ihrem Geburtstag?, fragte sie sich plötzlich. Vielleicht würde sie das irgendwann einmal ausrechnen. Doch nicht heute. Heute wollte sie einfach Sekt trinken. Viel Sekt. Und dazu Erdbeeren, Käse und Salzstangen naschen.

Kapitel 5
Monika

München, 13. und 14. Mai 1966

Die Stimmung im Hause Fischer war seit zwei Tagen mehr als angespannt. Die Kündigung der langjährigen Verkäuferin Susi verlief nicht so reibungslos, wie Maria es sich erhofft hatte. Zum ersten Mal seit langer Zeit hatte Monika einen heftigen Streit ihrer Eltern miterlebt. Diesmal war ihr ansonsten immer so ruhiger Vater sogar richtig laut geworden. Doch am Ende hatte sich die Mutter durchgesetzt. Wieder einmal. Allerdings hing seither der Haussegen schief und die Eheleute sprachen nur das Nötigste miteinander.

»Seit fast zwanzig Jahren arbeite ich hier. Ich dachte, Sie würden mich ins Büro zitieren, damit ich eine Gehaltserhöhung bekomme, aber jetzt kündigen Sie mir?!«, hatte sich Susi fassungslos empört.

Max hatte versucht, ihr zu beteuern, wie leid es ihm tat, doch Susi war so enttäuscht und wütend gewesen, dass sie ihre Schürze abgenommen und auf der Stelle das Büro verlassen hatte.

»Keine zehn Pferde bringen mich noch einmal hierher!«, hatte sie im Hof geschrien, während sie ihre Sachen am Gepäckträger des Fahrrades festgemacht hatte.

Monika hatte alles mitbekommen und war hinausgeeilt. »Ich will nicht, dass du gehst!«, hatte sie ihr mit Tränen in den Augen hinterhergerufen. »Es tut mir so, so leid, Susi! Wenn ich es doch nur ändern könnte.«

Als Susi sich zu ihr umwandte, war ihr erster Zorn verraucht. Sie hatte Monika umarmt. »Du kannst ja nichts dafür, Moni. Ich weiß ganz genau, wer die treibende Kraft war.«

»Was wirst du denn jetzt tun?«

Susi hatte nur mit den Schultern gezuckt. »Ach, eine Arbeit finde ich bestimmt. Gutes Personal ist glücklicherweise nach wie vor gefragt. Ich bin schon einige Male darauf angesprochen worden, ob ich nicht wechseln möchte. Das habe ich aber immer abgelehnt, weil ich mich so verbunden fühlte mit der Metzgerei Fischer ... mit euch. Nie hätte ich von mir aus gekündigt.«

Tränen waren über ihre vor Aufregung fleckigen Wangen gekullert, die sie trotzig weggewischt hatte. »Das habe ich nun davon, dass ich so dumm war.«

»Du warst ganz bestimmt nicht dumm! Dumm ist deine Kündigung! Das ... das ist alles nicht richtig.«

»Ist es nicht ... Aber ich muss es nun mal hinnehmen. Ich habe nur eine Bitte, Moni. Kannst du mir das Zeugnis bringen oder dafür sorgen, dass es mir geschickt wird? Ich möchte nicht mehr herkommen, um die Papiere abzuholen.«

»Aber natürlich, Susi«, hatte Monika mit brennenden Augen versprochen. »Und Vater wird dir bestimmt das beste Zeugnis ausstellen. Er bedauert es wirklich sehr.«

»Ich weiß. Leider ist er nicht Manns genug, um sich durchzusetzen. Und Albert wird es genauso ergehen mit seiner Frau.«

»Ich darf gar nicht daran denken, dass ich ab jetzt täglich mit diesem Drachen im Laden stehen muss.«

Monika hatte ein schräges Grinsen aufgesetzt, das ihre Meinung zu Astrid deutlich zum Ausdruck brachte, und Susi hatte trotz allem lachen müssen. Doch plötzlich hatte sich ihr Blick verändert. Albert war durch die hintere Tür aus der Wurstküche gekommen, um sich eine Zigarette anzuzünden. Voller Traurigkeit und Bedauern sah er zu Susi herüber – und voller Zuneigung. Erst in diesem Moment war Monika klargeworden, warum Astrid so sehr darauf gedrängt hatte, Susi loszuwerden.

Maria war davon ausgegangen, dass sie Susi nach der ersten Aufregung dazu überreden konnten, sich Überstunden und den Resturlaub auszahlen zu lassen, damit sie noch im Laden sein konnte, bis Astrid kam, und um sie in der ersten Zeit sogar noch anzulernen. Doch die Verkäuferin war nicht dazu bereit, auch nur eine einzige weitere Stunde hinter der Theke zu stehen. Das bedeutete, dass Albert nach der Arbeit in der Wurstküche, die für ihn und seinen Vater um vier Uhr früh begann, an einigen Nachmittagen auch noch im Verkauf aushelfen musste, wenn seine Mutter mit der Büroarbeit beschäftigt war.

»Ausgerechnet jetzt, wo die Biergartensaison wieder anläuft, jede Menge Hochzeiten stattfinden und wir besonders viel ausliefern müssen«, brummte Max, der immer noch sauer auf seine Frau war.

»Das schaffen wir schon!«, entgegnete Maria unbeirrt, während sie Wurst und Essiggurken in feine Streifen schnitt. Ihr

Fleischsalat mit viel Mayonnaise war bei den Kunden im Laden besonders beliebt. »Es müssen halt alle zupacken.«

Und so musste auch Siegfried einspringen, wenn er nicht gerade Unterricht gab. Er hatte das Metzgerhandwerk zwar nicht gelernt, aber natürlich schon von klein auf immer im Familienbetrieb mitgeholfen und kannte sich gut aus. Mit Sicherheit sehr viel besser als Astrid. Normalerweise half er auch immer gern, wenn Not am Mann war. Aber jetzt, da er kurz vor dem Auftritt am Samstag mit zusätzlichen Bandproben unter Zeitdruck stand, kam es ihm äußerst ungelegen. Glücklicherweise konnte er Ursi überreden, dass sie für ihn in der Gegend Zettel mit dem Hinweis für das Konzert in *Angies Vogelbar* verteilte und selbst geschriebene Plakate an Bäumen befestigte, um ein wenig Werbung zu machen. Doch auch das jüngste Fischerkind musste nach der Schule und den Hausaufgaben im elterlichen Betrieb einspringen, wo immer es gebraucht wurde. Die Zusammenarbeit unter den Geschwistern funktionierte gut, solange Astrid noch nicht dabei war, die erst in der kommenden Woche anfangen würde.

Zumindest eine kleine Galgenfrist!, dachte Monika, auch wenn es nur eine kurze geschenkte Zeit war. Aber vielleicht würde es mit ihrer ungeliebten Schwägerin ja doch nicht so schlimm werden, wie sie befürchtete. Oder noch schlimmer, flüsterte eine leise Stimme in ihrem Kopf, die sie eigentlich nicht hören wollte.

Am Freitagnachmittag beluden Albert und Siegfried den Lieferwagen im Hinterhof mit Kisten voller Wurst und Fleischware, die sie an mehrere Gaststätten und Hotelküchen für das Wochenendgeschäft ausliefern würden. Monika half ihnen, die Sachen aus der Kühlung zum Auto zu tragen, während Ursi die Kundschaft im Laden bediente.

Monika war gerade mit einer Kiste voller Bratwürste unterwegs in den Hof, als sie laute Schreie hörte. Erschrocken eilte sie hinaus und sah, wie Siegfried seine linke Hand hielt. Sein Gesicht war schmerzverzerrt.

»Es tu mir so leid, Sigi«, beteuerte Albert. »Das wollte ich nicht.«

»Verdammt nochmal! Warum kannst du nicht besser aufpassen?«, fuhr Sigi seinen Bruder an und stöhnte gequält auf.

»Was ist denn passiert?«, fragte Monika besorgt und stellte die schwere Kiste mit den Würsten neben dem Opel Blitz-Lieferwagen ab, auf dem das Logo der Metzgerei Fischer prangte.

»Ich habe die Autotür zugeschlagen und nicht gesehen, dass Sigi noch seine Finger dazwischenhatte«, erklärte Albert zerknirscht.

Autsch! Monika zuckte bei dieser Vorstellung zusammen.

»Wie schlimm ist es denn, Sigi?«, wollte sie wissen.

Zitternd streckte er die verletzte Hand aus. Man konnte an den drei mittleren Fingern deutliche Quetschungen erkennen, sie hatten sich bereits dunkelrot verfärbt.

»Hoffentlich ist nichts gebrochen«, murmelte Monika mitfühlend.

»Gebrochen? Verflucht nochmal, dann kann ich meinen Auftritt morgen vergessen! Du blöder Depp!«, schimpfte er seinen Bruder.

»Sigi, ich habe das doch nicht mit Absicht gemacht«, verteidigte sich Albert zerknirscht.

Doch Siegfried drehte sich um und stapfte wütend ins Haus.

Albert sah seine Schwester an und zuckte hilflos mit den Schultern. »Es tut mir wirklich leid. Das wollte ich ganz bestimmt nicht.«

»Natürlich wolltest du das nicht, Albert. Aber wenn seine Finger tatsächlich gebrochen sind, dann fällt er für eine Weile aus. Und vor allem kann er morgen nicht spielen. Und du weißt, wie viel ihm der Auftritt mit der Band bedeutet!«

»Ja, ich weiß.« Er seufzte. »Vielleicht ist es ja gar nicht so schlimm, wie es aussieht. Das hoffe ich zumindest. Aber ich muss jetzt los und die Ware ausfahren. Wenn Sigi nicht dabei ist, brauche ich sowieso viel länger.«

»Soll ich mitkommen?«, bot Monika an. »Ich könnte Papa wecken, damit er ...«

»Nein«, unterbrach er sie. »Du musst im Laden mit Ursi bleiben. Lass Vater sein Nachmittagsschläfchen. Er war heute schon lange vor mir in der Wurstküche, damit wir unser Pensum schaffen. Vielleicht kannst du aber doch noch kurz nach Sigi schauen?«

»Freilich!«

Nachdem sie sich vergewissert hatte, dass Ursi im Laden weiterhin allein zurechtkam, eilte Monika die Treppen nach oben. Siegfried stand in der kleinen Küche seiner Wohnung und wickelte sich ein nasses Tuch um die Hand.

»Soll ich dir helfen?«, bot sie an.

»Geht schon.«

»Vielleicht solltest du besser gleich zum Arzt gehen, damit er sich das anschaut«, empfahl Monika.

Doch er schüttelte den Kopf. »Ich glaub nicht, dass was gebrochen ist«, sagte er. »Außerdem haben wir heute Abend noch unsere letzte Probe für morgen.«

»Auch wenn nichts gebrochen ist, denkst du wirklich, dass du mit der Verletzung Gitarre spielen kannst?«, fragte Monika vorsichtig.

»Es muss gehen!«, rief Siegfried ungeduldig.

»Und wenn du deine Hand heute schonst, damit es morgen auf jeden Fall besser ist?«, schlug sie vor.

Er schwieg eine Weile.

»Ja, vielleicht wäre das tatsächlich vernünftiger«, gab er ihr dann zähneknirschend recht. »Ich schlage den anderen vor, dass wir stattdessen morgen Nachmittag noch ein letztes Mal proben.«

Doch auch am nächsten Tag sah die Hand nicht besser aus. Es schien zwar tatsächlich nichts gebrochen zu sein, doch die Quetschungen waren so schmerzhaft, dass Sigi zu sehr in seinen Bewegungen eingeschränkt war.

»So ein Mist! Wie soll ich es den anderen nur beibringen, dass ich heute Abend ausfalle?«, fragte Siegfried aufgebracht. »Das ist ein wichtiger Auftritt für uns. So viele Leute haben schon zugesagt, dass sie kommen wollen, und jetzt kann ich nicht spielen!«

Monika hatte großes Mitleid mit ihm, dass ihm das ausgerechnet jetzt passiert war.

»Aber zumindest kannst du mitsingen«, warf sie ein, was ihn jedoch nicht sonderlich aufmunterte. Er sang zwar bei den meisten Stücken mit, aber Leadsänger der Band war Charly, der zudem Rhythmusgitarre spielte.

»Verdammt!«

Plötzlich kam Monika ein Gedanke.

»Und wenn ich für dich einspringe?«, fragte sie und spürte, wie sich bei dieser Vorstellung ihr Puls beschleunigte.

»Du?« Siegfried sah sie verdutzt an.

»Ja. Ich kann die Lieder auf der Gitarre spielen. Du selbst hast mir doch alles beigebracht.« Und tatsächlich musizierten sie abends oft zusammen, auch die selbst geschriebenen Songs der Band.

»Aber du hast doch noch nie zusammen mit Charly's Beatboys gespielt ...«

»Heute Nachmittag gibt es aber noch eine Probe. Das krieg ich hin!«

Monika sah ihn mit leuchtenden Augen an. Schon lange träumte sie davon, in einer Band zu spielen. Das war ihre Chance!

»Ach komm, Sigi. Du weißt, dass ich es kann. Oder traust du es mir nicht zu?«, fragte sie, als sie seinen skeptischen Gesichtsausdruck bemerkte.

»Doch. Eigentlich schon! Ich weiß, dass du gut bist«, meinte er. »Aber Charly wird nie ...«

»Charly wird froh sein, dass jemand einspringen kann, glaube mir«, unterbrach sie Siegfried voller Überzeugung. »Was sollte er schon dagegen haben?«

»Spinnt ihr? Nie im Leben wirst du mit uns auf der Bühne stehen«, stellte Charly entschlossen klar, nachdem Monika ihren Bruder zu der Probe in die Werkstatt begleitet und den Vorschlag gemacht hatte, für Siegfried einzuspringen.

»Aber sie kann es wirklich, Charly! Sie kennt jeden unserer Songs«, beharrte Siegfried. »Moni ist echt gut.«

Charly lachte kurz auf. »Ich mach mich doch nicht lächerlich! Wir sind Charly's Beatboys und nicht Charly's Beatboys *with a Girl*! Bei den Beatles oder Stones steht auch keine Frau mit auf der Bühne.«

Monika konnte es kaum fassen. »Und wie soll der Auftritt funktionieren ohne einen guten Leadgitarristen?«, fragte sie herausfordernd und stemmte die Hände in die Hüften.

Charly drehte sich zu ihr und sah sie mit seinen intensiv funkelnden Augen an. So, als ob er sie jetzt zum ersten Mal richtig wahrnehmen würde. In ihrem Bauch begann es völlig unerwartet zu kribbeln. Dabei wollte sie nicht, dass er solche Gefühle in ihr auslöste. Und in so einem Moment schon gar nicht!

»Du wirst jedenfalls nicht mit uns spielen. Und ich werde da jetzt auch nicht weiterdiskutieren.«

»Aber wer soll denn dann für mich einspringen?«, fragte Siegfried.

»Helle macht das.«

Helle hieß eigentlich Helmut und war Charlys zwei Jahre jüngerer Cousin.

»Helle?«, riefen Siegfried und Monika gleichzeitig.

»Aber der spielt doch erst seit ein paar Wochen!«, warf Siegfried ein. »Wie soll er das schaffen?«

»Der kriegt das schon irgendwie hin!«

»Er kriegt es *irgendwie* hin?« Monika lachte kurz auf. »So was Dummes habe ich ja noch nie gehört!« Sie konnte sich nicht mehr bremsen. »Du willst wirklich einen schlechteren Musiker nehmen und nicht mich, nur weil ich kein Mann bin?«

Obwohl Charly normalerweise sehr schlagfertig war, schien sie ihm für einen Moment den Wind aus den Segeln genommen zu haben. Er zündete sich eine Zigarette an und sagte nichts.

»Siehst du, es gibt keinen einzigen vernünftigen Grund, mich nicht auftreten zu lassen«, ließ sie nicht locker.

»Ich sag es dir jetzt zum letzten Mal, Rotschopf. Ich will nicht, dass du mitspielst! Du bist kein Mitglied unserer Band. Und das ist Grund genug.«

Es war für Monika wie eine Ohrfeige. Wie konnte er nur so stur sein?

»Du machst echt einen dummen Fehler, Charly«, sagte Siegfried kopfschüttelnd.

»Ich?« Charly lachte höhnisch. »Ich habe mir nicht die Hand einen Tag vor unserem Auftritt einquetschen lassen.«

Damit drehte er sich um und ließ die beiden in der Werkstatt stehen.

»Tut mir echt leid, Moni!«

»Mir auch!«, sagte sie scharf. »Charly ist echt ein Trottel. Ich verstehe nicht, wie du ihm das durchgehen lässt. Ihr habt die Band immerhin zusammen gegründet!«

Sigi schafft es genauso wenig, sich durchzusetzen wie Vater oder Albert!, schoss es ihr plötzlich durch den Kopf. Waren denn alle Männer in ihrer Familie diesbezüglich so schwach?

»Auch wenn ich es für falsch halte, dass er dich nicht spielen lässt, so hat er doch in einem Punkt recht«, erklärte Siegfried. »Es ist meine Schuld, dass wir überhaupt in diesem Dilemma stecken.«

Aus diesem Schuldbewusstsein heraus hatte er also nicht weiter darauf gedrängt, sie als Ersatz zu nehmen. Doch das wollte sie nicht gelten lassen.

»Quatsch. So etwas hätte ihm genauso passieren können. Und du hättest es ihm sicher nicht vorgeworfen.«

Siegfried zuckte frustriert mit den Schultern. »Jetzt ist es nun mal, wie es ist.«

»Du machst es dir aber auch einfach!«

»Ich habe einfach keine Lust auf lange Diskussionen, die doch nichts bringen.«

Monika spürte wieder diese Wut in sich hochkochen, doch sie sagte nichts mehr. Es hatte keinen Sinn. Durch das Fenster sah sie, wie die anderen Bandmitglieder in den Innenhof der Werkstatt kamen, wo Charly eine Zigarette rauchte. Gleich würden sie mit der Probe beginnen. Leider ohne sie.

»Ich geh nach Hause.«

»Aber du kommst doch später in die Bar, oder?«, rief ihr Bruder ihr hinterher.

»Keine Ahnung!«

»Ach bitte, jetzt sei doch nicht beleidigt, Moni.«

Doch sie ging einfach weiter.

Am Abend saß Monika auf dem Bett in ihrem Zimmer und hatte eine ihrer Beatles-Schallplatten aufgelegt: *Rubber Soul.*

Normalerweise sang sie bei den Liedern immer mit. Doch heute hatte sie keine Lust. Sie fühlte sich hin- und hergerissen. Einerseits würde sie den Auftritt von Charly's Beatboys sehr gern sehen, auch wenn Siegfried nur gesanglich mitmischen würde. Anderseits war sie immer noch sauer und enttäuscht, dass sie nicht hatte einspringen dürfen, obwohl sie es konnte. Oder überschätzte sie sich einfach nur? Schließlich war es eine andere Nummer, zum ersten Mal mit einer fünfköpfigen Band zu spielen als allein oder nur mit ihrem Bruder. Doch eines stand fest: Sie war allemal besser als Charlys Cousin Helle.

In diesem Moment klopfte es an ihrer Tür.

»Ja?«

»Moni? Bist du so weit?«, rief Albert.

»Was meinst du?«

Ihr Bruder öffnete die Tür und kam ins Zimmer.

»Sigi hat vorhin von der Bar aus angerufen und mich gebeten, dich hinzufahren«, erklärte er.

»Du willst mich hinfahren?«, fragte sie völlig überrascht.

Er nickte. »Es ist ihm sehr wichtig, dass du kommst. Und ich bin ihm einen Gefallen schuldig. Schließlich bin ich schuld daran, dass er heute nicht spielen kann.«

Monika stand auf und schaltete den Plattenspieler aus.

»Ich weiß nicht. Vielleicht ist es besser, wenn ich hierbleibe«, murmelte sie.

Albert lächelte. »Sigi wusste, dass du das sagen würdest, und meinte, dass ich in diesem Fall nicht lockerlassen darf. Und das werde ich auch nicht. Du ziehst dich jetzt um und machst dich zurecht und kommst dann gleich nach unten, damit wir noch rechtzeitig in der Bar sind.«

Einen kurzen Moment zögerte sie, doch dann war ihr bei dem Gedanken, den Auftritt zu verpassen, ganz mulmig zumute. Sigi hatte doch so lange davon geträumt! Sie ging zu Albert und umarmte ihn kurz.

»Danke, Albert!«, sagte sie. »Das ist echt ganz lieb von dir.«

»Schon gut.« Ihr ältester Bruder hatte wirklich das gutmütige Wesen ihres Vaters geerbt.

»Bleibst du auch dort und hörst dir das Konzert an?«, fragte sie.

Er schüttelte den Kopf. »Du weißt doch, dass Astrid diese Musik nicht mag. Und wenn ich sie an einem Samstagabend allein lasse, dann, nun ja ...«

Er sprach nicht weiter, aber Monika kannte ihre Schwägerin gut genug, um Mitleid mit ihrem Bruder zu haben. Doch er hatte sich diese Frau selbst ausgesucht.

»Ich verstehe«, meinte Monika nur.

»Aber jetzt beeile dich, ja?«

»Ich bin in zehn Minuten unten!«

Kapitel 6
Rita

München, 14. Mai 1966

Rita war erstaunt, wie viele Leute in die Bar gekommen waren, um den Auftritt der Charly's Beatboys zu sehen. Sie, ihre Mutter, Rosi und Leyla hatten schon früh alle Hände voll zu tun. Dabei würde es noch eine halbe Stunde dauern, ehe die Band anfangen sollte. Die Instrumente standen schon auf der Bühne bereit, doch die Musiker hatten sich bis zum Auftritt in den kleinen Lagerraum hinter der Bühne zurückgezogen.

Rita war mit ihrer Mutter hinter der langen Theke für den Ausschank zuständig und für die Gäste, die an der Bar saßen. Zudem kümmerte Angie sich um Essensbestellungen. Ein großer Topf mit Gulaschsuppe köchelte in der Küche auf kleiner Flamme, ansonsten gab es heute zudem Semmeln mit wahlweise Fleischpflanzerl oder Camembert, die unter einem Glassturz hinter der Theke parat standen. Rosi und Leyla bedienten die Gäste an den Tischen. Aus der Juke-Box lief *The Last Time* von den Rolling Stones. Die Stimmung war ausgelassen und auf der kleinen Fläche vor der Bühne wurde bereits getanzt.

»Hey, Paule, du bist ja doch gekommen!«, rief Rita über den Lärm hinweg, als der junge Mann plötzlich an der Theke stand.

»Hallo, Rita. Ja, ich war dann doch ein wenig neugierig. Ich hoffe nur, dass es nicht noch lauter wird, wenn später das Konzert losgeht.«

»Vermutlich schon. Aber du kannst dir ein Stück Papierserviette in die Ohren stecken, wenn es für dich zu schlimm wird«, riet sie ihm verständnisvoll. »Was willst du denn trinken?«

»Ein Bier bitte.«

»Kommt gleich«, sagte sie, während sie eine Runde Escorial einschenkte und das Tablett Leyla reichte, die sich damit durch den rauchgeschwängerten Raum zu einem Tisch ganz hinten drängte.

»Hier ist dein Bier, Paule!« Rita stellte das Glas vor ihm auf die Theke.

»Danke, Rita!«

Angie trat neben ihre Tochter. »Du hast zu wenig Sekt ins Kühlfach geräumt!«, sagte sie und zündete sich eine Zigarette an.

»Ich hole gleich Nachschub! Und sag mal, denkst du, es ist gut, wenn du mit der Wunde von deinem frisch gezogenen Zahn rauchst?«, fragte Rita ein wenig besorgt.

Angie hatte noch immer Probleme und Schmerzen, doch sie winkte ab. »Das macht es gewiss auch nicht schlimmer. Außerdem hab ich die Wunde vorhin ordentlich mit einem doppelten Obstler desinfiziert.«

Sie lachte und es war klar, dass sie mit dem Schnaps nicht nur gespült, sondern ihn auch getrunken hatte.

»Aber Mama, du hast doch Tabletten genommen! Das ist nicht gut für dich!«

»Bist du jetzt etwa meine Zahnärztin?«, blaffte Angie sie an, die es gar nicht mochte, wenn man sie bevormundete. »Geh lieber den Sekt holen.«

Rita zuckte mit den Schultern und gab auf. Normalerweise kamen die beiden bestens miteinander aus. Doch ihre Mutter konnte manchmal äußerst unvernünftig sein und in solchen Situationen fragte Rita sich, wer hier eigentlich die Mutter und wer die Tochter war.

»Bin ja schon unterwegs.«

Rita drängte sich durch die vielen Leute hindurch zu dem Raum, in dem die Getränke gelagert wurden. Sobald sie die Tür aufgestoßen hatte, wurde ihr bewusst, dass sie in eine hitzige Unterhaltung der Bandmitglieder von Charly's Beatboys geplatzt war. Sie hatte natürlich mitbekommen, dass Sigi, der sympathische Gitarrist, wegen einer Verletzung an der Hand Probleme mit dem Spielen hatte und ein anderer für ihn einspringen musste. Darüber war offenbar niemand sonderlich glücklich. Hoffentlich würden sie den Auftritt nicht vermasseln.

»Alles gut bei euch?«, fragte sie, während sie die Deckel von mehreren Kartons öffnete.

»Aber klar! Bei uns ist alles bestens. Bei dir auch?« Charly sah sie an und lächelte charmant, ja, fast ein wenig frech. Schon seitdem er vorhin eingetroffen war, flirtete er mit ihr. Doch auch wenn er ziemlich gut aussah, war er überhaupt nicht ihr Typ.

»Draußen warten schon jede Menge Leute und freuen sich auf euren Auftritt! Braucht ihr noch Getränke, bevor es losgeht?«, fragte sie und ignorierte Charlys Avancen.

»Nein danke, wir haben genug!«, sagte Alois, der Schlagzeuger.

»Seht bitte zu, dass ihr pünktlich anfangt«, bat Rita.

»Werden wir!«, versprach Sigi.

Endlich hatte sie den richtigen Karton mit dem Sekt gefunden und hob ihn auf. »Dann bis gleich.«

Als sie zurück an die Theke kam, saß eine junge Frau an der Bar mit auffallend roten Haaren, die sie zu einem Pferdeschwanz zusammengebunden hatte.

»Ein Glas Weißwein bitte!«, bestellte sie bei Rita.

»Kommt sofort!«, antwortete sie und stellte den Karton am Boden ab. Kurz darauf servierte Rita ihr das Glas. »Kann es sein, dass Sigi, der Gitarrist der Band, die heute hier spielt, dein Bruder ist?«

Die junge Frau lächelte überrascht. »Ja. Ich bin seine Schwester Moni.«

»Freut mich, Moni. Ich bin Rita. Ich war vorhin in der Küche, als Sigi telefoniert hat, und habe gehört, dass er unbedingt wollte, dass seine Schwester heute kommt. Und die Ähnlichkeit zwischen euch ist wirklich sehr groß.«

»Ja, das stimmt. Alle sagen, dass wir uns sehr ähnlich sehen. Und dann gibt es noch Ursi, unsere kleine Schwester. Die würdest du auch gleich erkennen.«

»Tut mir leid, dass dein Bruder sich verletzt hat. Ausgerechnet jetzt«, meinte Rita, während sie die Sektflaschen in das Kühlfach räumte. »Ich hoffe, der Auftritt klappt trotzdem gut.«

»Das hoffe ich auch«, antwortete Moni und Rita bemerkte, dass ihr hübsches Lächeln plötzlich verschwunden war. Doch sie hatte keine Zeit nachzufragen, denn Rosi kam an die Theke und stellte ein Tablett mit leeren Gläsern ab.

»Vier Cola-Rum, zwei Weißbier, drei Helle und ein Glas Sekt. Und dann brauche ich noch vier Semmeln mit Fleischpflanzerl und eine mit Camembert«, ratterte sie die Bestellung herunter. Rita hob gleich den Glassturz hoch und holte die gewünschten Semmeln heraus, legte sie jeweils mit einer Serviette auf kleine Teller und stellte sie auf ein Tablett, das Rosi sofort zu den Tischen trug. Dann machte Rita sich ans Einschenken der Getränke, die von der Bedienung mit einer neuen Bestellung ein paar Minuten später abgeholt wurden.

»Das Geschäft läuft richtig gut heute«, meinte Angie vergnügt, als sie aus dem Regal hinter Rita einen Schwung Schnapsgläser nahm. Die kleine Auseinandersetzung von vorhin war längst wieder vergessen.

»Wir sollten in Zukunft noch mehr Veranstaltungen machen«, schlug Rita vor.

Ihre Mutter nickte.

»Kann ich noch ein Bier haben?«, fragte Paul und schob Rita sein leeres Glas entgegen.

»Freilich.«

In diesem Moment entdeckte sie Charly, der ihr und ihrer Mutter von hinten her ein Zeichen gab, dass sie bereit waren. Gleich würde es losgehen. Rita nickte ihm zu, ging zur Jukebox neben der Theke, die auf Dauerfreispiel eingestellt war, und schaltete die Musik ab.

Die Gäste hörten auf zu tanzen und Angie schob sich hinter der Theke hervor. Sie sah in ihrem silbern glitzernden engen Hosenanzug, den Oma Finni ihr geschneidert hatte, und den hochtoupierten schulterlangen dunklen Haaren spektakulär aus. Fast so, als ob sie selbst gleich als Star des Abends auf die Bühne treten würde. Dass sie die letzten Tage mit Zahnschmerzen flachgelegen hatte und immer noch nicht ganz fit war, sah man ihr nicht an.

»So, meine lieben Nachtschwärmer und Musikfreunde. Heute haben wir Charly's Beatboys zu Gast hier in unserer Bar und ich bin mir sicher, die Jungs werden euch gleich kräftig mit ihrer Musik einheizen. Und hier sind sie auch schon: Charly und seine Beatboys!«, kündigte sie die Band mit einer großen Geste an.

Unter lautem Applaus und Gejohle kamen die Musiker auf die Bühne: Charly, Sigi, Schlagzeuger Alois, Bassist Franz und der Ersatzgitarrist Helmut. Wie ihre berühmten Vorbilder, die Beatles, trugen sie dunkle Anzüge und weiße Hemden mit schmalen Krawatten.

Alois setzte sich ans Schlagzeug und die anderen griffen nach ihren Instrumenten. Sigi schaltete die Anlage ein, nahm ein Tamburin, das auf einem der Marshall-Verstärker lag, und stellte sich ein Stück neben Helmut ans Mikrophon.

Rita bemerkte, wie Sigi sich umsah, bis er endlich seine Schwester an der Theke entdeckt hatte und ihr zuzwinkerte. Moni winkte und wirkte ein wenig aufgeregt. Offensichtlich fieberte sie mit ihrem Bruder und der Band mit. Rita hatte schon nach dem kurzen Kennenlernen den Eindruck, dass die

Geschwister eng verbunden waren. Eine Art von Verbundenheit, die sie selbst nie kennenlernen würde, da sie ein Einzelkind war.

»Test ... Test ... Eins, zwei ... Test », sprach Charly ins Mikrophon und schien mit dem Sound zufrieden. »Hey und guten Abend, Leute!«, rief er dann und seine Augen funkelten vor Übermut. »Wir sind Charly's Beatboys und freuen uns alle sehr, dass wir heute hier in *Angies Vogelbar* auftreten dürfen. Danke, Angie!«

Er warf ihr theatralisch einen Handkuss zu, den sie stürmisch erwiderte.

»Wir spielen für euch Lieder von bekannten Bands, aber auch einige eigene Stücke«, meldete sich nun auch Sigi zu Wort. »Und wir sind ...«

»Jetzt redet nicht so viel und fangt schon an, Jungs!«, forderte einer der Gäste sie ungeduldig auf und die Leute lachten.

»Ja! Anfangen!«, rief ein weiterer junger Mann.

»Aber klar doch!«, meinte Charly grinsend. »Auf geht's, Jungs!«

Die Musiker nickten sich zu. Alois schlug über seinem Kopf viermal die Stöcke zusammen und schon erklangen die ersten Töne des Beatles-Lied *I Saw Her Standing There*.

Die Leute gingen augenblicklich mit und es wurde vor der Bühne getanzt. Charly hatte eine überraschend gute Gesangsstimme, die von Sigi und Franz unterstützt wurde. Als Nächstes spielten sie *A Hard Day's Night*.

Rita hatte zwar mit dem Einschenken viel zu tun, trotzdem verfolgte sie gebannt den Auftritt, der ihr tatsächlich gut gefiel.

Bis auf den Gitarristen, der für Sigi eingesprungen war. Ihm war deutlich anzusehen, dass er zwar sein Möglichstes versuchte, allerdings konnte sie nicht überhören, dass er eindeutig überfordert war mit den Soloparts. Die anderen, und vor allem der gute Gesang, machten dies jedoch einigermaßen wett. Den meisten Zuhörern schien es außerdem gar nicht aufzufallen, die hatten einfach Spaß an der guten Stimmung. Rita bemerkte jedoch, wie Moni immer wieder den Kopf schüttelte und nicht sonderlich zufrieden schien.

»Kann ich noch ein Glas Wein haben?«, wandte sie sich nach dem dritten Lied an Rita.

»Natürlich.«

Rita schenkte ihr ein.

»Sie sind nicht schlecht!«, meinte Rita mit Blick zu den Musikern. »Aber man merkt, dass der eine, der kurzfristig für deinen Bruder eingesprungen ist, schon ein paar Probleme hat, mitzuhalten.«

»Das ist noch freundlich formuliert.«

»Teilweise spielt er gar nicht mit.«

»Das ist auch besser so. Weil er es leider überhaupt nicht kann.«

»Das ist echt schade.«

»Soll ich dir was sagen?«

»Was denn?« Rita beugte sich näher zu der Rothaarigen.

»Ich spiele selbst Gitarre und kenne die Lieder allesamt. Deswegen habe ich angeboten, für meinen Bruder einzuspringen, aber sie wollten es nicht.«

Rita sah sie irritiert an. »Warum denn nicht?«

Moni atmete tief ein und aus. »Tja. Ich bin eben kein Mann. Und deswegen wollten sie mich nicht dabeihaben. Besser gesagt, Charly will mich nicht dabeihaben«, erklärte sie bitter. »Auch wenn ich viel besser bin als sein Cousin, schon allein deswegen, weil ich sehr viel länger spiele als Helle.«

Rita verdrehte die Augen. »Manchmal sind Männer echt so was von blöd.«

»Ich hoffe, du meinst nicht mich, Rita!«, rief Paul, der neben Moni saß und das Gespräch unweigerlich mitbekommen hatte.

»Du doch nicht, Paule!« Rita zwinkerte ihm zu. »Du gehörst zu den Guten!«

Moni sagte etwas zu ihr, das im Lärm jedoch nicht zu verstehen war.

»Was meinst du?«, hakte Rita nach und rückte nochmals näher zu ihr.

»Schade, dass es so wenige Frauen gibt, die so eine Art von Musik machen wollen oder können«, wiederholte Monika lauter und seufzte. »Ich würde so gern in einer Band spielen.«

»Das würde ich auch gern!«, verriet Rita.

»Du spielst auch?«, fragte Monika überrascht.

Rita nickte.

»Welches Instrument denn?«

»Schlagzeug.«

»Echt? Schlagzeug?«

»Ja. Mein Onkel hat es mir beigebracht. Aber ich habe leider auch keine Gelegenheit, mit anderen zu spielen und trommele meistens nur allein vor mich hin«, verriet Rita.

»Das ist echt schade. Wären wir Männer, könnten wir bestimmt in irgendeine Band einsteigen.«

In diesem Moment schob sich Leyla an die Bar und gab eine neue Bestellung durch. Ein paar Minuten später reichte Rita ihr das Tablett mit den Getränken.

»Ich glaube, es ist mir doch zu laut hier!«, rief Paul und deutete demonstrativ auf seine Ohren. »Kann ich bitte zahlen, Rita?«

»Aber du hast ja noch ein halbes Bier, Paule!«

»Das trinke ich noch aus, aber danach gehe ich.«

Rita sah ihm an, dass er eigentlich noch gern geblieben wäre, und verzieh ihm. Sie kassierte das Bier, lehnte jedoch sein Trinkgeld ab.

»Kommt nicht infrage. Damit kaufst du mir lieber nächstes Mal ein Eis, Paule!«, sagte sie mit einem Lächeln.

»Wenn du meinst.«

Angie tänzelte auf ihre Tochter zu. »Sind zwar nicht die Beatles, aber die Jungs sorgen echt für gute Stimmung hier, oder?«

»Aber ja! Vielleicht können sie zukünftig öfter hier auftreten. Allerdings müssen wir sie beim nächsten Mal bezahlen. Oder wir verlangen Eintritt und das Geld dürfen die Jungs behalten.«

»Das besprechen wir alles in Ruhe ... Sag mal, haben wir hier irgendwo noch einen Himbeergeist?«, fragte sie.

»Ich habe dir vorhin die letzte Flasche hingestellt«, sagte Rita. »Ist die schon wieder alle?«

»Ja.« Angie zuckte mit den Schultern. »Ach, dann müssen sie halt den Steinhäger trinken.«

»Davon haben wir noch genügend im Kühlfach.«

Angie beugte sich näher zu Rita herüber. »Und der arme Paule kann die Augen mal wieder kaum von dir lassen«, meinte sie amüsiert.

»Ach was, Mami. Wir sind doch nur gute Freunde! Und das weißt du auch ganz genau«, protestierte Rita.

»Das denkst aber auch nur du! Und der Paule, ich sag's dir, der wäre eine richtig gute Partie für dich, mein Schatz. Denk mal darüber nach. Dann wärst du irgendwann mal Arztfrau!«

Angie kicherte bei dieser Vorstellung und steckte sich eine Zigarette an. »Deine Oma sagt das auch immer. Die mag den Paule auch sehr gern.«

»Jetzt hör bitte auf damit«, zischte Rita.

»Aber warum denn? Paule ist ein sehr netter Mann. Der würde nie etwas tun, das dich verletzt.«

Rita hoffte, dass Paul nichts von ihrem Gespräch mitbekommen hatte. Das wäre ihm sicher sehr unangenehm. Genauso wie ihr. Und sie hoffte vor allem auch, dass ihre Mutter völlig falschlag mit ihrer Annahme, dass Paul in sie verschossen war. Denn so gern sie ihn hatte, so hegte sie leider keinerlei romantische Gefühle für ihren besten Freund aus Kinderzeiten. Und genau deswegen wollte sie auch nicht, dass er sich womöglich falsche Hoffnungen machte.

»Hier ist der Steinhäger.« Rita drückte ihrer Mutter die braune Flasche in die Hand.

»Danke!« Angie schenkte ein.

Da im Moment ansonsten alle mit Getränken versorgt waren, schenkte Rita sich ein Glas Cola ein und zündete sich eine Zigarette an.

»Magst du auch eine?«, fragte sie Moni. Doch die schüttelte den Kopf.

»Nein danke. Ich rauche nicht. Aber ich hätte gern noch einen Wein. Auch wenn ich das morgen vermutlich bereuen werde.«

»Dann vielleicht besser ein Glas Sprudelwasser dazu?«, schlug Rita vor.

»Das ist ein sehr guter Vorschlag! Ich vertrage nämlich nicht viel.«

Rita schenkte Wein und Wasser ein.

»Drei Käsesemmeln«, bestellte Leyla.

Rita nickte und legte sie auf die Teller.

»Die Semmeln gehen bald zur Neige!«, rief Rita ihrer Mutter zu.

»Dann verschwinde ich jetzt mal schnell in die Küche und mache welche!«, verkündete Angie.

In diesem Moment kündigte Sigi ein weiteres Lied an.

»Es heißt zwar immer, entweder mag man die einen und hasst die anderen – aber wir finden, beide Bands haben tolle Songs. Von den Beatles habt ihr schon einiges heute gehört und deswegen gibt es jetzt: *Get Off Of My Cloud* von den Rolling Stones.

Offensichtlich gab es unter den Gästen ebenfalls zahlreiche Fans der Stones, die wenig später begeistert den Refrain mitsangen.

Kapitel 7
Peggy Sue

München, 14. Mai 1966

Die letzten Tage mit Harry waren ein Auf und Ab gewesen. An einem Tag hatte er ihr einfach so einen Strauß Rosen mitgebracht und sie ins Kino eingeladen. Doch die meiste Zeit war er übellaunig und manchmal fast aggressiv. Er schien regelrecht etwas zu suchen, an dem er herumnörgeln konnte. Einmal war das Essen zu stark gesalzen, dann wieder zu wenig gewürzt oder es war zu kalt und dafür das Bier zu warm. Schon solche Gründe reichten aus, damit er das Haus verließ und den Abend mit Leuten aus der Kaserne verbrachte.

Peggy Sue verstand nicht, was mit ihrem Mann in letzter Zeit los war. Um ihn nicht unnötig zu reizen, vermied sie jegliche Diskussionen und versuchte, ihm alles recht zu machen. Sicherlich hat er einfach nur eine schwierige Phase, redete sie sich immer wieder ein. Trotzdem war sie besorgt und fragte sich manchmal bange, wie sich ihre Ehe zukünftig entwickeln würde. Hatte sie womöglich doch einen Fehler begangen, als sie sich so schnell in eine Heirat mit Harry stürzte? Damals war sie zu glücklich und verliebt gewesen, um auf ihre mahnende Familie zu hören. Trotzdem gab es in jeder Ehe Höhen und Tiefen, und auch wenn sie und Harry schon relativ bald nach der

Hochzeit aus ihr schleierhaften Gründen so eine schwierige Talfahrt erlebten, würde Peggy Sue ganz sicher nicht schon bei den ersten Problemen aussteigen. Manchmal musste man eben Geduld haben in einer Beziehung.

Allerdings hatte sie ihre Erleichterung kaum verbergen können, als Harry ihr am Freitagabend mitteilte, dass ihn eine dienstliche Angelegenheit für ein paar Tage nach Rheinland-Pfalz in die Ramstein Air Base führen würde. Auch Tom war dabei, mehr wusste sie allerdings nicht über den Einsatz, denn die Soldaten durften keine Details verraten. Peggy Sue war das einerlei. Sie war froh über die kleine Auszeit von ihrem Mann, die ihnen sicherlich beiden guttun würde. Und vielleicht wäre er bei seiner Rückkehr endlich wieder umgänglicher. Das hoffte sie jedenfalls sehr.

Am Samstag hatte sie sich gleich nach dem Frühstück für einen Ausflug in den Tierpark Hellabrunn entschieden. Sie genoss es, gemütlich durch den Park zu spazieren und die Tiere aus aller Herren Länder zu beobachten. Am besten gefielen ihr die Elefanten. Sie hätte den imposanten grauen Dickhäutern stundenlang zuschauen können. Aber auch die riesigen Eisbären faszinierten sie und flößten ihr Respekt ein, wenn sie sich auf ihre Hinterbeine stellten, ihre gewaltigen Mäuler aufrissen und laut brüllten.

Am Wochenende waren im Zoo vor allem viele Familien unterwegs. Als Peggy Sue ein junges Paar bemerkte, das seine etwa fünfjährige Tochter zwischen sich an den Händen hielt und sie unter lautem Gelächter hoch in die Luft schwang, verspürte sie plötzlich Heimweh oder besser gesagt Wehmut. Sie erinnerte sich an viele Ausflüge mit ihren Eltern und den Schwestern und fragte sich, ob sie so eine Art von harmonischem Familienleben jemals auch mit Harry erleben würde. Plötzlich hatte sie die Freude an ihrem Zoobesuch verloren. Sie machte sich auf den Weg zum Ausgang, wo sie nicht allzu weit entfernt ihren Wagen geparkt hatte. Auf der Fahrt drehte sie die Musik im Radio laut auf und während sie zu Petula Clarks Lied *Downtown* mitsang, verflüchtigten sich ihre trüben Gedanken. Sie würde sich heute einfach einen schönen Abend machen. Gemütlich essen, ein ausgiebiges Schaumbad genießen und ein wenig auf der Hohner Orgel spielen. Das war zwar kein echter Ersatz für ein Klavier, aber sie hatte das Instrument kurz nach ihrer Ankunft in München durch einen Zufall günstig bei einer Wohnungsauflösung in der Nachbarschaft übernehmen können.

Als sie in ihrer Wohnung ankam, war es schon später Nachmittag und da sie bis auf eine Brezel im Zoo nichts gegessen hatte, knurrte ihr Magen gewaltig. Sie wärmte den restlichen Auflauf vom Vortag auf und ließ sich nach dem Essen ein Schaumbad ein. Doch als sie eine halbe Stunde später aus der Wanne stieg, hatte sie plötzlich keine Lust mehr, allein in der Wohnung zu sein. Sie wollte unter Menschen gehen, etwas erleben.

Vielleicht würde ihre neue Nachbarin mit ihr in die Stadt fahren wollen. Sie könnten doch ins Kino gehen oder das Münchner Nachtleben erkunden? Davon hatte Peggy Sue bisher noch nicht allzu viel mitbekommen. Leider ging Harry mit ihr nur in die Einrichtungen und Clubs in der amerikanischen

Siedlung. Doch Peggy Sue wollte mehr von der Stadt kennenlernen, in der sie noch etwa ein Jahr leben würden.

Sie klopfte an der Wohnungstür gegenüber, doch die Nachbarn erwarteten an diesem Abend Besuch. Peggy Sue seufzte und wollte ihr Vorhaben schon fast aufgeben, doch der heutige Abend war eine der wenigen Gelegenheiten, endlich etwas zu erleben. Sie musste ihrem Mann noch nicht einmal erzählen, dass sie ausgegangen war. Vermutlich würde er sich ja doch nur unnötig aufregen. Dabei sollte es doch auch für eine verheiratete Frau kein Problem sein, auch mal am Abend etwas allein zu unternehmen. Sie selbst war in einer Familie aufgewachsen, in der die Eltern sich gegenseitig respektierten und vertrauten. Sie hatten ihre Töchter in dem Bewusstsein erzogen, genauso viel wert zu sein, wie ein Mann es war. Und genau das wollte Peggy Sue auch in ihrer Ehe für sich in Anspruch nehmen. Leider machte Harry ihr das nicht gerade leicht.

Sie schlüpfte in ein enges Paar weiße Hosen und eine zitronengelbe Bluse, bändigte ihre goldfarbenen Locken mit einem Band und zog ausnahmsweise rosafarbenen Lippenstift auf. Nach einem zufriedenen Blick in den Spiegel machte sie sich auf den Weg nach Schwabing. In der Gegend um die Leopoldstraße solle das Nachtleben ganz besonders vielfältig sein, hatte sie gehört. Und genau das wollte sie heute erleben.

Peggy Sue war überrascht, wie viel Verkehr um diese Zeit herrschte. Es dauerte eine Weile, bis sie endlich einen Parkplatz in einer Seitenstraße fand. Als sie aus dem Wagen stieg, fragte sie sich für einen Moment, ob es tatsächlich so eine gute Idee war, allein loszuziehen. Doch jetzt war sie nun schon mal hier.

Auf der Leopoldstraße tummelten sich Hunderte, wenn nicht gar Tausende Menschen. Feine Leute in Anzügen und schicken Kleidern oder in Trachten, Halbstarke in lässigen Jeans und Lederjacken, Menschen in ganz normalen Alltagskleidern, die womöglich gerade von der Arbeit heimkehrten oder mit dem Hund noch eine Runde Gassi gingen. Andere standen in kleinen Gruppen zusammen, unterhielten sich und lachten. Paare knutschten ungeniert und rauchende junge Leute saßen auf einer Treppenstufe und schienen über Gott und die Welt zu diskutieren.

Peggy Sue war fasziniert von dieser Lebendigkeit und Vielfalt. Hier tobte das Leben.

»Hallo, schönes Fräulein! Haben Sie Lust, mit mir auf ein Glas Wein zu gehen?«, sprach ein Mann sie an, der mindestens das Alter ihres Vaters hatte. »Oder mögen Sie lieber ein Likörchen?«

Sie reagierte gar nicht darauf und ging einfach weiter. Doch er blieb nicht der Einzige, der es bei ihr versuchte. Sie bog schließlich in eine kleine Nebenstraße ein und entdeckte neben einer Treppe, die zu einer Kellerbar führte, ein Schild: *Samstag, 21.00 Uhr: Live-Konzert mit Charly's Beatboys – freier Eintritt!*

Peggy Sue sah auf ihre Armbanduhr. Es war kurz vor halb zehn.

Sie drängte sich durch die Leute hindurch in Richtung Theke, während die Band auf der kleinen Bühne *Get Off Of My Cloud* von den Rolling Stones spielte. Die ausgelassene Stimmung und die tanzenden Menschen erinnerten sie an eine Bar in Chicago, in der sie sich mit ihren Schwestern kurz vor ihrer Abreise nach Deutschland getroffen hatte, um ihren Abschied zu feiern. Was hatten sie an diesem Abend gelacht und am Ende dann auch geweint, als es für die nächsten eineinhalb Jahre ans Lebewohlsagen gegangen war!

Peggy Sue bemerkte, dass ein junger Mann von seinem Hocker aufstand und die Theke verließ.

»Bis bald, Paule!«, rief die junge Bedienung ihm hinterher.

Peggy Sue beeilte sich, den frei gewordenen Barhocker neben einer rothaarigen Frau zu ergattern, bevor ihn ihr ein anderer wegschnappte. Die Bedienung entfernte das leere Bierglas des letzten Gastes und wischte kurz über den Tresen, bevor sie Peggy Sue fragte, was sie trinken wolle. Am liebsten hätte sie einen Cuba Libre getrunken, doch sie musste später noch Auto fahren und wollte nicht leichtsinnig sein.

»Eine Cola bitte«, bestellte sie deswegen.

»Kommt sofort!«

Während sie auf ihr Getränk wartete, verfolgte sie den Auftritt der Band. Eigentlich waren die Musiker gar nicht übel, auch wenn sich immer wieder ziemlich schräge Gitarrentöne einschlichen, die sie nicht überhören konnte. Peggy Sues Eltern hatten schon früh das musikalische Talent ihrer Tochter erkannt und ihr Unterricht in Gesang und an verschiedenen Instrumenten ermöglicht. Alle waren davon ausgegangen, dass sie einmal eine musikalische Laufbahn einschlagen würde. Doch sosehr sie es auch liebte zu musizieren und zu singen, hatte Peggy Sue sich letztlich für eine Ausbildung zur Kindergärtnerin entschieden. Musik sollte ihr Hobby bleiben.

»Hier ist deine Cola«, riss die Bedienung sie aus ihren Gedanken. »Tut mir leid, es hat ein wenig gedauert. Aber du siehst, hier ist die Hölle los.«

»Das macht doch nichts«, beteuerte Peggy Sue mit einem Lächeln. »Ich bin ja nicht am Verdursten!«

»Das würde ich auch nicht zulassen!«

»Gut zu wissen.«

Sie lächelten sich zu.

»Sag mal, deinem Akzent nach kommst du nicht aus Deutschland, oder?«, fragte die dunkelhaarige Bedienung neugierig, ohne jedoch aufdringlich zu sein. Sie schien tatsächlich nur interessiert.

Peggy Sue schüttelte den Kopf. »Nein. Ich bin Amerikanerin und stamme aus Illinois. Mein Mann ist in der Army und hier in der McGraw-Kaserne stationiert.

»Ich habe es mir fast schon gedacht, dass du die Frau eines GIs sein könntest«, sagte die Bedienung grinsend.

»Wir wohnen in der Siedlung am Perlacher Forst«, erklärte Peggy Sue freimütig. Schließlich war sie genau deswegen hier, um neue Menschen kennenzulernen und sich mit ihnen zu unterhalten. Dafür musste sie natürlich auch etwas Persönliches von sich preisgeben.

»Für eine Amerikanerin sprichst du aber ziemlich gut Deutsch«, mischte sich die rothaarige Frau mit den Sommersprossen neben ihr ein.

»Danke. Meine Großeltern stammen ursprünglich aus Österreich, aus Wien, um genau zu sein, und ich habe bei ihnen oft die Ferien verbracht. Vielleicht fällt mir die Sprache deswegen leichter«, erklärte sie. »Aber es gibt immer noch viel zu lernen für mich. Mein Name ist übrigens Peggy Sue.«

»Und ich bin die Moni!«, stellte ihre Sitznachbarin sich vor.

Die Bedienung stellte ein Glas mit Erdnüssen vor die beiden Frauen. »Ich bin Rita. Nehmt euch ruhig was, solange sonst noch keiner die Finger drinhatte.« Dann nahm sie eine weitere Getränkebestellung auf.

»Und gefällt es dir hier in Bayern?«, fragte Moni, die sich ein paar Erdnüsse aus dem Glas in die Hand schüttete und sie in den Mund stopfte.

Peggy Sue nickte. »O ja, ich fühle mich hier sehr wohl!«

Wenn nur Harry sich nicht so schwierig verhalten würde, schoss es ihr durch den Kopf.

Das aktuelle Lied war zu Ende und der Sänger kündigte einen weiteren Song an, den die Musiker offenbar selbst komponiert hatten.

»Hast du die Band schon mal gehört?«, fragte Peggy Sue.

»Ja. Allerdings. Schon ziemlich oft sogar«, antwortete die andere Frau mit einem Grinsen. »Mein Bruder Sigi ist der mit dem Tamburin.«

»Darauf wäre ich jetzt nie gekommen«, feixte Peggy Sue. Die Ähnlichkeit zwischen den beiden war kaum zu übersehen.

»Eigentlich ist Sigi der Leadgitarrist, aber er hat sich gestern die Hand verletzt.«

»Das ist ja ärgerlich.«

»Und wie. Deswegen musste Helle einspringen und Sigi kann seinen instrumentalen Beitrag nur mit dem Tamburin leisten.«

»Verstehe. Ich hatte mich schon gewundert, wieso die so

einen schlechten Gitarristen dabeihaben. Der hat echt Probleme im oberen Bundbereich und seine Finger sind viel zu weit weg vom Griffbrett. Ich denke, der hat erst vor Kurzem angefangen zu spielen, oder?«

»Du kennst dich aber gut aus«, bemerkte Moni erstaunt.

Peggy Sue zuckte mit den Schultern.

»Ich spiele selbst einige Instrumente«, erklärte sie. »Klavier, Klarinette und auch Gitarre. Da fällt einem das auf.«

»Wirklich? Heute treffe ich auf lauter Musikerinnen. Rita spielt Schlagzeug, hat sie mir vorhin erzählt.« Moni warf einen Blick zur Bedienung, die sich gerade eine Zigarette anzündete.

»Was ist mit mir?«, fragte die Bedienung neugierig und kam näher.

»Peggy Sue spielt einige Instrumente und ich habe ihr erzählt, dass du Schlagzeugerin bist.«

»Hey. Dann wären wir ja schon drei für eine Band!«, rief Rita und lachte.

»Eine Band?« Peggy Sue sah die beiden amüsiert an.

»Eine Band nur mit Frauen. Die Jungs lassen uns nämlich nicht mitspielen«, erklärte Moni. »Ansonsten hätte ich nämlich heute für meinen Bruder auf der Bühne gestanden – und mit den Soloparts in den Stücken keine Probleme gehabt. Ich spiele auch Gitarre und Klavier und dazu noch Bass.«

»Das ist ja wirklich erstaunlich«, sagte Peggy Sue. »Und du durftest nicht bei denen mitmachen?«

»Nein. Sie wollen keine Mädchen in der Band«, antwortete Moni und verdrehte demonstrativ die Augen.

»Männer können manchmal echt kompliziert sein«, meinte Peggy Sue kopfschüttelnd und musste kurz an ihren eigenen Ehemann denken. Inzwischen war sie froh, dass sie hierhergekommen war. Die Unterhaltung mit den beiden Frauen war erfrischend anders als die Gespräche, die sie sonst mit ihren Nachbarinnen führte.

»Und was für eine Art von Musik wollt ihr in eurer Frauenband spielen?«

»Na, alles Mögliche. Worauf wir gerade Lust haben!«, rief Rita lapidar.

»Das kann aber vieles sein«, bemerkte Peggy Sue mit einem Lächeln.

»Ich würde vorschlagen einen Mix aus Rock 'n' Roll und Beat – oder vielleicht auch ein paar Stücke in Richtung Soul. Ich fände es spannend, ein wenig zu experimentieren«, meinte Moni.

»Hört sich gut an.«

»Ja, das wäre super. Es gibt nur ein Problem«, bemerkte Rita trocken. »Ich kann schon mal nicht singen.«

»Stimmt. Wenn meine Tochter singt, dann stellen sich einem die Haare zu Berge«, mischte sich die andere, etwas ältere, jedoch sehr attraktive Frau hinter der Theke ein und lachte über ihren eigenen Scherz. Peggy Sue ging davon aus, dass es sich um die namensgebende Besitzerin von *Angies Vogelbar* handelte.

»Leider hat meine Mutter recht«, gab Rita verlegen zu.

»Dafür hast du genügend andere Talente, mein Schatz«, meinte Angie und ging wieder zur anderen Seite der Theke, um die Gäste zu bedienen.

»Hm. Die tollste Stimme habe ich leider auch nicht«, gestand Moni nun. »Aber für den Background würde es reichen.«

»Was ist mit dir, Peggy Sue?«, fragte Rita. »Kannst du singen?«

»Die meisten Leute behaupten das zumindest.«

»Perfekt! Dann wirst du unsere Leadsängerin«, beschloss Rita und sie lachten.

Sie spannen noch eine Weile ihre verrückten Pläne, die Peggy Sue nicht allzu ernst nahm. Doch die Unterhaltung wurde immer anstrengender, weil Charly's Beatboys dem Publikum inzwischen richtig einheizten. Sie beschlossen, ihr Gespräch auf später zu verschieben.

»Hey! Hübsche. Tanzt du mit mir?«, fragte ein junger Bursche mit einem frechen Grinsen, der allerdings schon ein wenig schwankte und eine ordentliche Alkoholfahne vor sich hertrug. Peggy Sue wich etwas zurück, als er ihr zu nahe kam.

»Ich tanze nur mit meinem Mann«, lehnte sie höflich, aber bestimmt ab.

»Und was ist mit dir, Rotfuchs?«, wandte der Mann sich gleich darauf an Moni.

»Ich tanze natürlich auch nur mit meinem Mann«, behauptete diese.

»Schade. Aber kann man nix machen.« Mit einem Schulterzucken wandte er sich ab und steuerte auf einen Tisch mit vier Frauen zu. Ob eine von ihnen ihn erhören würde?

»Der hat aber schon ganz schön einen sitzen!«, kommentierte Moni.

»Sicher hält der heute nicht mehr lange durch. Sag mal, wie lang bist du denn schon verheiratet?«, fragte Peggy Sue.

Moni grinste.

»Seit einer Minute! Und nur für ihn«, erklärte sie mit einem Blick auf den Betrunkenen, der auch von diesem Tisch wieder unverrichteter Dinge abziehen musste.

Peggy Sue lachte. Diese Moni wurde ihr immer sympathischer.

Obwohl der Auftritt nicht perfekt war, war die Stimmung in der Bar ausgelassen, und die Band musste am Ende noch drei Zugaben geben. Als der Applaus endgültig verklungen war, kamen die fünf Musiker ziemlich verschwitzt, aber strahlend zur Theke.

Angie hatte bereits Bier und Schnaps für sie eingeschenkt und sie stießen ausgelassen auf den Auftritt an.

»Ich hoffe, du und deine Jungs spielt ab jetzt öfter hier, Charly!«, rief Ritas Mutter.

»Gern!«, antwortete der Sänger und warf ihr einen Blick zu, den die attraktive Barbesitzerin mit einem vielsagenden Lächeln zur Kenntnis nahm und erwiderte.

Flirten die beiden etwa?, fragte sich Peggy Sue. Jedenfalls schien diese Angie eine sehr lebenslustige Frau zu sein. Aber vermutlich musste man das auch, wenn man eine Bar betrieb.

Moni umarmte ihren Bruder, von dem Peggy Sue inzwischen wusste, dass er Musiklehrer war und die meisten selbst geschriebenen Songs der Band aus seiner Feder stammten.

»Wenn *du* das nächste Mal wieder an der Gitarre bist, wird es richtig gut sein, Sigi!«, beteuerte Moni. »Aber es hat trotzdem heute Spaß gemacht.«

»Danke, Schwesterchen.«

»Schade nur, dass ich nicht mitspielen durfte.«

»Das war überhaupt nicht nötig, wie du siehst. Wir haben das ganz gut ohne dich hinbekommen«, sagte der Leadsänger zu Moni und prostete seinen Jungs zu.

»Na ja, Charly ...«, murmelte der andere Gitarrist. Er schien nicht sonderlich glücklich zu sein. Ihm war wohl selbst klar, dass er nicht das Glanzlicht des Abends gewesen war.

Der Schlagzeuger klopfte ihm aufmunternd auf die Schultern. »Immerhin hast du den Auftritt durchgezogen, Helle.«

Wobei es besser gewesen wäre, er hätte seine Gitarre in die Ecke gestellt und sich zu den Zuschauern gesellt. Doch das würde Peggy Sue niemals laut sagen.

»Und wer bist du, Hübsche?«, fragte Charly mit einem neugierigen Blick auf sie.

»Das ist Peggy Sue«, stellte Moni sie vor. »Und wir überlegen, ob wir zusammen mit Rita eine eigene Band gründen sollen«, fügte sie übermütig hinzu. Man konnte ihr anhören, dass sie schon einen kleinen Schwips hatte.

Charly lachte auf und es klang fast ein wenig hämisch. »Ihr wollt eine Band gründen? Zu dritt?«

»Warum nicht?«, stellte Moni die Gegenfrage und sah Charly herausfordernd an.

Peggy Sue konnte spüren, dass es zwischen den beiden irgendwie knisterte. Oder das Gegenteil war der Fall und sie konnten sich überhaupt nicht leiden. Jedenfalls gab es hier eine gewaltige Spannung.

»Eine Band zu gründen ist eine gute Idee!«, bemerkte Monis Bruder. »Aber vielleicht braucht ihr noch ein viertes Mitglied.«

Moni zuckte mit den Schultern. »Klar. Wir finden schon noch wen.«

»Und wer von euch singt?«, hakte Charly nach, der sein Bier bereits ausgetrunken hatte und Rita das leere Glas zum Nachfüllen reichte.

»Peggy Sue!«, erklärte Rita und Moni nickte zustimmend. »Sie spielt übrigens auch einige Instrumente.«

»Kannst du denn überhaupt singen?«, fragte Charly geradeheraus und Peggy Sue hob ob seiner Überheblichkeit die Augenbraue.

»Charly!«, mahnte Alois ihn. »Benimm dich doch bitte mal.«

»Was denn? Behaupten kann man doch viel.«

Peggy Sue überlegte, ob sie sich darauf einlassen sollte. Doch irgendwie verspürte sie den Drang, diesem Kerl zu zeigen, was sie draufhatte. Das erste Lied, das ihr in den Sinn kam, war *Rescue Me* von Fontella Bass. Sie schnippte ein paarmal mit den Fingern im Takt, dann begann sie zu singen. Sie registrierte, wie die Leute um sie herum überrascht verstummten. Monis Bruder schnappte sich sein Tamburin und schlug es im Rhythmus zu ihrem Gesang. Moni und Rita klatschten im Takt und Moni sang den Refrain mit.

Als das Lied zu Ende war, applaudierten alle und sogar Charly nickte anerkennend, wenn auch irgendwie widerwillig, wie ihr auffiel.

»Wow! Du hast eine tolle Stimme«, rief Sigi und Moni stimmte ihm zu.

»Wahnsinn. Einfach großartig!« Ritas blaue Augen funkelten

vor Begeisterung. »Das mit der Band müssen wir unbedingt machen!«

»Auf jeden Fall!« Moni griff nach ihrem Glas. »Auf uns!«

Peggy Sue lachte. Die beiden meinten das doch nicht ernst, oder?

Doch als sie eine Stunde später nach Hause fuhr, hatten sie tatsächlich ausgemacht, sich in der kommenden Woche zu treffen, um darüber zu sprechen, ob und wie sie die Sache angehen wollten. Einerseits hatte Peggy Sue große Lust darauf, mit den Frauen Musik zu machen. Auch wenn sie vermutlich niemals damit auftreten würden, so war es doch eine schöne Herausforderung. Andererseits befürchtete sie schon jetzt, dass Harry etwas dagegen haben könnte. Doch genau diese Ahnung rief eine Art Trotzreaktion hervor. Ja, sie war seine Ehefrau und sie liebte Harry, doch es durfte nicht immer nur nach seinen Spielregeln gehen. Sie hatte eingewilligt, mit ihm für eine gewisse Zeit nach Deutschland zu gehen. Sie hatte ihre Familie und Freunde verlassen und ihren Beruf auf Eis gelegt. Da stand es ihr doch zu, einem solch erfüllenden Hobby nachzugehen – oder nicht?

Kapitel 8
Inge

München, 19. Mai 1966

»Ich soll in einer Band spielen?«, fragte Inge verdattert.

Ihr Musiklehrer nickte mit einem breiten Lächeln. Sie hatten den Unterricht gerade beendet, als Siegfried Fischer ihr von seiner Schwester und zwei weiteren jungen Frauen erzählt hatte, die dringend nach einer Gitarristin mit Gesangstalent suchten.

»Und da habe ich sofort an Sie gedacht, Frau Becker.«

»Aber ich habe noch nie in einer Band gespielt. Und ich weiß gar nicht, ob ich das überhaupt kann«, bemerkte Inge.

»Sie haben Talent. Ich bin mir sicher, dass Sie das meistern.«

»Um was für eine Art von Musik geht es denn überhaupt?«, wollte Inge wissen.

»Rock 'n' Roll und Beat. Diese Richtung etwa. Aber wenn es Ihnen nichts ausmacht, dann würde ich meine Schwester holen und sie Ihnen vorstellen. Moni kann Ihnen mehr dazu erzählen. Natürlich nur, wenn Sie das auch möchten.«

Inge wusste nicht, was sie dazu sagen sollte. Einerseits schmeichelte ihr sein Anliegen. Andererseits fühlte sie sich damit ein klein wenig überfordert und unter Druck gesetzt.

»Ich kann gerne mit ihrer Schwester reden, aber ich hoffe, dass sie sich nicht zu viel verspricht.«

»Natürlich nicht. Es ist alles ganz unverbindlich«, versprach der Musiklehrer. »Hören Sie sich die Sache doch bitte einfach mal an.«

»Trotzdem, Herr Fischer, ich ...«

»Ach bitte, können wir nicht einfach Du sagen?«, schlug er vor. »Ich bin Sigi.«

Inge spürte, wie ihre Wangen sich erhitzten. Damit hatte sie nicht gerechnet, auch wenn sie es sich schon seit einer Weile erhofft hatte.

»Gern. Ich bin Inge.«

Eigentlich hatte Inge geplant, nach dem Musikunterricht noch auf den Ostfriedhof zum Grab ihres Mannes zu fahren und den restlichen freien Tag gemütlich auf dem Sofa zu verbringen. Doch Sigis Schwester Moni hatte sie überredet, zu einem Treffen mit den anderen mitzukommen. Und so saß sie nun mit Sigi und drei ihr bis vor zwei Stunden noch völlig fremden Frauen bei Kaffee und Kuchen an einem runden Tisch in *Angies Vogelbar*. Und sie redeten ernsthaft darüber, eine reine Frauenband zu gründen. Vor allem Rita und Moni waren von der Idee begeistert, während die Amerikanerin Peggy Sue eher noch zurückhaltender war.

»Und ihr habt euch wirklich vorher alle nicht gekannt?«, fragte Inge.

»Nein, wir sind uns letzten Samstag beim Konzert von Charly's Beatboys hier ganz zufällig begegnet«, antwortete

Rita. »Aber wir hatten alle gleich einen ziemlich guten Draht zueinander.«

»Schade, dass du nicht auch hier warst«, meinte Moni.

»Sigi hat mir vom Konzert erzählt, aber ich hatte leider keine Zeit an diesem Abend«, schwindelte Inge. In Wahrheit war sie schwer in Versuchung gewesen, in die Bar zu gehen, in der sie früher schon einmal mit ihrem Mann gewesen war. Aber dann hatte sie sich doch fürs Kino entschieden. Denn auch wenn sie es sich nicht gern eingestehen wollte, so verspürte sie in Sigis Gegenwart in letzter Zeit eine immer stärkere Anziehungskraft, die stets mit Schuldgefühlen einherging. Obwohl sie immer wieder solche Sprüche hörte wie: *Das Leben muss weitergehen* und *Die Zeit heilt alle Wunden*, so fühlte sie sich emotional nicht bereit, sich auf einen neuen Mann einzulassen. Umso weniger konnte sie es sich erklären, dass Sigi ihr trotzdem immer öfter im Kopf herumspukte. Vor ein paar Tagen hatte sie sogar von ihm geträumt und deswegen ein solch schlechtes Gewissen gehabt, dass sie kurz darüber nachgedacht hatte, den Musikunterricht bei ihm zu beenden. Doch auf diese eineinhalb Stunden in der Woche freute sie sich immer ganz besonders, außerdem interessierte sich ihr Musiklehrer sicherlich ohnehin nicht für sie.

»Vielleicht kommst du ein anderes Mal, wenn wir mit Charly's Beatboys spielen«, riss Sigi sie aus ihren Gedanken. »Dann bin ich auch wieder persönlich an der Gitarre.«

»Gerne!«, meinte Inge und nahm einen Schluck Kaffee.

»Jetzt reden wir doch noch mal über unser Vorhaben«, drängte Rita. »Was meint ihr denn dazu?«

Sie sah vor allem zwischen Peggy Sue und Inge hin und her.

»Ehrlich gesagt, weiß ich gar nicht, ob ich gut genug bin für euch. Und ob ich diese Art von Musik überhaupt spielen kann«, sagte Inge. »Ich höre zwar auch ab und zu gern die Beatles oder so, aber noch mehr mag ich eigentlich deutsche Schlager. Außerdem ist mein Englisch nicht besonders gut.«

»Ach was! Die Texte würdest du gewiss hinkriegen«, warf Sigi ein.

»Wenn du meinst ...«

»Ich habe in den letzten Tagen viel darüber nachgedacht und mir das etwa so vorgestellt«, begann nun Moni. »Anfangs würden wir bekannte englische Lieder interpretieren. Und ich kann mir auch einige deutsche Titel vorstellen. Aber das Ziel ist es, eigene Songs zu schreiben und später nur noch diese zu spielen.«

Alle sahen sie verblüfft an. Sogar Sigi.

»Eigene Lieder?«, hakte Inge nach. »Wer komponiert die denn?«

»Ich«, antwortete Moni und lächelte. »Ein paar habe ich sogar schon. Ich weiß nur nicht, ob sie gut genug sind, sie vor Publikum zu spielen.«

»Du hast Lieder geschrieben?«, fragte Sigi. »Wieso weiß ich nichts davon?«

Moni zuckte verlegen mit den Schultern. »Weil ich ein wenig Angst vor deinem Urteil habe, Sigi. Doch wenn wir wirklich eine Band sein wollen, die man ernst nimmt, dann muss ich darüber hinwegkommen. Ich kann euch ja mal was vorspielen. Ihr müsst mir aber ganz ehrlich sagen, was ihr davon haltet.«

»Da bin ich aber echt schon sehr gespannt, Schwesterlein«, meinte Sigi. »Lass mal hören!«

»Jetzt?«

»Warum nicht?«

»Aber ich habe meine Gitarre nicht dabei.«

»Du kannst meine nehmen«, bot Inge an und deutete zum Gitarrenkoffer, den sie vorhin neben der Theke abgestellt hatte.

»Wenn ihr meint! Aber ihr wisst, ich habe nicht die beste Stimme.«

»Kein Problem. Es geht ja erst einmal nur um das Lied«, redete Peggy Sue ihr gut zu.

»Und vermutlich ist der englische Text auch nicht unbedingt ganz richtig«, warnte Moni dennoch.

»Egal!«, winkte Rita ab. »Das fällt außer Peggy Sue sowieso niemandem von uns auf.«

Sie lachten.

»Na gut.« Moni holte die Gitarre aus dem Koffer und setzte sich auf einen Barhocker. »Das Lied heißt *She loves the World*.«

Man sah es ihr an, dass sie ein wenig nervös war, doch kaum legten sich ihre Finger um das Griffbrett, schien sie ganz in ihrem Element zu sein. Das schwungvolle Lied mit dem eingängigen Refrain gefiel Inge. Moni war zwar gesanglich tatsächlich nur mittelmäßig, aber dafür spielte sie richtig gut Gitarre.

»Wow! Schwesterchen! Was für ein toller Song«, rief Sigi, während sie alle klatschten. »Du machst mir ja inzwischen richtig Konkurrenz.«

Moni grinste breit.

»Bravo!«, rief Rita begeistert.

»Toll!« Inge nickte ihr anerkennend zu.

»Es gefällt euch also?«

»Und wie! Du musst mir heute Abend unbedingt auch deine anderen Lieder vorspielen«, sagte Sigi.

»Sehr gern, nachdem der Anfang gemacht ist.« Moni schien richtig erleichtert zu sein, dass ihr Lied bei allen gut angekommen war.

»Der Song ist wirklich großartig«, sagte nun Peggy Sue. »In der Grammatik sind zwar tatsächlich ein paar kleine Fehler und manche Wörter passen nicht so ganz, aber wenn du möchtest, helfe ich dir, das zu korrigieren.«

»Das wäre nett. Vielen Dank!« Moni wollte die Gitarre schon wieder wegpacken, doch da hielt sie inne und wandte sich an Inge. »Sag mal, magst du uns mal was vorspielen und singen?«

»Du meinst, damit ihr beurteilen könnt, ob ich überhaupt geeignet wäre«, witzelte Inge, um ihre plötzliche Nervosität zu überspielen.

»Ich kann euch versichern, das ist sie auf jeden Fall«, meinte Sigi und Inge wurde ganz verlegen.

»Natürlich vertrauen wir deinem Urteil, Sigi. Aber es wäre trotzdem schön, wenn wir Inge auch mal hören würden«, meinte Rita mit einem freundlichen Lächeln.

»Natürlich«, sagte Inge und schluckte.

Es fiel ihr nicht schwer, vor Sigi zu spielen und zu singen. Schließlich war er ihr Lehrer. Doch vor mehreren Leuten hatte sie bisher noch nie zur Gitarre gegriffen.

»Sieh es einfach als Unterrichtsstunde«, riet Sigi, als ob er ihre Gedanken erraten hätte.

Sie nahm die Gitarre und setzte sich auf den Barhocker.

»Puh. Damit habe ich heute echt nicht gerechnet«, sagte sie und ihr Puls schlug schneller vor Aufregung.

»Ganz locker bleiben, wir beißen nicht!«, witzelte Rita.

Inge holte ein paarmal tief Luft. Sie würde das Lied spielen, das sie für den Unterricht heute geübt und zu Sigis Zufriedenheit vorgetragen hatte: *Marmor, Stein und Eisen bricht* von Drafi Deutscher.

Sie räusperte sich. Sigi nickte ihr aufmunternd zu und sie begann das unverkennbare Intro zu spielen. Doch bevor sie mit dem Gesang einsetzte, stieg ein Gefühl von Panik in ihr auf. Sie brach ab.

»Entschuldigt bitte … Ich fürchte, ich bin einfach zu nervös.«

»Inge, ich bin mir sicher, du kannst das. Aber weißt du was? Wenn du im Moment zu aufgeregt bist, dreh dich einfach um und schau in Richtung Theke. Stell dir am besten vor, dass wir gar nicht da sind«, riet Sigi ihr.

Ob das half? Inge war nicht sonderlich überzeugt. Doch sie wollte es versuchen. »Na gut.«

Auch wenn sie sich ein wenig blöd vorkam, drehte Inge sich um und räusperte sich erneut.

»Das wird schon!«, hörte sie Rita rufen.

Inge schloss für einen kurzen Moment die Augen, um sich zu sammeln. Dann begann sie ein zweites Mal. Und diesmal stolperte sie nicht, als sie zu der Stelle kam, an der auch ihre Stimme gefordert wurde. Als sie den Refrain zum zweiten Mal sang, setzte auch Peggy Sue mit ein. Und sofort war ihr klar, die

Amerikanerin sang in einer völlig anderen Liga. Am Ende klatschten die anderen angetan.

»Inge, Peggy Sue, ihr beide singt wirklich klasse!« Rita war begeistert.

Auch Moni lobte sie. »Das hat sich gerade so toll angehört!«

»Danke, aber an Peggy Sue komme ich sicher nicht heran«, winkte Inge ab.

»Unsinn!«, rief Peggy Sue. »Ich mag deine Stimme sehr. Sie hat so eine schöne Klangfarbe.«

»Ihr beide harmoniert sehr zusammen«, erklärte Sigi. »Und ich kann mir wirklich gut vorstellen, dass ihr alle zusammen als Band funktionieren könntet.«

»Ich finde das auch, aber bevor wir weiter darüber reden, muss ich euch vorwarnen«, sagte Peggy Sue und ihr Blick war etwas ernster geworden. »Ich bin nur für eine begrenzte Zeit in München. In etwa einem Jahr geht es wieder zurück nach Hause. Ich weiß nicht, ob es viel Sinn ergibt, wenn wir gemeinsam die Lieder einstudieren, ich aber schon jetzt weiß, dass ich wieder aussteigen muss.«

Aus Monis Gesicht verschwand das Lächeln. »Daran habe ich überhaupt nicht gedacht.«

»Ich auch nicht«, meinte Rita, zuckte dann jedoch lapidar die Schultern. »Aber wir haben doch alle keine Ahnung, was in einem Jahr sein wird. Probieren wir es doch einfach aus. Es ist ja kein Zwang, sondern soll uns vor allem Spaß machen. Wir können hier in der Bar proben. Natürlich nur zu den Zeiten, wenn geschlossen ist. Aber wir haben eine Anlage, ein Schlagzeug und eine Orgel – und so wie es aussieht, alle Lust darauf. Oder nicht?«

Monis Gesicht hellte sich bei ihren Worten auf. »Rita hat recht. Versuchen wir es doch einfach.«

»Ich kann euch meinen Elektrobass zur Verfügung stellen«, bot Sigi an. »Und sicherlich kann ich auch noch leihweise eine Elektrogitarre auftreiben.«

»Stimmt«, sagte Moni. »Mit unseren akustischen Gitarren kommen wir leider nicht weit.«

»Und was genau spielen wir?«, fragte Inge.

»Wir können ja gemeinsam schon mal einige Titel von bekannten Bands und Interpreten auswählen. Und, falls ihr mögt, noch zwei oder drei meiner Lieder. Die spiele ich euch bei unserer ersten Probe vor. Bis dahin schreibe ich für euch alle die Texte und Noten auf.«

»Ich kann dir dabei helfen«, bot Sigi an. »Und überhaupt, wenn ihr mich brauchen könnt, dann bin ich für euch da.«

Peggy Sue nickte. »Okay. Wenn euch das nichts ausmacht, dass ich in einem Jahr nicht mehr hier bin, und wenn ihr auch Verständnis dafür habt, dass ich nicht weiß, ob ich immer zu den Proben kommen kann, dann bin ich einverstanden und mache sehr gerne mit.«

Nun sahen alle erwartungsvoll zu Inge. Inzwischen hatte sie auch Lust bekommen, mit den Frauen zu spielen. Gleichzeitig bedeutete das auch, dass sie Sigi öfter sehen würde, und sie fragte sich, ob das ein Problem werden könnte. Doch in diesem Moment ging ihr ein Gedanke durch den Kopf, den sie bisher noch nicht zugelassen hatte: Bernd hatte sie sehr geliebt und gerade deswegen würde er es wollen, dass es ihr gut ging. Niemals hätte er von ihr erwartet, auf ewig trauernde Witwe zu sein. »Man muss das Leben genießen, Ingelein«, hatte er oft zu ihr gesagt. »Genau dafür ist es da.«

»Na gut. Ich bin auch dabei«, sagte sie und es war, als ob eine drückende Last von ihr abfallen würde. Als ob sie langsam wieder auf das Leben zugehen würde, anstatt es zu umgehen.

»Darauf müssen wir unbedingt anstoßen!«, rief Rita freudig.

Sie holte aus der Kühlung eine Flasche Sekt und schenkte ein.

»Für mich nur ein halbes Glas«, bat Peggy Sue. »Ich muss noch Auto fahren.«

Schließlich hoben sie die Gläser.

»Auf eure Band!«, rief Sigi.

»Auf unsere Band!«, kam es von den Frauen im Chor.

»Aber es fehlt noch was Wichtiges«, meinte Sigi, nachdem sie getrunken hatten.

»Was denn?«, fragte Moni.

»Ihr braucht einen Namen.«

»Natürlich!«

Doch das gestaltete sich schwieriger, als gedacht. Auch über eine Stunde später hatten sie noch nichts gefunden, das ihnen allen gefiel.

»Wie wär's mit Bavarian Beatgirls?«, machte Sigi einen neuen Vorschlag.

»Oder The Vogelbar Girls?«, überlegte Rita.

Peggy Sue kicherte. »The Vogelbar Girls hört sich sehr verrückt an.«

»Warum nicht gleich The Crazy Vogelbar Girls«, schlug Moni vor.

»Wir sind tatsächlich verrückte Vögel«, stellte Inge fest.

»Vögel ... Birds ... Vielleicht Bavarian Birds?«, spann Sigi herum.

»Oder Munich Birds«, dachte Peggy Sue laut nach.

»Hm. Das find ich gar nicht übel«, sagte Moni.

»München ... Munich ... oder Monaco!«, rief Inge plötzlich. »Was haltet ihr von Monaco Birds?«

»Monaco Birds«, wiederholte Rita langsam und grinste dann breit. »Das gefällt mir.«

»Mir auch!«, kam es von Peggy Sue, Sigi und Moni gleichzeitig.

»Dann sind wir also die Monaco Birds!«, erklärte Moni begeistert.

»Das passt richtig gut zu euch.« Sigi grinste. »Die Münchner Vögel, die in *Angies Vogelbar* proben.« Er lachte.

»Und dort vielleicht ihren ersten Auftritt haben«, spekulierte Moni.

»Das kann durchaus sein! Und jetzt müssen wir unbedingt noch ein Glas trinken«, meinte Rita und holte eine weitere Flasche Sekt aus der Kühlung.

»Auf die Monaco Birds!«, riefen sie ein paar Minuten später und ließen die Gläser erneut klingen.

Kapitel 9
Monika

München, 28. Mai 1966

»Moni, geh und hol noch eine Stange Kochsalami aus der Kühlung«, wies Astrid sie in einem Ton an, der keinen Widerspruch erlaubte. Und schon gar nicht unter dem strengen Blick ihrer Mutter vor den Kunden in der Metzgerei.

»Freilich«, sagte Monika mit einem bemühten Lächeln, das sofort verschwand, als sie den Flur betrat und zum Kühlraum ging. Trotzdem war sie froh, wenigstens für ein paar Minuten der Anwesenheit von Astrid zu entkommen. Ihre Schwägerin hatte erst vor wenigen Tagen in der Metzgerei angefangen, aber sie führte sich jetzt schon auf, als wäre sie die Chefin, und behandelte Monika wie einen Lehrling. Und ihre Mutter ließ sie einfach gewähren, obwohl Astrid selbst erst noch umfassend angelernt werden musste.

Monika graute es inzwischen jeden Tag davor, in den Laden zu gehen. Auf Dauer würde die Zusammenarbeit mit ihrer Schwägerin sicher nicht gut gehen. Einzig die Aussicht auf die morgige Bandprobe mit den Monaco Birds heiterte sie auf. Und heute Abend würde sie sich mit Inge in *Angies Vogelbar* treffen und mit ihr an der Theke ein Gläschen trinken und nebenbei mit Rita plaudern.

Als sie wieder aus der Kühlkammer kam, begegnete ihr Hans-Jürgen, der einen hölzernen Werkzeugkasten trug.

»Grüß dich, Moni«, sagte er freundlich.

»Hans-Jürgen. Ist was kaputtgegangen?«, erkundigte sie sich. Normalerweise kümmerte er sich nur an Wochentagen um Hausmeisterangelegenheiten.

»Nicht kaputt.« Er schien ein klein wenig verlegen zu werden. »Aber weißt du, Moni, die Frau Obermeier aus dem Wohnhaus gegenüber hat mich gebeten, ihr zu helfen, einen Schrank aufzubauen. Sie gibt mir dafür eine Schachtel Pralinen. Ich hoffe, es macht nichts, wenn ich das Werkzeug von hier mitnehme? Ich bringe auch alles wieder zurück.«

Er sah sie aus seinen großen braunen Augen unschuldig wie ein kleiner Schuljunge an.

»Das weiß ich doch, Hans-Jürgen. Natürlich kannst du das Werkzeug nehmen. Und richte Frau Obermeier einen schönen Gruß aus, sie darf dir zu den Pralinen ruhig auch noch fünf Mark geben, wenn du ihr schon hilfst.«

Er lächelte breit. »Das werde ich ihr sagen.«

»Gehst du denn heute auch ins Grünwalder Station?«, fragte sie.

Der Fußballclub 1860 spielte gegen den Hamburger SV um die Meisterschaft.

Hans-Jürgen schüttelte den Kopf. »Nein. Fußball interessiert mich nicht. Ich gehe ins Kino.«

»Was schaust du dir denn an?«

»Für ein paar Dollar mehr«, sagte er und seine Augen funkelten vor Vorfreude.

»Dann wünsche ich dir viel Spaß, Hans-Jürgen!«

»Danke, Moni.«

»Das hat ja lange gedauert«, zischte Astrid, als Monika mit zwei Stangen Kochsalami wieder hinter die Theke kam. Der Laden war inzwischen voll mit Kundschaft. Das lange Pfingstwochenende stand bevor und wegen des Feiertages am Montag kauften die Leute mehr als sonst ein. Normalerweise sprang Ursi an den Samstagen oft im Laden mit ein, aber sie lag seit gestern mit einer Erkältung im Bett.

»Bin ja schon da ... Bei wem geht es denn weiter?«, fragte Monika freundlich.

»Bei mir, Fräulein Monika!«, rief ein älterer Herr mit Lederhose und Trachtenhut.

»Herr Fitz, was darf es denn bei Ihnen sein?«

»Heute nur eine dicke Scheibe Leberkäse und zwei Paar Debrecziner, weil ich an den Feiertagen bei meinen Kindern eingeladen bin.«

»Ach, das ist doch schön, Herr Fitz, wenn Sie bei der Familie sind!«

An seinem Blick erkannte sie, dass er selbst nicht ganz so begeistert darüber war. »Sie kann halt nicht kochen, meine Tochter. Gar nicht.« Er seufzte. »Aber mei. Sie meint es ja immer gut, die Dietlinde.« Er bemühte sich um ein Lächeln. »Und dann brauch ich noch wie immer ...«

»Eine Wiener für den Wackerl«, fügte Moni lächelnd hinzu. Inzwischen kannte sie die Einkaufsgewohnheiten ihrer Stammkunden. Egal, was Herr Fitz kaufte, eine Wiener Wurst für den

Dackel, der angebunden vor dem Laden wartete, musste immer mit dabei sein.

Kurz vor Mittag war es im Laden deutlich ruhiger geworden. Noch zwanzig Minuten, dann würden sie zusperren. Maria war bereits nach oben gegangen, um nach Ursi zu sehen und das Mittagessen zu kochen. Monika fing schon damit an, den Fleischwolf zu reinigen, als die Ladenglocke schellte.

»Guten Tag!«

Die Stimme und vor allem der Akzent kamen ihr bekannt vor und sie drehte sich um.

»Peggy Sue!«, rief Monika überrascht.

»Grüß Gott. Was darf es denn sein?«, fragte Astrid.

»Das mache ich schon, Astrid«, sagte Monika schnell und wusch sich die Hände in einem kleinen Eimer, den sie vor wenigen Minuten mit warmem Wasser und ein wenig Spülmittel gefüllt hatte.

»Hallo, Moni. Ich möchte morgen Mittag für meinen Mann und einen Gast Schweinebraten mit Knödel machen und dachte mir, wenn ihr schon eine Metzgerei habt, dann kann ich doch auch bei euch einkaufen«, sagte Peggy Sue und lächelte.

»Aber natürlich! Hier bei uns bist du genau richtig.«

»Die beiden haben immer einen ziemlich großen Appetit. Und wenn ich einmal dabei bin, möchte ich gleich mehr Fleisch braten, damit wir es am nächsten Tag kalt essen können.«

»Verstehe. Schau, hier habe ich ein schönes Stück Schulter.« Moni legte das Fleisch auf die Waage. »Das hat nicht ganz drei Pfund. Wenn du noch ein Stück Wammerl dazu brätst, reicht es auf jeden Fall auch für den nächsten Tag und du kriegst eine schöne Soße.«

»Wammerl?«, fragte Peggy Sue irritiert. Auch wenn sie die deutsche Sprache ziemlich gut beherrschte, wie Monika fand, so kannte sie spezielle bayerische Ausdrücke noch nicht.

»Wammerl ist Bauchfleisch. Schau mal!«, sie nahm ein Stück und zeigte es ihr. »Passt das?«

»Ja. Das passt.«

Monika ritzte die Haut ein. »Damit es eine schöne Kruste gibt!«, erklärte sie.

»Danke, Moni. Wegen morgen Nachmittag: Ich kann es nicht versprechen, ob ich es ganz pünktlich zur Probe schaffe. Also bitte nicht wundern, wenn ich um vierzehn Uhr noch nicht da sein sollte.«

»Was probt ihr denn?«, mischte sich Astrid ein. Sie war die neugierigste Person, die Monika jemals kennengelernt hatte.

»Wir machen Musik, Astrid«, erklärte Monika knapp, dann wandte sie sich wieder an Peggy Sue. »Und falls du es nicht rechtzeitig schaffst, sage ich den anderen Bescheid.«

»Danke.«

Monika wusste inzwischen, dass es für Peggy Sue nicht ganz einfach war, zu den Zeiten zu proben, wenn die anderen frei hatten, weil dann auch ihr Mann meist nicht im Dienst war. Aber irgendwie würden sie das schon hinbekommen. Bei der ersten Probe am vergangenen Sonntagnachmittag waren sie jedenfalls alle da gewesen und es war für einen ersten Versuch gut gelaufen. Monika hatte allen die Texte für die acht bekannten Musikstücke herausgeschrieben, die sie gemeinsam ausgewählt hatten. Darüber hinaus hatte sie ihnen drei weitere Lieder aus ihrer eigenen Feder vorgespielt, die sie ebenfalls in ihr Programm nehmen wollten.

Peggy Sue bezahlte und zog ein größeres Kuvert aus ihrer Tasche. »Ich habe die englischen Texte von deinen Songs ein wenig überarbeitet. Es war auch gar nicht viel. Hoffentlich ist das okay für dich?«

»Aber natürlich. Vielen Dank, Peggy Sue. Ich werde sie heute noch mal für alle in der korrigierten Fassung abschreiben.«

»Musst du nicht. Das habe ich schon gemacht.« Sie wollte Monika das Kuvert reichen.

»Oh, danke! Leg's besser auf die Theke. Ich nehme es gleich, wenn ich die Hände wieder sauber habe.«

»Natürlich.«

Die Ladenglocke schellte wieder und eine Kundin kam herein, die Astrid bediente, während Monika noch ein wenig mit Peggy Sue plauderte.

»Schade, dass du heute Abend nicht auch in die Bar kommen kannst«, sagte Monika.

»Leider geht es nicht, dass ich am Abend so oft weg bin. Aber richte den anderen bitte einen Gruß von mir aus.«

»Das mache ich.«

»Ich muss jetzt los. Bis morgen, Moni!«

»Bis morgen, Peggy Sue!«

»Was ist denn diese Peggy Sue für eine?«, wollte Astrid wenig später wissen, als keine Kundschaft mehr im Laden war und sie sich ans Aufräumen machten.

»Sie ist eine Freundin.«

Dass sie sich erst vor Kurzem kennengelernt hatten, ging Astrid nichts an. Monika hatte ohnehin das Gefühl, die sympathische Amerikanerin schon länger zu kennen.

»Eine Freundin von dir? Die habe ich aber noch nie hier gesehen! Und mit der machst du Musik? Mit einer Ausländerin!« Astrid betonte das letzte Wort, als ob es sich um etwas Verwerfliches handeln würde.

Monika zählte innerlich bis drei. Sie wollte sich nicht provozieren lassen und kümmerte sich wieder um die Reinigung des Fleischwolfes.

»Woher kommt denn diese Peggy Sue?« Astrid ließ nicht locker. »Und wo lernst du nur solche Leute kennen, Moni? Wahrscheinlich macht ihr diese schreckliche Gammler-Musik, so wie die aussah!«

Monika spürte, wie die Wut in ihr immer höher kochte. Peggy Sue war eine bildschöne junge Frau und nichts an ihr hatte irgendwas mit Hippies zu tun. Abgesehen davon wäre das auch nicht weiter schlimm gewesen und ginge ihre Schwägerin nichts an. Vermutlich war Astrid einfach nur neidisch, wie sie es auf jede hübsche Frau war, das war Monika längst aufgefallen. Deswegen hatte sie unbedingt auch Susi loswerden wollen.

»Weiß deine Mutter überhaupt, dass du dich mit Ausländern triffst?«

Nun war aber genug! Monika platzte der Kragen.

»Es geht dich nichts an, was ich mache und mit wem ich meine Zeit verbringe! Kümmere dich einfach um deine Angelegenheiten und lass mich gefälligst in Ruhe!«, zischte sie.

Astrid legte die Hände in die Hüften und kniff wütend die Augen hinter ihrer Brille zusammen. »Nicht in diesem Ton, mein Fräulein!«, mahnte sie streng wie eine Gouvernante. »Nicht in diesem Ton!«

Monika lachte kurz auf.

»*Mein Fräulein*? Sag mal, was denkst du eigentlich, wer du bist, so mit mir zu reden? *Ich* habe genug von *deinem* Ton! Und nachdem du sowieso immer alles besser weißt und alles kannst, macht es dir sicher nichts aus, wenn du den Laden heute allein aufräumst und abschließt. Und vergiss nicht, Mutter das Geld und die Quittungen zu bringen, damit sie die Tageskasse machen kann.«

Damit ließ Monika ihre Schwägerin stehen und rauschte davon.

Ihr war klar, dass es deswegen vermutlich mächtigen Ärger mit ihrer Mutter geben würde. Astrid würde das gewiss nicht auf sich sitzen lassen. Aber sie hatte in den letzten Tagen so viel heruntergeschluckt. Sie konnte sich das nicht mehr gefallen lassen. Und wenn ihre Mutter das nicht verstehen wollte, dann musste sie sich eben tatsächlich eine andere Stelle suchen und notfalls auch eine eigene Wohnung. Doch eigentlich wollte sie das gar nicht. Nicht so. Nicht jetzt. Sie wollte sich lieber auf die Musik konzentrieren.

Sie eilte nach oben in ihr Zimmer, holte sich frische Sachen zum Anziehen und wusch sich in dem kleinen Badezimmer auf halber Treppe. Dann schnappte sie sich die neueste Ausgabe der Bravo und setzte sich im Schneidersitz aufs Bett. So ganz wohl war ihr nicht in ihrer Haut und sie wartete darauf, dass jeden Moment ihre Mutter oder Albert ins Zimmer platzen würden, um ihr eine Standpauke zu halten. Doch niemand kam. Allerdings auch nicht, um sie zum Essen zu rufen. Inzwischen war es schon kurz vor ein Uhr. Seufzend legte sie die Zeitschrift beiseite. Da sie der Sache ohnehin nicht entkam, wollte sie es am besten gleich hinter sich bringen. Außerdem hatte sie Hunger. Als sie gerade die Wohnung der Eltern betreten wollte, kamen ihr Albert und Max entgegen. Beide schienen gut gelaunt zu sein.

»Moni, geht's dir wieder gut?«, erkundigte sich ihr Vater.

»Ja. Natürlich«, sagte sie irritiert.

»Wir sind schon in Eile. Nicht, dass wir das Spiel noch verpassen!«, sagte Max.

Monikas Vater und Albert waren große Fans der 60er und bei diesem großen Ereignis natürlich mit dabei.

»Stell dir vor, Moni, sogar der Bundeskanzler soll angeblich kommen«, verriet Albert aufgeregt.

»Wirklich? Ludwig Erhard kommt zum Spiel?«

»Immerhin geht es um die deutsche Meisterschaft«, merkte Albert an.

»Dann viel Spaß euch beiden!«

»Vergesst die Regenschirme nicht!«, rief die Mutter ihnen hinterher und Albert ging noch mal zurück, um die zwei schwarzen Schirme, die an der Garderobe hingen, zu holen.

Als Monika das Esszimmer betrat, räumte Astrid gerade den Tisch ab.

»Jetzt bist du ja doch da, Monika!«, sagte ihre Mutter überrascht. »Astrid meinte, dass du dich nicht so wohlfühlst und dich hinlegen wolltest. Ich war schon in Sorge, Ursi hätte dich angesteckt.«

»Es geht mir schon wieder gut, Mutter«, beteuerte Monika.

Sie warf einen kurzen Blick zu ihrer Schwägerin, die ihr jedoch keine Aufmerksamkeit schenkte. Sie hatte offenbar nichts von ihrem Streit gesagt. Hatte sie Astrid heute etwa zum ersten Mal den Schneid abgekauft? Doch irgendwie konnte Monika nicht so ganz daran glauben.

Siegfried war ebenfalls auf dem Sprung. »Ich muss jetzt gleich los, Charly vom Bahnhof abholen«, verkündete er.

»Wieso vom Bahnhof?«, fragte Monika neugierig.

»Er hat für seinen Onkel einen Opel Kadett zu einem Käufer nach Nürnberg gebracht und kommt mit dem Zug zurück. Bis später.«

»Bis dann!«

»Es ist noch ein Rest von den Schinkennudeln da«, sagte Maria. »Soll ich sie für dich aufwärmen?«

»Nein danke. Ich mag sie auch so«, erwiderte Monika.

Sie holte sich Teller und Besteck und setzte sich an ihren Platz. Sie schabte den Rest der Schinkennudeln aus der Pfanne, zu denen es wahlweise Gurkensalat oder von Tante Gundi selbst gemachtes Apfelkompott gab. Mit Letzterem mochten ihr Vater und Siegfried das Gericht am liebsten.

Monika bevorzugte Salat dazu.

»Vergiss nicht, dass wir morgen alle zusammen in den Acht-Uhr-Gottesdienst gehen wollen«, erinnerte die Mutter sie, als sie Nudeln auf ihre Gabel lud.

»Nein. Ich vergesse es nicht«, antwortete Monika und unterdrückte ein Seufzen. Dabei hätte sie so gerne ausgeschlafen.

»Und am Mittag sind wir diesmal beim Eggerl-Wirt.«

Sonntags ging die Familie abwechselnd zum Essen in die Wirtshäuser, die ihr Fleisch von der Metzgerei Fischer bezogen.

»Ich freue mich schon«, beteuerte Astrid, die auch in dieser Hinsicht ganz nach den Vorstellungen ihrer Schwiegermutter kam. »Ich habe mir für den Pfingstgottesdienst extra ein neues Kostüm gekauft.«

Maria nickte anerkennend.

»Du könntest morgen auch mal wieder ein hübsches Kleid anziehen«, sagte Astrid zu Monika.

»Darf ich in einer Hose denn nicht mit?«, konnte Monika es sich nicht verkneifen.

»Astrid hat schon recht. In letzter Zeit trägst du fast nur noch Hosen«, sagte die Mutter.

»Dabei siehst du so hübsch aus, wenn du ein Kleid trägst, Moni«, fügte Astrid hinzu.

Ein Kompliment, das sie nur deshalb gemacht hatte, um sich bei ihrer Schwiegermutter einzuschmeicheln.

»Ich werde schon etwas Passendes finden«, sagte Monika, weil sie keine Lust auf eine Diskussion über ihre Kleidung hatte.

Als sie schon fast aufgegessen hatte, verließ ihre Mutter die Küche, um nach Ursi zu schauen.

»Du hast vorhin übrigens etwas vergessen«, erklärte Astrid mit einem Lächeln, das Monika nicht sonderlich gefiel.

»Was denn?«

Astrid ging zur Kommode und nahm das Kuvert, das Peggy Sue vorhin gebracht hatte, und trug es zum Tisch. Monika hatte es nach ihrem Streit tatsächlich liegenlassen. Ihr Puls beschleunigte sich, als sie bemerkte, dass das Kuvert nass war.

»Leider ist mir beim Saubermachen der Putzeimer umgekippt«, säuselte Astrid und zuckte in einem gespielten Bedauern die Schultern. »Natürlich habe ich gleich versucht, es mit einem Tuch zu trocknen, aber ich fürchte ...«

»Schon gut!«, fuhr Monika sie an und nahm ihr das nasse Kuvert aus der Hand. Natürlich war es kein Versehen gewesen, sondern Astrid wollte ihr eine Lektion erteilen. Damit war die Arbeit, die Peggy Sue sich gemacht hatte, völlig umsonst gewesen.

»Warum tust du das?«, fragte sie ihre Schwägerin.

»Weil du mich nicht respektierst. Das hast du vom ersten Tag an nicht getan.« Astrids Augen funkelten wütend. »Heute habe ich niemandem etwas gesagt, wie du dich mir gegenüber verhalten hast, aber wage es nicht noch einmal, so mit mir umzugehen, Monika! Sonst ist das hier« – sie deutete kurz zum Kuvert – »dein geringstes Problem. Ich bin Alberts Frau und ich werde mit ihm diese Metzgerei führen, und zwar schon in wenigen Jahren. Während du nur eine Verkäuferin bist. Und mehr wirst du auch niemals sein. Und das weißt du selbst ganz genau.«

»Trotzdem kannst du nicht so mit mir umgehen, Astrid. Ich bin hier nicht der Lehrling! Das Geschäft gehört meinen Eltern«, schoss Monika zurück, auch wenn ihr klar war, dass ihre Schwägerin leider recht hatte. Sie war zwar die Tochter des Hauses und würde irgendwann mal eine kleine Mitgift bekommen, aber ansonsten hatte sie keinerlei Anspruch und im Betrieb nichts zu sagen.

»Alle erwarten, dass du bald einen Mann kennenlernst, heiratest, mit ihm zusammenziehst und Kinder kriegst. Aber ich werde bleiben und zusammen mit Albert die Verantwortung für das alles übernehmen.«

»Vielleicht will ich ja gar nicht heiraten und Kinder bekommen«, hielt Monika ihr entgegen. »Ich habe etwas ganz anderes vor.«

»Ach ja? Was denn?«

Monika antwortete nicht.

»Denkst du etwa, du wirst mit Musik Karriere machen?«

»Zum Beispiel!« Jedenfalls war es ihr größter Traum, den ihr auch Astrid nicht nehmen konnte.

»Du, eine Metzgereiverkäuferin? Das glaubst du ja wohl selbst nicht!« Astrid lachte schallend.

»Lach mich nur aus«, sagte Monika bitter. »Das ist mir egal. Am Ende werde ich lachen. Und noch etwas: Du wirfst mir vor, dass ich dich nicht respektiere? Stimmt. Denn Respekt muss man sich verdienen, Astrid. Man kann nicht einfach so daherkommen und Respekt von anderen verlangen, ohne etwas dafür zu tun. Außerdem ist es nicht Respekt, den du von mir willst, sondern Unterwürfigkeit. Da beißt du dir bei mir aber gehörig die Zähne aus.«

Astrid sah sie einige Sekunden an.

»Trotzdem sitze ich jetzt am längeren Hebel. Du solltest das niemals vergessen!« Ihr Ton war nun freundlich, fast heiter, und Monika bekam eine Gänsehaut.

»Soll das eine Drohung sein?«, fragte sie, während auf dem Flur Schritte zu hören waren.

»Ach, komm. Wir sind doch Schwägerinnen. Natürlich nicht!« Astrid lachte gekünstelt.

In diesem Moment kam Maria zurück und hatte offenbar das Lachen ihrer Schwiegertochter mitbekommen.

»Schön, dass ihr euch inzwischen besser versteht«, sagte sie. »Ich glaube, die Zusammenarbeit im Laden tut euch beiden gut.«

Monika nickte nur. Die Wahrheit hätte nicht weiter entfernt sein können.

»Aber natürlich, Mutter«, sagte Astrid und lächelte.

Monika hielt es keine Minute länger aus. Sie schob sich die letzte Gabel mit Nudeln in den Mund und zwang sich, das Essen herunterzuschlucken. Dann stellte sie ihren Teller in die Spüle.

»Ich leiste Ursi ein wenig Gesellschaft. Sicherlich ist es ihr schon langweilig«, sagte sie, griff nach dem Kuvert und verließ die Wohnküche. Sie brauchte unbedingt jemanden, bei dem sie über ihre Schwägerin Dampf ablassen konnte.

Doch als sie ins Zimmer kam, schlief Ursi tief und fest und Monika wollte sie nicht wecken. Dann würde sie eben in ihr Zimmer gehen und sehen, ob es bei den nass gewordenen Texten noch etwas zu retten gab.

Als sie aus der Wohnung trat, hörte sie im Treppenhaus von unten Stimmen. Siegfried war schon zurück und hatte Charly im Schlepptau. Obwohl sie es nicht wollte, schlug ihr Herz plötzlich ein klein wenig schneller.

»Hallo, Charly!«, rief sie ihm zu, als die beiden die Treppen nach oben kamen.

»Hey, Rotschopf!«, erwiderte Charly und fischte eine HB aus der Schachtel, die er sich jedoch nur hinters Ohr steckte.

»Wir brauchen noch zwei neue Songs für unser Programm«, erklärte Siegfried ungefragt. »Und wir haben da schon einige Ideen.«

»Habt ihr wieder einen Auftritt?«

»Sozusagen. Wir sollen nächste Woche auf der Geburtstagsfeier von Charlys Onkel spielen. Er wird vierzig und hat genau so viele Leute eingeladen.«

»Ich habe gehört, ihr wollt tatsächlich eine Band gründen«, warf Charly ein und klang dabei etwas skeptisch.

»Wir wollen nicht. Wir haben schon. Und es gibt sogar schon einen Bandnamen«, verriet Monika stolz, während sie gemeinsam nach oben gingen. Er sollte nur wissen, dass sie es ernst meinten.

»Ach ja? Welchen denn?«

»Wir nennen uns die Monaco Birds!«

»Aha.« Mehr sagte er nicht und Monika rätselte ergebnislos, ob ihm der Name nun gefiel oder nicht.

»Na dann viel Erfolg beim Komponieren«, wünschte Monika, als sie den oberen Treppenabsatz erreichten und Siegfried die Tür zu seiner Wohnung aufsperrte.

»Servus, Rotschopf! Oder soll ich dich zukünftig besser Rotkehlchen nennen?«, fragte Charly zwinkernd.

»Am liebsten ist es mir, wenn du mich *Moni* nennst«, meinte sie.

»Und wenn ich doch lieber Rotschopf sage?« Er grinste frech und verschwand noch vor Siegfried in der kleinen Wohnung, ohne eine Antwort von ihr abzuwarten.

»Wie du meinst, Karlchen!«, rief sie ihm hinterher.

»Lass dich doch nicht immer so von ihm ärgern, Schwesterchen«, empfahl Siegfried.

»Tu ich doch gar nicht.«

Er zog amüsiert die Augenbrauen hoch, ließ es jedoch dabei bewenden. »Dann bis später!«

Sie nahm die letzten Stufen nach oben in ihr Zimmer und setzte sich mit dem Kuvert an den Schreibtisch. Vorsichtig öffnete sie es und zog die Blätter heraus. Glücklicherweise hatte Peggy Sue die korrigierten Songtexte mit einer Schreibmaschine abgetippt, so dass sie auf dem durchweichten Papier immerhin noch leserlich waren. Trotzdem musste sie alles noch mal neu schreiben. Sie holte einen Block und einen Füller hervor und machte sich an die Arbeit.

Später lag sie mit geschlossenen Augen auf dem Bett und dachte darüber nach, was heute passiert war. Noch einmal ließ sie das Gespräch mit Astrid Revue passieren und fragte sich, wie ihre Zukunft aussehen würde. Sie hatte in absehbarer Zeit tatsächlich nicht vor, zu heiraten oder gar Kinder zu kriegen. Das bedeutete jedoch nicht, dass sie nicht trotzdem Interesse an Männern zeigte. Konkret gesagt, kreisten ihre Gedanken leider viel zu oft um Charly, egal, wie blöd er sich ihr gegenüber manchmal verhielt. Auch die kurze Begegnung vorhin hatte sie durcheinandergebracht. Und obwohl er sie entweder ignorierte oder auf die Palme brachte, regte er auch ihre Phantasie auf eine Weise an, die mitunter nicht ganz jugendfrei war. Oder sie sah vor sich, wie sie bei einem Konzert nebeneinander auf der Bühne standen und die Leute ihnen zujubelten. Was für eine absurde Vorstellung!

Wieso ausgerechnet er?, fragte sie sich. Was hatte Tante Gundi kürzlich zu ihr gesagt, als sie zu Besuch war und sie sich gemeinsam einen turbulenten Liebesfilm im Fernsehen angeschaut hatten? »Man kann es sich nicht aussuchen, für wen das Herz schlägt, genauso wenig, wie man es sich aussuchen kann, wo man zur Welt kommt.« Hatte die Großtante, die als Lehrerin selbst nie geheiratet hatte, damit recht? War man der Liebe einfach so ausgeliefert? Immerhin würde das manches erklären. Auch, dass Albert sich ausgerechnet eine Frau wie Astrid angelacht hatte. Doch was war, wenn man liebte, es bei dem anderen aber nicht funkte? Sicherlich war eine einseitige Zuneigung oft genug der Grund für Unglück. Trug man diese unerfüllte Sehnsucht mit sich bis an sein Lebensende? Oder ließen Gefühle mit der Zeit nach?

»Hoffentlich!«, murmelte sie. Denn sie wollte ganz sicher nicht an Charly denken, bis sie alt und grau war. Bei der Vorstellung einer alten schmachtenden Monika kicherte sie. Vielleicht war es ja doch nur eine Schwärmerei, die tatsächlich bald verflogen sein würde. Aber wenn nicht?

Einem Impuls folgend, nahm sie ihr Notizbuch und einen Stift zur Hand. Vielleicht steckte darin ein Song?

Kapitel 10
Rita

München, 28. Mai 1966

Der Abend in der Bar am Pfingstsamstag hatte eigentlich ganz unbeschwert begonnen. Moni und Inge waren ziemlich früh gekommen und hatten an der Theke mit Rita geplaudert, wenn die Zeit es ihr erlaubte. Doch schon bald drängten immer mehr Leute herein, darunter auch zahlreiche Fußballfans. Die 60er hatten an diesem Tag zwar nur ein Unentschieden erzielt, doch die errungene Meisterschaft wurde ordentlich gefeiert und der Alkohol floss in Strömen. Irgendwann war Inge und Monika der Trubel dann doch zu viel geworden und sie hatten sich verabschiedet.

»Bis morgen!«, rief Rita den beiden noch zu und winkte, bevor sie gingen.

»Probt ihr wieder?«, fragte Angie, zog an ihrer Zigarette und inhalierte tief. Auch Rita steckte sich eine an.

»Ja. Morgen Nachmittag … Sag mal, Mami, dürfen wir eigentlich unseren ersten Auftritt hier in der Bar machen?«

»Was sollte dagegensprechen? Hauptsache, ihr blamiert euch und mich nicht.« Sie lachte und musste dann husten.

»Ganz bestimmt nicht«, beteuerte Rita.

»Fünf Helle, vier Himbeergeist, ein Wasser und zwei Cola mit

Rotwein!«, rief Leyla ihnen zu und die Frauen machten sich gleich ans Einschenken.

»Was für eine durstige Bande«, stellte Rita vergnügt fest, während sie den Korken aus der Weinflasche zog. »Aber gut für unsere Kasse.«

Angie nickte, schien jedoch nicht ganz so euphorisch wie ihre Tochter. »Aber ich fürchte, es liegt was in der Luft«, sagte sie vage, während sie die Schnapsflasche öffnete.

»Wie meinst du das?«

»Es sind nicht nur Fans der 60er im Lokal. Und die meisten Gäste sind jetzt schon ziemlich angetrunken.«

Rita vertraute dem Gefühl ihrer Mutter, die das schon viele Jahre länger machte als sie.

»Und was sollen wir machen?«

»Nichts. Nur hoffen, dass es friedlich bleibt.«

Rosi stellte ein Tablett mit leeren Gläsern an der Theke ab und gab atemlos eine neue Bestellung auf.

»Ist alles gut bei dir?«, fragte Angie.

»Da hinten hat mir ein Besoffener gerade die Hand in den Ausschnitt geschoben«, sagte sie und wirkte ziemlich aufgebracht. »Fast wäre meine Bluse zerrissen!« Als Bedienung war sie natürlich einiges gewohnt und nicht zimperlich. Sie ließ auch mal alle fünfe gerade sein, aber so etwas ging auch ihr zu weit.

»Soll ich ihn rauswerfen?«, fragte Angie. Mit Gästen, die sich nicht benahmen, vor allem ihren Angestellten gegenüber, machte sie kurzen Prozess.

»Ich denke, er hat die Ohrfeige verstanden«, meinte Rosi und grinste nun.

»Du hast ihm eine geklebt?«, fragte Rita lachend.

»Mir greift gewiss keiner ungestraft an die Titten!«, stellte Rosi klar. »Das darf nur mein Norbert.«

»Dabei würden das sicher viele gern machen«, säuselte ein älterer Mann, der an der Bar saß. »Aber ich tu es natürlich nicht!«, wandte er gleich ein, als er Rosis Blick einfing.

»Dazu will ich dir auch geraten haben«, bemerkte Angie. »Sonst kannst du dich gleich verzupfen!«

Es kamen immer mehr Leute in die Bar und da es längst keine freien Tische mehr gab, standen sie dicht gedrängt auch auf der Tanzfläche und feierten und sangen. Rita entdeckte unter den Gästen außerdem mehr von den sogenannten leichten Mädchen als sonst. Auch wenn Angie es nicht gern sah, dass die Prostituierten hier nach Kunden angelten, drückte sie meistens beide Augen zu, solange sie nicht zu aufdringlich wurden. Schließlich war sie kein Moralapostel.

»Sollen die Leute machen, was sie wollen. Aber ich möchte mir im Leben nicht mit gespreizten Schenkeln mein Geld verdienen müssen«, sagte sie oft. »Wenn ich Sex habe, dann nur, weil es Spaß macht!«

Wobei ihr und Rita und auch den Bedienungen schon mancher Gast Geld für unverbindliche heiße Stunden geboten hatte. Offenbar gingen einige Männer davon aus, dass man automatisch willig und für die entsprechenden Scheine zu haben war, wenn man als Frau in einer Bar arbeitete.

Rita wusste, dass ihre Mutter kein Kind von Traurigkeit war und es im Laufe der Jahre immer wieder mal Männer gegeben hatte, die für Angie mehr als nur Gäste waren. Doch nie hatte sie einen davon mit in ihre Wohnung genommen, die sie mit Mutter und Tochter teilte. Wo immer sie sich auch mit diesen Männern traf, sie blieb äußerst diskret.

Irgendwann zu späterer Stunde passierte genau das, was Angie befürchtet hatte. Es kam zu einem Streit zwischen angetrunkenen Fußballfans verschiedener Vereine, der in eine Schlägerei ausartete. Sofort mischten sich auch andere Gäste ein. Fast schien es so, als hätten einige nur darauf gewartet, dass irgendjemand eine Rauferei anfing. Gläser gingen zu Bruch, Stühle und Tische kippten um, Frauen schrien ängstlich auf und drängten sich weg vom Getümmel. Angie und Rosi versuchten zu schlichten, doch niemand hörte auf sie. Im Gegenteil. Rosi bekam einen Ellenbogen ins Gesicht und ging zu Boden. Sie schrie, als ihr jemand auf die Hand trat. Glücklicherweise packte einer der Stammgäste sie am Arm und half ihr rasch auf, bevor sie noch schlimmer verletzt wurde, und brachte sie hinter die schützende Theke.

»Aufhören! Hört sofort auf!«, schrie Rita, die nun vor allem Angst um ihre Mutter und Leyla hatte, die sich noch zwischen den Fronten befanden. Doch ihr Rufen verhallte ungehört im Lärm. Rasch eilte sie in die Küche und wählte den Notruf.

»Bitte kommen Sie sofort in *Angies Vogelbar*! Hier gibt es eine Schlägerei ... Ja, genau, in Schwabing ... Beeilen Sie sich.«

Sie verließ die Küche wieder, nahm eine Papierserviette, von der sie rasch zwei Stücke runterriss, die sie links und rechts in die Ohren stopfte. Dann rang sie sich zur Jukebox neben der Theke vor und drehte die Lautstärke voll auf. Ritas Trick funktionierte. Die meisten Gäste zuckten zusammen und hielten sich zum Schutz die Hände vor die Ohren. Nur einige wenige schlugen sich weiterhin gegenseitig die Nasen blutig.

Rita wartete noch kurz, dann schaltete sie die Musik ganz aus.

»Ihr hört jetzt sofort auf!«, schrie sie in die unerwartete Stille hinein. »Die Polizei ist schon unterwegs.«

Das schien dann auch den Rest zu bremsen. Lediglich einige Unbelehrbare wollten nicht aufhören, glücklicherweise traf jedoch bald darauf die Polizei ein und nahm die zwei Männer in Gewahrsam, die sich immer noch an die Gurgel gehen wollten.

»Die kommen mit auf die Wache«, erklärte einer der Polizisten.

Immerhin schien es kaum ernsthafte Verletzungen zu geben. Nur ein Gast hatte eine tiefere Platzwunde an der Stirn, und sein Gesicht und das Hemd waren blutverschmiert. Er musste wohl im Krankenhaus genäht werden. Ein anderer hatte sich offenbar ein paar Finger gebrochen und hielt mit schmerzverzerrtem Gesicht die verletzte Hand.

»Geschieht ihm ganz recht«, sagte Leyla mit einer gewissen Genugtuung. »Ich glaube, das war einer von denen, die mit der Schlägerei angefangen haben.«

Sicherlich gab es noch bei zahlreichen Leuten blaue Flecke und Schürfwunden, die sie erst entdecken würden, wenn sie morgen wieder nüchtern waren. Bei Rosi war jetzt schon ein Veilchen zu erkennen, das sie mit ein paar Eiswürfeln in einem Geschirrtuch kühlte. Die Quetschung ihrer Hand war jedoch nicht so schlimm, wie es vorhin ausgesehen hatte.

»Gott sei Dank war es ein Herrenschuh und keine Pumps mit spitzem Absatz. Sonst könnte ich jetzt durch meine Hand Zeitung lesen«, witzelte sie mit ihrem unerschütterlichen Humor.

Angie wollte die Bedienung gleich ins Krankenhaus schicken, doch Rosis Mann arbeitete in einer Notaufnahme und er sollte sich erst einmal ihre Verletzungen ansehen. Ins Krankenhaus konnte Norbert sie immer noch bringen, falls es notwendig wäre. Angie bezahlte Rosi ein Taxi, das sie gleich nach Hause brachte.

Während Angie noch mit den Polizisten sprach, kassierten Rita und Leyla bei den verbliebenen Gästen ab, doch nicht wenige waren, ohne zu zahlen, verschwunden. Zusammen mit dem Schaden, der entstanden war, würden sie gewiss heute einen Verlust einfahren.

Rosi bedankte sich bei den Polizeibeamten für das schnelle Kommen und Eingreifen.

»Das war nicht unser erster solcher Einsatz heute«, erklärte einer der Männer. »Hier ging es ja noch einigermaßen glimpflich aus.«

»Es war eine gute Idee, die Musik so laut aufzudrehen, Rita«, sagte der andere anerkennend. Der sympathische junge Polizist mit Schnauzer und einem Grübchen hieß Leo und war schon öfter in *Angies Vogelbar* im Einsatz gewesen.

»Danke. Aber anders wusste ich mir auch gar nicht mehr zu helfen«, erklärte Rita.

»Wollen Sie Anzeige erstatten, Frau Haslinger?«, fragte der ältere Polizist.

Angie schüttelte den Kopf.

»Ich könnte gar nicht aussagen, wer den Streit wirklich angefangen hat«, winkte sie ab. Aus leidvoller Erfahrung wusste sie auch, dass solche Anzeigen meist nur Zeit und Energie raubten und doch zu nichts führten.

»Wie Sie meinen, Frau Haslinger. Es kann aber sein, dass Anzeigen von Gästen kommen, die heute verletzt wurden. Dann müssten Sie als Zeugen aussagen.«

»Verstehe. Aber eigentlich habe ich Ihnen schon alles gesagt, Herr Wachtmeister.«

Die Polizeibeamten waren kurz darauf schon auf dem Weg nach draußen, da kam Leo nochmals zu Rita.

»Ich weiß, es ist jetzt vielleicht nicht der richtige Moment für so etwas, aber hast du vielleicht mal Lust, mit mir auszugehen?«, fragte er und schob ein wenig verlegen seine Kappe nach hinten.

Rita sah ihn völlig verdutzt an. »Du möchtest mit mir ausgehen?«

»Ja ...« Nun lächelte er. »Wäre das denn so unvorstellbar?«

»Also ich ... natürlich nicht. Aber damit habe ich überhaupt nicht gerechnet, Leo.«

»Du kannst ja darüber nachdenken und wenn wir uns das nächste Mal sehen, sagst du mir, ob du Lust hast«, schlug er vor.

»Also gut. So machen wir es«, versprach Rita, die tatsächlich ziemlich überrumpelt von seiner Einladung war.

»Am besten komme ich nächste Woche mal nach Feierabend auf ein Bier vorbei, dann reden wir. Gute Nacht, Rita!«

»Gute Nacht, Leo.«

Als auch die letzten Gäste gegangen waren, begannen Rita, Angie und Leyla das Gröbste aufzuräumen, bevor morgen gleich in der Früh Liesel, die Putzfrau, kam, die schon seit fünf Jahren für die gründliche Reinigung der Bar sorgte. So eine Unordnung wollten sie ihr nicht hinterlassen.

»Was für eine Sauerei!«, schimpfte Angie und holte aus der kleinen Abstellkammer neben der Küche Besen, Schaufel und Eimer.

Es waren zahlreiche Gläser und Aschenbecher zu Bruch gegangen und in klebrigen Pfützen am Boden schwammen Zigarettenstummel. Doch auch das gehörte nun mal dazu, wenn man eine Bar führte.

»Puh, das war eine wilde Nacht!«, seufzte Angie eine Stunde später, nachdem sie das Chaos einigermaßen beseitigt hatten. Leyla war vor wenigen Minuten nach Hause gegangen.

»Wie es Rosi wohl geht?«, fragte Rita.

Angie zündete sich eine Zigarette an.

»Hoffentlich geht es ihr bis Dienstagabend wieder gut. Bis dahin kann sie sich erholen«, sagte sie.

Sonntag und Montag waren in der *Vogelbar* Ruhetage und Angie wollte das auch an den Feiertagen so belassen, auch wenn ihr damit ein sicherlich gutes Geschäft entging.

»Zur Not schaffen wir es auch zu dritt. Aber einen weiteren Ausfall können wir uns nicht leisten.«

»Manchmal frage ich mich, ob wir nicht einen festen Türsteher einstellen sollten, der an einem Tag wie heute die Männer eher zur Räson bringen könnte als wir«, überlegte Rita.

»Was meinst du, was uns das kostet, Kindchen!«, gab Angie zu bedenken.

»Dann vielleicht nur am Wochenende. Oder wenn wir eine Veranstaltung haben. So eine Rauferei kostet uns ja auch einiges.«

»Das stimmt schon. Ich denke mal darüber nach«, versprach Angie. Sie drückte die Zigarette aus und legte die Tageseinnahmen in die Geldkasse, die sie mit nach oben in die Wohnung nahm und dort in den Tresor in ihrem Schlafzimmerschrank sperrte.

Rita wartete, bis ihre Mutter im Bademantel und mit einem Handtuch auf dem Kopf aus dem Badezimmer kam, und stellte sich dann ebenfalls kurz unter die Dusche, um sich den Zigarettenrauch aus den Haaren und den Schweiß vom Körper zu waschen. Es dauerte eine Weile, bis sie ihre langen Haare nach dem Waschen entwirrt und gekämmt hatte. Sie flocht das noch feuchte Haar zu zwei Zöpfen und legte sich ein Handtuch auf das Kopfkissen. Ihre Oma schlief im Zimmer neben dem Bad und sie wollte sie nicht mitten in der Nacht mit dem lauten Föhn wecken.

Sie schloss die Augen, war aber viel zu aufgedreht von dem ereignisreichen Abend, um einschlafen zu können. Zudem geisterte ihr Leos Einladung durch den Kopf. Sollte sie mit ihm ausgehen? Der Polizist war wirklich ein sympathischer junger Mann mit Humor. Sie freute sich immer, ihn zu sehen, auch wenn der Anlass meist weniger schön war. Vermutlich würde es Spaß machen, einen Abend mit ihm zu verbringen. Doch wenn sie sich nur vorstellte, dass er vielleicht mehr wollte, dann wurde es ihr mulmig zumute. Lag es daran, dass sie mit ihren zwanzig Jahren noch nie zuvor von einem Mann geküsst worden war? Ähnlich ging es ihr ja auch mit Paul. Auch ihn konnte sie sich nicht vorstellen zu küssen. Im Gegensatz zu Leo war sie mit Paul allerdings schon seit Kindertagen befreundet. Vermutlich musste der Richtige erst kommen und dann würde alles wie von selbst gehen. Also war Leo schon mal nicht der Richtige? Oder war sie aus Unerfahrenheit einfach nur feige? Die meisten ihrer Freundinnen waren bei ihrem ersten Kuss noch Schülerinnen gewesen. Nur bei Rita hatte sich das nie ergeben. Sobald sie bemerkt hatte, dass einer der Jungs sich für sie interessierte, hatte sie sich immer schleunigst zurückgezogen. Damit sie deswegen nicht aufgezogen wurde, hatte sie allen vorgeschwindelt, schon viele Jungs geküsst zu haben. Sollte sie bei Leo einfach mal ihre Angst überwinden und es auf sich zukommen lassen? Wieder fühlte sie sich unwohl bei dem Gedanken. Was stimmte nur nicht mit ihr?

Plötzlich riss ein Klingeln sie aus ihren Gedanken. Das Telefon! Wer rief denn um diese Zeit bei ihnen zu Hause an? Sie schlüpfte aus dem Bett und ging hinaus auf den Flur. Doch ihre Mutter war ebenfalls aufgestanden und nahm bereits den Hörer ab.

»Haslinger? ... Hallo? ... Wer ist denn dran? Hallo?« Sie wartete noch kurz, dann legte sie auf und schüttelte den Kopf. »Spinner.«

»Wer war das denn?«, fragte Rita.

Angie zuckte mit den Schultern. »Keine Ahnung. Ich habe nur ein Atmen gehört.«

Rita bekam schlagartig eine Gänsehaut.

In diesem Moment kam Oma Finni aus ihrem Schlafzimmer. Sie trug ein hellblaues Nachthemd und ihre kurz geschnittenen grauen Haare waren auf einer Seite platt an den Kopf gedrückt.

»Was ist denn hier los mitten in der Nacht?«, fragte sie sichtlich aufgeregt. »War das das Telefon?«

»Ja. Aber da hat sich nur jemand verwählt, Mutter«, versuchte Angie sie zu beruhigen. »Du kannst ruhig wieder schlafen gehen.«

»So wie mein Herz jetzt rattert, kann ich gewiss so schnell nicht wieder einschlafen«, sagte Oma Finni und legte ihre Hand an ihren ausladenden Busen, der längst Opfer der Schwerkraft geworden war.

»Ich glaube, ich kann auch noch nicht schlafen«, meinte Rita.

Und so saßen die drei Frauen ein paar Minuten später am Küchentisch und warteten darauf, dass die Milch aufkochte.

»Hat sich da wirklich jemand verwählt?«, hakte Oma Finni noch mal nach.

»Ich denke schon, warum?«, wollte Angie wissen.

»Heute Abend hat das Telefon schon einmal geläutet und keiner war dran. Das war gleich nach *Das ganz große Ding,* oder nein, es war schon nach der Ziehung der Lottozahlen«, erzählte sie. »Und vor ein paar Tagen gab es auch mal einen Anruf und keiner war dran.«

»Das ist ja seltsam«, fand Rita.

»Ach, macht euch deswegen keine zu großen Gedanken«, winkte Angie ab. »Da steckt sicherlich nichts dahinter.«

Doch Rita konnte es ihrer Mutter ansehen, dass diese Anrufe sie nicht kaltließen.

»Mag jemand zur Milch noch eine Quarktasche?«, fragte Oma Finni plötzlich mit einem Funkeln in den Augen. »Ich hab welche für morgen gebacken.«

»Quarktaschen? Aber immer!«, rief Rita und auch Angie nickte.

Kapitel 11
Peggy Sue

München, 29. Mai 1966

Peggy Sue freute sich, dass ihr der Schweinebraten so gut gelungen war und es Harry und Tom geschmeckt hatte. Überhaupt schien ihr Mann heute so gut gelaunt zu sein, wie schon lange nicht mehr. Am Abend zuvor hatte er sich mit einigen Freunden zum Kartenspielen getroffen und sie hatten offenbar viel Spaß gehabt. Peggy Sue war es nur recht gewesen, dass er ausgegangen war. Sie hatte die Zeit genutzt, auf der Hohner Orgel zu üben und dazu zu singen. Die Lieder, die Moni geschrieben hatte, gefielen ihr. Vor allem ein sehr emotionales Stück mit dem Titel *Destiny*, in dem sie gesanglich eine ziemliche Bandbreite ihrer Stimme zeigen konnte. Im Duett mit Inge würde es sich bestimmt großartig anhören.

»Wie sieht es mit Nachtisch aus? Ich habe Vanillepudding gekocht«, sagte sie.

»Immer her damit!«, meinte Tom und lächelte breit.

»Für mich nicht mehr«, winkte Harry ab. »Ich kann sonst später nicht mehr schnell genug laufen.«

Harry würde am Nachmittag auf den Baseballplatz gehen, der extra für die amerikanischen Soldaten und ihre Familien angelegt worden war.

»Spielst du auch mit?«, fragte sie Tom, während sie zwei Schälchen Pudding holte, die schon auf der Kommode bereitstanden.

»Na klar spielt er mit!«, antwortete Harry für seinen Freund. »Ohne Tom gewinnen wir keinen Blumentopf.«

Tom grinste breit. »Eben. Das geht bei mir sogar mit Pudding im Bauch ... Und was machst du heute Nachmittag? Feuerst du uns an, Peggy Sue?«

»Natürlich kommt sie mit«, erklärte Harry über ihren Kopf hinweg. »Nicht wahr, Darling?«

Jetzt kam der schwierige Teil für Peggy Sue. Sie wollte – zumindest vorerst – nicht, dass ihr Mann erfuhr, dass sie in einer Band spielte, auch wenn sie nur aus Frauen bestand. Denn das Risiko bestand, dass er es ihr verbieten könnte, was zu einem ernsthaften Streit führen würde, dem sie momentan nicht gewachsen war. Gerade heute fühlte sie sich gar nicht so wohl. Sie hatte ihre Tage bekommen und kämpfte mit leichten Unterleibschmerzen.

»Eigentlich habe ich was anderes vor«, sagte sie mit einem Lächeln, das hoffentlich nicht so falsch wirkte, wie es sich anfühlte.

»Was hast du denn vor?« Harry sah sie fragend an. Und wieder lag so ein seltsamer, fast lauernder Ausdruck in seinen Augen. An manchen Tagen schien er ein gänzlich anderer Mann zu sein als der, den sie damals am Michigansee kennengelernt hatte. Sein Verhalten verunsicherte sie. Und genau das machte es ihr so schwer, mit ihm über ihre Musik und die Band zu sprechen.

»Du weißt doch, ich möchte schon seit Langem ins Deutsche Museum. Vor allem das Planetarium interessiert mich sehr. Wenn du heute Nachmittag Baseball spielst, dann könnte ich dort hinfahren. Oder ist es dir lieber, ich komme doch mit zum Spiel und wir gehen demnächst gemeinsam ins Museum?«

Peggy Sue wusste, dass ihr Mann weder für Museen noch für Ausstellungen oder Lesungen überhaupt etwa übrighatte, und so kam auch seine Antwort wie erhofft: »Ach was, geh du nur heute, wenn es dich so interessiert, Liebling.«

»Wirklich?«, hakte sie sicherheitshalber noch mal nach. »Es macht dir nichts aus?«

»Nein. Wirklich nicht!«

»Ich finde das Deutsche Museum ziemlich spannend mit dieser riesigen Technikabteilung. Das würde dich sicherlich auch faszinieren, Harry! Du solltest mitgehen«, mischte sich nun Tom unerwartet ein und gefährdete damit ihren Plan.

»Du warst auch schon dort?«, fragte Harry überrascht.

»Ja. Da gibt es echt viel zu sehen.«

Peggy Sue hatte Mühe, ihr Lächeln aufrechtzuerhalten. Falls Harry nun doch neugierig wurde und es sich anders überlegte, konnte sie die Probe heute Nachmittag vergessen.

Harry schien kurz zu überlegen und fuhr sich dabei über die kurz geschnittenen Haare. »Geh du ruhig allein ins Museum, Schatz«, beschloss er abermals zu Peggy Sues Erleichterung. »Ganz ehrlich, mich interessiert das doch nicht so wie euch.«

»Du bist einfach ein Banause!«, stichelte Tom und schüttelte den Kopf.

Harry zuckte mit den Schultern. »Mir ist Sport im Freien eben lieber, als durch stickige Räume zu rennen und alte Sachen anzuschauen.«

Peggy Sue fiel ein Stein vom Herzen. »Na gut«, sagte sie wie nebenbei. »Wenn du meinst. Ich drücke euch die Daumen, dass ihr das Spiel gewinnt.«

»Werden wir, Peggy Sue! Übrigens, der Pudding schmeckt genauso gut wie bei meiner Mutter«, schwärmte Tom, der die kleine Schale inzwischen ratzeputz leer gelöffelt hatte. »Nochmals vielen Dank, dass ihr mich schon wieder eingeladen habt.«

»Wir freuen uns immer, wenn du hier bist«, sagte Peggy Sue und meinte es auch so. Wenn Tom hier war, war alles sehr viel entspannter.

Peggy Sue schaffte es pünktlich zur Probe. Die anderen hatten dennoch bereits die Anlage, die Elektroorgel und das Schlagzeug aus dem Lagerraum geholt und aufgebaut. Die Monaco Birds konnten sich sogleich in Position bringen: Rita setzte sich ans Schlagzeug. Moni nahm den Bass zur Hand, den Sigi ihr geliehen hatte. Ihm gehörte auch die Elektrogitarre, dessen Gurt Inge sich umlegte, während Peggy Sue an der Orgel Platz nahm.

»Wieso hast du denn die Texte alle noch mal neu geschrieben, Moni?«, fragte Peggy Sue verwundert. »Hat etwas nicht gepasst?«

»O doch, doch«, erwiderte Moni schnell. »Die Blätter sind nur leider nass geworden. Meine Schwägerin Astrid ...« Sie verdrehte die Augen. »Du hast sie gestern kennengelernt. Aber frag besser nicht.«

Peggy Sue hatte bereits beim Einkauf in der Metzgerei bemerkt, dass zwischen den beiden Frauen wohl kein eitel Sonnenschein herrschte.

»Trotzdem danke noch mal für die korrigierten Texte«, fügte Moni hinzu. »Ich habe bereits einen weiteren Song im Kopf. Könntest du mir dabei vielleicht auch helfen?«

»Natürlich. Sehr gern!«

»Man merkt, dass ihr alle schon fleißig geübt habt«, lobte Moni nach knapp zwei Stunden Proben. Sie hatte ganz automatisch die Position der Bandleaderin übernommen, was für alle völlig in Ordnung war. Und es funktionierte tatsächlich besser, als Peggy Sue sich es hätte vorstellen können. Bisher hatten sie allerdings erst Lieder der bekannten Bands geübt. Erstaunlicherweise klangen die Songs der Beatles auch mit der Elektroorgel anstatt einer zweiten Gitarre gut, genauso wie die Stücke von Elvis und Drafi Deutscher, die sie ebenfalls ins Programm genommen hatten. Durch die weiblichen Stimmen hatten die Lieder eine ganz eigene Energie, wie Peggy Sue fand. Sie und Inge hatten gesanglich von Anfang an einen guten Draht zueinander bekommen und Peggy Sue vergaß beim Musizieren sogar ihre Krämpfe, die glücklicherweise am Nachmittag nachgelassen hatten.

Sie machten eine kurze Pause. Rita schenkte allen Sprudelwasser ein und steckte sich dann eine Zigarette an.

»Kann ich auch eine haben?«, fragte Inge.

»Ich habe gar nicht mitbekommen, dass du auch rauchst«, bemerkte Rita überrascht und hielt ihr eine Schachtel Marlboro hin, aus der Inge sich eine Zigarette fischte.

»Ich rauche nur ab und zu, aber heute ist mir danach.«

Rita gab ihr Feuer.

»Ist alles gut bei dir, Inge?«, fragte Moni. »Du wirkst ein wenig bedrückt.«

Inge zog an der Zigarette, inhalierte jedoch nicht und blies den Rauch gleich wieder aus. »Heute vor vier Jahren waren Bernd und ich zum ersten Mal verabredet. In einem Biergarten«, erklärte sie traurig.

Die Frauen wussten inzwischen alle, dass Inges Mann bei einem tragischen Unfall gestorben war.

»Ach, Inge ...« Peggy Sue setzte sich neben sie und legte einen Arm um ihre Schultern.

»Das tut mir wirklich sehr leid. Gerade an solchen Tagen ist es besonders schwer, oder?«

Inge nickte, zog ein zweites Mal kurz an der Zigarette, drückte sie dann jedoch im Aschenbecher aus und fuhr sich durch ihr kurz geschnittenes Haar. »Es ist vor allem der Duft, wisst ihr?«

»Der Duft?«, fragte Moni.

»Als ich ihn damals zum ersten Mal sah, roch es überall nach Flieder und Holunderblüten. Er arbeitete für eine Münchner Firma auf einer Baustelle in dem Ort, aus dem ich komme. Ein neues Schulhaus. Jeden Tag, wenn ich morgens an dem Rohbau vorbeiging, hielt ich Ausschau nach ihm. Später hat er mir erzählt, dass auch er immer um diese Zeit hoffte, mich zu sehen. Nach einer Woche lächelten wir uns zum ersten Mal zu. Eine weitere Woche später kam er auf mich zu und fragte, ob ich am Abend mit ihm ausgehen möchte. Ich habe sofort Ja gesagt.« Sie räusperte sich kurz. »Im Mai scheint er überall zu sein, dieser intensive Duft nach langsam verwelkendem Flieder und Holunderblüten. Und Bernd ist dann für mich überall. Er macht mich ein wenig verrückt, dieser Duft. Und die Erinnerung.«

Inge lächelte wehmütig.

»Was für eine schöne und doch traurige Geschichte«, meinte Rita und in ihren blauen Augen schimmerten Tränen.

»Das Leben kann echt manchmal ziemlich ungerecht sein«, sagte Moni einfühlsam.

»Eher der Tod. Vor allem, wenn er viel zu früh kommt«, murmelte Peggy Sue und strich mitfühlend über Inges Haar.

Inge schwieg einen Moment lang. »Es tut mir leid, ich wollte euch mit meiner Geschichte nicht auf traurige Gedanken bringen!«, entschuldigte sie sich dann.

»Ach komm, du musst dich doch dafür nicht entschuldigen!«, winkte Moni ab.

»Bernd würde mich jetzt ganz sicher schimpfen und mir sagen, ich solle nicht in Selbstmitleid versinken und damit allen die Stimmung verderben, sondern lieber Spaß mit euch und der Musik haben. Und das werde ich jetzt auch!«

Entschlossen stand sie auf. »Also, wie sieht der Plan für unsere Band denn nun aus?«

»Auf jeden Fall brauchen wir Fotos«, erklärte Moni. »Schließlich soll die Nachwelt mal sehen, wie es mit den weltberühmten Monaco Birds angefangen hat.« Ihr Lachen vertrieb endgültig die niedergeschlagene Stimmung.

»Ich habe eine gute Kamera. Die kann ich gerne mal mitbringen«, bot Peggy Sue an.

»Sehr gut. Und Sigi soll uns knipsen«, beschloss Moni.

»Ich habe meine Mutter schon gefragt, ob wir hier in der Bar unseren ersten Auftritt machen dürfen«, verriet Rita. »Und natürlich geht das klar.«

»Einen Auftritt? Ihr denkt jetzt schon darüber nach? Aber das wird doch sicher noch dauern, bis wir so weit sind, oder?«, fragte Inge.

»Nun ja. Wenn wir weiterhin individuell so viel wie möglich üben und regelmäßig gemeinsam proben, dann können wir vielleicht wirklich schon in ein paar Wochen auftreten. Natürlich noch mit einem kleineren Programm«, überlegte Moni.

»Das ist kein Problem. Wir müssen ja nicht gleich einen ganzen Abend füllen«, stimmte Rita ihr zu.

»Wenn ihr meint«, sagte Inge zögerlich. »Wir sehen ja, wie weit wir in der nächsten Zeit kommen.«

Peggy Sue freute sich über die Aussicht auf einen Auftritt. Allerdings fragte sie sich insgeheim, wie sie das alles auf die Reihe kriegen sollte. Üben konnte sie natürlich tagsüber zu Hause, aber die regelmäßigen Proben und gar ein Auftritt stellten sie vor eine logistische Herausforderung. Es machte sie traurig, dass sie nicht einfach mit ihrem Mann darüber sprechen konnte. Vor ein paar Monaten noch hätte sie das sicherlich getan. Doch seitdem seine Stimmung immer wieder schwankte, konnte sie überhaupt nicht mehr einschätzen, wie er die Sache aufnehmen würde. Gleichzeitig fragte sie sich, ob die Sache mit der Band es ihr wirklich wert sein durfte, ihre Ehe womöglich zu belasten. Vielleicht hätte sie sich besser doch nicht darauf einlassen sollen? Sie konnte Harry schließlich nicht ständig anlügen und sich immer wieder neue Ausreden einfallen lassen. Andererseits war es doch völlig harmlos, was sie hier machte. Es ging um Musik. Und das müsste er doch eigentlich verstehen. Aber was wäre, wenn er es nicht verstand?

»Habt ihr euch eigentlich schon überlegt, was für Bühnenkleider wir bei einem Auftritt anziehen könnten?«, riss Moni sie aus ihren Gedanken.

»Es muss natürlich etwas Besonderes für uns sein«, schlug Inge vor. »Frech. Auffallend.«

»Was Mode betrifft, bin ich eher praktisch veranlagt. Da mache ich mir kaum Gedanken«, erklärte Peggy Sue.

»Wirklich? Dabei siehst du immer so schön aus in deinen Sachen«, sagte Rita.

Moni nickte.

»Finde ich auch!«, stimmte Inge ihr zu. »Gleichzeitig elegant, doch auch sportlich und jugendlich.«

»Ach, kommt!«, winkte Peggy Sue ein wenig verlegen ab.

»Doch. Ich glaube, du kannst dir auch einen Kartoffelsack überziehen und siehst trotzdem immer wunderschön aus«, beteuerte Rita.

Peggy Sue lächelte. »Wenn ihr meint! Jedenfalls überlasse ich das mit den Bühnenkleidern am besten euch.«

»Ich rede mal mit meiner Oma!«, schlug Rita vor.

»Mit deiner Oma?«, fragte Inge skeptisch. »Denkst du, die

kennt sich damit aus? Ich meine, es sollte schon modern sein.«

Rita lachte. »Du kennst meine Oma nicht. Kannst du dich an das kurze schwarze Kleid erinnern, das meine Mutter gestern anhatte?«

»Das tolle mit dem engen Rock und den glitzernden Flatterärmeln?«

»Genau. Das hat meine Oma geschneidert.«

»Wirklich?«, fragte Inge völlig verdutzt.

Auch Moni sah sie ungläubig an. »Das war von ihr?«, fragte sie.

»Glaubt es ruhig. Oma Finni wird bestimmt etwas einfallen und wenn sie Zeit hat, schneidert sie es uns auch. Sie bräuchte allerdings eure Maße, aber das können wir ja noch mit ihr abklären. Ich frage sie später noch.«

»Danke, Rita, dass du dich darum kümmerst«, sagte Peggy Sue.

»Das mache ich doch gern.« Rita lächelte ihr zu.

Peggy Sue sah auf ihre Armbanduhr. »Sollen wir dann vielleicht weitermachen? Damit es nicht zu spät wird.«

»Ja. Legen wir wieder los.«

Es war kurz vor halb sieben, als Peggy Sue zu Hause die Wohnungstür aufsperrte. Sie rechnete nicht damit, dass Harry schon zurück war, umso mehr erschrak sie, als sie Geschirr klappern hörte.

»Harry?«, rief sie.

Er kam aus der Küche, in der Hand hielt er eine Pfanne.

»Wer sollte denn außer mir sonst hier sein?«, fragte er.

»Tut mir leid. Ich dachte, dass ihr nach dem Spiel noch auf ein Bier geht.«

»Und ich dachte, wir beide würden uns heute einen schönen Abend machen. Aber als ich kam, warst du noch nicht da.«

»Ich war im Museum, das weißt du doch«, erinnerte sie ihn.

»Und das hat so lange geöffnet?«

Peggy Sue wusste nicht, was sie darauf antworten sollte. Sie hatte keine Ahnung, wann das Museum normalerweise die Pforten schloss. »Soll ich dir etwas zu essen machen?«

»Das ist nicht die Antwort auf meine Frage.«

Noch immer hielt er die Pfanne in der Hand. Sie fragte sich, warum er so gereizt war. Vermutlich hatten sie das Spiel verloren. So ein Anlass reichte, um ihm die Stimmung zu verderben. Sie wusste, er würde keine Ruhe geben, bis er eine Antwort bekäme, deshalb musste sie pokern und hoffen, dass er sich mit ihrer Ausrede zufriedengäbe.

»Ehrlich gesagt, ich weiß gar nicht, wie lange das Museum normalerweise geöffnet hat. Ich bin schon ein wenig früher gegangen, ich glaube so gegen Viertel vor fünf. Du hattest recht, die Luft in den Räumen war wirklich sehr stickig. Deswegen ging ich noch eine Weile an der Isar spazieren. Und danach war ich noch tanken.« Was glücklicherweise tatsächlich stimmte. »Also soll ich dir jetzt was zu essen machen?«

»Isst du nichts?«

»Ich hatte beim Spazierengehen ein Eis und brauche jetzt noch nichts«, schwindelte sie, weil sie keinen Appetit hatte.

Zwar schien er mit der Antwort nicht vollständig zufrieden

zu sein, er hakte aber nicht mehr weiter nach. Peggy Sue spürte ein Gefühl der Erleichterung, als sie ihm die Pfanne abnahm und in die Küche ging. Sie schnitt die restlichen Knödel von heute Mittag in dünne Scheiben und röstete sie zusammen mit fein gehackten Zwiebeln in Butter an. Kurz vor Schluss gab sie noch zwei aufgeschlagene Eier darüber, briet alles kurz an und servierte ihm das Essen mit einer dicken Scheibe Brot.

»Macht es dir was aus, wenn ich schon ins Bett gehe?«, fragte sie, als sie etwas später vor dem Fernseher saßen.

»Jetzt schon?«

»Ich fühle mich heute nicht ganz wohl.« Was tatsächlich stimmte. Sie legte eine Hand auf ihren Bauch. Er wusste sofort, was sie meinte.

»Also bist du wieder nicht schwanger?«, fragte er mit hörbarer Enttäuschung.

Sie seufzte. »Nein. Bin ich nicht.«

»Schade. Dann beim nächsten Mal!«

Sosehr sie sich eigentlich immer ein Kind gewünscht hatte, so spürte sie in diesem Moment ein Gefühl der Erleichterung, nicht schwanger zu sein. Und sie erschrak darüber. Voller Bangen fragte sie sich, was mit ihr gerade passierte. Hatte sie sich innerlich bereits von ihrem Mann losgelöst? Oder steckte sie einfach nur in einer komplizierten Phase? Vielleicht, weil sie in einem anderen Land waren und sie hier, bis auf Tom, keine richtigen Freunde hatte und auch keine Familie. Sie hatte nur lockere Bekanntschaften mit einigen Ehefrauen der Soldaten geschlossen und half ihnen und den Kindern ab und zu beim Erlernen der deutschen Sprache. Doch keiner dieser Frauen hätte sie sich mit persönlichen Problemen anvertrauen wollen. Plötzlich musste sie an die Monaco Birds denken. Inge, Moni und Rita waren schon nach kurzer Zeit ihre Freundinnen geworden. Doch genau das war das Problem. Sie wusste instinktiv, dass es ihrem Mann nicht gefallen würde, dass sie so viel Zeit mit deutschen Frauen verbrachte.

Kapitel 12
Inge

München, 9. Juni 1966

Inge war auf dem Weg zu *Angies Vogelbar*, doch sie würde sich verspäten. Die Probe war heute an Fronleichnam schon für zehn Uhr am Vormittag angesetzt und Inge hatte tatsächlich verschlafen. Das war ihr schon lange nicht mehr passiert. Eigentlich noch nie. Doch gestern war mal wieder einer dieser schwierigen Abende gewesen, an dem sie sich besonders allein gefühlt und ihre Trauer um Bernd mit Cognac betäubt hatte. Und dem mulmigen Gefühl in ihrem Magen und den Kopfschmerzen nach zu schließen, hatte sie wohl mindestens ein Glas zu viel getrunken.

Ich muss damit aufhören, sagte sie sich und kämpfte gegen einen leichten Schwindel an.

Als sie endlich bei der Bar ankam, wartete dort nur Rita auf sie.

»Wo sind denn die anderen?«, fragte Inge erstaunt.

»Oben bei meiner Oma. Sie nimmt die Maße für die Kleider, bevor wir proben. Ich habe nur noch auf dich gewartet. Komm.«

»Inge, das ist meine Oma Josefine. Oma, das ist Inge«, stellte Rita die beiden vor. »Sie arbeitet als Verkäuferin im Bekleidungshaus Vilsinger in der Nähe vom Stachus.«

»Ach, dann sind wir ja vom gleichen Fach«, sagte Josefine erfreut.

Auf den ersten Blick konnte Inge es sich tatsächlich nicht vorstellen, dass die üppige, wenn nicht gar übergewichtige ältere Frau moderne Bühnenkleider für eine Beatband schneidern sollte. Beim zweiten Blick fielen ihr jedoch die freundlichen wachen Augen auf, die nicht nur Wärme, sondern Jugendlichkeit und Neugierde ausstrahlten, die kaum Josefines tatsächliches Alter widerspiegelten. Doch da war noch mehr. Inge erkannte instinktiv, dass sie etwas mit dieser Frau verband. Ein Blick auf die Bilder an der Wand über der Kommode bestätigte diese Ahnung. Es gab ein Hochzeitsfoto, auf dem Josefine zu erkennen war, auch wenn sie damals noch eine ganz junge und schlanke Frau gewesen war. Daneben stand ein äußerst fescher dunkelhaariger Mann, kaum älter als die junge Josefine, in dessen Zügen sie Rita erkennen konnte. Es musste ihr Großvater sein. Gleich neben dem Hochzeitsfoto gab es ein weiteres Bild des Mannes in einer Uniform. Auf dem Foto schätzte Inge den Mann auf Mitte oder Ende dreißig. Ein längst ergrautes schwarzes Band zierte den Bilderrahmen. Josefine war offenbar ebenfalls früh Witwe geworden.

»Hallo, Inge!«, begrüßten sie auch Peggy und Moni. Die beiden saßen auf einem Sofa, das in der kleinen Schneiderwerkstatt neben der Nähmaschine stand. Am Rand lagen zahlreiche verschiedene Stoffe und Bänder.

»Dann legen wir gleich mal los!«, forderte Josefine sie auf und griff nach ihrem Maßband.

»Ich kann Ihnen aber auch meine Maße geben«, schlug Inge vor, doch Josefine schüttelte den Kopf.

»Das mache ich lieber selbst.«

Zehn Minuten später war es auch schon geschafft. Josefine hatte sich alle Maße genau aufgeschrieben und sich Notizen zu Inges Figur gemacht.

»Hast du dir schon was für uns überlegt, Oma?«, fragte Rita neugierig.

Josefine wiegte nachdenklich den Kopf hin und her. »Bis jetzt spuken mir zwei Varianten durch den Kopf. Die eine Idee wäre für jede von euch in einer anderen Farbe einen Minirock zu schneidern und dazu eine Smokingjacke, natürlich auch in der jeweiligen Farbe, damit es schön bunt aussieht auf der Bühne. Darunter könntet ihr weiße Blusen und schwarze oder weiße Fliegen tragen.«

»Das hört sich ja schon mal gar nicht übel an, Oma«, sagte Rita und auch Inge und die anderen beiden nickten begeistert.

»Und was wäre der andere Vorschlag?«, fragte Inge dennoch.

»Am Saum asymmetrische Kleider aus einem leichten Stoff mit einem knalligen Gürtel locker um die Hüfte und weiten Trompetenärmeln. Auch hier sollte jedes Kleid in einer anderen Farbe sein. Und zu beiden Varianten hohe Stiefel. Am besten in Weiß.«

Inge war sehr beeindruckt von den Ideen der Schneiderin.

»Die zweite Variante gefällt mir fast noch besser«, sagte Moni. »Was meint ihr?«

»Mir ist beides recht«, meinte Peggy Sue.

»Mir auch. Ich weiß ja, dass Oma ein Genie ist«, grinste Rita. »Aber das Kleid darf nicht zu eng sein, dann ist es für mich einfacher mit dem Schlagzeugspielen.«

»Stimmt. Daran habe ich gar nicht gedacht.« Moni nickte.

»Ich bin auch für die Kleider«, meinte Inge, die im Geiste schon alles bildlich vor sich sah. Inzwischen fühlte sie sich auch wieder deutlich besser und durch das modische Thema in ihrem Element.

»Schaut mal«, sagte Josefine und holte einen roten Stoffballen aus einem Regal. »Diesen zarten Batist könnte ich mir vom Material her gut vorstellen. Den kann ich auch noch in anderen Farben besorgen.«

»Wie schön!«, schwärmte Inge und streichelte über den feinen Stoff, der von guter Qualität war, wie sie feststellte.

»Genau dieses Rot hätte ich auch gleich für dich ausgewählt, Inge, zu deinen blonden Haaren und den braunen Augen passt es perfekt. Was meinst du?«

Inge liebte rote Kleider, auch wenn sie schon lange keines mehr getragen hatte. Die Farbe war ihr in den letzten beiden Jahren zu fröhlich erschienen, als dass sie sie hätte tragen wollen. Doch hier ging es um einen Auftritt auf der Bühne. Es war wie eine Verkleidung.

»Rot würde ich sehr gern tragen«, stimmte sie deswegen zu. »Oder möchte diese Farbe sonst jemand von euch?«, fragte sie in die Runde. Alle schüttelten den Kopf.

»Nein. Das Rot passt perfekt zu Inge«, meinte Rita.

»Gut. Dann haben wir das schon mal geklärt«, sagte Josefine

zufrieden. »Jetzt kommen wir zu dir, Peggy Sue. Für dich würde ich Türkisblau vorschlagen. Das harmoniert sicher gut mit den goldbraunen Locken.«

»Ja, das wird dir bestimmt ganz phantastisch stehen, Peggy Sue«, rief Rita begeistert.

»Wie ihr meint. Dann nehme ich Türkisblau!«, stimmte Peggy Sue zu.

»Und für mich?«, fragte Moni.

»Auf jeden Fall Smaragdgrün zu deinen roten Haaren und den braunen Augen. Wobei ich auch schon an ein sattes Violett gedacht habe. Aber Grün ist wohl besser.«

»Dann nehme ich Grün.« Moni nickte. »Violett ist nicht ganz meine Farbe.«

Josefine machte sich Notizen.

»Und bei dir, Mausi ...« Josefine sah zu ihrer Enkelin »Bei dir bin ich mir noch nicht ganz sicher. Entweder Saphirblau oder ein kräftiges Zitronengelb.«

»Beides würde dir stehen, insbesondere zu deinen schönen hellblauen Augen«, steuerte Peggy Sue bei. »Die sind wirklich außergewöhnlich.«

Rita lächelte. »Danke!«

Auch Inge betrachtete Rita und überlegte laut. »Ich kann mir bei dir ebenfalls beide Varianten toll vorstellen. Aber passend zu den Farben, die wir tragen werden, würde ich Saphirblau wählen.«

»Also dann wären das Türkis, Saphir, Smaragd und Rot wie ein Rubin. Das ist ja eine ganze Schmuckkollektion!«, witzelte Rita.

»Wir sind ja auch lauter Schmuckstücke«, meinte Inge amüsiert.

»Ich werde mal sehen, was ich an Stoffen bekomme«, murmelte Josefine in Gedanken versunken.

»Wir bezahlen natürlich für alles«, stellte Moni klar.

»Ihr müsst mir nur das Geld für die Stoffe und das Nähmaterial geben. Die Arbeitszeit investiere ich in die Monaco Birds«, sagte Josefine mit einem Zwinkern. »Ich finde es nämlich ganz wunderbar, dass ihr gemeinsam Musik macht und auf die Bühne wollt. Und das ganz ohne Männer! Da möchte ich euch gern unterstützen.«

»Du bist einfach toll«, sagte Rita und fiel ihrer Oma um den Hals.

»Das will ich wohl meinen«, scherzte Josefine. Und Inge fiel erneut auf, wie jung sie wirkte. »Sobald ihr eine erste Schallplatte veröffentlicht habt, will ich aber gleich eine haben, und zwar mit euren Autogrammen.«

»Das ist doch Ehrensache«, versprach Moni und die anderen nickten.

Sie bedankten sich bei Josefine und gingen dann nach unten in die Bar, um zu proben. Wieder hatten alle zu Hause fleißig geübt. Auch die von Moni selbst geschriebenen Lieder saßen bereits einigermaßen.

»Es ist noch nicht perfekt, aber wir werden immer besser«, stellte Moni zufrieden fest.

Inge bemerkte, dass Peggy Sue viel gelöster wirkte als sonst und auch nicht ständig auf ihre Uhr schaute.

»Wie lange hast du denn heute Zeit?«, fragte sie während

einer kleinen Pause, in der Rita ihnen etwas zu trinken einschenkte.

»Ich kann heute den ganzen Tag über«, antwortete Peggy Sue vergnügt. »Harry ist dienstlich unterwegs und kommt erst morgen wieder zurück.«

Inge fand es ein wenig seltsam, dass Peggy Sue sich so über die Abwesenheit ihres Mannes zu freuen schien.

»Harry ist manchmal ein wenig schwierig«, erklärte Peggy Sue, als ob sie ihre Gedanken gelesen hätte. »Und ich muss erst den richtigen Moment finden, um ihm zu sagen, dass ich in der Band mitspiele.«

»Ach so ... Schade, dass das problematisch ist für dich«, sagte Inge.

»Was ist problematisch?«, fragte Rita, die mit den Getränken zum Tisch kam, an dem sie Pause machten.

»Es ist nur manchmal ein wenig schwierig für mich mit den Terminen für die Proben«, winkte Peggy Sue ab, die offenbar nicht mehr weiter darüber reden wollte. »Aber heute hat es ja wieder gut geklappt.«

Moni nahm einen großen Schluck Wasser. Dann sah sie die drei an. »Hört mal. Ich finde, wir könnten echt schon bald auftreten.«

»Aber wir spielen doch erst acht oder neun Lieder einigermaßen«, gab Inge zu bedenken. »Da sind wir ja nach einer halben Stunde fertig.«

»Na und?« Moni zuckte mit den Schultern. »Die Beatles spielen bei ihren Konzerten in Deutschland auch jeweils nur eine halbe Stunde. Habe ich in der neusten ›Bravo‹ gelesen.«

»Wir sind aber nicht die Beatles«, wandte Peggy Sue ein.

»Die spielen echt nur eine halbe Stunde?«, fragte Rita.

»Natürlich mit mehreren Vorbands. Und ich würde auch hingehen, wenn sie nur ein einziges Lied spielen würden«, beteuerte Moni.

»Du gehst aufs Konzert?«, fragte Rita.

»Ja. Mit Sigi. Wir haben Karten ergattert. Ich kann es kaum erwarten!« Monis Augen funkelten vor Vorfreude.

»Wann ist das denn?«, fragte Rita.

»In zwei Wochen am Freitag.«

»Das hätte ich auch gern gesehen. Aber da muss ich leider arbeiten«, sagte Rita. »Aber ich habe eine Idee. Sollen wir vielleicht am Tag danach unseren Auftritt hier in der Bar machen? Da sind die Leute doch sicher noch gewaltig im Beatles-Fieber und wir spielen ja einige ihrer bekanntesten Hits.«

»Das ist aber schon sehr bald«, warf Peggy Sue ein.

»Na und? Das kriegen wir schon hin!« Rita war wie immer optimistisch.

»Bei mir geht es auch. Aber wirklich nur, wenn wir bis dahin auch alles einwandfrei spielen können«, meinte Inge.

»Können wir ganz sicher!«, beteuerte Moni. »Was ist mit dir, Peggy Sue?«

Die Amerikanerin schien einen Moment zu überlegen. Dann zuckte sie mit den Schultern. »Ich werde auftreten, komme, was wolle!«, erklärte sie entschlossen.

»Sehr gut!« Die anderen applaudierten.

»Dann bespreche ich das mit meiner Mutter. Allerdings weiß ich nicht, ob Oma bis dahin die Bühnenkleider schon fertig hat.

Wir brauchen außerdem mindestens eine Anprobe. Das könnte knapp werden.«

»Im Notfall müssen wir dann eben für diesen einen Auftritt irgendwas anderes anziehen«, meinte Inge.

»Schade. Immerhin ist es unser erstes Mal gemeinsam auf einer Bühne.« Moni runzelte nachdenklich die Stirn.

»Aber es ist ja nur ein kurzes Konzert. Eher ein Testlauf. Sobald wir genügend Stücke für einen ganzen Abend im Programm haben, machen wir unser erstes richtiges Konzert mit den tollen Kleidern«, schlug Inge vor. »Oder wir warten noch, bis die Kleider fertig sind, und spielen später?«

»Nein. Der Termin nach dem Beatles-Konzert ist genau richtig«, sagte Moni. »Den halten wir jetzt einfach mal fest, oder?« Sie sah von einer zur anderen und alle stimmten zu.

»Ich habe übrigens meinen Fotoapparat heute dabei«, sagte Peggy Sue. »Soll ich schon mal ein paar Bilder machen?«

»O ja!«, rief Rita.

»Schade, dass Sigi nicht hier ist, der könnte uns alle aufs Bild bringen«, bedauerte Moni. Sigi hatte heute selbst eine wichtige Bandprobe mit Charly's Beatboys. Deswegen würden auch für Inge die Musikstunden ausfallen. Dabei fand sie den Unterricht jetzt besonders wichtig, weil sie mit ihm zusammen die Stücke proben konnte, die sie mit den Monaco Birds spielte. Vielleicht fand er aber Zeit, in der nächsten Woche noch eine zusätzliche Stunde für sie unterzubringen.

»Die Kamera hat aber einen Selbstauslöser«, verkündete Peggy Sue triumphierend. »Stellt euch mal auf!«

»Wohin denn?«

»Am besten so, dass man im Hintergrund das Schlagzeug und die Anlage sieht.«

Ein paar Minuten später standen sie zu viert nebeneinander und lächelten in die Kamera, die auf dem Tresen stand.

»Und jetzt noch ein Zweites zur Sicherheit«, meinte Peggy Sue. Dann machte sie noch einzelne Bilder. Rita am Schlagzeug, Moni am Bass und Inge an der Gitarre.

»Komm, ich fotografiere dich!« Rita nahm Peggy Sue die Kamera ab. »Am besten einfach nur vor dem Mikrophon beim Singen.«

»Ist es gut so?«, fragte Peggy Sue.

»Lege doch mal die Hand ans Mikrophon.«

Es dauerte ein wenig, bis Rita zufrieden war und auf den Auslöser drückte.

»Und jetzt noch eines mit euch beiden Sängerinnen zusammen«, schlug Rita vor.

Inge stellte sich neben Peggy Sue ans Mikrophon. Damit es echt wirkte, begannen sie den Refrain von Monis Lied *She loves the World* zu singen. Moni stand ein wenig abseits und schnippte mit den Fingern im Takt dazu und sang leise mit.

She loves the world
with all its colors
red, green, yellow, blue.
She loves the world
with all its music.
Magic songs – written for you.
She loves the world.

She loves the world.
Lilly is a brave girl
With a heart of gold
She's a brave girl with a heart of gold …

Rita schnipste.

»Ich hab's!«, rief sie dann, doch die drei Frauen beendeten noch das Lied.

Rita klatschte. »Das hört sich auch ohne Instrumente toll an! Eure Stimmen klingen wirklich gut zusammen.«

Inge lächelte. Sie war zufrieden und vor allem selbst überrascht, dass sie die anfängliche Scheu, vor den Frauen zu singen, so schnell abgelegt hatte.

Kapitel 13
Monika

München, 23. Juni 1966

Monika stand hinter einer Absperrung am Straßenrand und trat vor Aufregung von einem Bein auf das andere. Lange würde es wohl nicht mehr dauern. Ein paar junge Männer drängelten sich rücksichtslos von hinten durch, schoben sich vor Monika und verstellten ihr somit die Sicht.

»Könnt ihr euch keinen anderen Platz suchen?«, schimpfte sie verärgert. Doch die Männer reagierten nicht, denn in diesem Moment begannen die Leute um sie herum laut zu jubeln und zu applaudieren. Monikas Puls beschleunigte sich und sie trat ein paar Schritte zur Seite. Sie stellte sich auf die Zehenspitzen und reckte den Kopf, um ja nichts zu verpassen.

»Da sind sie!«, schrie ein junges Mädchen aufgeregt.

Der Autokonvoi kam in Sichtweite. Einige der Wartenden versuchten, auf die Straße zu rennen, doch sie wurden von Polizisten sofort gestoppt und zurückgeschickt.

»Beatles! Beatles! Beatles!«, ertönte es von einem zufällig zusammengewürfelten Sprechchor, den einzig die Begeisterung für die vier Musiker einte.

Voran fuhr die Polizei in einem grün-weißen Lautsprecherwagen. Sie forderte die ungeduldig wartenden Fans auf, Platz für die Briten zu machen, die kurz zuvor am Flughafen München-Riem gelandet und in die Altstadt zum Hotel Bayerischer Hof unterwegs waren. Dort würden sie zwei Nächte bleiben, bis es am Sonntagmorgen im Zug weiter nach Essen ging, zur zweiten Station im Rahmen der »Bravo«-Beatles-Blitztournee.

Monika blieb fast das Herz stehen, als sie realisierte, dass im beigefarbenen Mercedes hinter dem Polizeiwagen tatsächlich John, Paul, George und Ringo saßen und sie einen ganz kurzen Blick auf die vier Pilzköpfe erhaschen konnte.

»John! I love you!«, schrie eine Frau neben ihr und winkte wild dem Wagen hinterher, dem weitere Fahrzeuge mit der Entourage der Band und zahlreiche Mopeds mit Fans folgten, die versuchten, so nah wie möglich an den Wagen mit der Band zu kommen. Und dann war auch schon alles vorbei.

Monika war wie beseelt, als sie sich auf den Weg zurück nach Hause machte. Sie hatte mit ihren Eltern schon vor Tagen vereinbart, dass sie heute ausnahmsweise eine vorgezogene längere Mittagspause einlegen durfte, um die Beatles bei ihrer Ankunft zu sehen. Sie konnte es immer noch nicht fassen, dass sie hier in München waren! Für den morgigen Freitag hatte Monika sich ab Mittag den restlichen Tag frei genommen. Schließlich ging das Konzert schon um 17.15 Uhr im Circus-Krone-Bau los und sie wollte unbedingt rechtzeitig vor Ort sein.

Monika konnte sich nicht erinnern, jemals so aufgedreht gewesen zu sein wie in diesen aufregenden Tagen. Nicht nur, dass sie soeben die Beatles ganz leibhaftig gesehen hatte und das lang ersehnte Konzert der Liverpooler Musiker morgen veranstaltet wurde, am Samstagabend würde außerdem der erste kleine Auftritt der Monaco Birds in *Angies Vogelbar* stattfinden. Bei der letzten Probe waren sie zwar nur zu dritt gewesen, weil Peggy Sue nicht hatte kommen können, trotzdem war Monika voller Zuversicht, dass sie alles gut hinbekommen würden. Nur das mit den Bühnenkleidern klappte leider tatsächlich nicht bis Samstag. Josefine musste in der vergangenen Woche wegen einer Magen-Darm-Grippe das Bett hüten und war mit ihren anderen Aufträgen zu sehr im Rückstand, als dass sie sich um die Kleider hätte kümmern können. Inge hatte ihnen deshalb aus dem Modegeschäft, mit dem Nachlass ihres Mitarbeiterrabatts, vier identische weiße ärmellose Blusen besorgt, die sie über schwarzen, eng geschnittenen Hosen tragen würden. Dazu schwarze oder weiße Pumps. Das würde zumindest für ein einheitliches Bild auf der Bühne sorgen. Nur Rita am Schlagzeug würde flache Schuhe tragen, die hinter der großen Basstrommel jedoch ohnehin nicht zu sehen waren.

Als Monika um kurz vor drei vom Flur her den Laden betrat, kassierte Astrid eben bei der einzigen Kundin ab. Kaum hatte die Frau das Geschäft verlassen, fuhr Astrid ihre Schwägerin an. »Du warst ja ganz schön lange unterwegs!«

»Jetzt bin ich ja wieder da. Wo ist denn Mutter?«, fragte sie so freundlich wie möglich. Sie wollte sich von Astrid ihre gute Laune auf keinen Fall verderben lassen.

»Maria ist vor zehn Minuten nach oben gegangen. Ihre erste Pause seit dem Vormittag«, kam es vorwurfsvoll.

Monika wusste nicht, was sie darauf erwidern sollte. Sie hoffte, dass bald Kundschaft in den Laden käme, damit sie nicht weiter mit Astrid sprechen musste. Doch niemand betrat das Geschäft. Um diese Uhrzeit war es in der Metzgerei meistens am ruhigsten.

»Wenn du möchtest, kannst du auch eine Pause machen. Ich bin ja jetzt hier«, bot Monika an.

»Das werde ich sowieso tun. Dafür brauche ich keine Erlaubnis von dir.«

Monika seufzte. Wieso war Astrid nur ständig auf Krawall gebürstet?

»Gibt es etwas, das ich inzwischen vorbereiten soll?«, fragte Monika immer noch gelassen.

»Das Hackfleisch geht bald aus.«

»Ich kümmere mich darum.«

Als Astrid bereits an der Tür zum Flur war, drehte sie sich noch mal zu Monika um. »Morgen Nachmittag habe ich einen Friseurtermin. Aber du bist ja hier, oder?«

»Wie? Morgen Nachmittag?« Monika sah ihre Schwägerin verdutzt an. »Aber das geht nicht!«

»Natürlich geht das.«

»Du weißt ganz genau, dass ich mir für morgen Nachmittag freigenommen habe.«

»Heute frei. Und morgen schon wieder? Woher soll ich das denn wissen?« Astrid sah sie mit einem Blick an, der genau das Gegenteil verriet. Natürlich hatte ihre Schwägerin mehrfach mitbekommen, dass morgen das Beatles-Konzert stattfinden würde und Monika deswegen früher wegmusste. Und vermutlich hatte sie genau deswegen einen Friseurtermin ausgemacht.

»Du wirst deinen neuen Haarschnitt wohl verschieben müssen, Astrid«, sagte sie so ruhig sie konnte. »Ich kann morgen Nachmittag auf keinen Fall. Genauso wenig kann Sigi einspringen, weil wir beide aufs Konzert gehen, wie du sehr wohl weißt. Albert fährt am Freitagnachmittag die Ware aus und Mutter schafft es nicht allein im Laden. Ursi kann auch nicht helfen, weil sie Tante Gundi zum Zahnarzt begleiten muss.«

»Na und, das ist doch …«, begann Astrid, wurde aber unterbrochen.

»Natürlich wirst du ein anderes Mal zum Friseur gehen, Astrid!«, kam es freundlich von der Tür her.

Die Frauen hatten nicht mitbekommen, dass Max aus der Wurstküche gekommen war und offenbar einen Teil ihres Gespräches mitbekommen hatte. Er hielt eine Stange, auf der verschiedene Sorten Wurst aufgereiht waren, die aus der Räucherkammer kamen, und hängte sie an die dafür vorgesehenen Haken an der hell gefliesten Rückwand der Metzgerei.

»Aber es kann doch nicht sein, dass Moni heute und morgen schon wieder freimacht, während ich nicht zum Friseur kann«, warf Astrid ein. »Wir können uns doch nicht alle nach ihr richten, nur, weil sie zum Konzert von diesen Inselaffen gehen will.«

Inselaffen? Monika spürte, wie es in ihr brodelte. Sie wollte schon etwas sagen, doch Max schüttelte den Kopf.

»Schon gut, Moni.« Er wischte sich die Hände an der Schürze ab und sah seine Schwiegertochter an. »Ich habe dir jetzt eine Weile lang zugesehen, Astrid. Und ich habe gemerkt, dass du dich bemühst und auch schnell lernst. Du nimmst deine Aufgaben hier wirklich sehr ernst und bist keine, die sich ins gemachte Nest setzen will. Das gefällt mir. Wirklich. An deiner Arbeit habe ich nichts auszusetzen, Mädchen.«

Astrid lächelte bei seinen Worten.

»Was mir jedoch gar nicht gefällt, ist, wie du mit meinen Töchtern umspringst.« Sein Ton war nur um eine Nuance schärfer und das Lächeln in Astrids Gesicht verschwand.

»Glaub nicht, dass ich das nicht mitbekommen würde. Monika ist neben meiner Frau die erfahrenste Verkäuferin hier. Und auch wenn Albert später das Geschäft übernehmen wird und du als seine Frau damit Chefin wirst, erwarte ich von dir, dass du mit Monika respektvoll umgehst. Sie hatte schon ewig keinen Urlaubstag mehr und hat sich die freien Stunden redlich verdient. Du wirst darauf Rücksicht nehmen und dir an einem anderen Tag freinehmen für den Friseur.«

Monika sah ihren Vater verdutzt an. So hatte sie ihn noch nie erlebt. Am liebsten wäre sie ihm sofort um den Hals gefallen.

»Und Ursi mag zwar noch viel jünger sein als du, aber sie hilft neben der Schule im Haushalt und geht täglich mehrmals mit Hexi Gassi«, fuhr Max fort, »sie kümmert sich um Tante Gundi und springt zusätzlich im Geschäft ein, wenn es notwendig ist. Du musst sie nicht wie ein kleines Kind behandeln, Astrid. Meine Töchter sind fleißig und freundlich. Fleißig bist du auch. Aber ich mag es nicht, wenn du herrisch bist.«

Das saß! Astrids Wangen hatten sich fleckig rot gefärbt. Monika kam aus dem Staunen nicht mehr heraus. Während ihre Mutter Astrid alles durchgehen ließ, hatte ihr sonst so zurückhaltender Vater der Schwiegertochter endlich mal die Meinung gesagt.

»Ich hoffe, wir haben uns verstanden, Schwiegertochter?«, fragte er.

»Natürlich, Schwiegerpapa«, antwortete sie und hielt seinem Blick für einige Sekunden stand. Dann drehte sie sich zu Monika, so dass Max ihr Gesicht nicht sehen konnte.

»Ich werde meinen Termin beim Friseur verschieben«, sagte sie bemüht freundlich. Doch Monika sah in ihren Augen, dass die Standpauke ihres Vaters nicht zum erhofften Frieden beitragen würde. Im Gegenteil. Max hatte ihr ausgerechnet vor Monika die Leviten gelesen. Diese Schmach würde sie gewiss nicht auf sich sitzen lassen. Trotzdem war sie so glücklich über den unerwarteten Beistand ihres Vaters, dass sie in diesem Moment gelassen blieb.

»Wir kriegen es sicherlich in Zukunft so hin, dass es für jede von uns passt, nicht wahr, Astrid?«, sagte sie in dem Versuch, ihr doch noch die Hand zur Versöhnung zu reichen. Astrid nickte nur knapp.

»Ich gehe jetzt nach oben, wenn ihr nichts dagegen habt«, erklärte sie und verschwand hoch erhobenen Hauptes hinaus in den Flur.

Max sah seine Tochter an. Beide zuckten grinsend die Schultern.

»Und? Hast du sie gesehen, Moni?«, wechselte er sofort das Thema.

Sie wusste natürlich, dass er die Beatles meinte.

»Ja! Zwar nur für einen kurzen Moment hinter den Fensterscheiben des Autos. Aber es war so toll, Papa!«, schwärmte Monika.

»Das freut mich. Ich weiß doch, wie sehr du die Band verehrst.«

Sie lächelte. Ihr Vater verstand sie und hatte sogar die zuletzt erschienene LP – *Rubber Soul* – der Beatles für sie gekauft, kaum dass sie im letzten Dezember in den Läden gewesen war. Einfach so, ohne Anlass. Nur um ihr eine Freude zu machen.

»Ich kann es kaum erwarten, sie morgen auf der Bühne zu sehen!«

»Das wirst du sicher nie im Leben vergessen«, prophezeite Max.

»Bestimmt nicht. Danke, Papa. Vor allem für das gerade eben.«

»Das war schon längst überfällig«, winkte er ab und lächelte dann verschmitzt. »Auch wenn deine Mutter mir die Hölle heißmachen wird, falls sie das erfährt. Sie hat an Astrid einen Narren gefressen.«

»Ich weiß. Vielleicht, weil sie sich ein wenig ähnlich sind?«, wagte Monika zu sagen.

Ihr Vater lachte. »Gut beobachtet. Das kann gut sein. Trotzdem kann man ihr nicht alles durchgehen lassen. Wer weiß, wohin das sonst noch führt. Vorgestern hat Ursi sogar ihretwegen geweint. Das geht so nicht.«

In diesem Moment schellte die Ladenglocke und eine Mutter mit zwei kleinen Kindern betrat die Metzgerei.

Max zwinkerte seiner Tochter noch mal zu und verschwand dann wieder nach hinten in die Wurstküche.

Kapitel 14
Rita

München, 23. Juni 1966

Schon seit dem frühen Morgen war der Tag wie verhext und es lief schief, was nur schiefgehen konnte.

Eigentlich hatte Rita vorgehabt, am frühen Nachmittag die Ankunft der Beatles vor dem Hotel Bayerischer Hof mitzuerleben. Wenn sie schon morgen nicht zum Konzert gehen konnte, wollte sie wenigstens versuchen, einen Blick auf die Musiker zu erhaschen. Immerhin war es ein ganz besonderes Ereignis: Die weltberühmte Band besuchte auf ihrer Tour in Deutschland nur drei Städte und eine davon war München.

Doch kurz vor acht hatte das Telefon Rita aus dem Schlaf gerissen. Liesel hatte angerufen und ausgerichtet, dass sie nicht zum Putzen kommen könne, weil sie offenbar dieselbe Magen-Darm-Grippe erwischt hatte wie Oma Finni in der letzten Woche. Da ihre Mutter am Vormittag Einkäufe erledigen musste, war Rita nichts anderes übriggeblieben, als sich selbst ans Putzen zu machen. Damit das ein wenig schwungvoller ging, hatte sie die Musikbox laut aufgedreht. Als sie kurz vor Mittag endlich fertig gewesen war und sich eilig duschen, umziehen und auf den Weg zum Bayerischen Hof machen wollte, hatte es mehrmals hintereinander wild an ihrer Wohnungstür geklingelt.

»Ist Bärbel hier?«, hatte ihre Nachbarin Ilse gefragt, kaum dass die Tür offen war.

»Bärbel? Nein! Wieso?«

»O Gott. Bitte, Rita, hilf mir! Bärbel ist weg«, hatte Ilse sie hysterisch angefleht. Während sie nur kurz auf der Toilette gewesen war, hatte die dreijährige Tochter die Gelegenheit genutzt und war unbemerkt aus der Wohnung verschwunden.

»Ich habe nicht daran gedacht, die Türkette einzuhängen«, hatte die Mutter sich die Schuld gegeben. »Wenn ihr etwas passiert ist, dann …« Sie hatte angefangen zu weinen.

»Bitte mach dich nicht verrückt, Ilse. Wir finden sie schon!«, hatte Rita versprochen und der verzweifelten Nachbarin beim Suchen geholfen. Sie hatten bei allen Wohnungen geklingelt, aber erst im Keller hatten sie die kleine Ausreißerin entdeckt, wo das Kind heulend auf einer Holzkiste gesessen hatte. Schluchzend vor Erleichterung hatte Ilse Bärbel sofort hochgehoben und fest an sich gedrückt. Auch Rita war ein Stein vom Herzen gefallen. Wenn das Mädchen durch die Haustür auf die Straße gelaufen wäre – nicht auszudenken, was da hätte passieren können.

»Ach, mein Bärbelchen! Was machst du denn nur für Sachen? Wieso bist du denn weggelaufen?«

Die Kleine hatte sie schniefend angesehen. »Wo ist die Katze?«

»Die Katze?«, hatte Rita irritiert gefragt. »Ihr habt doch gar keine Katze, oder?«

Ilse hatte kurz aufgelacht. »Vor ein paar Tagen haben Bärbel und ich im Keller eine kleine weiße Katze entdeckt, als wir Kartoffeln geholt haben. Sie hat sie wohl hier gesucht.«

»Aber wo ist die Katze, Mami?« Das Mädchen hatte nicht lockergelassen.

»Sie ist nicht hier, Schätzchen! Und du darfst nicht einfach so aus der Wohnung verschwinden. Nie wieder! Hörst du? Mami hat sich schlimme Sorgen gemacht.«

Glücklicherweise hatte sich alles relativ schnell in Wohlgefallen aufgelöst und Ilse hatte sich tausendmal bei Rita bedankt und wollte sie auf einen Kaffee einladen. Doch Rita hatte einen Blick auf ihre Uhr geworfen und abgelehnt. Wenn sie sich beeilte, könnte sie es vielleicht noch schaffen, auch wenn sie gar nicht wusste, wann genau die Beatles beim Hotel eintreffen würden. Womöglich war sie ohnehin schon längst zu spät dran. Sie wollte es jedoch zumindest versuchen. Vorher musste sie nur dringend duschen.

Sie holte die frischen Sachen, die sie anziehen wollte, aus ihrem Zimmer, und war gerade auf dem Weg ins Bad, da hörte sie ein Scheppern und den erschrockenen Schrei ihrer Oma aus der Küche. Josefine war am Vormittag bei einer Kundin im Altersheim zur Anprobe gewesen und offenbar zurückgekommen, während Rita auf der Suche nach Bärbel gewesen war.

»Was ist denn hier passiert?«, fragte Rita besorgt, als sie in die Küche kam.

Auf dem Boden lagen ein in zwei Teile zerbrochener Kaffeefilter aus Porzellan und die silberfarbene Thermoskanne in einer braunen dampfenden Pfütze aus Kaffee und Kaffeesatz.

Die unteren Küchenschränke waren bedeckt von Kaffeespritzern. Josefine war vor Schreck ganz bleich.

»Ich habe uns Nussschnecken mitgebracht und wollte frischen Kaffee aufbrühen. Dabei muss ich mit dem Ellenbogen gegen die Kanne gestoßen sein – schau dir nur die Bescherung an. Der gute Kaffeefilter!«, rief Finni aufgelöst.

»Das kann doch mal passieren, Oma«, sagte Rita ruhig. »Hauptsache, du hast dich nicht verbrüht.«

»Nein, mir ist nichts passiert. Nur meine Hausschuhe ...« Sie sah nach unten. Auch die Schuhe waren in Kaffee getränkt. »Wie kann man nur so ungeschickt sein?«

»Komm. Du setzt dich jetzt an den Tisch und ich mache das.«

»Aber ...«

»Nichts aber!« Rita wurde energisch. Gleichzeitig verkniff sie sich ein Seufzen. Die Ankunft der Beatles mitzuerleben konnte sie wohl endgültig vergessen. Bis sie die Sauerei am Boden aufgewischt und hier aufgeräumt hätte, wäre es auf jeden Fall zu spät. Doch nach den ganzen Aufregungen heute war ihr inzwischen auch die Lust vergangen. Dann sollte es eben nicht sein. Außerdem hatte sie später am Nachmittag noch etwas vor. Sie würde sich mit Leo treffen. Nachdem es nicht so einfach war, einen Abend zu finden, an dem sie beide freihatten, hatte Leo Rita heute auf Kaffee und Kuchen eingeladen. Er würde sie um 16.00 Uhr abholen zu einem kleinen Spaziergang ins Café Jasmin in der Steinheilstraße.

Rita hatte lange überlegt, ob sie sich überhaupt auf ein Treffen mit dem Polizisten einlassen sollte. Sie hatte ein wenig Angst davor, dass er sich womöglich Hoffnungen machen könnte, die sie vielleicht nicht erfüllen konnte, da sie unsicher war, ob sie sich Leo tatsächlich als Freund vorstellen könnte.

»Wer nicht wagt, der nicht gewinnt!«, hatte Rosi sie ermutigt. Die Bedienung hatte schon längst mitbekommen, dass der Polizist ein Auge auf Rita geworfen hatte. »Leo ist ein feiner Kerl. Wie respektvoll der mit Frauen umgeht, das hat man auch nicht so oft«, hatte sie hinzugesetzt, als sie zwei Tage zuvor nach Feierabend noch gemeinsam eine Zigarette geraucht hatten.

»Schon, ich finde ihn auch sehr nett, aber ...«

»Aber was? Jetzt aber mal raus mit der Sprache, meine Kleine!«, hatte Rosi sie aufgefordert.

»Ich habe noch nie ... also, ich bin noch ...«

»Du bist noch Jungfrau?« Rosi hatte sie überrascht angeschaut.

Rita hatte genickt.

»Heilige Jungfrau ... also ... das hätte ich bei dir nie gedacht. Ich meine, so hübsch, wie du bist, Rita. Aber dann wird es erst recht Zeit, oder willst du dich für einen Ehemann aufsparen? Für viele Frauen ist das ja sehr wichtig. Das respektiere ich. Wobei ich persönlich niemals die Katze im Sack kaufen würde.« Wieder hatte sie gelacht und sich eine weitere Zigarette angezündet. »Wenn ich mir vorstelle, ich hätte meinen ersten Freund jungfräulich geheiratet, ohne zu wissen, was für ein egoistischer Rammler er im Bett ist, dann hätte ich sicherlich keine schöne Ehe gehabt. Mir haben die wenigen Male mit ihm schon gereicht.« Sie nahm kein Blatt vor den Mund. »Deswegen kann ich jeder Frau nur raten, den Mann, mit dem man im besten

Fall sein ganzes restliches Leben verbringen möchte, ausgiebig zu testen, bevor man Ja sagt.«

Rita war nachdenklich geworden. Rosi hatte wohl recht. Und sie wollte schließlich nicht für immer Jungfrau bleiben. Dafür musste sie es aber auch zulassen, einen Mann überhaupt erst besser kennenzulernen. Und so hatte sie Leos Einladung angenommen.

Da sie es nun nicht mehr ganz so eilig hatte, brachte sie in Ruhe die Küche in Ordnung, dann brühte sie für sich und ihre Oma frischen Kaffee auf, den sie gemütlich tranken. Dazu aßen sie beide je eine Nussschnecke – und Josefine hatte sich wieder völlig vom Schreck erholt.

Rita erzählte ihrer Oma, dass sie gleich mit Leo verabredet war.

»Der ist ja ganz nett. Aber was ist mit Paule?«, fragte Oma Finni und schob sich das letzte Stück des Gebäcks in den Mund.

»Paule? Was soll mit ihm sein?«

Josefine zuckte nur kurz mit den Schultern. »Er mag dich sehr, der Junge.«

»Ich mag ihn auch sehr. Aber nur als Freund, Oma. Außerdem geh ich mit Leo nur einen Kaffee trinken, das bedeutet ja nicht, dass wir gleich ein Paar werden.«

»Du hast ja recht. Und es wird Zeit, dass du endlich mal mit einem jungen Mann ausgehst, Mausi. Du kannst nicht immer nur arbeiten.«

Rita stand auf und stellte ihre Tasse ins Spülbecken. »Ich muss jetzt schnell duschen, sonst komme ich doch noch zu spät.«

»Ja, geh nur. Ich muss mich auch wieder an die Arbeit machen. Es tut mir leid, dass ich es mit den Kleidern für euch nicht geschafft habe.«

»Das macht nichts. Wir werden sie beim nächsten Auftritt tragen!«

Nachdem sie geduscht und sich die Haare gemacht hatte, schlüpfte Rita in eine an den Beinen eng geschnittene Hose und eine beige Bluse. Langsam wurde sie nervös. Sie fragte sich, ob die heutige Verabredung mit Leo womöglich ihr Leben verändern würde. Hätte sie bald einen Freund? Irgendwie konnte sie sich das überhaupt noch nicht vorstellen. Sie sah auf die Uhr. Nur noch eine Viertelstunde, bis er sie abholen würde. Sie warf einen Blick in den Spiegel. Sollte sie Lippenstift auflegen? Oder war das zu viel?

In diesem Moment klingelte im Flur das Telefon.

»Haslinger?«, meldete sie sich.

Am anderen Ende der Leitung herrschte Stille. Nur ein leises Atmen war zu hören. War das etwa wieder dieser verrückte Anrufer?

»Hallo?«, versuchte sie es erneut. Nichts.

»Wenn Sie nichts zu sagen haben, dann rufen Sie gefälligst nicht mehr an, Sie Trottel!«, rief sie ins Telefon, als sich nach ein paar weiteren Sekunden immer noch niemand gemeldet hatte, und legte auf.

»So ein Blödmann«, murmelte sie, dabei könnte es auch eine Frau sein. Oder vielleicht sogar ein Kind, dass mit dem Telefon gespielt und ganz zufällig ihre Nummer gewählt hatte. Doch für einen Zufall war das in der letzten Zeit zu häufig passiert und auch zu Tageszeiten, in denen Kinder normalerweise schliefen.

Sie griff nach ihrer Handtasche, als es erneut klingelte. Genervt verdrehte sie die Augen und überlegte schon, es einfach klingeln zu lassen, aber dann nahm sie doch den Hörer ab.

»Wollen Sie jetzt endlich mal was sagen?«, meldete sie sich.

»Rita?«

Das war jedenfalls kein unbekannter Anrufer.

»Ich bin's, Peggy Sue.«

»Peggy Sue!«, rief Rita erleichtert und überrascht ins Telefon.

»Passt es gerade nicht?«, fragte Peggy Sue unsicher, vermutlich etwas überrumpelt, weil Rita sich so barsch gemeldet hatte.

»Doch, doch. Sag mal, hattest du es gerade eben schon mal versucht?«

»Nein. Warum?«

»Wir bekommen zurzeit immer wieder Anrufe von jemandem, der sich dann nicht meldet, und ich dachte, diese Person ist wieder dran«, erklärte sie.

»Ach, das ist ja ärgerlich«, meinte Peggy Sue mitfühlend.

»Ja. Und auch ein klein wenig unheimlich, wenn ich ehrlich bin. Aber was gibt es denn? Ist bei dir alles gut?«

»Ja. Ich bin nur schon so aufgeregt wegen unserem Auftritt übermorgen«, gab Peggy Sue zu. »Du auch?«

»Und wie!«, gestand Rita. »Deswegen versuche ich, es noch zu verdrängen.« Tatsächlich war heute so viel los gewesen, dass sie gar nicht so viel darüber nachgedacht hatte.

»Das versuche ich auch, es funktioniert aber leider nicht so gut. Ich muss mich ablenken. Im Moment bin ich gerade in einer Telefonzelle in der Nähe vom Marienplatz und dachte, vielleicht hast du ja Zeit und auch Lust, dass wir gemeinsam einen Kaffee trinken? Dann könnten wir auch ein wenig über unseren Auftritt sprechen.«

»Das würde ich gern, wirklich. Aber ich habe gleich eine Verabredung«, sagte Rita mit Bedauern. Eigentlich fände sie es viel schöner, mit Peggy Sue ins Café zu gehen.

»Verstehe. Das war auch sehr kurzfristig.«

»Du könntest ja mitkommen«, schlug Rita rasch vor, obwohl ihr klar war, dass Leo nicht sonderlich begeistert darüber wäre. Aber irgendeine Erklärung würde sie ihm schon auftischen, die er verstehen würde.

»Aber nein. Ganz bestimmt nicht. Wir gehen einfach ein anderes Mal.«

»Gern. Tagsüber kann ich meistens flexibel etwas unternehmen«, beteuerte Rita.

»Ich auch. Dann machen wir bald was. Wir sehen uns am Samstag!«

»Ja. Bis übermorgen!«

»Ich wünsche dir viel Spaß, Rita!«

Nachdem sie aufgelegt hatte, seufzte Rita. Sie hätte sich wirklich gerne mit Peggy Sue getroffen. Auf die Verabredung mit Leo hatte sie jetzt noch weniger Lust.

Pünktlich wie ein Uhrwerk holte Leo sie ab. Sie war überrascht, dass er diesmal ganz leger eine Jeans und ein schwarzes T-Shirt trug. Da sie ihn ansonsten fast immer nur in seiner Uniform sah, wirkte er heute beinahe wie ein anderer Mensch und auch viel jünger. Was ihr gefiel.

»Möchtest du drinnen oder draußen sitzen?«, fragte er, als sie vor dem Café Jasmin standen.

»Gern drinnen«, sagte sie, da ziemlich viel los war auf den Straßen und sie der Hitze des Tages entkommen wollte.

Wenig später servierte die Bedienung Leo ein Kännchen mit Kaffee und Käsekuchen. Da Rita mit ihrer Oma schon Kaffee getrunken hatte, hatte sie sich für eine Eisschokolade und Erdbeerkuchen mit Sahne entschieden. Dazu bestellten beide eine eisgekühlte Zitronenlimonade.

Die Beatles waren natürlich ein großes Thema, nachdem Rita ihm erzählt hatte, dass sie eigentlich vor dem Bayerischen Hof auf die Ankunft der Stars warten wollte.

»Ich hatte Nachtschicht und war auch nicht dabei. Aber es war die Hölle los, habe ich gehört«, sagte er. »Und du hättest sie vor dem Hotel gar nicht gesehen, weil sie von hinten her in die Tiefgarage gefahren sind«, wusste er von Kollegen.

»Dann muss ich mich ja gar nicht ärgern, dass ich es nicht geschafft habe.« Rita nahm einen Schluck von ihrer Eisschokolade.

»Musst du nicht. Ich sag's dir. Morgen wird das eine große Herausforderung werden, wenn die Beatles im Circus Krone auftreten. Der Polizeieinsatz wurde schon seit Wochen und Monaten minutiös geplant. Alle sind ziemlich angespannt und man ist auf alles Mögliche vorbereitet. Hoffentlich geht alles gut über die Bühne. Man weiß ja gar nicht, wie die Fans sich verhalten werden.«

»Bist du morgen direkt vor Ort im Einsatz?«, fragte sie.

Er nickte. »Ja.«

»Beneidenswert. Dann siehst du ja den Auftritt. Ich wäre auch so gern hingegangen. Aber wir machen morgen schon ein wenig früher auf. Mutter meint, dass nach dem ersten Konzert bereits viele Leute unterwegs sein werden, die in eine Bar wollen. Und das Geschäft wollen wir natürlich mitnehmen.«

»Verstehe. Ich kann dir ja erzählen, wie es war«, sagte er mit einem Lächeln. »Natürlich nur, soweit ich es mitbekomme.«

Er schob sich ein großes Stück Kuchen in den Mund. Dann wechselten sie das Thema. Da Leo ein großer Sportfan war und in seiner Freizeit in einem Leichtathletik-Verein trainierte, unterhielten sie sich über die Zusage für die Ausrichtung der Olympischen Spiele 1972, die München am 26. April bekommen hatte. Die bayerische Hauptstadt hatte sich gegen die Bewerber aus Madrid, Detroit und Montreal durchgesetzt.

»Das ist eine ganz große Sache für München und für Bayern«, sagte er. »Und bis dahin wird sich hier ziemlich viel verändern. Gäste aus aller Welt werden zu uns kommen.«

»Aber erst in sechs Jahren – das ist noch eine Ewigkeit bis dahin«, meinte Rita.

»Stimmt. Doch du wirst sehen, die Zeit wird schnell vergehen.«

»Ich hoffe nicht!«, meinte Rita. »Ich möchte gerne noch eine Weile jung sein.«

»In sechs Jahren bist du doch auch noch nicht alt«, sagte er mit einem Lächeln.

»Aber schon sechsundzwanzig!« Rita erschien das ziemlich alt.

Er lachte. »Darüber musst du dir gewiss keine Sorgen machen, Rita. Ich frage mich allerdings …« Er zögerte kurz, fuhr durch seine Haare. »Also ich frage mich, wo wir beide in sechs Jahren stehen werden.«

Seine Frage irritierte sie. »Wie meinst du das?«

Sie merkte ihm an, dass er nun verunsichert war. Er zuckte verlegen mit den Schultern. »Na ja. Vielleicht, also weißt du …«

Er sprach nicht weiter und Rita ahnte, was er meinte. Doch darüber wollte sie jetzt nicht mit ihm sprechen. Sie kannten sich doch eigentlich kaum!

»Es heißt, dass München in den nächsten Jahren eine große Baustelle sein wird wegen der U-Bahn, damit die Stadt für die vielen Gäste und Sportler gewappnet ist«, kam sie deswegen wieder zurück auf das Thema Olympische Spiele.

Er schien ein wenig enttäuscht zu sein, dass sie seinem Vorstoß ausgewichen war. Doch er war taktvoll genug, sie nicht weiter in Verlegenheit zu bringen.

»Da ist in den nächsten Jahren ziemlich viel zu tun für die Stadt. Ich hoffe, die bekommen auch die ganzen Sportstätten für die Wettkämpfe und das große Stadion im Oberwiesenfeld bis dahin fertig.«

Sie plauderten noch ein wenig, dann trank Rita den letzten Schluck ihrer inzwischen warm gewordenen Limonade. »Ich muss dann langsam in die Bar und alles für den Abend vorbereiten.«

»Schade. Aber das verstehe ich natürlich. Die Zeit ist so schnell verflogen.«

»Das ist sie. Es war sehr schön, Leo. Vielen Dank für die Einladung.«

»Danke dir für deine nette Gesellschaft, Rita. Ich hoffe, wir schaffen es bald auch mit einem Abendessen. In der Sommerstraße hat kürzlich ein ungarisches Restaurant aufgemacht, da isst man wirklich sehr gut und auch günstig. Also, falls du Lust hast?«

»Vielleicht«, antwortete sie. »Das können wir noch besprechen.« Sie wollte es langsam angehen, auch wenn sie seine Gesellschaft durchaus als sehr angenehm empfand.

Obwohl sie ihm beteuerte, dass sie auch allein nach Hause gehen konnte, bestand er darauf, sie zu begleiten. Kurz vor dem Wohnhaus fiel Rita ein Mann auf, der auf der Straßenseite gegenüber im Schatten eines Hauseinganges stand und eine Zeitung las. Er hatte eine Schirmmütze tief in die Stirn gezogen und so konnte man sein Gesicht nicht erkennen. Aber sie war sich sicher, dass sie ihn in der letzten Zeit schon öfter in der Gegend gesehen hatte.

»Ist was?«, fragte Leo, der offenbar ihren Blick bemerkt hatte.

Irgendetwas Seltsames hatte der Mann an sich. Doch sie konnte nicht sagen, was das war. Vermutlich bildete sie sich das auch nur ein.

»Nein«, sagte sie deswegen und schüttelte den Kopf.

»Und ihr spielt also am Samstag?«, fragte er mit einem Blick auf die Tafel, die neben der Treppe zur Bar stand. Darauf waren die Monaco Birds für eine musikalische Einlage um 22 Uhr angekündigt.

»Ja. Und langsam, aber sicher werde ich auch schon ein wenig aufgeregt«, verriet Rita.

»Was für ein Instrument spielst du denn?«

»Schlagzeug«, erklärte sie lächelnd.

Er sah sie erstaunt an. »Respekt! Schlagzeug! Du wirst das sicher toll machen. Monaco Birds – das ist übrigens ein schöner Bandname«, beteuerte er.

»Danke. Kommst du denn auch, Leo?«

»Ich habe leider Spätdienst am Samstag. Aber vielleicht gibt es ja wieder eine Schlägerei bei euch und wir müssen dienstlich kommen«, scherzte er.

»Wenn das so ist, dann werde ich eine anzetteln«, versprach sie und sie lachten.

»Aber übertreib es nicht, sonst muss ich dir am Ende noch Handschellen anlegen und dich mitnehmen. Dann würde es nichts werden mit eurem Auftritt.«

»Das werde ich auf keinen Fall riskieren.«

»Also dann ...«, begann er und griff nach ihrer Hand.

Rita hatte plötzlich Angst, dass er sie an sich ziehen und küssen würde. Auch wenn sie ihn mochte, fühlte sie sich nicht dazu bereit. Oder musste sie diese Angst einfach nur mal überwinden?

»Hallo Rita!«, hörte sie die Stimme von Paul, der an den beiden vorbeimarschierte und sich kurz noch mal zu ihr umdrehte.

Reflexartig machte sie ihre Hand los.

»Grüß dich, Paule!«, rief sie ihm hinterher und hatte plötzlich ein schlechtes Gewissen, weil er sie mit Leo gesehen hatte.

Dabei war Paul nur ein guter Freund für sie. Erst letzte Woche waren sie gemeinsam in der Eisdiele gewesen und er hatte ihr von seinem Studium erzählt.

»Wer war das denn?«, fragte Leo neugierig.

»Mein alter Schulfreund Paul. Aber ich muss mich jetzt leider wirklich beeilen, Leo«, sagte sie. »Heute kommt ein Kellner zum Anlernen. Der wird bald da sein.«

»Ihr kriegt Verstärkung?«

»An den Wochenenden schaffen wir es kaum noch zu viert. Und wenn eine von uns ausfällt, wie Rosi letztens nach der Schlägerei, muss jemand verlässlich einspringen können. Bisher hat in so einem Fall Liesel, unsere Putzfrau, zumindest für ein paar Stunden ausgeholfen. Aber auf Dauer geht das natürlich nicht.«

In der letzten Zeit lief das Geschäft erfreulicherweise immer besser und sie brauchten dringend Unterstützung. Außerdem hatte die Prügelei ihnen deutlich gemacht, dass ein Mann in der Bar nicht schaden würde. Einen Türsteher konnten sie sich zwar nicht leisten, doch mit einem Kellner würden sie zwei Fliegen mit einer Klappe schlagen. Angie hatte in der letzten Woche also mehrere Gespräche mit Bewerbern geführt. Einer von ihnen, ein kräftiger gebauter Physikstudent namens Erich, hatte sie am meisten überzeugt. Vor allem, als Angie erfahren hatte, dass er gut in Karate war. Damit war er für die Bar Gold wert und sollte im Notfall eingreifen können, wenn Gäste über die Stränge schlugen. Hauptsächlich würde Erich an den Wochenenden arbeiten und sich damit ein wenig Geld für sein Studium dazuverdienen.

»Na, dann hoffe ich, dass es klappt mit dem neuen Kellner«, sagte Leo.

»Das hoffe ich auch. Danke noch mal für die Eisschokolade und den Kuchen. Und die Limonade.«

»Es hat Spaß gemacht. Bis bald, Rita!«

»Bis bald, Leo«, sagte sie, dann verschwand sie ins Haus.

Kapitel 15
Peggy Sue

München, 23. Juni 1966

Nachdem Rita leider so kurzfristig keine Zeit für ein spontanes Treffen gehabt hatte, kaufte Peggy Sue an einem Kiosk ein paar Ansichtskarten und setzte sich allein an einen schattigen Tisch in einem Straßencafé. Ein paarmal wurde sie von Männern angesprochen, die auf dem freien Stuhl neben ihr Platz nehmen wollten.

»Tut mir leid, aber ich warte auf jemanden«, sagte sie jedes Mal, damit sie in Ruhe ihren Kaffee trinken und die Karten an ihre Familie und Freunde schreiben konnte. Sie freuten sich immer ganz besonders, wenn sie Post aus Germany bekamen. Das lenkte sie auch ein wenig von ihren Sorgen ab. Leider wusste sie immer noch nicht, welche Ausrede sie Harry gegenüber am Samstag vorbringen sollte, damit sie in *Angies Vogelbar* kommen konnte. Dass sie einen Auftritt mit einer Band hatte und sie sich schon seit Wochen immer wieder mit den Frauen zu den Proben getroffen hatte, ohne dass er davon wusste, konnte sie ihm inzwischen nicht mehr sagen. Er würde auf jeden Fall sauer sein. Mehr als das. Denn damit würde sie ihm verraten, dass sie schon eine Weile lang einiges vor ihm verheimlichte. Wenn auch aus harmlosen Gründen, so hatte sie sich doch in eine ziemlich heikle Situation manövriert.

Die letzten Tage waren besonders schwierig gewesen. Ihr Mann hatte einen Eifersuchtsanfall bekommen, weil sie sich vor dem Haus mit ihrem Nachbarn Gilbert unterhalten hatte, als Harry vom Dienst nach Hause gekommen war.

»Hallo Harry«, hatte Gilbert Link ihn freundlich gegrüßt. »Ich habe eben mit Peggy Sue besprochen, dass wir doch einmal gemeinsam an einem Wochenende ein Barbecue machen könnten. Gerade jetzt, wo das Wetter so schön ist.«

»Mal sehen«, hatte Harry nur gegrummelt und Peggy Sue aufgefordert, mit ihm nach oben in die Wohnung zu kommen.

»Wieso schleicht dieser Typ ständig um dich herum?«, hatte er sie dann angefahren. Gilbert war für ihn nach wie vor ein rotes Tuch.

»Aber das tut er doch gar nicht, Harry. Wir haben uns zufällig getroffen, als ich von der Reinigung zurückkam. Und dann haben wir uns kurz unterhalten.«

Doch das hatte Harry nicht besänftigen können. »Und wieso will er ausgerechnet mit uns ein Barbecue machen?«

»Das war doch nur so eine spontane Idee. Wenn du keine Lust hast, dann lassen wir es sein«, hatte sie so verständnisvoll wie möglich gesagt.

Er hatte sich aus dem Kühlschrank ein Bier geholt. »Dieser Gilbert gräbt dich die ganze Zeit an und das auch noch vor meinen Augen. Merkst du das denn nicht? Oder willst du es nicht sehen?«

»Ich bitte dich, ich denke, er will einfach nur freundlich sein. Sonst nichts.«

»Von wegen! Ich möchte nicht, dass du dich mit ihm abgibst! Hast du mich verstanden, Peggy Sue?«

Nur zu gern hätte sie ihm widersprechen wollen. Sie mochte es nicht, wenn er ihr derartige Vorschriften machte. Aber dann hätte er sich nur noch mehr in Rage geredet.

»Ja«, hatte sie deswegen geflüstert.

»Gut. Was gibt es heute zu essen?«

»Ich habe Truthahnsandwiches vorbereitet.«

»Und sonst nichts? Sag mal, was machst du denn den ganzen Tag?«

»Ich habe heute die Fenster geputzt und die Betten frisch bezogen, Wäsche gewaschen und gebügelt«, hatte sie aufgezählt und obwohl sie es nicht gewollt hatte, waren ihr plötzlich Tränen in die Augen geschossen.

»Tut mir leid, Darling«, hatte er sich zu ihrer Überraschung entschuldigt. »Ich weiß ja, wie viel du immer machst, damit wir es schön haben. Aber ich war vorhin so sauer wegen Gilbert.«

»Das verstehe ich«, hatte sie leise gesagt, auch wenn sie es nicht tat, und sie hatte gehofft, dass damit dieses Thema endlich beendet war.

Er hatte seine Bierflasche weggestellt und sie an sich gezogen. »Wir sollten vielleicht gar nicht immer so viel reden«, hatte er an ihrem Hals gemurmelt.

Damit war sie vor einem Dilemma gestanden. Das Letzte, was sie jetzt in diesem Moment gewollt hatte, war, mit ihm zu schlafen. Doch seine Hände hatten sich bereits auf ihre Pobacken gelegt, während er ihren Hals küsste. Hätte sie sich ihm entzogen, wäre es erneut zu einem Streit gekommen und am Ende hätte er sie trotzdem ins Bett bekommen. Also hatte sie es besser gleich hinter sich gebracht.

»Möchten Sie vielleicht noch einen Kaffee?«, riss die Bedienung sie aus ihren Gedanken.

»Nein danke. Ich möchte dann zahlen bitte.«

Peggy Sue schlenderte in Richtung Stachus und kam dabei an der katholischen Jesuitenkirche St. Michael vorbei. Schon vor ein paar Wochen hatte sie auf ihren Streifzügen durch München die zum Großteil im barocken Stil erbaute Kirche besucht. Darin gab es auch eine Fürstengruft, in der unter anderen Mitgliedern aus dem Hause Wittelsbach der sagenumwobene Märchenkönig Ludwig II. und dessen Bruder Otto seine letzte Ruhe gefunden hatten. Geboren und aufgewachsen in Amerika, das abseits der Ureinwohner kulturell doch ein sehr junges Land war, liebte Peggy Sue die geschichtsträchtigen Bauten in Europa, die viele Jahrhunderte, oft sogar Jahrtausende überdauert hatten. Ihre Großmutter hatte Peggy Sue oft von Königen und Kaisern, Prinzessinnen und Prinzen, von prächtigen Schlössern und alten Burgen erzählt und schon als Kind war sie fasziniert davon gewesen. Und sie hatte die Sissi-Filme mit Romy Schneider geliebt, die sie sich als junges Mädchen zusammen mit ihrer Mutter und den Schwestern mehrfach im Kino angeschaut hatte. Sie schätzte Amerika sehr. Es war auf beeindruckende Weise ein großartiges Land. Und doch fühlte sie sich hier in Europa, in München, auf verblüffende Weise ebenfalls wie zu Hause. Und auch die Sprache beherrschte sie immer sicherer. Inzwischen träumte sie sogar meist auf Deutsch.

Als sie weiterspazierte, stand Peggy Sue plötzlich vor dem Modehaus Vilsinger. Das war doch das Geschäft, in dem Inge arbeitete, fiel es ihr ein.

Spontan beschloss sie, den Laden zu betreten und sich nach ihrer Freundin Inge umzusehen. Sie ging die breite Treppe hoch in den ersten Stock zur Damenabteilung und entdeckte Inge sofort, die vor einer Umkleidekabine stand und jemandem ein Kleid hineinreichte.

Peggy Sue wollte sie während des Verkaufsgespräches nicht stören und ging zu einem Kleiderständer mit reduzierten Einzelstücken. Sie entdeckte einen beigefarbenen Sommerpullover in Größe 36, der ihr sofort gefiel.

»Der Pulli würde Ihnen sicher gut stehen, gnädige Frau«, sagte Inge mit einem Zwinkern. Sie war mit ihrer Beratung fertig und hatte Peggy Sue entdeckt. »Der ist genau richtig, für etwas kühlere Sommerabende.«

»Dann sollte ich ihn vielleicht mal anprobieren«, meinte Peggy Sue mit einem Lächeln. »Hallo Inge!«

»Grüß dich, Peggy Sue. Was für eine Überraschung. Was hat dich denn in unser Geschäft verschlagen?«

»Ich habe heute ein paar Erledigungen in der Innenstadt gemacht und als ich vorhin das Geschäft entdeckte, dachte ich, ich könnte mal bei dir vorbeischauen.«

»Eine sehr gute Idee. Willst du den Pulli wirklich anprobieren?«

»Ja, warum nicht? Der würde mir doch stehen, oder?«

»Das kann ich mir gut vorstellen. Komm!«

Sie gingen gemeinsam zu einer freien Umkleidekabine. Und während Inge draußen wartete, zog Peggy Sue ihre Bluse aus und schlüpfte in den Pulli. Sie schob den Vorhang beiseite und trat heraus.

»Was meinst du, Inge?«, fragte sie, während sie sich vor einem Spiegel hin und her drehte.

»Sieht toll aus! Du kannst wirklich tragen, was du willst.«

»Ach, komm«, winkte Peggy Sue ab, der Komplimente immer etwas peinlich waren. »Für den reduzierten Preis nehme ich ihn mit.«

»Das ist wirklich ein Schnäppchen. Brauchst du sonst noch was?«

»Eigentlich nicht.«

Inge kam näher an sie heran. »Es wäre schön, noch ein wenig zu plaudern. Du könnest ja so tun, als ob du noch ein Kleid suchen würdest«, sagte sie leise.

»Klar!«

Peggy Sue verschwand in der Umkleidekabine und zog wieder ihre Bluse an. Den Pullover hängte sie über ihren Arm. Dann gingen sie zu einem Ständer mit Sommerkleidern, der etwas weiter weg von der Kasse war. Inge zog immer wieder mal ein Kleid heraus, das sie ihr zeigte, während sie sich unterhielten.

»Schade, dass du das letzte Mal nicht bei der Probe warst«, sagte Inge.

»Tut mir leid, aber ich konnte wirklich nicht«, meinte Peggy Sue bedauernd, ohne jedoch den Grund zu nennen. Harry hatte an diesem Abend unbedingt mit ihr ins Kino gehen wollen und ihr war keine Ausrede eingefallen, die er ihr abgenommen hätte.

»Ich hoffe, wir kriegen das am Samstag hin. Ich bin jetzt schon so nervös, dass ich kaum etwas essen kann«, murmelte Inge.

»Es wird bestimmt klappen. Aber auch ich bin schon ziemlich aufgeregt«, verriet Peggy Sue. Wobei sie sich vor dem Auftritt selbst nicht sonderlich fürchtete, sondern hauptsächlich davor, wie sie ihr Vorhaben vor ihrem Mann verheimlichen konnte. Sie hatte noch immer keine passende Ausrede für Samstagabend. Aber sie war fest entschlossen, mit den Monaco Birds auf der Bühne zu stehen. Koste es, was es wolle.

»Ich bin froh, dass ich heute nach der Arbeit noch eine Musikstunde bei Sigi habe«, verriet Inge. »Bei *Yesterday* habe ich noch ein paar Schwierigkeiten. Vielleicht kann er mir ja noch ein paar Tipps geben.«

Yesterday von den Beatles war eines der wenigen ruhigeren Lieder, die sie am Samstag spielen wollten. Und Inge sollte dabei auch die Hauptstimme übernehmen.

»Das macht er bestimmt«, sagte Peggy Sue.

»Meine Chefin schaut schon die ganze Zeit zu uns rüber. Ich glaube, sie merkt, dass wir uns nur unterhalten«, bemerkte Inge leise.

Peggy Sue nahm impulsiv ein schwarzes Kleid vom Ständer. »Kann ich das anprobieren?«, fragte sie etwas lauter.

»Natürlich, gnädige Frau!«, antwortete Inge professionell höflich.

Auch wenn Peggy Sue es nicht kaufen wollte, ging sie mit dem Kleid in die Umkleidekabine. Allerdings hatte sie überhaupt nicht auf die Größe geachtet und als sie hineingeschlüpft war, hing das viel zu große Kleid in Größe 48 an ihr wie ein Kartoffelsack.

»Passt es?«, fragte Inge draußen.

»Perfekt!«, antwortete Peggy Sue.

Sie schob den Vorhang zur Seite und Inge schlug die Hand vor den Mund, um nicht laut loszulachen.

»Ich nehme es zurück, dass du alles tragen kannst«, meinte sie. »Das hier sieht echt schrecklich aus.«

»Schade. Ich hätte es sonst gerne genommen«, feixte Peggy Sue und zwinkerte Inge zu.

»Entschuldigung, Fräulein? Wir warten schon eine Weile. Hätten Sie dann bitte Zeit für mich und meine Schwester?«, fragte eine ältere Dame höflich.

»Natürlich. Ich bin sofort für Sie da!«, antwortete Inge rasch.

»Dann halte ich dich mal nicht mehr länger auf«, sagte Peggy und dann etwas lauter: »Vielen Dank für die gute Beratung. Den Pullover nehme ich gleich mit und wegen eines Kleides komme ich in der nächsten Woche noch einmal, wenn ich mehr Zeit habe.«

Kurz darauf verließ Peggy Sue mit dem günstig ergatterten Sommerpullover den Laden und machte sich auf den Weg nach Hause. Harry war noch nicht da, als sie die Wohnung betrat. Sie holte sich Apfelsaft aus dem Kühlschrank und trank durstig. Für das Abendessen hatte sie am Vormittag bereits einen Nudelsalat vorbereitet, also musste sie nichts mehr kochen. Sie setzte sich an die Orgel und übte die Lieder für den Auftritt. Als sie jedes Stück einmal durchgespielt hatte, war Harry immer noch nicht da und langsam machte sie sich Gedanken, wo er blieb. Als er schließlich auftauchte, war er bester Laune. Er gab ihr einen Kuss auf die Wange.

»Wo warst du denn so lange?«, fragte sie, ohne vorwurfsvoll zu klingen.

»Tut mir leid, mein Liebling, aber wir haben vorhin noch ein paar Runden Karten gespielt und dabei habe ich die Zeit vergessen.«

Seiner guten Laune nach zu urteilen, hatte er vermutlich gewonnen.

»Schön, dass du Spaß hattest.«

»Ja, den hatte ich. Aber hör mal, leider gibt es eine weniger gute Nachricht«, sagte er.

»Was denn?«, fragte sie alarmiert.

»Ab Samstagfrüh bin ich wieder bei einem Einsatz unterwegs und komme erst am Sonntagabend wieder zurück.«

Peggy Sue konnte ihr Glück kaum fassen. Die ganze Zeit hatte sie sich den Kopf zerbrochen und jetzt war es so einfach! War das zu glauben? Jetzt könnten sie den anderen sogar vorschlagen, am Samstagnachmittag noch eine letzte gemeinsame Probe vor dem Auftritt zu machen. Fast hätte sie laut aufgelacht. Doch das würde ihr Mann bestimmt in den falschen Hals bekommen.

»Schade. Aber das gehört eben zu deinem Job«, sagte sie deswegen und versuchte, verständnisvoll zu klingen, dabei hätte sie am liebsten laut gejubelt.

»Wirst du mich denn vermissen?«, fragte er und zog sie an sich.

»Natürlich«, beteuerte sie.

»Was wirst du denn die zwei Tage so ganz allein ohne mich machen?«

»Das weiß ich noch nicht«, antwortete Peggy Sue leichthin. »Irgendwie werde ich mir schon die Zeit vertreiben, bis du wieder da bist.«

Und zwar mit meinem allerersten Auftritt in einer Band!

»Vielleicht unternehme ich etwas mit den Kindern der Nachbarn. Dann haben die beiden mal ein wenig Zeit für sich«, überlegte sie laut.

Er streifte ihr eine gelockte Haarsträhne hinter das Ohr und sah sie an. »Es wird Zeit, dass wir selbst ein Kind bekommen«, murmelte er. »Und vielleicht hat es ja schon geklappt.«

»Vielleicht«, sagte sie. Doch insgeheim hoffte sie, dass sie ihre Periode bald bekommen würde.

Kapitel 16
Inge

München, 24. Juni 1966

Die Musikstunde am Abend zuvor war eine einzige Katastrophe gewesen. Sigi hatte Inge angeboten, noch mal alle Stücke für den Auftritt am Samstag durchzugehen. Doch während sie in den letzten Tagen nur noch bei ein oder zwei Liedern leichte Schwierigkeiten mit der Griffabfolge gehabt hatte, schien es gestern so, als hätte sie fast alles vergessen, was sie jemals geübt hatte. Und zwar nicht nur die Griffe an der Gitarre, sondern auch die Texte.

»Ich kann es nicht mehr!« Sie war den Tränen nah gewesen.

»Das ist nur die Aufregung, Inge«, hatte Sigi versucht, sie zu beruhigen.

»Meinst du?«

»Ganz bestimmt!«

»Ich spiele ganz schrecklich heute.«

Inge hatte sich sehr vor ihrem Musiklehrer geschämt. So schlecht hatte sie noch nie gespielt. Dann war überraschend auch noch Moni dazugekommen und hatte es damit nicht besser gemacht.

»Ich werde alles versauen!«, hatte Inge prophezeit.

»Ach was!« Auch Moni hatte es nur auf die Aufregung geschoben. »Du hast es bei unserer letzten Probe so großartig gemacht. Bei der Generalprobe geht doch oft was schief.«

»Das ist doch nicht die Generalprobe!« Inge hatte laut geseufzt.

»Aber eine Probe kurz vor dem Auftritt. Bitte, Inge, nimm das jetzt nicht allzu ernst. Das wird schon. Ich weiß das!«

Sigi hatte sie auf eine Weise angelächelt, die sie zusätzlich aus der Bahn warf. Vielleicht war ja Sigi der Grund dafür, dass sie sich heute nicht richtig auf die Lieder konzentrieren konnte? Doch bisher hatte es doch bei den Musikstunden auch immer geklappt. Allerdings hatte sie es sich inzwischen eingestanden, dass sie Gefühle für ihn hegte, die mehr als nur freundschaftlich waren. Es hatte keinen Sinn mehr, sich zu wehren, auch wenn das schlechte Gewissen ihrem verstorbenen Mann gegenüber sie quälte. Gleichzeitig ging sie nicht davon aus, dass Sigi auch etwas für sie empfand. Er war ihr Musiklehrer und der Bruder ihrer Bandkollegin und nur deswegen ging er so verständnisvoll und nett mit ihr um.

»Deine Stimme ist so toll, die Leute werden gewiss begeistert sein. Von euch allen. Das, was du jetzt spürst, das ist nur eine Art Lampenfieber. Du wirst sehen, sobald du auf der Bühne stehst, ist das vorbei.«

Doch all die aufmunternden Worte hatten nichts geholfen. Vor allem bei dem von Monika komponierten Lied »She loves the World« klappte die Griffabfolge überhaupt nicht mehr. Schließlich hatten sie den Unterricht abgebrochen.

»Heute hat es wohl wirklich keinen Sinn mehr«, hatte Sigi da eingestanden.

Ziemlich frustriert war Inge also nach Hause gegangen. Das erste Mal seit Langem hatte sie an diesem Abend starkes Heimweh nach ihrem Elternhaus verspürt. Nach einer Zeit vor ihrer großen Liebe zu Bernd, vor der schmerzenden Trauer und vor der Aufregung um den baldigen Auftritt. Damals hatte sie zwar einen großen Lebenshunger gehabt und die Sehnsucht nach Abenteuern alles um sie herum klein und unbedeutend scheinen lassen, aber trotzdem war sie in dem beschaulichen niederbayerischen Ort auf eine unaufgeregte Weise glücklich gewesen. Zumindest die meiste Zeit.

Inge hatte sich vorgenommen, ihre Familie an einem der kommenden Sonntage zu besuchen, und dieser Gedanke, zusammen mit einem Glas Cognac, hatte sie unerwartet getröstet. Sie hatte nach ihrer Gitarre gegriffen und es erneut versucht. Und diesmal hatte es ganz einwandfrei geklappt, sogar bei dem Lied, bei dem sie vorhin die meisten Probleme gehabt hatte: »She loves the World«.

Am Freitagmorgen machte Inge sich schon etwas früher auf den Weg zur Arbeit und rief von der Telefonzelle aus, die auf dem Weg lag, ihre Mutter an.

»Hallo, Mama, ich bin's. Geht es dir gut?«

»Ingelein! Was für eine Überraschung. Aber ja doch. Bei mir ist alles in Ordnung«, erklärte Helga, so wie sie es immer tat, auch wenn das alles und nichts bedeuten konnte. »Und bei dir?«

»Bei mir ist auch alles gut, Mama«, sagte Inge, wobei es ihr heute tatsächlich wieder viel besser ging. »Ich komme euch bald mal besuchen. Nicht an diesem Sonntag, da schaffe ich es leider nicht, aber vielleicht die Woche darauf.«

»Wirklich?« Ihre Mutter konnte es offenbar gar nicht glauben. Zu lang schon war der letzte Besuch der Tochter her. Es war an Weihnachten gewesen. Und da auch nur für zwei kurze Tage.

»Ja. Wirklich!«

»Ach, wie schön! Ich werde einen Eierlikörkuchen backen. Oder möchtest du lieber einen Käsekuchen?«, fragte Helga und klang aufgeregt.

»Mir ist beides recht«, antwortete Inge. »Aber mach dir bitte nicht zu viel Arbeit meinetwegen. Das musst du nicht. Wir können uns auch unterwegs Kuchen in der Konditorei holen.«

»Papperlapapp! Wenn du nach so langer Zeit endlich wieder mal kommst, dann möchte ich etwas Besonderes für dich machen. Und natürlich gibt es dann auch dein Lieblingsgericht: Sauerbraten mit Kartoffelknödel und Blaukraut.«

»Das ist lieb von dir, Mama.«

Sie plauderten noch eine Weile über Leute, die Inge kannte. Und auch wenn Inge sich nicht sonderlich dafür interessierte, was die Tochter ihrer Nachbarn alles zur Firmung bekommen hatte, so genoss sie es doch, ihrer Mutter beim Erzählen zuzuhören.

»Jetzt muss ich leider aufhören, Mama. Draußen stehen schon welche und warten. Und ich darf auch nicht zu spät ins Geschäft kommen.«

»Auf keinen Fall. Denn du weißt ja, wer pünktlich ist, vertrödelt keine Lebenszeit. Nicht die eigene und auch nicht die von anderen.«

»Ich weiß, Mama.« Inge lächelte. Diesen Satz hatte früher ihr Vater immer gesagt. Doch jetzt war er nicht mehr dazu in der Lage. Er konnte heute und in Zukunft weder pünktlich noch unpünktlich sein. Er konnte einfach nur noch sein.

»Dann beeil dich mal, mein Schatz. Ich freue mich schon sehr, wenn du kommst.«

»Ich mich auch, Mama. Ich sage dir Bescheid, sobald ich weiß, wann genau das sein wird und mit welchem Zug ich komme.«

»Mach das. Ich hole dich vom Bahnhof ab.«

Auf dem Weg ins Geschäft überlegte Inge, welches Geschenk sie ihrer Mutter mitbringen könnte. Vielleicht eine schicke Handtasche? Aber die würde sie ja doch nur sonntags beim Gottesdienst oder bei einem Arztbesuch dabeihaben. Ansonsten gab es kaum Gelegenheit für sie, mal eine etwas schönere Tasche zu tragen. Jedenfalls nicht mehr, seitdem sie neben der ganzen Arbeit mit dem kleinen Gemüsehof auch noch ihren bettlägerigen Mann pflegte und seine Aufgaben übernommen hatte. Aber was konnte sie ihrer Mutter sonst schenken? Hoffentlich würde ihr noch ein passendes Mitbringsel einfallen, an dem Helga Freude hatte.

Das Gespräch mit ihrer Mutter hatte Inge noch mehr aufgemuntert und inzwischen war sie zuversichtlich, was den Auftritt betraf. Nachdem es gestern Abend dann doch wieder ganz einwandfrei mit den Stücken geklappt hatte, war es vermutlich tatsächlich nur eine Art Lampenfieber gewesen, das sie beim Unterricht mit Sigi verspürt hatte. Zur Sicherheit würde sie auch heute nochmals viel üben, damit sie für den morgigen Auftritt bestmöglich vorbereitet war.

Als sie im Geschäft eintraf, kam Frau Vilsinger auf sie zu.

»Guten Morgen, Frau Vilsinger!«, grüßte Inge freundlich.

»Guten Morgen, Frau Becker. Mein Mann und ich würden gerne mit Ihnen sprechen. In einer halben Stunde im Büro.«

»Natürlich! Worum geht es denn?«

»Das erfahren Sie dann gleich.«

Inge konnte der Miene ihrer Chefin nicht entnehmen, um was es ging, und sie machte sich plötzlich Sorgen. Waren sie etwa nicht zufrieden mit ihrer Arbeit? Oder hatte Frau Vilsinger gestern mitbekommen, dass sie längere Zeit mit Peggy Sue geplaudert hatte? Doch das konnte doch sicher kein Grund sein, sie ins Büro zu zitieren.

Die Minuten zogen sich ewig dahin. Während Inge aus einem Karton Miniröcke ausräumte, sie an Kleiderbügeln befestigte und sie nach Größen und Farben sortiert auf einen Ständer hängte, gingen ihr tausend Gedanken durch den Kopf. Welchen Fehler hatte sie gemacht, der ein Gespräch erforderte? Doch ihr fiel nichts ein, was sie ihr vorwerfen könnten.

Endlich war die halbe Stunde vorüber und Inge klopfte nervös an der Tür des Büros.

»Herein!«

Inge trat ein. Herr Vilsinger, ein zarter, eher kleiner Mann mit schlohweißen kurz geschnittenen Haaren saß an einem Schreibtisch, der viel zu wuchtig für ihn war. Seine Frau, die ebenfalls einen Schreibtisch im Büro besaß, der allerdings etwas kleiner war, stand neben ihrem Mann.

»Guten Morgen, Frau Becker«, übernahm Herr Vilsinger sogleich das Wort. »Sie sind jetzt schon eine Weile bei uns und wir sind sehr zufrieden mit ihrer Arbeit.«

Inge fiel ein Stein vom Herzen und sie lächelte nun. »Danke.«

»Sie sind fachlich versiert, stets pünktlich und es kommt immer wieder auch Lob von den Kunden, die Ihre Freundlichkeit und Kompetenz hervorheben.«

Frau Vilsinger nickte bei seinen Worten und Inge entspannte sich. Hatten sie Inge etwa ins Büro bestellt, um ihr zu sagen, dass sie eine Gehaltserhöhung bekommen würde? Doch schon der nächste Satz verscheuchte diesen Gedanken.

»Deswegen fällt es mir auch schwer, etwas anderes anzusprechen ...« Nun wurde sein Blick ernster und gleichzeitig auch ein wenig verlegen.

Inge bekam plötzlich weiche Knie. Es gab also doch etwas, das sie nicht richtig gemacht hatte.

»Sie wissen, worauf ich anspiele?«

Sie schüttelte den Kopf. »Nein. Überhaupt nicht!«

»Also, vor Kurzem wurde meine Frau von einer Kundin auf etwas angesprochen. Und auch zwei Mitarbeiterinnen ist in der letzten Zeit etwas aufgefallen.«

»Ja?«, fragte Inge nur. Mehr brachte sie im Moment nicht heraus.

»Es ist mir ein wenig unangenehm, das zu anzusprechen, Frau Becker. Aber es ist so, dass Sie wohl einige Male – nicht immer, das möchte ich ausdrücklich betonen –, also, dass Sie manchmal nach Alkohol riechen.«

Inge war bei seinen Worten wie vom Donner gerührt und ihr

Mund wurde mit einem Schlag staubtrocken. Ja, sie genehmigte sich zu Hause ab und zu einen Schluck Cognac oder ein Glas Sekt, wenn es ihr nicht so gut ging. So wie gestern Abend. Vor allem, wenn Trauer und Sehnsucht nach ihrem Mann sie besonders quälten. Und einige wenige Male hatte sie in der Mittagspause einen kleinen Jägermeister oder Doornkaat getrunken. Deswegen war sie aber doch noch lange keine Trinkerin! Ganz bestimmt nicht.

»Frau Becker?« Herr Vilsinger sah sie fragend an.

»Haben Sie dazu etwas zu sagen? Denn es geht natürlich nicht, dass sie während der Arbeitszeit Alkohol trinken. Womöglich ist es auch schon anderen Kundinnen aufgefallen, die nun vielleicht unser Geschäft nicht mehr aufsuchen.«

»Es tut mir leid«, beeilte Inge sich zu sagen und bemerkte, wie kratzig ihre Stimme klang. »Es tut mir wirklich leid. Ich hatte in der letzten Zeit ein paarmal Probleme mit dem Magen. Und da habe ich einen Kräuterlikör getrunken, weil der angeblich helfen soll.« Das entsprach zwar nicht ganz der Wahrheit, aber vielleicht konnten sie eine Magenverstimmung eher akzeptieren als ein Herzeleid und Traurigkeit. »Ich verspreche Ihnen, das wird nicht mehr vorkommen. Ganz bestimmt nicht.«

»Bei allem Verständnis. Sie haben wirklich keine leichte Zeit hinter sich und ich bewundere Sie, wie Sie das geschafft haben«, sagte nun Frau Vilsinger. »Aber eine alkoholisierte Verkäuferin können wir uns im Geschäft nicht leisten. Das würde unseren Ruf schädigen.«

»Natürlich. Das verstehe ich.«

»Da wir ansonsten wirklich sehr zufrieden mit Ihnen sind,

Frau Becker, haben meine Frau und ich beschlossen, Ihnen noch keine schriftliche Abmahnung zu geben. Doch wenn so etwas noch mal vorkommt, dann müssen wir leider Konsequenzen ziehen.«

»Wie gesagt, das wird es nicht. Ganz bestimmt nicht!«, beteuerte Inge.

»Vielleicht sollten Sie einmal Ihren Magen von einem Arzt untersuchen lassen, wenn Sie öfter Probleme haben«, riet Herr Vilsinger gutmütig. »Meine Schwester hatte kürzlich ein Magengeschwür, das aber gut behandelt werden konnte.«

»Das werde ich machen«, versprach Inge.

»Nun gut, Frau Becker. Dann haben wir das geklärt«, schloss ihre Chefin das Gespräch ab und wirkte erleichtert, dass es überstanden war. »Ich hoffe, dass wir nie wieder darüber sprechen müssen. Sie können jetzt wieder an Ihre Arbeit gehen.«

Zutiefst beschämt verließ Inge das Büro und ging zurück in ihre Abteilung. Wie in einem Film ließ sie die letzten Wochen und Monate gedanklich Revue passieren. Wenn sie ehrlich zu sich war, dann hatte sie tatsächlich öfter am Abend etwas getrunken, als es ihr vielleicht guttat. Und auch ab und zu im Geschäft.

Sie durfte ihre Arbeitsstelle auf keinen Fall verlieren und deswegen würde sie hier nie wieder einen Tropfen Alkohol anrühren. Auch nicht in der Mittagspause. Und überhaupt würde sie in der nächsten Zeit besser ganz auf Alkohol verzichten. Das war überhaupt kein Problem.

Kapitel 17
Monika

München, 24. Juni 1966

»Wolltest du nicht am Mittag aufhören?«, fragte Siegfried, der in den Laden gekommen war, in dem zum ersten Mal an diesem Tag seit ein paar Minuten keine Kunden waren.

Monika sah auf die Uhr. Es war kurz vor eins.

»Heute war schon so viel los. Ich habe Mutter noch geholfen, vier große Wurst- und Käseplatten vorzubereiten für eine Firmenfeier. Albert liefert sie gerade aus und Mutter macht mit Papa eine kurze Mittagspause.«

»Dann bist du also noch länger hier?«, wollte Siegfried wissen.

»Aber gewiss muss sie noch bleiben. Ich will schließlich auch noch Pause machen«, mischte sich Astrid ein. Seit der Standpauke von Max herrschte mehr oder weniger Eiszeit zwischen den Schwägerinnen.

»Du kannst natürlich nach oben, sobald Mutter zurück ist«, sagte Monika zu Astrid und wandte sich dann wieder an ihren Bruder »Ich bleibe noch bis etwa um zwei.«

Eigentlich hatte sie vorgehabt, den ganzen Nachmittag freizumachen, um vor dem Beatles-Konzert auch noch für den morgigen Auftritt der Monaco Birds zu üben. Doch heute war tatsächlich besonders viel zu tun, so dass sie lieber eine Weile länger blieb, bevor sie sich wieder Vorwürfe anhören müsste. Hauptsache, sie hatte genügend Zeit, um sich in Ruhe zurechtzumachen und rechtzeitig beim Circus-Krone-Bau zu sein.

»Ich muss jetzt auch gleich los zu einer privaten Unterrichtsstunde«, sagte Siegfried. »Ich weiß, wir wollten eigentlich zusammen zu den Beatles gehen. Aber ich muss vorher noch zu Charly, bei dem gab's irgendwie Ärger.«

»Ach ja? Welchen denn?«

»Das hat er mir am Telefon nicht gesagt. Ich weiß nicht, ob ich es vor dem Konzert noch mal nach Hause schaffe. Besser, wir treffen uns dort und ich nehme meine Eintrittskarte jetzt gleich mit. Wo hast du sie denn?«

»In meiner Nachttischschublade in meinem Notizbuch«, erklärte sie und bemerkte Astrids Blick.

»Gut, ich hole sie noch schnell. Und wir sehen uns später, Schwesterchen.«

Sie vereinbarten einen Treffpunkt und dann musste Siegfried auch schon los. Kurz darauf kam Maria zurück und Astrid konnte eine Pause machen.

Natürlich ließ ihre Schwägerin sich besonders lange Zeit. Als sie wieder zurückkam, war es fast schon halb drei. Monika hatte den Eindruck, dass Astrid nur auf eine Beschwerde von ihr wartete, um vor der Mutter eine Diskussion anzufangen, die erwartungsgemäß zugunsten Astrids enden würde. Und genau deswegen verkniff Moni sich einen Kommentar. Sie holte sich aus ihrem Zimmer die Sachen, die sie schon am Morgen für das Konzert bereitgelegt hatte, und benutzte das geräumigere Badezimmer ihrer Eltern, um ein Schaumbad zu nehmen. Schließlich war heute ein ganz besonderer Tag! Sie föhnte und frisierte sich die schulterlangen Haare, bis sie glänzten, und tuschte sich sorgfältig die Wimpern. Ausnahmsweise würde sie heute sogar Lippenstift tragen, den sie extra vor ein paar Tagen für diesen Anlass gekauft hatte. Als sie in den Spiegel sah, war sie zufrieden. Objektiv betrachtet konnte sie sich als hübsch bezeichnen, wenn sie auch längst keine auffallende Schönheit war wie Peggy Sue. Heute würde sie beim Auftritt der Beatles mit dabei sein und allein der Gedanke daran, dass sich ihr damit ein ganz großer Traum erfüllen würde, ließ sie strahlen. Ihr Magen fühlte sich an, als würden Hunderte Schmetterlinge darin flattern. Ein gutes Gefühl.

Bestens gelaunt verließ sie die Wohnung ihrer Eltern und ging nach oben in ihr kleines Zimmer, um ihre Eintrittskarte zu holen. Sie öffnete die Schublade und nahm das Notizbuch heraus, in das sie gestern noch einige Textzeilen für ein neues Lied geschrieben hatte, das den Titel *Monaco Birds* tragen sollte. Auch eine Melodie dafür hatte sie schon im Kopf. Sie hoffte, dass sie das Stück in den nächsten Tagen fertig bekäme. Dann würde sie es den anderen vorstellen und, falls es allen gefiel, den Vorschlag machen, das Lied entweder am Anfang oder am Ende eines jeden zukünftigen Auftrittes zu spielen, als eine Art musikalische Visitenkarte.

Sie klappte die letzte Seite auf, in die sie die Eintrittskarte gesteckt hatte. Doch da war sie nicht. Vielleicht hatte Siegfried sie vorhin zwischen andere Blätter geschoben, als er sein Ticket herausgenommen hatte? Sie fächerte mit dem Daumen die Seiten auf, doch vergeblich. Hatte er die Karte vielleicht in die Schublade gelegt? Doch auch da war sie nicht zu finden. Noch einmal ging sie gründlich das Notizbuch durch und langsam stieg ein ungutes Gefühl in ihr auf. Die Eintrittskarte konnte doch nicht einfach so verschwunden sein! Und doch war sie nicht mehr da.

Plötzlich kam ihr ein Verdacht. Es gab nur eine Person, die es ihr nicht gönnte, auf das Konzert zu gehen: Astrid. Sie hatte vorhin mitbekommen, wo Monika die Tickets aufbewahrte, und da der Schlüssel für Monikas Zimmer über dem Türrahmen lag, was jeder in der Familie wusste, hätte sie während ihrer Pause auch die Gelegenheit gehabt, unbemerkt Monikas Zimmer zu betreten und das Ticket aus der Schublade zu holen, um ihrer Schwägerin eins auszuwischen.

Monika spürte, wie ihr Puls sich beschleunigte und Wut in ihr hochkochte. Ihre Wangen fühlten sich auf einmal ganz heiß an. Es war die einzige Erklärung, die Sinn ergab. Zur Sicherheit blätterte sie jedoch ein weiteres Mal durch das Notizbuch, hielt es am Binderücken fest und schüttelte es, so dass die Eintrittskarte hätte herausfallen müssen. Nichts. Und auch nicht in der Schublade, die sie ebenfalls nochmal gründlich durchsuchte.

»Diese gemeine Kuh!«, schimpfte sie völlig aufgebracht. Damit würde sie allerdings nicht durchkommen. Jetzt konnte ihre Schwägerin sich auf etwas gefasst machen.

Als Monika nach unten geeilt war und durch die Tür im Flur in den Laden sah, war die Metzgerei voller Kundschaft. Auch das noch. Natürlich konnte sie die Sache nicht vor den ganzen

Leuten und ihrer Mutter ansprechen. Dabei hatte sie nicht mehr allzu lange Zeit, bis sie sich auf den Weg machen musste. Kurzerhand holte sie sich eine frische Schürze, zog sie an und betrat den Laden.

»Wer ist als Nächstes dran?«, fragte sie.

»Wieso bist du wieder hier?«, fragte Astrid leise, während Monika zweihundert Gramm Kochschinken für den Kunden abwog.

Diese scheinheilige Person! Astrid wusste doch ganz genau, warum sie noch nicht weg war, und kostete ihre Schadenfreude wohl insgeheim aus. Fast eine Viertelstunde später hatte die vorerst letzte Kundschaft den Laden verlassen und Monika drehte sich sofort zu Astrid.

»Wo ist sie?«, fragte sie barsch.

»Wo ist wer?« Astrid zuckte unschuldig mit den Schultern.

»Meine Eintrittskarte für das Konzert! Wo hast du sie? Und tu nicht so scheinheilig!«

Monika war so wütend, dass ihr der missbilligende Blick ihrer Mutter egal war.

»Ich habe keine Ahnung, was du von mir willst«, entgegnete Astrid.

»Ich habe es dir doch eben gesagt. Mein Ticket ist verschwunden. Und du bist neben Siegfried die Einzige, die wusste, wo es war!«

»Ich soll dein Ticket haben? Du spinnst doch!«

Astrid schüttelte den Kopf. *So eine Schauspielerin!*

»Ich weiß, du bist sauer auf mich wegen gestern, aber das geht jetzt wirklich zu weit!«

»Monika! Was soll denn das?«, mischte sich nun ihre Mutter ein. »Warum sprichst du so mit deiner Schwägerin?«

»Weil sie ein hinterlistiges Biest ist!«

»Du hörst auf der Stelle auf, so mit Astrid zu reden!«, tadelte sie die Mutter.

»Ich will doch nur meine Eintrittskarte haben!«

»Ich habe aber deine Eintrittskarte nicht.«

»Dann müsste sie ja noch in meiner Schublade sein. Ist sie aber nicht! Die löst sich doch nicht von selbst in Luft auf.«

Eine Kundin betrat den Laden.

»Ihr könnt die Sache draußen klären«, sagte Maria in einem bemüht ruhigen Ton. Doch ihr Blick war deutlich. Sie wollte nicht, dass ihre Tochter und die Schwiegertochter vor der Kundschaft stritten.

Kurz darauf standen die beiden Frauen sich draußen im Hof gegenüber.

»Wie kannst du nur so gemein sein?«, fuhr Monika sie an und schwankte zwischen Wut und Verzweiflung. Wenn sie sich nicht bald auf den Weg machte, würde sie tatsächlich zu spät kommen.

»Wie oft soll ich es dir noch sagen? Ich habe dein blödes Ticket nicht!«, entgegnete Astrid aufgebracht. »Ist dir vielleicht mal in den Sinn gekommen, dass Siegfried es versehentlich mitgenommen hat?«

An diese Möglichkeit hatte Monika tatsächlich bisher nicht gedacht. Konnte das sein? Möglich wäre es immerhin. Trotzdem erschien es ihr eher unwahrscheinlich. Das wäre ihm doch aufgefallen, oder etwa nicht? Doch nachdem ihre Schwägerin es nach wie vor abstritt, hier ihre Finger im Spiel zu haben, blieb ihr wohl nichts anderes übrig, als zu hoffen, dass Astrid tatsächlich die Wahrheit sagte und sie nichts damit zu tun hatte.

»Ich finde es übrigens unverschämt von dir, dass du mich vor deiner Mutter beschuldigt hast, das Ticket geklaut zu haben«, setzte Astrid empört hinzu. Gleichzeitig hatte Monika den Eindruck, dass ihre Schwägerin durchaus auch eine gewisse Freude daran hatte, Monika in so einem Dilemma zu sehen.

»Falls Sigi das Ticket wirklich mitgenommen hat, werde ich mich bei dir ganz offiziell und in Anwesenheit von Mutter entschuldigen«, versprach Monika kühl. »Falls er es aber nicht hat und du dafür verantwortlich bist, dass ich heute nicht aufs Konzert gehen kann, dann wirst du das bis in alle Ewigkeit bereuen!«

Monika war am Boden zerstört. Gerade eben hatte im Circus-Krone-Bau dic Vorband Cliff Bennett and The Rebel Rousers zu spielen begonnen und nach einigen weiteren Vorbands würden die Beatles auf der Bühne stehen. Während sie hier draußen stand, in – von einem kurzen Regenschauer – nass gewordenen Kleidern zwischen Leuten, die keine Karte bekommen hatten oder einfach nur als Zaungäste etwas mitbekommen wollten. Unglücklich wischte sie sich die Tränen aus ihrem Gesicht.

Als sie vor knapp einer Stunde am Circus-Krone-Bau angekommen war, hatte so ein großer Andrang geherrscht, dass sie ewig gebraucht hatte, bis sie Siegfried in dem Getümmel entdeckt hatte. Doch er hatte ihr Ticket nicht versehentlich mitgenommen. Es musste also Astrid gewesen sein. Ihre Schwägerin hatte es tatsächlich geschafft, Monika einen ihrer größten Träume kaputtzumachen.

»Ich gebe dir meine Karte«, hatte Siegfried angeboten. »Geh du für mich rein!«

Doch Monika hatte sie nicht angenommen. Auch ihr Bruder hatte sich sehr auf das Konzert gefreut und sollte jetzt nicht ausbaden müssen, dass Astrid und Monika nicht miteinander zurechtkamen. Doch das würde ihre Schwägerin noch bitter bereuen, schwor Monika sich.

Im ersten Moment hatte sie wieder nach Hause gehen und sie zur Rede stellen wollen. Doch sie war so wütend gewesen und gleichzeitig auch so unglücklich, dass sie weder ihre Gefühle noch ihr Handeln unter Kontrolle gehabt hätte. Vor dem Veranstaltungsort wollte sie allerdings auch nicht bleiben. Das hätte sie nur zu sehr deprimiert. Und schließlich fand sie sich eine halbe Stunde später *in Angies Vogelbar* auf einem Hocker an der Theke. Zu dieser frühen Abendstunde waren noch nicht allzu viele Gäste da.

»Das ist ja echt eine Sauerei!«, schimpfte Rita, nachdem Monika ihrer Freundin das Dilemma um ihre Eintrittskarte berichtet hatte, und stellte Monika ein Glas Cola-Rum hin.

»Das geht heute aufs Haus«, sagte sie mitfühlend.

»Danke, Rita!«

In nur wenigen Schlucken hatte Monika das Glas leer getrunken. »Ich glaube, ich brauche dann gleich noch einen«, sagte sie. »Aber ab jetzt bezahle ich natürlich.«

»Denk daran, dass wir morgen Abend unseren Auftritt haben«, warnte Rita.

Der einzige Trost! Ihr Auftritt morgen. Jedes Mal, wenn Monika daran dachte, dass sie die Beatles verpasst hatte, hätte sie am liebsten wieder losgeheult. Dabei weinte sie normalerweise so gut wie nie.

»Das ist übrigens Erich«, stellte Rita ihr einen jungen Mann vor. »Er ist ab sofort zu unserer Verstärkung hier.«

»Hallo Erich«, grüßte Monika ihn. »Freut mich. Dann kannst du mir ja gleich noch mal so eine Cola mit Rum einschenken.« Sie hielt ihm das leere Glas hin.

»Aber gern!«, versprach der hübsche Kellner mit einem freundlichen Lächeln.

»Hey, Rotschopf!«, sagte da plötzlich Charly und setzte sich auf den Barhocker neben Monika.

Na großartig! Der hatte ihr jetzt gerade noch gefehlt.

»Ich dachte, du bist mit Sigi bei den Beatles?«, fragte er verwundert.

»Das dachte ich auch«, brummte sie nur. Ihm würde sie ganz bestimmt nicht erzählen, warum sie stattdessen hier saß. Doch er fragte auch gar nicht nach dem Grund.

»Ein Bier und einen Obstler«, bestellte Charly und zündete sich eine Zigarette an. Der fing ja ebenfalls schon früh am Abend an!, fuhr es Moni durch den Kopf.

»Erich, das übernimmst du bitte auch«, sagte Rita und wandte sich dann an Charly. »Was ist dir denn für eine Laus über die Leber gelaufen?«

»Keine, die man nicht mit Bier und Obstler wieder austreiben könnte«, sagte er und Rita lachte.

Doch er verzog keine Miene. Tatsächlich sah er nicht gerade

sonderlich gut gelaunt aus. Aber das passte ja, dachte Monika. Sie war es auch nicht.

Kurz darauf servierte Erich ihnen die Getränke. Charly griff nach dem Schnapsglas und kippte den Obstler runter. Monika nahm ebenfalls ihr Getränk, doch diesmal trank sie es langsamer.

»Ich habe es noch nie erlebt, dass du mal so lange am Stück schweigst, Rotschopf«, stichelte Charly. »Das ist ja mal richtig angenehm.«

Monika sah ihn an. »Vielleicht fällt mir heute einfach nichts ein«, zischte sie. »Du bist ja auch nicht gerade sonderlich mitteilungsbedürftig.«

»Noch einen Obstler für mich!«, bestellte er, ohne auf sie einzugehen.

Wieder herrschte Schweigen zwischen den beiden, während langsam immer mehr Gäste in die Bar kamen.

»Ihr spielt morgen?«, fragte er schließlich, nachdem er auch den zweiten Schnaps und die Hälfte seines Bieres getrunken hatte.

»Hättest du wohl nicht gedacht, was?«, fragte sie hämisch. Sie war so voller Wut und irgendwie war er in diesem Moment da, um an ihm Dampf abzulassen.

Doch er ging nicht darauf ein. Ausgerechnet heute wollte er nicht mit ihr streiten.

»Willst du tanzen?«, fragte sie ihn zu ihrer eigenen Überraschung, als nach einem lang gezogenen Schweigen aus der Jukebox das unverkennbare Gitarrenintro von *(I Can't Get No) Satisfaction* der Rolling Stones erklang.

»Was?« Er sah sie ungläubig an, als hätte er sie nicht verstanden.

»Willst du mit mir tanzen?«, wiederholte sie.

Und zu ihrem größten Erstaunen nahm er ohne ein Wort ihre Hand und zog sie auf die Tanzfläche.

Nicht ganz drei Stunden später, es war kurz vor halb elf, küssten sie sich hemmungslos auf dem Rücksitz seines Wagens im dunklen Hinterhof der Autowerkstatt seines Onkels. Plötzlich löste er sich von ihr und lachte leise.

»Ich hätte nicht gedacht, dass du so heiß sein kannst, Rotschopf«, flüsterte er an ihrem Hals und schob seine Hand unter ihre Bluse.

Monika hatte das Gefühl, nicht mehr von dieser Welt zu sein, und das lag nicht nur am Alkohol, der heute reichlich geflossen war. Der Tag war ein einziges Wechselbad der Emotionen gewesen, doch in diesem Moment verspürte sie nur eine wilde Lust, die sie hoffentlich alles für eine Weile vergessen ließ. Monika hatte ihre Unschuld mit siebzehn an einen gleichaltrigen Jungen aus ihrer Straße verloren, den sie schon seit ihrem fünfzehnten Lebensjahr angehimmelt hatte. Und er sie. Leider hatten beide dabei festgestellt, dass sie wohl doch nicht so gut zusammenpassten, wie sie sich das in ihrer romantischen Vorstellung erträumt hatten. Für Monika war es ihr erstes und bisher einziges Mal gewesen, dass sie mit einem Mann geschlafen hatte. Würde es heute mit Charly wieder so weit kommen? Auch wenn sie es nicht gerne zugab und er sie bisher immer nur dann beachtet hatte, wenn sie nicht einer Meinung gewesen waren, hatte Charly etwas an sich, das sie anzog. Seine Ansichten fand sie manchmal schrecklich und er hatte sie schon oft auf die Palme gebracht mit seiner Art – und doch versetzte sein rebellischer Blick ihrem Herzen einen Satz.

»Warte«, flüsterte er jetzt. Er öffnete seine Hose und schob sie bis zu seinen Schenkeln herunter. Wenige Minuten später hatte auch sie den Rock hochgeschoben, den Slip ausgezogen und saß rittlings auf seinem Schoß. Er war erfahren und wusste genau, wie er sie berühren, sich bewegen musste, damit sie in ihrer Lust dahinfloss. Gleichzeitig kam auch er nicht zu kurz. Der ganze Frust, die ganze Wut, die sich angestaut hatte, verdrängte mit einem Mal all ihre Vorsicht und Bedenken. Stattdessen entluden sich unaufhaltsame Begierde und Hemmungslosigkeit. Wie ein Strudel, der sie immer mehr in die Tiefe, in einen Rausch der Sinne zog, der ihr bisher völlig fremd gewesen war. Und während sie sich gegenseitig immer schneller auf den Höhepunkt zutrieben, vergaß Monika die ganze Welt um sich herum. Das Stöhnen des einen klang wie das Echo des anderen.

Monika legte, als es vorbei war, ihre Hand zärtlich in sein Haar und wollte ihn küssen. Doch er drehte sich abrupt weg von ihr.

»Du musst jetzt nach Hause«, sagte er mit rauer Stimme.

Er hatte sie bis kurz vor ihr Haus begleitet und kaum ein Wort gesagt. Die unbändige Hitze von vorhin war einer Eiseskälte gewichen. Beim Abschied war sein Blick unergründlich. Keine Umarmung. Kein Kuss. Kein freundliches Wort.

»Charly, ich …«, begann sie.

»Besser, wir vergessen das! Und es muss auch niemand davon erfahren«, unterbrach er sie und strich fahrig durch sein Haar.

Monika spürte einen dicken Kloß in ihrem Hals und war fast erleichtert, als er sich umdrehte und in die Nacht verschwand.

Erst jetzt bemerkte sie, dass ihre Beine zitterten. *Was für ein Tag!*

Mit brennenden Augen betrat sie das Haus. Sie schleppte sich wie eine alte Frau die Treppen mühsam Stufe für Stufe nach oben. Obwohl ihr Körper und ihre Seele so erschöpft waren, dass sie sich kaum mehr aufrecht halten konnte, ging sie in das kleine Badezimmer und wusch sich so gründlich wie möglich ab. Sie putzte ihre Zähne und gurgelte so lange mit Mundwasser, bis sie zu würgen begann. Als sie in den angelaufenen Spiegel schaute, sah ihr eine Frau entgegen, die ihr fremd war. Ihre Lippen waren rot und geschwollen, ihr Haar war wild zerzaust. Sie hüllte sich in ein Handtuch und ging die letzten Stufen nach oben in ihr Zimmer. Sie zog ein frisches Nachthemd an und legte sich ins Bett. Was hatte sie nur gemacht?, fragte sie sich fassungslos.

Ich habe mit Charly geschlafen! Ausgerechnet mit ihm. Am liebsten hätte sie es ungeschehen gemacht. Doch dafür war es nun zu spät. Sie konnte nur versuchen, es als einen harmlosen Ausrutscher zu sehen. Meine Güte, jeden Tag hatten unzählige Menschen auf dieser Welt Sex, auch ohne ein Paar zu sein, versuchte sie, sich zu beruhigen. Sie war eine moderne junge Frau, was war also schon dabei? Doch insgeheim wusste sie, dass es dennoch nicht so einfach für sie war.

Als sie die Nachttischlampe ausschalten wollte, schubste sie mit einem lauten Scheppern ihren Wecker zu Boden, der unter dem Bett landete.

»Himmel nochmal!«, schimpfte sie.

Sie beugte sich über die Bettkante, um nach dem Wecker zu greifen, doch da wurde ihr kurz schwindelig und sie hielt für einen Moment inne. Als sich nicht mehr alles um sie herum drehte, tastete sie vergeblich nach dem Wecker. Mit einem Seufzen stieg sie aus dem Bett und bückte sich. Da war er ja! Als sie ihn unter dem Bett hervorzog, entdeckte sie etwas Grünes direkt neben dem Holzfuß des Nachttisches. Es war das Ticket für das Beatles-Konzert

»Nein!«, flüsterte sie mit enger Kehle.

War es unbemerkt aus dem Notizbuch gerutscht, als Siegfried seine Karte geholt hatte? Es war die einzige Erklärung, die jetzt noch Sinn ergab. Sie hätte bei der Suche nur einen Schritt zur Seite treten müssen, dann hätte sie das Ticket sicherlich entdeckt. Dann hätte sie Astrid nicht beschuldigt und sie wäre beim Beatles-Konzert gewesen – und nicht mit Charly in dessen Wagen gelandet.

»Das kann alles nicht wahr sein!«, murmelte sie.

Ihr wurde übel. Niemand hatte an der ganzen Misere Schuld, nur sie selbst. Sie starrte noch eine Weile auf das Ticket, legte es dann in die Schublade.

Erschöpft und deprimiert legte sie sich ins Bett, knipste das Licht aus und zog die Bettdecke hoch bis unter ihr Kinn. Und dann begann sie zu weinen.

Kapitel 18
Rita

München, 24. Juni 1966

Rita hatte sich ein wenig Sorgen gemacht, als Moni mit Charly verschwunden war. So aufgewühlt wie heute hatte sie ihre neue Freundin noch nie erlebt. Am liebsten wäre sie ihr nachgelaufen, doch immer mehr Gäste waren in die Bar geströmt. Obwohl sie heute sogar zu fünft waren, hatten sie alle Hände voll zu tun. Viele der Gäste kamen vom Beatles-Konzert und schwärmten begeistert von dem großartigen Abend, den sie gewiss ihr Leben lang nicht vergessen würden. Ein paar Leute jedoch spülten mit Schnaps den Ärger darüber runter, dass ihre Eintrittskarten, die sie auf den letzten Drücker auf dem Schwarzmarkt für teures Geld gekauft hatten, gefälscht waren. Trotzdem war die Stimmung in der Bar ausgelassen und die Zeit verging wie im Flug.

Es war fast Mitternacht, als Rita Sigi entdeckte, der sich an die Theke drängte.

»War Moni heute Abend vielleicht hier?«, rief er Rita über den Lärm hinweg zu.

»Ja! Und sie war ziemlich enttäuscht und vor allem ziemlich wütend.«

»Das ist ihr nicht zu verdenken. Sie hatte sich schon seit

Wochen auf dieses Konzert gefreut. Ich hätte ihr meine Karte gegeben, aber das wollte sie nicht. Und plötzlich war sie zwischen den ganzen Leuten verschwunden und ich musste rein.«

»Es ist schon sehr ärgerlich, was eure Schwägerin da gemacht hat. So etwas geht einfach gar nicht, egal, ob man gerade zerstritten ist oder nicht«, sagte Rita, während sie eine Flasche Rotwein öffnete.

»Astrid kann zwar ein Biest sein, aber es fällt mir schwer zu glauben, dass sie wirklich so weit gegangen ist«, meinte Sigi nachdenklich. »Ich werde morgen mit ihr darüber reden. Falls Astrid aber tatsächlich dahintersteckt, wird Moni ihr das nie verzeihen.«

»Das würde ich an ihrer Stelle auch nicht.«

»Weißt du, ob sie nach Hause gegangen ist?«

Rita zuckte mit den Schultern. Sie wusste nicht, ob es Moni recht wäre, wenn sie ihrem Bruder sagte, dass sie mit Charly die Bar verlassen hatte.

»Keine Ahnung!«, sagte sie deswegen und das war auch nicht gelogen. Vielleicht hatten die beiden sich auf der Straße ja wirklich getrennt und sie war inzwischen längst daheim. »Willst du was trinken?«

»Eigentlich wollte ich das. Aber ich glaube, ich gehe doch besser nach Hause. Ich will für morgen ausgeschlafen sein.«

Sigi würde morgen Nachmittag bei ihrer letzten Probe vor dem Auftritt dabei sein, die sie kurzfristig noch vereinbart hatten. Und natürlich würde Sigi sie auch am Abend bei ihrem Auftritt unterstützen.

»Ausgeschlafen wäre ich auch gern morgen, aber es wird hier sicherlich noch ziemlich lange gehen.« Rita seufzte.

»Du musst heute nicht bis zum Schluss bleiben, mein Schatz. Sobald es hier ein wenig ruhiger wird, kannst du schlafen gehen«, sagte Angie, die plötzlich neben ihrer Tochter aufgetaucht war. »Mit Erich schaffen wir den Rest schon.«

»Wirklich?«

»Aber klar. Du musst morgen fit sein für euren großen Auftritt.«

»Danke, Mami!«

»Tja, und ich gehe jetzt mal. Gute Nacht, Angie, gute Nacht, Rita. Bis morgen!«

»Nacht, Sigi. Bis morgen.«

Kaum war Sigi weg, setzte sich ein attraktiver Mann an den frei gewordenen Platz an der Bar. Rita schätzte ihn auf etwa Anfang vierzig. Seine dunklen Haare waren an den Schläfen schon leicht ergraut und er trug eine Brille mit dunklem Rahmen, die ihm ein gewisses intellektuelles Etwas verlieh. Er war zum ersten Mal in der Bar, denn an ihn hätte sie sich gewiss erinnern können.

»Was darf es denn sein?«, fragte Angie mit einem charmanten Lächeln.

»Ein Pils bitte«, sagte der Mann mit einer wohltönenden Stimme, die perfekt zu seinem Aussehen passte.

»Kommt sofort«, flötete Angie.

Rita musste sich ein breites Grinsen verkneifen. Es war nicht zu übersehen, dass der unbekannte Mann ihrer Mutter gefiel.

»Waren Sie heute auch bei den Beatles?«, fragte Angie, als sie ihm das Bier hinstellte.

»Ertappt!« Er zündete sich eine Zigarette an.

»Wie man hört, muss es ein voller Erfolg gewesen sein«, sagte Angie.

»Es war auf jeden Fall ein Spektakel«, antwortete er und hielt ihr die Zigarettenschachtel entgegen. »Auch eine?«

»Sehr gern!«

Rita hatte keine Gelegenheit mehr, der Unterhaltung weiter zu folgen. Sie bekam eine Bestellung für vier Teller Gulaschsuppe und mehrere Semmeln mit Fleischpflanzerl. Als sie mit Leyla das Essen an die Tische gebracht hatte und wieder hinter die Theke kam, trank der attraktive Gast gerade den letzten Schluck seines Biers und holte dann seine Geldbörse aus der Hosentasche.

»Sie wollen schon gehen?«, hörte sie ihre Mutter fragen.

»Ja. Der Tag war sehr lang für mich heute. Aber ich bin froh, dass ich auf meinem Weg zum Hotel zufällig diese Bar noch gefunden habe.«

Angie lächelte. »Ich auch!«

Er griff nach einem der Zettel mit dem Hinweis auf den morgigen Auftritt der Monaco Birds, die auf der Theke und an den Tischen auslagen.

»Sind die gut?«, fragte er Angie.

Ritas Mutter rutschte näher zu ihm heran. »Das können Sie selbst herausfinden, wenn Sie morgen wiederkommen.«

»Das werde ich tatsächlich tun«, versprach er und stand auf.

»Ich freue mich!«

»Ich mich auch.« Er nickte ihr nochmal zu und ging.

»Das war ja mal ein anderes Kaliber als die üblichen Verdächtigen hier«, meinte Angie mit einem Seufzer. »Schade, dass er so schnell wieder wegmusste.«

»Immerhin kommt er ja morgen wieder«, sagte Rita.

»Hoffentlich! Und hoffentlich bleibt er dann auch länger. Und du kannst jetzt wirklich schon ins Bett verschwinden, mein Schatz. Wir kriegen das hier schon hin.«

Rita hatte nichts dagegen einzuwenden. Sie schenkte die Getränke der letzten Bestellung ein, kassierte noch einen Gast ab, dann ging sie nach oben in die Wohnung.

Ihre Großmutter schlief bereits und Rita verschwand leise im Badezimmer. Doch auch heute würde sie nicht so schnell einschlafen können, das wusste sie jetzt schon. Als sie am Vormittag die Post aus dem Briefkasten geholt hatte, war darunter ein Brief ohne Marke gewesen, den jemand persönlich für Rita eingeworfen hatte. Als sie das Kuvert umgedreht hatte, stand dort nur ein Name als Absender: Paul. Rita hatte den Brief auf ihre Kommode gelegt und ihn bisher noch nicht geöffnet. Sie wusste nicht, was sie davon halten sollte. Warum schrieb Paul ihr einen Brief? Hatte es etwas damit zu tun, dass er sie gestern mit Leo vor dem Haus gesehen hatte? Vermutlich. Doch alles Grübeln brachte sie nicht weiter und nachdem sie ihr Nachthemd angezogen hatte, setzte sie sich mit dem Brief ins Bett und öffnete ihn.

Paul hatte eine gut leserliche, schön geschwungene Schrift, fast ein wenig untypisch für einen angehenden Arzt, dachte sie mit einem Schmunzeln.

Liebe Rita,
sicherlich hast Du Dich gefragt, warum ich Dir einen Brief schreibe. Und vielleicht hast Du den Brief erst einmal ungeöffnet zur Seite gelegt, weil Du einen geeigneten Moment abwarten wolltest, um ihn zu lesen.

Rita musste lächeln. Wie gut er sie doch kannte.

Jedenfalls hast Du ihn jetzt geöffnet und nun gibt es kein Zurück mehr für mich. Denn wenn Du meine Zeilen gelesen hast, wird nichts mehr zwischen uns so sein, wie es vorher war.

Rita hielt einen Moment inne und fragte sich, ob sie den Brief nicht doch besser zurück ins Kuvert stecken sollte. Doch da Paul vermutlich seinen ganzen Mut zusammengenommen hatte, um ihr zu schreiben, war sie es ihm schuldig, weiterzulesen.

Zu meinen ersten und besten Erinnerungen an meine Kindheit gehörst Du, Rita. Oder besser gesagt: Dein glockenhelles fröhliches Lachen, das wie Musik in meinen Ohren klang. Obwohl Du ein Jahr jünger bist als ich, hast Du mich damals als Deinen Spielkameraden, Deinen besten Freund ausgewählt.

Rita lachte leise. Sie konnte sich zwar nur noch dunkel an die damalige Zeit erinnern, aber sie wusste von ihrer Großmutter, dass sie tatsächlich ständig mit ihrem Paule hatte spielen wollen.

Ich selbst hätte mich das umgekehrt vermutlich gar nicht getraut. Tja, nicht umsonst haben die anderen Kinder mich oft »kleiner Schisser« genannt.

»Ach, Paule. Du warst einfach vorsichtiger als die anderen Kinder«, murmelte sie.

Und weil wir gerade beim Thema »Feigling« sind – genau deswegen schreibe ich Dir diesen Brief. Ich habe mich nicht getraut, Dir all das persönlich zu sagen, was mich schon seit einiger Zeit beschäftigt. Doch jetzt mache ich es einfach ganz kurz: Ich habe mich in Dich, meine beste Freundin, verliebt. So, jetzt ist es raus! Und deswegen stehe ich vor einem großen Dilemma. Vor allem, seitdem ich Dich gestern mit diesem Mann gesehen habe. Mir wurde bewusst, dass ich keine Zeit mehr verlieren darf. Ich muss es riskieren, Dich meine Gefühle wissen zu lassen, auch wenn ich Angst habe, dass ich Dich damit verlieren könnte. Ich weiß, dass Du mich magst, genauso, wie ich Dich mag. Dich mochte. Denn inzwischen sind meine Gefühle für Dich von einer ganz anderen Art.

Rita schluckte und spürte, wie ihre Augen brannten. Also hatten ihre Mutter und Großmutter recht gehabt. Paul war in sie verliebt.

Wenn Du Dir vorstellen kannst, auch für mich mehr als nur freundschaftliche Verbundenheit zu spüren, oder Du Dich vielleicht sogar ebenfalls in mich verliebt hast, würdest Du mich zum glücklichsten Mann der Welt machen. Und ich würde bis an mein Lebensende alles tun, damit Du die glücklichste Frau der Welt bist.

Nun kullerten Tränen über ihre Wangen. Paul war so ein wundervoller junger Mann und sie wünschte es sich so sehr, dass sie ihn lieben könnte.

Nun habe ich Dir also mein Herz ausgeschüttet, meine liebe Rita. Und ich kann nur hoffen, dass es kein Fehler war. Aber wie heißt es ganz richtig? Wer nicht wagt, der nicht gewinnt!
Dein Paul

Rita brauchte eine Weile, um alles sacken zu lassen. Am besten sollte sie eine Nacht darüber schlafen. Doch sie wusste, dass sie keine Ruhe finden würde, bevor sie nicht ihre Gedanken zu Papier gebracht hatte. Sie stieg aus dem Bett und holte aus ihrem Schreibtisch einen flachen Karton mit dem Briefpapier, das sie vor Jahren von ihrer Oma zu Weihnachten bekommen hatte. Da sie keine große Briefeschreiberin war, fehlten nur einige wenige Bögen. Eine Weile lang starrte sie auf das leere Blatt Papier, suchte nach den richtigen Worten. Und wusste nicht, ob es sie gab. Die richtigen Worte.

Mein lieber Paul, begann sie schließlich, doch dann hängte sie seinem Namen noch das »e« an.

Mein lieber Paule,
Deine Worte haben mich sehr berührt und ich danke Dir für Deinen Mut und Deine Offenheit. Auch ich möchte ganz offen sein, denn das gehört sich schließlich so unter besten Freunden, nicht wahr?
Ich weiß nicht, wie es sich anfühlt, verliebt zu sein. Denn bisher habe ich ein solches Gefühl noch nicht kennengelernt. Doch ich weiß, wie

es sich anfühlt, jemanden lieb zu haben. Und Dich, mein lieber Paule, habe ich schon mein ganzes Leben lang lieb. Mehr kann ich Dir leider nicht geben, auch wenn ich es mir sehr wünsche. Aber noch mehr wünsche ich mir, dass wir weiterhin so gute Freunde wie bisher bleiben können, wenn Du das auch möchtest. Und irgendwann wird es eine Frau an Deiner Seite geben, eine von Dir geliebte und Dich liebende Frau. Denn ein so wunderbarer Mensch wie Du verdient nicht weniger als das.
Ich hab Dich lieb, Paule! Bitte bleib weiterhin mein guter Freund!
Deine Rita

Sie las den Brief noch einmal, dann steckte sie ihn in ein Kuvert und klebte es zu. Sorgfältig schrieb sie seinen Namen darauf. Gleich morgen früh würde sie den Brief bei ihm in den Postkasten werfen, damit er nicht allzu lang im Ungewissen sein musste. Sie hoffte so sehr, dass er damit würde umgehen können. Der Gedanke, ihn als Freund zu verlieren, war einfach zu traurig. Das wollte sie nicht zulassen.

Doch würde er es verkraften können, wenn sie einmal mit jemandem zusammen war? Vielleicht sogar mit Leo? Allerdings spürte sie bisher auch bei ihm nicht dieses besondere Kribbeln, das man doch angeblich haben sollte, wenn man verliebt war. Ob sie es überhaupt jemals erleben würde?, fragte sie sich seufzend.

Rita legte sich ins Bett und löschte das Licht. Eine Weile noch dachte sie über den Brief nach und wie Paule darauf reagieren würde. Doch etwas anderes verdrängte nach und nach die Gedanken an Paule und an Leo. Morgen – oder eigentlich schon heute, denn es war schon weit nach Mitternacht – würde sie mit den Monaco Birds ihren ersten Auftritt haben. Sie würde am Schlagzeug sitzen und mit Moni, Inge und Peggy Sue die Leute mit ihrer Musik mitreißen. Und diese Vorfreude und auch Aufregung brachte ihren Bauch tatsächlich zum Kribbeln.

Kapitel 19
Peggy Sue

München, 25. Juni 1966

Peggy Sue hatte die halbe Nacht kein Auge zugemacht. Ständig hatte sie das seltsame Gefühl, dass etwas schiefgehen und sie nicht wie erhofft mit den Monaco Birds auf der Bühne stehen würde. Doch Harry war frühmorgens wie vorgesehen aus dem Haus gegangen und würde erst am Sonntagabend wieder zurück sein. Dem Auftritt stand nichts mehr im Wege.

Um ihre Nervosität durch ein wenig Bewegung in den Griff zu bekommen, machte sie einen langen Spaziergang. Während sie flotten Schrittes die Cincinnatistraße entlangmarschierte, ging sie im Kopf alle Liedtexte noch einmal durch. Doch immer wieder schlich Harry sich in ihre Gedanken und das schlechte Gewissen nagte an ihr. Es fühlte sich fast an, als würde sie planen, ihn mit einem anderen Mann zu betrügen. Dabei würde sie das niemals tun! Waren ihre Halbwahrheiten und das Verschweigen dessen, was sie seit Wochen tat, jedoch weniger schlimm? Irgendwann würde sie ihm die Wahrheit sagen müssen. Und ihr graute es jetzt schon davor, wie er es aufnehmen würde. Trotzdem nahm sie sich vor, den Auftritt heute zu genießen.

Als sie zurück in der Wohnung war, bereitete sie sich ein kleines Frühstück zu. Aber sie war so nervös, dass sie kaum einen Bissen hinunterbrachte. Dabei gab es eigentlich keinen Grund dafür. Ihr Auftritt heute mit den Monaco Birds war doch nur ein erster Versuch mit ein paar Liedern vor einem überschaubaren Publikum. Sie würden ja nicht im New Yorker Shea Stadium vor 50 000 Besuchern spielen. Also sollte sie sich jetzt mal entspannen. Und nachdem sie eine Schallplatte von Elvis aufgelegt hatte, gelang ihr das auch.

Kurz nach Mittag hatte sie eine kleine Tasche mit der Kleidung für den Auftritt und den Pumps und Schminkzeug gepackt. Sie war schon auf dem Weg zu ihrem Wagen, da fiel ihr ein, dass sie den Fotoapparat vergessen hatte. Rasch lief sie wieder nach oben, um ihn zu holen.

»Peggy Sue!«

Ihre Nachbarin kam gerade mit der kleinen Charlene aus der Wohnung gegenüber.

»Hallo, ihr zwei!«, grüßte Peggy Sue.

»Harry hat mir gestern erzählt, dass du am Wochenende allein bist.«

»Äh, ja.«

»Wir könnten heute Nachmittag ein wenig Deutsch üben und du bleibst dann bei uns zum Abendessen?«, schlug die Nachbarin vor. »Es gibt Hackbraten mit Kartoffelbrei.«

»Vielen Dank für die Einladung. Aber ich bin schon verabredet«, sagte Peggy Sue und damit sie nicht auf falsche Gedanken kam, fügte sie noch schnell hinzu: »Mit Freundinnen.«

»Ach ja, was macht ihr denn?«

Meine Güte, die ist heute aber neugierig!

»Sie zeigen mir ein paar besonders schöne Plätze in München, damit ich Fotos machen kann. Und später gehen wir voraussichtlich noch etwas essen«, schwindelte sie. Was ihr selbst gar nicht gefiel. Wie schön wäre es, wenn sie einfach sagen könnte, was sie heute tatsächlich vorhatte. Vielleicht hätte ihre Nachbarin sogar Lust, den Auftritt anzusehen. Doch die Gefahr war viel zu groß, dass Harry davon erfahren würde.

»Das sind also deutsche Freundinnen?«

»Stimmt. Ich habe sie vor Kurzem kennengelernt. Sie sind sehr nett. Wenn du magst, können wir morgen gern ein wenig üben ... Und es tut mir leid, aber ich muss mich jetzt wirklich beeilen.«

»Also gut. Dann bis morgen.«

Peggy Sue verabschiedete sich und verschwand schnell in die Wohnung. Sie holte ihre Kamera, dann machte sie sich auf den Weg nach Schwabing in *Angies Vogelbar*.

Diesmal war sie, natürlich abgesehen von Rita, die Erste.

»Wo sind denn die anderen?«, fragte sie ihre Freundin, während sie sich an einen der Tische setzten.

»Die müssten eigentlich bald da sein. Möchtest du etwas trinken?«

»Gern ein Mineralwasser, aber wenn möglich bitte nicht zu kalt. Ich muss meine Stimme ein wenig schonen.«

»Wenn du möchtest, kann ich dir auch einen Tee machen«, schlug Rita vor.

»Das wäre lieb! Aber nur, wenn es keine großen Umstände macht.«

»Gar nicht. Ich trinke auch einen mit. Was magst du denn? Pfefferminze oder Hagebutte?«

»Pfefferminze bitte.«

Während sie auf die anderen warteten, saßen sie mit ihren dampfenden Teetassen am Tisch und plauderten. Rita erzählte Peggy Sue von Moni und dem Pech, das sie gestern gehabt hatte.

»Sie konnte wirklich nicht zum Beatles-Konzert gehen, weil diese Astrid das Ticket genommen hat?«, fragte Peggy Sue empört.

»Zumindest sieht es danach aus.«

»Ich habe diese Schwägerin schon mal kennengelernt, als ich in der Metzgerei einkaufen war.«

»Und?« Rita steckte sich eine Zigarette an.

»Ich weiß auch nicht. Mögen tun die beiden sich jedenfalls nicht sonderlich. Das hat man gleich gemerkt.«

»Ich möchte sowieso demnächst dort unsere Einkäufe machen, dann schau ich mir diese Person mal an. Jedenfalls war Moni gestern total fertig wegen der ganzen Sache. Und dann …« Rita zögerte plötzlich.

»Was?«

»Na ja, Charly war gestern Abend auch hier. Du weißt schon, der von der Band.«

»Und?«

Rita strich eine Strähne ihres dunklen langen Haares hinters Ohr.

»Die beiden sind irgendwann gemeinsam verschwunden«, verriet sie Peggy Sue leise. Sie würde sicherlich dichthalten.

»Wirklich? Hat sie nicht bei unserer ersten Begegnung gesagt, wie sehr er sie nervt?«

»Doch. Ach, ich weiß auch nicht. Vielleicht hat er sie ja nur nach Hause begleitet, weil sie so niedergeschlagen war.«

»Das wäre ich an ihrer Stelle auch gewesen. Ich hoffe, unser Auftritt heute bringt sie auf andere Gedanken.«

In diesem Moment hörten sie von der Treppe her Stimmen.

»Hallo! Wir sind's«, rief Sigi schon von Weitem. »Und wir haben jemanden dabei.«

Neugierig drehten Peggy Sue und Rita sich zum Eingang.

Das Mädchen, das mit Sigi und Moni die Bar betrat, sah aus wie eine jüngere Ausgabe von Moni.

»Das hier ist unsere kleine Schwester Ursi«, stellte Sigi sie vor.

»Darauf wäre ich jetzt im Leben nicht gekommen«, feixte Rita mit einem Grinsen. »Hallo, Ursi. Ich bin Rita.«

»Und ich bin Peggy Sue. Ich freue mich auch, dich kennenzulernen«, sagte Peggy Sue und musste plötzlich an ihre eigenen Schwestern denken. Wie schön wäre es, wenn auch sie heute bei der Probe oder besser noch bei ihrem Auftritt mit dabei sein könnten.

»Ursi trifft sich heute Nachmittag mit einer Freundin, die hier ganz in der Nähe wohnt. Deswegen muss sie auch gleich los. Aber sie wollte euch alle mal kennenlernen«, erklärte Moni.

»Inge ist leider noch nicht da. Ich weiß auch nicht, wo sie bleibt.« Rita schaute auf ihre Armbanduhr.

»Sie kommt bestimmt bald«, versicherte Sigi ihr. »Normalerweise ist sie sehr pünktlich.«

Ursi sah sich in der Bar um.

»Das ist so toll hier. Kann ich nicht doch heute Abend beim Auftritt mit dabei sein?«, bettelte sie und sah ihren großen Bruder an. »Bitte! Du kannst doch auf mich aufpassen.«

»Du weißt genau, dass Mutter das nie erlauben würde«, sagte er und Ursi seufzte.

»Die erlaubt mir nie was! Als ob ich noch ein kleines Kind wäre. Dabei werde ich im September schon siebzehn.«

»Vielleicht kannst du ja ein anderes Mal zu einer Probe am Nachmittag kommen«, schlug Rita vor. »Da hat sicher niemand etwas dagegen, oder?«

»Das ist eine gute Idee«, sagte Sigi.

»O ja!«, rief Ursi mit strahlenden Augen. »Aber jetzt muss ich los. Meine Freundin wird schon auf mich warten. Viel Spaß euch!«

»Danke«, sagten Peggy Sue und Rita gleichzeitig.

»Was wollt ihr denn trinken?«, fragte Rita, als das Mädchen weg war.

»Ein Wasser bitte!«, bat Sigi.

»Für mich bitte gar nichts im Moment«, winkte Moni ab. Sie wirkte ein wenig blass um die Nase.

»Ich habe schon gehört, dass du gestern so ein Pech hattest und nicht zum Konzert konntest. War das wirklich deine Schwägerin, die dich sabotiert hat?«, wollte Peggy Sue wissen.

»Nein. War sie nicht«, gab Moni zu und seufzte.

»Also doch nicht? Aber wer war's dann?«, fragte Rita überrascht.

»Wahrscheinlich war's ich. Natürlich unabsichtlich«, gestand Sigi und wirkte ziemlich zerknirscht. »Vermutlich ist die Karte aus dem Notizbuch gefallen, in dem Moni die Karten aufbewahrt hatte, als ich mein Ticket holte. Ich war schon ziemlich in Eile und habe es deswegen leider nicht bemerkt. Also bin ich der Schuldige.«

»Nicht nur du, Sigi. Wenn ich nicht sofort Astrid unterstellt hätte, sie hätte die Karte absichtlich genommen, wäre ich vermutlich selbst auf die Idee gekommen, auch unter dem Bett nachzusehen.« Moni seufzte. »Aber ich war so vollkommen überzeugt davon zu wissen, wer die Schuldige war, dass mir nicht einmal der Gedanke kam.«

»Ach je. Manchmal läuft es blöd!«, sagte Rita mitfühlend.

Moni nickte. »Da habe ich einmal die Chance, die Beatles auf der Bühne zu sehen, und dann vermassele ich es so dermaßen.«

»Trotzdem bin ich froh, dass Astrid es nicht war«, meinte Sigi. »Das hätte einen riesigen Familienstreit ausgelöst. Und keine von uns hätte ihr jemals wieder vertrauen können.«

»Ein Unschuldslämmchen ist unsere liebe Schwägerin trotzdem nicht«, wandte Moni ein. »Sie konnte ihre Schadenfreude kaum verbergen, als ich mich heute früh bei ihr in Anwesenheit von Mutter entschuldigt habe und sie erfuhr, dass ich nicht auf dem Konzert war.«

Peggy Sue legte tröstend eine Hand auf Monis Schulter. »Es ist ein Zeichen von Charakter, dass du deinen Fehler eingestanden und dich entschuldigt hast.«

Moni zuckte mit den Schultern. »Aber das Konzert ist mir

durch die Lappen gegangen. Darüber werde ich mich wohl noch ärgern, wenn ich alt und grau bin.«

»Ach, jetzt komm! Vergiss die Beatles. Dafür spielen wir heute Abend selbst«, rief Rita fröhlich und Moni musste lächeln.

»Du hast recht. Wer braucht schon die Beatles? Hoch leben die Monaco Birds!«, witzelte Sigi.

»Du hast leicht reden, Brüderchen. Schließlich hast du sie gestern gesehen ... Aber ihr habt ja recht. Jetzt kann ich es eh nicht mehr ändern. Und den Auftritt heute Abend wird uns niemand sabotieren.«

»Ganz genau!«

»Tut mir leid, dass ich mich verspätet habe!« Inge kam in die Bar gehetzt. »Aber am Samstag haben wir normalerweise bis 14 Uhr geöffnet, doch kurz bevor ich loswollte, wurde eine Kundin ohnmächtig. Es dauerte ein wenig, bis sie wieder auf den Beinen war.«

»Das macht nichts, Inge. Wir haben noch genügend Zeit«, sagte Sigi.

Peggy Sue fiel auf, dass sich Inges Wangen bei seinen Worten etwas röteten. Hatte sich die Blondine etwa in Sigi verguckt? Sie würde es ihr jedenfalls gönnen, nachdem sie schon so früh ihren Mann verloren hatte. Außerdem passten die beiden irgendwie gut zusammen – zumindest, soweit sie das bisher beurteilen konnte.

Rita versorgte noch alle mit Getränken, dann bauten sie die Musikanlage mit den Mikrophonständern, die Elektroorgel und das Schlagzeug auf.

»Brauchst du auch ein Mikrophon, Rita?«, fragte Sigi.

»O nein. Meinen Gesang will wirklich niemand hören. Sonst ist das Konzert vorbei, bevor wir überhaupt richtig angefangen haben«, sagte sie und alle lachten.

»Sollen wir jetzt das gesamte Programm für den Abend proben oder nur einzelne Stücke?«, überlegte Peggy Sue laut.

»Alles. Am besten auch gleich in der Reihenfolge, wie ihr sie später spielt«, schlug Sigi vor. »Ach, übrigens ... Ich habe gehört, dass zurzeit ein Talentsucher in München unterwegs ist. Er gehört zu einem Plattenverlag in Hamburg.«

»Wirklich?«, fragte Moni ungläubig und zum ersten Mal an diesem Tag begannen ihre Augen zu funkeln. »Wer ist das denn?«

»Einen Namen weiß ich leider nicht. Aber es soll tatsächlich was dran sein«, beteuerte ihr Bruder. »Ich habe das jetzt schon von mehreren gehört.«

»Stellt euch nur mal vor, er würde uns entdecken!«, sagte Moni.

»Der wird sicherlich nicht ausgerechnet unseren Auftritt heute Abend anschauen«, meinte Inge deutlich weniger euphorisch als Moni.

»Vermutlich hört er sich überall in der Szene um, welche regionalen Bands aktuell spielen, und schaut sich einige Auftritte an. Wir sind nächste Woche mit Charly's Beatboys in einem Beatschuppen am Bahnhof. Vielleicht taucht er ja da auf und entdeckt uns.«

»Ich würde es euch auch gönnen. Aber uns noch mehr«, feixte Moni.

»Ich auch«, meinte Rita und zwinkerte Moni zu.

»Dafür müsstet ihr schon ein umfangreicheres eigenes Programm haben, Schwesterchen. Sicherlich sucht der keine Coverbands«, sagte Sigi.

»Wie viele eigene Stücke habt ihr denn schon?«, wollte Inge wissen.

»Fünfzehn – für eine LP würde es also schon reichen«, verriet Sigi.

»Toll. Aber jetzt sollten wir wirklich mal mit der Probe anfangen«, trieb Rita sie an.

»Könntest du mit meiner Kamera bitte bei der Probe und am Abend ein paar Fotos von uns machen?«, bat Peggy Sue Sigi.

»Freilich!«

Sie gab ihm den Fotoapparat. »Kennst du dich denn damit aus?«

»Das krieg ich schon hin.«

»Gut. Dann legen wir mal los.«

»Ich weiß nicht, ob ich mich freuen soll, dass alles so gut geklappt hat. Oder ob ich jetzt Angst haben muss«, grübelte Moni eine gute Stunde später. »Normalerweise geht die Generalprobe schief, damit der richtige Auftritt dann passt.«

»Jetzt freu dich einfach!«, sagte ihr Bruder. »Außerdem ging gestern bei dir schon so viel in die Hose, dass es für längere Zeit reicht, meinst du nicht?«

»Stimmt auch wieder.«

»Und bei mir lief es bei der letzten Musikstunde auch ziemlich übel«, fügte Inge hinzu.

»Aber heute hat es richtig gut geklappt. Wirklich. Ich habe es dir ja gesagt, Inge. Es war vermutlich nur die Aufregung. Oder manchmal hat man einfach auch nur einen schlechten Tag«, sagte Sigi. »Vorhin wart ihr alle toll!«

»Hoffentlich hält sich das auch bis heute Abend«, murmelte Inge.

»Ganz bestimmt!«, beteuerte Moni.

Inge sah auf ihre Armbanduhr. »Was machen wir denn eigentlich, um uns bis zum Auftritt heute Abend die Zeit zu vertreiben?«, fragte sie.

»Also ich brauche jedenfalls bald mal irgendwas zum Essen«, meldete Peggy Sue an. »Auch wenn ich vermutlich nicht viel herunterbekommen werde.«

»Schade, dass das Wetter heute nicht so stabil ist, sonst könnten wir in einen Biergarten gehen«, meinte Sigi. »Es sieht zumindest stark nach Regen aus.«

»Ich überlege, ob ich mich nicht besser zu Hause noch mal eine Stunde hinlegen sollte«, meinte Moni.

Sigi sah sie überrascht an. »So kenn ich dich ja gar nicht, Schwesterchen. Du schläfst tagsüber sonst nie.«

Sie zuckte mit den Schultern. »Ich glaube, eins von diesen Cola-Rum-Getränken gestern war eins zu viel«, sagte sie mit Blick zu Rita.

»Habe ich dich nicht gewarnt?«

»Doch. Aber gestern wollte ich wohl leider nicht auf dich hören.«

»Na ja. Du bist schließlich alt genug.«

»Und was machen wir jetzt mit dem Essen?«, fragte Peggy

Sue. Ihr Magen hatte tatsächlich schon während der Probe geknurrt.

»Ihr kommt einfach alle mit mir nach oben in die Wohnung und ich koche uns einen großen Topf Mirácoli«, schlug Rita vor.

»Aber geht das denn so einfach, wenn wir jetzt da alle bei euch auftauchen?«, fragte Inge skeptisch.

»Meine Mutter und Oma haben ganz bestimmt nichts dagegen«, versicherte ihnen Rita. »Die mögen es, wenn Besuch da ist.«

»Spaghetti fände ich großartig«, sagte Peggy Sue. »Aber ich darf dir hoffentlich in der Küche helfen, Rita.«

»Da sage ich ganz bestimmt nicht Nein!«

»Während ihr kocht, gehe ich in eine Konditorei und hole Kuchen zum Kaffee«, erklärte Inge sich bereit.

»Soll ich dich begleiten?«, fragte Sigi. »Ich würde mir gerne noch ein wenig die Beine vertreten.«

»Wenn du magst. Mögen Angie und deine Oma auch etwas Süßes?«, fragte Inge an Rita gewandt.

»Immer. Vor allem Oma. Damit kannst du ihr echt eine Freude machen.«

»Für mich brauchst du nichts mitbringen, Inge. Wenn es euch nichts ausmacht, würde ich wirklich lieber nach Hause gehen und mich noch ein wenig hinlegen.«

»Du siehst tatsächlich etwas blass aus, Moni«, meinte Peggy Sue. »Ich hoffe, es geht dir bald besser, damit du am Abend fit bist.«

»Wird schon wieder!«

Sie verließen alle gleichzeitig die Bar und Rita ging mit Peggy Sue schon mal nach oben in die Wohnung, um zu kochen.

Angie und Josefine hatten nichts dagegen, dass die ganze Bande zum Essen kam. Im Gegenteil. Sie zogen schon mal den Tisch im Wohnzimmer aus und holten zusätzliche Stühle, damit alle Platz fanden.

Peggy Sue und Rita zauberten inzwischen in der Küche Mirácoli mit Gurkensalat. Als sie einen großen dampfenden Topf und die Schüssel mit Salat ins Wohnzimmer trugen, waren Sigi und Inge auch schon zurück. Sie setzten sich alle um den großen Tisch und ließen sich zuerst die Nudeln mit dem Salat, dann den Kuchen zum Kaffee schmecken. Von einer Nervosität wegen des Auftritts am Abend war nichts zu spüren. Die Stimmung war ausgelassen und herzlich und Peggy Sue fühlte sich fast so wohl wie daheim bei ihrer Familie in Illinois.

»Wie wäre es mit einem Schnäpschen zur Feier des Tages?«, schlug Josefine vor.

»Gute Idee, Mutter!« Angie stand auf und öffnete ein Klappfach im Eichenschrank.

»Nimm den guten Marillenbrand«, wies Josefine ihre Tochter an. »Den von meiner Cousine Mietzi aus Wien.«

Angie brachte die gewünschte Flasche und eine kleine Etagere mit bunten Schnapsgläsern zum Tisch.

»Für mich nichts bitte«, winkte Inge ab.

»Ach komm, ein Schnäpschen schadet doch nicht!«, sagte Angie und begann schon einzuschenken.

»Nein, wirklich nicht!«, bekräftigte Inge jedoch.

»Für mich bitte auch nur einen ganz kleinen!«, bat Peggy Sue. »Alkohol steigt mir immer sehr schnell zu Kopf.«

»Wie ihr meint.« Angie verteilte die Gläser.

»Auf euren Auftritt heute Abend!«, sagte sie. »Prost!«

Sie stießen an – Inge mit einem Glas Wasser – und riefen: »Auf die Monaco Birds!«

Kapitel 20
Inge

München, 25. Juni 1966

»Liebe Gäste, in wenigen Sekunden ist es so weit und die Monaco Birds werden zu uns auf die Bühne kommen. Es ist ihr allererster Auftritt, deswegen bitte ich um ganz besonders viel Applaus!«, rief Angie und die Gäste in der Bar begannen laut zu klatschen.

Inges Beine zitterten und ihr war schlecht vor Aufregung.

Vor einer halben Stunde waren sie so unauffällig wie möglich in den Lagerraum hinter der Bühne verschwunden. Hier hatten sie sich umgezogen, noch letzte Hand an ihre Frisuren gelegt und Lippenstift und Puder aufgetragen.

»Jetzt ist es so weit!«, sagte Moni mit funkelnden Augen und nickte ihnen zu. Inzwischen war ihr nicht mehr anzusehen, dass es ihr heute Nachmittag nicht gut gegangen war. »Seid ihr bereit?«

»Ja«, riefen Peggy Sue und Rita gleichzeitig.

»Nein, halt! Moment noch!« Inge schüttelte den Kopf.

»Inge, bitte, wir müssen jetzt raus auf die Bühne«, drängte Rita.

»Ich … ich glaub, ich kann nicht!« Inzwischen zitterte Inge wie Espenlaub.

»Aber Mama hat uns bereits angesagt«, erinnerte Rita. »Jetzt komm schon!«

Doch Inge wich einen Schritt zurück. Ihr Herz raste wie verrückt. Sie schüttelte wieder den Kopf.

Moni griff nach ihrer Hand. »Bitte sei nicht albern und komm jetzt!«

Doch Inge machte sich von ihr los. Keine zehn Pferde würden sie jetzt da hinausbringen.

»Was machen wir denn jetzt? Wir müssen raus!«, rief Rita aufgeregt.

»Aber ich kann das nicht! Ich kann es einfach nicht«, wiederholte Inge, bis gar ihre Stimme versagte.

Peggy Sue trat zu ihr, sah sie mit einem verständnisvollen, aber auch drängenden Blick an. »Das ist nur das Lampenfieber, Inge!«, erklärte sie. »Ich habe auch Angst. Schau mal.«

Sie streckte ihre Hand aus und Inge sah, dass sie leicht zitterte.

»Und frage mich nicht, wie übel mir im Moment ist. Aber sobald wir draußen auf der Bühne stehen und das erste Lied singen, wird es vorbei sein.«

»Ich werde keinen Ton rausbringen«, flüsterte sie.

»Doch, Inge. Das wirst du!« Moni wurde energischer.

Von draußen waren bereits ungeduldige Rufe zu hören und einige Pfiffe. Die Leute verlangten den Auftritt der Monaco Birds.

»Was ist denn bei euch los?« Sigi war in den Raum geschlüpft. »Habt ihr die Ansage nicht mitbekommen?«

»Doch. Aber Inge weigert sich, rauszugehen«, sagte Rita und seufzte.

»Weil ich nicht kann!«

Sigi trat zu Inge, sah sie eindringlich an. »Inge. Klar kannst du das. Du musst jetzt einfach nur deine Angst überwinden.«

»Ich werde alles versauen!«, rief sie verzweifelt.

»Du versaust uns alles, wenn du jetzt nicht mit rauskommst«, fuhr Moni sie an. »Ich hatte gestern schon einen schrecklichen Tag und heute willst du mir den Auftritt kaputtmachen?«

Inge hatte Moni noch nie so aufgebracht gesehen. Zerrissen zwischen panischer Angst und schlechtem Gewissen, wäre sie am liebsten davongelaufen.

Draußen wurden die Leute immer ungeduldiger.

»Wenn wir jetzt nicht sofort rausgehen, dann müssen wir das ganze offiziell abblasen«, mahnte Rita.

»Auf keinen Fall!«, rief Moni.

»Bitte, Inge, versuch es wenigstens. Für mich!«, bat Sigi sie eindringlich. »Du schaffst das!«

Er griff nach ihrer Hand und diesmal machte sie sich nicht los.

Inge schluckte und schloss kurz die Augen.

»Geht's?«, fragte Peggy Sue.

»Oder brechen wir alles ab?«, fragte Rita.

Inge schüttelte den Kopf.

»Na gut«, hörte sie sich selbst sagen und dann waren sie auch schon unterwegs auf die Bühne. Inge fühlte sich wie in einem Tunnel, sie sah nichts um sich herum, setzte nur tapfer einen Fuß vor den anderen.

»Endlich!«

Die Leute johlten und klatschten. Doch von einigen gab es freche oder gar hämische Kommentare.

»Na? Kalte Füße gekriegt?!«

»Das sind ja Weiber!«, rief einer. »Die sollen lieber mal in die Küche oder hinter die Theke und uns ein Bier einschenken!«

Einige lachten.

»Aber hübsch sind sie schon. Vor allem die Lockige!«, rief ein anderer.

»Ob die sich auch ausziehen?«

»Das ist doch hier kein Strip-Lokal!«

»Jetzt fangt schon an!«

»Hör einfach nicht zu«, flüsterte Sigi Inge ins Ohr und reichte ihr die Elektrogitarre, die sie sich umhängte, ohne wirklich zu wissen, was sie tat.

Mit einem »Toi toi toi« trat er von der Bühne.

Inges Finger waren eiskalt. Wie sollte sie so Gitarre spielen können? Das war unmöglich. In ihren Ohren rauschte es so laut, dass sie nur wie aus weiter Ferne mitbekam, wie Moni ans Mikrophon trat.

»Guten Abend. Wir – das sind Peggy Sue, Rita, Inge und ich – sind die Monaco Birds und freuen uns sehr, dass ihr heute hier seid! Und jetzt sollt ihr auch gar nicht mehr länger warten. Es geht los mit einem von uns selbst komponierten Lied. Es heißt *She loves the World.*«

Inges Kehle war wie zugeschnürt und sie hatte das Gefühl, keine Luft zu bekommen.

Moni sah zu ihr, nickte ihr auffordernd zu. Alle starrten sie an und warteten darauf, dass sie die ersten Akkorde des Intros spielte, bevor der Gesang und die anderen Instrumente einsetzten. Wie in Zeitlupe sah sie durch den Zigarettennebel in die verschwommenen Gesichter der Leute im Publikum.

Ich kann nicht!

Inge nahm die Gitarre ab, lehnte sie gegen einen Verstärker. Dann eilte sie von der Bühne und verließ die Bar.

»Viele Musiker haben schlimmes Lampenfieber. Sogar Paul McCartney!«, sagte jemand neben ihr. Sie stand an die Hauswand gelehnt mit geschlossenen Augen ein wenig abseits der Treppe, die zum Eingang der *Vogelbar* führte. In der kühlen Nachtluft hatte sich ihr Herzschlag inzwischen ein wenig beruhigt. Doch ihre Hände waren immer noch eiskalt und das Schlimmste war, sie fühlte sich wie eine absolute Versagerin. Sie schämte sich zu Tode.

»Das ist der allererste Auftritt, oder?«, fuhr die wohltönende Stimme fort.

Nun öffnete Inge die Augen. Neben ihr stand ein ihr unbekannter Mann mit grau melierten Schläfen und einer Brille mit dunklem Rahmen. Er war vermutlich schon um die vierzig, aber sehr attraktiv.

»Die anderen werden mich hassen«, flüsterte sie.

Er lächelte. »Im Moment sind sie eher ziemlich kopflos da drin und die Gäste enttäuscht. Die Wirtin lässt auf Kosten des Hauses eine Runde Freigetränke springen, das dürfte die Gemüter ein wenig beruhigen.«

»Und Sie wollen kein Freigetränk?«, fragte Inge, nur um irgendetwas zu sagen.

»Nein.« Er holte ein Päckchen Zigaretten aus seiner Hemdtasche und steckte sich eine an. »Auch eine?«

Sie schüttelte den Kopf.

»Ich dachte mir, ich sehe mal nach, wie es Ihnen geht«, sagte er freundlich.

»Sind Sie vielleicht der gute Samariter?«

Er lachte kurz auf. »Manchmal.«

»Ich habe völlig versagt heute!«

»Heute ist noch nicht vorbei. Warum probieren Sie es nicht noch mal?«

Sie schaute ihn verdutzt an. »Ich soll zurück da runter auf die Bühne gehen?«, fragte sie ungläubig.

»Ja. Denn ich würde den Auftritt der Monaco Birds gern sehen. Wirklich. Nur deswegen bin ich hier.«

Sie lachte erbittert auf. »Damit ich mich ein zweites Mal blamiere? Und dann aber so richtig?«

Während sie sich unterhielten, sah Inge, wie Sigi und Rita die Treppe nach oben kamen und nach ihr Ausschau hielten.

»Ich glaube ganz fest, dass es beim nächsten Versuch funktioniert.«

Er sah auf seine Armbanduhr. »Na gut. Ich werde jetzt wieder hineingehen und noch etwa eine Viertelstunde warten. Vielleicht überraschen Sie mich ja?«

Er lächelte noch einmal, dann ging er an Sigi und Rita vorbei zurück in die Bar.

»Inge? Geht es dir gut?«, fragte Sigi besorgt.

»Nicht wirklich.«

»Wer war denn dieser Mann?«, wollte er wissen.

Sie zuckte mit den Schultern. »Keine Ahnung.«

»Der war gestern schon mal hier«, erinnerte sich Rita.

»Er hat gesagt, dass er extra gekommen ist, um die Monaco Birds zu sehen«, sagte Inge leise und kämpfte mit den Tränen.

»Tja. Da hat er wohl Pech gehabt!« Rita seufzte.

»Es tut mir so leid. Aber ich konnte nicht!«, beteuerte Inge. »Ich bekam plötzlich keine Luft mehr. Ich dachte, ich würde ersticken auf der Bühne. Ich musste einfach raus an die frische Luft.«

»Schon gut.«

Sigi legte einen Arm um sie und zog sie an sich. Es fühlte sich so gut an, dass sie fast geheult hätte.

»Wie sauer ist Moni?«

»Ziemlich sauer!«, kam die Antwort von Moni selbst, die plötzlich mit Peggy Sue neben ihnen stand und einen bis zur Hälfte gefüllten Cognacschwenker in der Hand hielt.

»Der ist für dich. Vielleicht geht es dir dann besser«, sagte sie barsch, ohne ihr jedoch weitere Vorwürfe zu machen.

Inge starrte auf das Glas. Nur zu gerne hätte sie es jetzt in einem Zug leer getrunken. Doch nach dem peinlichen Gespräch mit ihren Chefs im Geschäft hatte sie sich vorgenommen, eine Weile lang keinen Alkohol mehr anzurühren.

Sie schüttelte den Kopf. »Es geht auch so, danke.«

»Das war ja wohl mal ein Auftritt, den man nie vergessen wird!«, hörten sie da eine hämische Stimme. »Die Monaco Birds in Höchstform!«

»Spar dir das bitte, Charly«, bat Sigi knapp.

Der Mann, der den Arm um die Schultern einer zierlichen

Blondine geschlungen hatte, war also der Sänger von Charly's Beatboys, kombinierte Inge. Bisher hatte sie den Frontmann von Sigis Band noch nicht persönlich kennengelernt.

»Ich habe es doch gesagt: Beat und Rock 'n' Roll sind nichts für Mädchen! Vielleicht singt ihr besser in einem Kirchenchor. Da fällt es dann auch nicht so auf, wenn eine sich verdrückt.«

»Jetzt komm, es reicht.« Sigi warf ihm einen warnenden Blick zu.

»Aber ist doch so!«

»Bitte, Charly. Lass uns wieder reingehen«, bat seine Freundin.

»Gleich, mein Schatz.« Er wandte sich an Sigi. »Vielleicht sollten wir beide uns die Gitarren schnappen und ein wenig Stimmung in die Bude bringen, Sigi. Was meinst du? Dann würden die Gäste wenigstens richtige Musiker erleben!« Er lachte.

»Wenn du uns gehört hättest, dann würde dir dein Lachen im Hals stecken bleiben!«, fuhr Moni Charly an. Sie schaute ihn böse an und ihre Hand zitterte so sehr, dass sie ein wenig Cognac verschüttete. Inge nahm ihr zur Sicherheit das Glas aus der Hand.

Charly grinste frech. »Ach komm, Rotschopf. Wir hätten euch doch alle gern gehört, aber eure Gitarristin hatte nicht genügend Mumm in den Knochen! Man, also *Mann*, muss es halt draufhaben – und *Frau* hat es eben nicht drauf«, spottete er.

»*Mann* sollte vielleicht mal vor seiner eigenen Haustür kehren«, zischte Moni.

»Fürs Kehren ist *Mann* gewiss nicht zuständig, das kann *Frau* viel besser!« Er hörte einfach nicht auf.

»Das sind ja ziemlich moderne Ansichten«, bemerkte Rita sarkastisch.

In diesem Moment musste Inge an Bernd denken. Er war das genaue Gegenteil von einem Kerl wie diesem Charly gewesen. Für ihn waren Frauen genauso viel wert wie Männer und sie hatten sich die Arbeit in ihrer Wohnung immer aufgeteilt, ohne dass es darüber irgendwelche Diskussion gegeben hatte. Bernd war für so vieles offen gewesen und hatte es jeder Frau zugetraut, alles zu schaffen, wenn sie nur wollte. Und er hätte niemals jemanden so hämisch verspottet. Dieser ungehobelte Lackel hier war einfach ein armseliger Wicht, auch wenn er wohl meinte, mit seinem guten Aussehen das Recht gepachtet zu haben, sich so danebenzubenehmen.

Plötzlich bemerkte Inge, dass das Gefühl der Angst einer Art Zorn gewichen war. »Du gehst jetzt da runter und zeigst allen, was du kannst, Inge!«, hörte sie Bernd sagen.

Sie atmete einmal tief ein und aus, dann warf sie einen Blick auf das Glas in ihrer Hand.

Nur noch heute!, versprach sie sich.

Sie trank den Cognac und sagte dann: »Kommt, lasst uns spielen!«

Kapitel 21
Monika

München, 25. Juni 1966

Monika hielt sich am Mikrophon fest. Diesmal war sie deutlich aufgeregter als beim ersten Anlauf. Sie versuchte, nicht in die Richtung zu sehen, in der Charly mit dieser Blondine, seiner Freundin, wie sie inzwischen erfahren hatte, stand. Während sie bis vorhin noch gedacht hatte, sie hätte gestern aus ihrem Frust heraus nur eine dumme Entscheidung getroffen, als sie mit Charly geschlafen hatte, musste sie sich nun zusätzlich mit der Tatsache auseinandersetzen, dass er seine Freundin mit ihr betrogen hatte. Und jetzt verhielt er sich noch respektloser ihr gegenüber als vorher und hatte sich auch noch über die Band lustig gemacht. Umso mehr wollte sie ihm mit dem Auftritt beweisen, dass er sie und die Monaco Birds ernst nehmen musste. Hoffentlich machte Inge ihnen nicht noch einmal einen Strich durch die Rechnung.

Sie räusperte sich. »Wie ihr bemerkt habt, gab es eine kleine Verzögerung. Aber immerhin ist dabei ein Freigetränk für euch rumgesprungen – danke, liebe Angie!«, rief sie in Richtung der Barbesitzerin, die ihr mit einem Sektglas zuprostete.

Die Leute applaudierten.

»Wahrscheinlich muss Angie uns gleich noch mal ein Getränk spendieren, wenn es wieder nicht klappt!«, rief Charly dazwischen.

Einige lachten.

Monika bemühte sich, ihr Lächeln nicht zu verlieren.

»Ein zweites Freigetränk wird es nicht geben«, sprach sie ins Mikrophon, »Denn wir sind nun so weit. Viel Spaß mit den Monaco Birds und dem Lied *She loves the World*!«.

Monika schaute zu Inge, hoffte inständig, dass sie nicht noch einmal das Weite suchte. Inge nickte ihr zu und spielte das Intro auf der Gitarre. Fehlerfrei und voller Gefühl.

Das Publikum applaudierte, und Monika sah, wie Sigi erleichtert den Daumen in ihre Richtung hob und dann zu fotografieren begann.

Der Auftritt war bis auf einen kleinen Patzer beim vorletzten Stück ein voller Erfolg gewesen. Am Ende hatten sie noch drei Zugaben gegeben. Lieder, die sie ein zweites Mal spielten. Die größte Genugtuung für Monika war das überraschte Gesicht von Charly. Dass sie so gut ankamen, hätte er ihnen sicher nicht zugetraut und schon gar nicht gewünscht. Noch während die Gäste nach der letzten Zugabe applaudierten, hatte er mit seiner Freundin im Schlepptau die Bar verlassen. Doch sie wollte jetzt nicht mehr an Charly denken – das hatte sie in den letzten fast vierundzwanzig Stunden ohnehin zur Genüge getan –, sondern ihren Erfolg genießen. Es war ein unvergleichliches Gefühl gewesen, auf der Bühne zu stehen und vor Publikum zu spielen. Dabei war ihr endgültig klargeworden, dass sie für diesen Traum alles tun würde. Und der Anfang war gemacht.

Inzwischen standen sie alle an der Bar und Angie spendierte eine Flasche Henkell-Sekt.

»Ihr wart großartig!«, beteuerte Ritas Mutter begeistert und reichte den Musikerinnen sowie Sigi ein Glas.

»Angie, kann der Herr dort bitte auch einen Sekt haben?«, bat Inge mit einem lächelnden Blick zu einem Gast an der Bar. Monika war der Mann vorhin schon aufgefallen. »Ohne ihn hätte ich es wohl nicht ein zweites Mal versucht, auf die Bühne zu gehen.«

»Vielleicht aber doch«, sagte der attraktive Mann mit einem freundlichen Zwinkern. »Trotzdem trinke ich gern mit, wenn ich darf!«

»Aber sicher doch«, flötete Angie und reichte auch ihm ein Glas.

»Auf die Monaco Birds!«, rief sie. Und alle stießen an und tranken. Einzig Peggy Sue nippte nur am Glas und stellte es dann weg. Sie musste heute noch mit dem Auto nach Hause fahren und trank generell fast nie Alkohol.

»Und? Was sagen Sie nun zum Auftritt der Mädchen? Hat es sich gelohnt, dass Sie heute wieder hergekommen sind?«, fragte Angie den Mann und es war offensichtlich, dass sie ein wenig mit ihm flirtete.

»Es hat sich auf jeden Fall gelohnt«, sagte er. »Wie lange spielt ihr denn schon zusammen?«, fragte er, nun an Monika gewandt.

»Eigentlich noch gar nicht lange«, gab sie zu. »Wir haben uns überhaupt erst vor sechs Wochen kennengelernt. Deswegen haben wir bisher nur wenige eigene Songs im Programm. Das heute war nur ein kleiner Versuchsballon. Wir wollten sehen, ob wir überhaupt bei den Leuten ankommen.«

Er nickte beeindruckt.

»Nur sechs Wochen? Respekt!«

»Jede von uns hat aber auch sehr viel geübt, damit es klappt«, erklärte Peggy Sue stolz.

»Mir ist aufgefallen, dass ihr alle sehr gut harmoniert«, meinte der Mann. »Eure beiden Stimmen funktionieren großartig zusammen.«

Angie rutschte über den Tresen noch näher an ihn heran. »Und ich weiß immer noch nicht Ihren Namen«, sagte sie.

»Martin.«

»Ich bin Angie, wie du sicherlich schon mitbekommen hast. Und diese wundervollen jungen Frauen hier, über die wir die ganze Zeit reden, sind meine Tochter Rita, Peggy Sue, Monika und Inge.«

Die vier nickten jeweils bei der Erwähnung ihres Namens.

»Das habe ich inzwischen auch schon mitbekommen«, sagte Martin.

»Und das ist Sigi, mein Bruder. Er ist auch Musiker und unterstützt uns, so gut es geht«, stellte Monika ihren Bruder vor.

Währenddessen kamen immer wieder Leute und gratulierten ihnen zum gelungenen Auftritt.

»Ihr seid so gut, ihr wilden Weiber!« Rosi umarmte überschwänglich eine nach der anderen.

Und auch Leyla und Erich fanden nur Worte der Begeisterung.

»Diese tollen Stimmen«, schwärmte eine Frau mit einem modernen Kurzhaarschnitt. »Ich hoffe, ihr steht bald wieder auf einer Bühne!«

»Das hoffen wir auch«, sagte Monika glücklich, die gar nicht genug lobende Worte hören konnte.

Da die Bedienungen kaum mehr mit ihrer Arbeit hinterherkamen und Angie sich in aller Seelenruhe mit diesem Martin unterhielt, ging Rita hinter die Theke und half beim Ausschank mit.

Monika rückte näher zu Siegfried. »Wieso hast du mir eigentlich nicht erzählt, dass Charly eine Freundin hat?« Endlich hatte sie eine Gelegenheit, ihren Bruder darauf anzusprechen.

»Meinst du Julia? Die beiden sind seit ein paar Wochen zusammen. Ich dachte, du weißt das.«

»Nein. Ich habe sie noch nie gesehen.«

»Sie ist Krankenschwester. Vor zwei Tagen gab es einen ziemlichen Krach zwischen den beiden. Warum, hat er mir nicht gesagt. Aber es war wohl so schlimm, dass er dachte, dass Julia Schluss machen würde. Deswegen war ich gestern Nachmittag vor dem Konzert noch bei Charly, um ihn aufzumuntern. Ich gab ihm den Rat, nicht gleich die Flinte ins Korn zu werfen und noch mal mit ihr zu reden. Und offensichtlich hat es geholfen – sie haben sich wieder versöhnt.«

Monika spürte, wie ihr Magen sich zusammenzog. War Charly zu dieser Julia gegangen, nachdem er sie nach Hause gebracht hatte, um sich mit ihr auszusprechen? Oder gleich am nächsten Morgen? Ganz bestimmt hatte er seiner Freundin jedoch nicht erzählt, mit wem und vor allem wie er den Abend verbracht hatte, sonst hätte es sicherlich keine Versöhnung gegeben. Monika versuchte, Ärger und auch Scham hinunterzuschlucken. Nie wäre sie mit ihm intim geworden, wenn sie von seiner Freundin gewusst hätte. Sie musste versuchen, es als einmaligen Ausrutscher zu sehen, und das alles irgendwie vergessen. Weder Charly noch sie hatten ein Interesse daran, dass irgendjemand davon erfuhr.

»Sie ist nett«, riss Siegfried sie aus ihren Gedanken.

»Wie?«

»Ich sagte, du solltest Julia kennenlernen, sie ist wirklich sehr nett. Weiß der Himmel, wie Charly es immer wieder schafft, so tolle Frauen um den Finger zu wickeln.«

»Das frage ich mich auch!«, murmelte Monika. Doch eigentlich wusste sie es ganz genau. Auch wenn er nicht ganz so gut aussehend war, so erinnerte er sie ein wenig an den Schauspieler Alain Delon. Charly war nicht der nette, angepasste Bursche von nebenan und hatte etwas Rebellisches, oft sogar Unberechenbares an sich. Und obwohl sie es selbst nicht verstand, weil genau das sie immer wieder auf die Palme brachte, so zog es sie gleichzeitig auch an.

Plötzlich rutschte Inge näher zu ihr. »Ich möchte mich für vorhin nochmals bei dir entschuldigen, Moni.«

»Ach, schon gut, Inge«, winkte sie ab. »Das war ja keine Absicht. Es tut mir auch leid, dass ich ein wenig barsch und ungeduldig war. Du hast eben einen zweiten Anlauf gebraucht. Und am Ende ging doch alles gut.«

»Ja. Es war so schön, oder?«

»Und wie!«

»Vielleicht sollten wir darauf noch einen Schnaps trinken«, schlug Inge vor, die bereits ein wenig angeheitert wirkte.

Peggy Sue lehnte erneut ab und auch Monika hatte noch das halbe Glas Sekt vor sich stehen, weil ihr Magen ein wenig empfindlich vom Vortag war.

»Vielleicht ein anderes Mal.«

»Aber ich trinke einen mit, wenn ich darf!«, meldete sich Siegfried vergnügt. »Oder wir könnten den Schnaps auf später verschieben und jetzt tanzen?«

Aus der Jukebox lief der Elvis Presley-Hit *Jailhouse Rock*.

»Aber ... aber ich habe schon ewig nicht mehr getanzt«, stammelte Inge.

»Dann wird es Zeit. Komm. Bei Elvis kann man doch gar nicht anders.« Er nahm sie an der Hand und zog sie auf die Tanzfläche.

Monika lächelte ihnen hinterher. Nachdem sie ihre Angst überwunden hatte, schien Inge fast wie ausgewechselt. Und auch Monis Bruder war heute besonders ausgelassen. Es war schön, den beiden zuzusehen, wie sie sich zwischen den anderen Tänzern lachend zur Musik bewegten.

Martin zog plötzlich einen Handzettel aus seiner Tasche und schob ihn Monika und Peggy Sue zu. Sofort sprang Monika das Wort »Musikwettbewerb« ins Auge.

»Am 23. Juli wird es einen Talentwettbewerb geben. Interessiert?«, fragte Martin.

»Was gibt es denn zu gewinnen?«, fragte Peggy Sue neugierig.

»Einen Plattenvertrag«, erklärte der Mann mit einem Lächeln.

Monika sah ihn verblüfft an und plötzlich kam ihr ein Gedanke. »Sind Sie etwa dieser Talentsucher aus Hamburg?«

»So ungefähr.« Er schmunzelte.

»Man hört, dass Sie hier in den Clubs unterwegs sind, um neue Bands zu entdecken und sie unter Vertrag zu nehmen. Stimmt das?«, fragte Monika ihn geradeheraus.

»Ja. Das stimmt.«

»Und es gibt wirklich einen Plattenvertrag für die Gewinner?«, fragte Peggy Sue ungläubig.

Er nickte.

Monikas Puls beschleunigte. Genau das war ihr allergrößter Traum! Was für ein Glück, dass es diesen Mann ausgerechnet heute in *Angies Vogelbar* verschlagen und er ihren Auftritt gesehen hatte. Und vielleicht wurde ja tatsächlich mehr daraus?

»Wer bekommt einen Plattenvertrag?«, mischte Angie sich wieder ein und griff nach dem Zettel.

»Das wird sich noch herausstellen«, sagte Martin. »Jede Band oder jeder Einzelinterpret muss drei eigene Lieder präsentieren, die von einer dreiköpfigen Jury bewertet werden, zu der ich auch gehöre. Wichtig ist mir aber nicht nur die Musik, sondern auch die Originalität des Auftritts. Gut zu singen, reicht nicht mehr. Dem Publikum muss etwas geboten werden. Die Bands oder Solointerpreten müssen das gewisse Extra haben. Es steht alles hier!«, erklärte er und deutete auf den Zettel in Angies Hand. »Allerdings wird sich der Veranstaltungsort für den Talentwettbewerb noch ändern, deswegen ist er hier durchgestrichen. Wir müssen noch eine geeignete Lokalität finden.«

»Ihr sucht ein Lokal?«, fragte Angie und zog eine Augenbraue hoch.

»Ja, es wurde notwendig, kurzfristig umzudisponieren. Deswegen liegen die neuen Handzettel offiziell erst aus, wenn wir einen Veranstaltungsort gefunden haben. Aber das dürfte sich in den nächsten Tagen hoffentlich klären.«

»Macht den Wettbewerb doch hier in meiner Bar!«, schlug Angie vor.

»Eigentlich sollte es schon ein klein wenig größer sein«, erklärte Martin ehrlich.

Angie zuckte mit den Schultern. »Ach was. Hier haben doch viele Leute Platz. Je enger sie zusammenrücken müssen, desto besser die Stimmung. Und wir haben sogar eine eigene Musikanlage und ein Schlagzeug, die können die Teilnehmer benutzen. Das wäre doch perfekt, oder?«

Amüsiert bemerkte Monika, wie Martin sich von Angie langsam, aber sicher um den Finger wickeln ließ.

»Und was würde es kosten, wenn wir die Bar für den Wettbewerb für einen Abend reservieren?«, wollte er wissen.

Angie lächelte. »Ach! Nichts. Für die Förderung von jungen Talenten habe ich ein großes Herz«, beteuerte sie und legte demonstrativ eine Hand an ihre rechte Brustseite.

»Wirklich?« Er sah sie mit großen Augen an. »Wenn das so ist, dann machen wir es hier. Das bedeutet aber auch, dass ihr die Ansprechpartner seid und eure Telefonnummer für die Anmeldung auf dem Prospekt stehen wird.«

»Das ist überhaupt kein Problem!«, erklärte Angie gut gelaunt und legte nun einen Arm um die Schultern ihrer Tochter, die gerade aus der Küche gekommen war. »Wir kriegen das schon hin, nicht wahr, meine Süße?«

»Was kriegen wir hin?«, fragte Rita, die nichts mitbekommen hatte.

»Einen Musikwettbewerb!«, erklärte Peggy Sue.

»Hier bei uns?«

»Ja. Und wir werden mit den Monaco Birds auch teilnehmen«, beteuerte Monika. *Und im besten Fall gewinnen!*

»Es gibt einen Plattenvertrag für den Sieger«, sagte Peggy Sue aufgeregt.

»Dann sind wir natürlich mit dabei!« Rita lächelte und griff nach einem Bierglas, das sie an den Zapfhahn hielt.

»Ich sorge dafür, dass Anfang der kommenden Woche die neuen Flugblätter gedruckt und verteilt werden. Die Details können wir beide vielleicht morgen Mittag noch bei einem Essen besprechen, bevor ich wieder zurück nach Hamburg fliege?«, erkundigte sich Martin bei der Chefin des Hauses.

Angie nickte erfreut. »Natürlich!«

Als Inge und Sigi von der Tanzfläche zurückkamen, erfuhren auch sie die Neuigkeit.

»Sind Sie etwa Martin Adam? Der Musikproduzent der *Martin Adam Musik-Studios Hamburg?*«, fragte Sigi aufgeregt.

»Da kennt sich aber jemand aus«, meinte der Produzent beeindruckt.

»Klar. Ich spiele selbst in einer Band! Charly's Beatboys. Wir hatten auch erst kürzlich hier in der Bar einen Auftritt.«

»Die Jungs sind auch nicht übel, das muss ich wirklich sagen«, versicherte Angie und zündete sich eine weitere Zigarette an.

Sigi lächelte. »Danke, Angie.«

»Spielt ihr nur Cover oder habt ihr auch eigene Songs?«, wollte Martin Adam wissen.

»Wir haben auch eigene.«

»Interessant.«

»Für den Wettbewerb werden wir uns auf jeden Fall anmelden«, erklärte Sigi.

Und in diesem Moment wurde es Monika bewusst, dass sie damit zu Konkurrenten wurden. Nicht nur ihres Bruders, sondern auch von Charly. Und sosehr sie ihren Bruder liebte und schätzte, sie würde alles tun, um mit ihren Monaco Birds gegen Charly's Beatboys zu gewinnen.

Kapitel 22
Rita

München, 5. Juli 1966

Seitdem Rita den Brief für Paul in den Briefkasten geworfen hatte, hatte sie nichts mehr von ihm gehört und ihn auch nicht zufällig getroffen. Zuerst wollte sie ihm Zeit lassen. Vielleicht brauchte er ein wenig, bis er ihre Nachricht verdaut hatte? Doch langsam machte sie sich Sorgen. Vor ein paar Tagen hatte sie bei ihm geklingelt, doch weder seine Mutter noch Paul hatten aufgemacht.

Da sie wusste, dass er dienstags erst ab Mittag Vorlesungen hatte, stand sie um halb zehn Uhr vor der Haustür und drückte auf eine der Klingeln neben den vielen Namensschildern. Gleich darauf sah sie nach oben zum dritten Stock. Paul und seine Mutter hatten die Angewohnheit, erst aus dem Fenster zu schauen, bevor sie die Tür öffneten. Und tatsächlich erschien Pauls Kopf. Sie winkte ihm zu. Er machte das Fenster auf.

»Paule? Kann ich zu dir raufkommen?«, rief sie.

»Warte. Ich komme lieber runter.«

Ein paar Minuten später trat Paul aus der Haustür und lächelte sie unsicher an.

»Wir beide drehen jetzt mal eine Runde um die Häuser!«,

sagte sie entschlossen und hängte sich bei ihm ein, wie sie es schon Hunderte Male getan hatte.

»Wo gehen wir denn hin?«

»Einfach hier im Viertel spazieren.«

»Na gut.«

»Warum hast du dich nicht mehr gemeldet?«, packte sie den Stier gleich bei den Hörnern.

»Weil ich nicht wusste, ob du das, was du geschrieben hast, auch tatsächlich ernst gemeint hast«, antwortete Paul offen.

»Welchen Teil davon meinst du denn genau?«, fragte Rita nach, während sie über den Nikolaiplatz marschierten.

»Den, in dem du geschrieben hast, dass du mit mir befreundet bleiben möchtest, und das, obwohl ich dir gesagt habe, welche ...«

Er sprach nicht weiter und seine Wangen waren inzwischen fleckig rot geworden.

Sie blieb stehen und sah ihn an.

»Natürlich möchte ich das, Paule, du Dummkopf! Was denkst du denn? Du bist mein allerbester Freund! Himmel nochmal!«, schimpfte sie absichtlich barsch, damit er verstand, wie wichtig er ihr war, auch wenn sie seine romantischen Gefühle nicht erwidern konnte.

»Die Frage ist, kannst du damit umgehen?«, fragte sie nun in weicherem Ton.

Er ließ sich ein paar Sekunden Zeit, dann antwortete er:

»Vor die Frage gestellt: *Keine Liebe und keine Freundschaft* versus *Keine Liebe, aber weiterhin Freundschaft* gibt es doch nur eine Option, oder etwa nicht?«

»Das hoffe ich doch sehr!«

Sie gingen wieder weiter.

»Es ist nur ... Ich meine, falls du irgendwann mal jemanden hast, dann weiß ich nicht ...« Wieder hielt er inne und seufzte. Doch Rita ahnte natürlich, was er meinte.

»Bis jetzt ist es nicht so weit und es sieht auch nicht so aus, als ob sich das bald ändern würde. Offenbar schießt Amor mit seinen Pfeilen bei mir immer voll daneben.«

Er musste lachen und das war schon mal ein gutes Zeichen.

»Aber wenn es wirklich mal so weit sein sollte, dann reden wir einfach darüber, ja? Vielleicht hast du bis dahin aber bereits eine Frau kennengelernt, mit der du zusammen bist. Und ich bin womöglich dann diejenige, die traurig ist, weil du keine Zeit mehr für mich hast.«

»Das glaube ich eher nicht, Rita«, winkte er ab.

»Glauben heißt nicht wissen!«, konterte sie. »Wir wissen doch noch nicht einmal, was in der nächsten Minute passiert. Geschweige denn in einer Woche oder einem Jahr. Vielleicht fällt uns ja gleich ein Flugzeug oder eine dieser Raketen auf den Kopf, von denen immer mehr ins Weltall geschickt werden. Oder wir gewinnen im Lotto und sind plötzlich Millionäre und wandern nach Jamaika aus.«

»Ich glaube, vorher platzt einem von uns ein Gehirnaneurysma und es ist vorbei«, setzte er fort. »Oder der Blinddarm bricht durch!«

Sie lachte. »Man merkt, dass du mal Arzt werden wirst. Aber du siehst, es kann immer alles passieren. Im Schlechten, aber auch im Guten. Es geht darum, wie man damit umgeht, wenn es so weit ist.«

Er nickte nachdenklich. »Was ist mit diesem Polizisten?«

Rita hatte schon auf die Frage gewartet. »Leo hat mich gestern geküsst«, antwortete sie wie nebenbei.

Paul sah sie durch seine Brille hindurch traurig an. »Also ist es doch ...«

»Nein!«, unterbrach sie ihn. »Ist es nicht.«

Gestern hatten Leo und sie es endlich geschafft, am Abend miteinander auszugehen. Er hatte sie in das ungarische Restaurant eingeladen, von dem er ihr zuvor vorgeschwärmt hatte. Das Essen war tatsächlich gut gewesen und der Abend sehr lustig, doch als sie es zugelassen hatte, dass er sie zum Abschied küsste, hatte sie nichts gespürt. Der erste Kuss ihres Lebens, über den sie sich vorher so viele Gedanken gemacht hatte – und da war kein Prickeln, kein Schweben, kein Vergessen der Welt, kein Versinken in Empfindungen oder gar Gefühlen. Nichts.

»Es war nur ein Kuss und dieser Kuss hat mir bestätigt, dass auch er nicht der Richtige für mich ist, obwohl er wirklich sehr nett ist.«

Leo war tatsächlich ein feiner Kerl und hatte es sportlich aufgenommen, auch wenn sie ihm angesehen hatte, dass er sehr enttäuscht und wohl auch ein wenig traurig war, dass sie ihn abgewiesen hatte.

»Vielleicht ändern sich deine Gefühle ja noch, Rita?«, hatte er trotzdem gefragt.

»Ich fürchte eher nicht, Leo. Es tut mir wirklich sehr leid.« Sie hatte nicht gewollt, dass er sich weiterhin Hoffnungen machte und sie sich dadurch selbst auch noch unter Druck gesetzt hätte. Sie fragte sich ohnehin schon, was mit ihr nicht stimmte.

Gentleman, der er war, hatte er sie dennoch nach Hause begleitet und sie zum endgültigen Abschied kurz umarmt.

»Die Sache mit Leo muss dich ganz gewiss nicht mehr beschäftigen«, sagte Rita zu Paul.

Er schien erleichtert. »Also, wir können weiterhin die besten Freunde bleiben und müssen uns vorerst keine Gedanken darüber machen, wie es wäre, wenn einer von uns sich in jemand anderen verliebt«, resümierte er und wirkte zufrieden.

»Ganz genau«, pflichtete Rita ihm bei. »Da gibt es nur eines, über das ich mich sehr geärgert habe.«

»Was denn?«, fragte er alarmiert.

»Ich hatte so gehofft und darauf gewartet, dass du zu unserem Auftritt in die Bar kommst. Du. Mein bester Freund. Echt schade, dass du nicht dabei warst.«

»Es tut mir leid, Rita. Aber ich konnte an dem Tag einfach nicht. Das nächste Mal komme ich aber ganz bestimmt!«, versprach er zerknirscht.

»Das will ich dir auch geraten haben. Wir machen bald bei einem Musikwettbewerb mit, der bei uns in der Bar stattfindet. Am 23. Juli. Es geht um einen Plattenvertrag, stell dir vor!«

»Ich ahne es jetzt schon. Du wirst einmal irre berühmt werden, Rita!«

Sie lachte. »Vielleicht. Und dann stelle ich dich als unseren ganz persönlichen Bandarzt ein und du begleitest uns auf jede Tournee rund um die Welt.«

»Das werde ich«, versprach er und grinste.

»Sehr gut.« Sie lächelte. »Schreibe dir bitte das Datum für den Auftritt gleich zu Hause in deinen Kalender. Und wehe, du kommst an dem Tag nicht und feuerst uns an.«

»Mach ich. Fest versprochen. Und ich ...«

»Vorsicht, Paule!«

Sie schob ihn zur Seite und konnte selbst gerade noch rechtzeitig einem Mädchen auf einem Tretroller ausweichen, das wie der Blitz um ein Hauseck herum auf sie zugefahren kam. Erschrocken schlingerte das Kind kurz mit dem Roller, konnte aber das Gleichgewicht halten und sauste mit fliegenden Zöpfen den Bürgersteig entlang davon in Richtung Englischer Garten.

»Puh, das war knapp«, sagte Rita erleichtert.

»Danke. Du hast mich vor einigen Hämatomen gerettet.«

»Vor was?«

Er lächelte.

»Vor blauen Flecken.«

»Ach so ... Blaue Flecken sind zwar nicht so schlimm und verheilen wieder, aber ich rette dich immer wieder gerne vor allem Möglichen.« Rita umarmte ihn kurz, dann sah sie auf ihre Armbanduhr. »Hör mal, Paule, ich treffe mich in einer halben Stunde mit Peggy Sue. Das ist eine der Musikerinnen unserer Band. Wir gehen an die Isar zum Baden. Magst du vielleicht mitkommen?«

»Geht leider nicht. Ich muss was für die Uni tun«, sagte er schnell. Doch Rita vermutete, dass es ihm wohl so kurz nach seinem Liebesgeständnis schwerfallen würde, sie in einem Bikini anschauen zu müssen.

»Außerdem ist es mir heute zu kühl«, fügte er noch hinzu.

Tatsächlich war das Wetter etwas durchwachsen und eine dicke Wolke hatte sich eben vor die Sonne geschoben.

»Ach, solange es nicht regnet, macht mir das nichts aus. Dann ein anderes Mal, Paule?«

»Ja! Ein anderes Mal!«

»Und zwischen uns ist jetzt wirklich alles wieder gut?«, hakte sie sicherheitshalber noch mal nach.

»Alles ist gut.«

Peggy Sue und Rita saßen auf einer Decke am Isarstrand gleich beim Müller'schen Volksbad. Die Sonne schaffte es immer öfter, durch die Wolken zu blinzeln.

»Es ist so herrlich hier«, schwärmte Peggy Sue, die einen dunkelblauen Badeanzug trug, während Rita einen rot-weiß gestreiften Bikini anhatte.

»Ich bin im Sommer oft hier. Unter der Woche ist auch nicht ganz so viel los wie an den Wochenenden«, meinte Rita und zog an ihrer Zigarette.

»Schade, dass Moni und Inge tagsüber arbeiten müssen und wir nicht zu viert hier sein können«, sagte Peggy Sue.

»Es ist schwierig genug, die Proben unter einen Hut zu kriegen.« Rita drückte die Zigarette an einem Stein aus.

»Leider liegt es meistens an mir«, sagte Peggy Sue und seufzte. »Aber die letzten Tage war es wirklich unmöglich zu kommen. Gestern war Unabhängigkeitstag und mein Mann und ich haben zuerst mit Tom, einem seiner Freunde, und ein paar weiteren Soldatenfamilien ein Barbecue gemacht. Dann haben wir das Little Oktoberfest besucht, das zurzeit am Perlacher Forst stattfindet.«

»Davon habe ich auch schon oft gehört. Das muss immer ganz schön sein«, sagte Rita. »Mit all den Schießbuden, Fahrgeschäften und viel zu essen.«

»Stimmt! Zu essen gibt es dort wirklich einiges. Es spielen auch mehrere Bands und viele Leute interessieren sich für die Ausstellung mit militärischen Geräten. Am letzten Abend soll es noch ein gigantisches Feuerwerk geben.«

»Vielleicht sollte ich da auch mal hingehen«, überlegte Rita.

»Das würde dir bestimmt gefallen. Es ist zwar nicht sonderlich groß und, wie man hört, nicht zu vergleichen mit dem richtigen Oktoberfest, aber es herrschte eine sehr gute Stimmung dort!«, erzählte Peggy Sue.

Doch trotz ihrer schwärmenden Worte hatte Rita das Gefühl, dass Peggy Sue etwas bedrückte.

»Weiß dein Mann eigentlich immer noch nicht, dass du in einer Band spielst?«, wagte sie sich vor. Peggy Sue hielt sich normalerweise sehr zurück, was ihre Ehe betraf, hatte ihr jedoch noch an dem Abend ihres Auftrittes anvertraut, dass es in letzter Zeit sehr schwierig sei mit ihrem Mann.

»Nein, ich habe es ihm noch nicht gesagt.« Peggy Sue griff nach einem kleinen Stein und warf ihn ins blaugrün schimmernde flache Wasser. »Ich weiß einfach nicht, was mit ihm los ist. Warum er sich so verändert hat, seitdem wir hier sind. Wenn ich ihm von den Monaco Birds erzähle, habe ich Angst, dass er es mir verbietet.«

»Wieso sollte er das denn tun?«

Peggy Sue senkte den Kopf und sagte ein paar Minuten nichts. Dann sah sie Rita an. »Er malt sich vermutlich weiß Gott was aus, wenn ich in einer Bar bin. Harry ist sehr eifersüchtig, natürlich völlig ohne Grund.«

»Wie schade. Und du denkst, dass er es dir deswegen verbieten würde?« Rita war bei ihrer Mutter und Oma nur mit Frauen aufgewachsen, die ihr Leben allein gemeistert hatten, auch wenn es nicht immer einfach gewesen war. Kein Mann hatte ihnen jemals hereingeredet oder Vorschriften gemacht.

»Ich fürchte, dass er genau das tun würde. Aber ich will nicht aufhören, mit euch auf der Bühne zu stehen. Es macht so viel Spaß. Gleichzeitig weiß ich aber, dass es nicht von Dauer sein wird. Und dieser Talentwettbewerb ...« Peggy Sue sah Rita aus ihren türkisblauen Augen traurig an. »Als ich zugesagt habe, mit euch Musik zu machen, hatte ich nicht damit gerechnet. Was, wenn wir tatsächlich gewinnen? Stell dir vor, wir bekämen den Plattenvertrag, aber ich wäre in knapp einem Jahr gar nicht mehr hier. Es ist doch eigentlich unfair von mir, wenn ich weitermache. Ihr solltet euch besser jetzt schon eine andere Sängerin suchen.«

»Auf gar keinen Fall!«, protestierte Rita. »Wir wussten von Anfang an, dass du nur eine gewisse Zeit bei uns sein kannst. Und wir haben uns alle darauf eingelassen. Vermutlich gewinnen wir den Wettbewerb ohnehin nicht. Und falls doch, werden wir diese verdammte Platte aufnehmen, solange du Mitglied der Monaco Birds bist. Erst danach werden wir ja sehen, wie sich alles entwickelt. Und das mit deinem Mann wird sich bestimmt auch irgendwie regeln.«

Rita war voller Zuversicht. »Sicherlich ist dein Harry doch stolz auf dich, wenn er dich mal bei einem Auftritt sieht.«

»Das wäre wirklich mein größter Wunsch. Aber ich befürchte leider das Gegenteil.«

»Hallo, ihr zwei Hübschen«, unterbrach ein junger Mann sie, der in einer engen schwarzen Badehose neben ihnen aufgetaucht war. »Habt ihr Lust, euch zu uns zu setzen?«

Er deutete auf eine Decke, auf der zwei weitere Männer saßen und ihnen zuwinkten.

»Nein danke«, sagte Peggy Sue höflich.

Rita bemerkte, dass der Mann kaum die Augen von Peggy Sue lassen konnte.

»Ach, kommt! So ganz allein ihr zwei? Das ist ja richtig fad«, gab er nicht auf. »Es macht doch viel mehr Spaß, wenn wir uns alle gegenseitig mit Sonnenöl eincremen«, säuselte er anzüglich.

»Hast du denn nicht gehört, was sie gesagt hat?«, fragte Rita. »Wir möchten nicht.«

Inzwischen waren auch die beiden anderen Männer aufgestanden und zu ihnen gekommen.

»Wir haben Bier dabei. Und etwas zu essen! Nur Frauen fehlen uns noch«, lallte der Kleinste und sie lachten. Offensichtlich waren sie schon angetrunken.

»Tja, dann werdet ihr euch woanders umsehen müssen. *Wir* haben jedenfalls kein Interesse«, betonte Rita nun schärfer. Sie hatte keine Lust, sich mit diesen betrunkenen Idioten abzugeben.

»Seid ihr zwei etwa Lesben?«, fragte der Typ mit der engen

Badehose. Offenbar konnte er es nicht verkraften, dass er und seine Freunde eine Abfuhr erhielten.

»Ich glaube, ihr habt sie wohl nicht mehr alle!«, schimpfte Rita.

»Jetzt ist es aber genug«, sagte Peggy Sue scharf. »Siehst du das?« Sie hielt ihnen die Hand mit dem Ehering am Finger entgegen. Dann griff sie nach ihrer Bluse und zog sie über den Badeanzug.

»Mist. Die ist verheiratet«, nuschelte der Kleinere enttäuscht.

»Aber die Dunkelhaarige trägt keinen Ring. Wir holen jetzt einfach unsere Decke her und ...«

»Ihr da – lasst sofort die beiden jungen Frauen in Ruhe! Verzupft euch und sucht euch einen anderen Platz«, kam ihnen plötzlich ein Mann zu Hilfe.

Rita konnte nicht schätzen, wie alt er war. Vielleicht Ende vierzig? Sein verhärmt wirkendes Gesicht war in jungen Jahren vermutlich attraktiv gewesen. Die Augen waren hinter einer Sonnenbrille versteckt. Er trug einen dunkelbraunen Anzug, der ihm etwas zu weit war, und Lederschuhe, die ihre besten Tage längst hinter sich hatten.

Rita musste plötzlich an den Mann denken, den sie schon öfter in der Nähe des Hauses gesehen hatte. Aber konnte das sein? Wieso sollte der ausgerechnet hier auftauchen? Sie musste sich irren.

»Hey, Alter, lass uns gefälligst in Ruhe, ja? Das geht dich nämlich gar nichts an!«, blaffte der Typ in der engen Badehose ihn an.

Der Mann im Anzug ging auf ihn zu und strahlte dabei etwas Bedrohliches aus, das den Burschen einen Schritt zurückweichen ließ. »Ich will es nicht noch einmal sagen müssen«, sprach er ruhig, aber mit einem warnenden Unterton.

Und schließlich gaben die drei auf. Unter Murren stapften sie durch den Kies zurück zu ihrer Decke, packten ihre Sachen zusammen und verschwanden ein Stück weiter flussabwärts.

»Das war sehr nett von Ihnen«, sagte Peggy Sue.

»Ja. Vielen Dank!« Rita nickte dem Mann zu und in ihrem Kopf ratterte es noch immer, ob sie ihn nicht doch von irgendwoher kannte.

»Schon gut. Passt gut auf euch auf, Mädchen!« Damit drehte er sich um und ging davon.

»Es gibt wirklich noch hilfsbereite Männer«, meinte Peggy Sue erleichtert.

»Glücklicherweise.«

»Aber irgendwie habe ich jetzt gar keine Lust mehr, noch länger hierzubleiben.«

»Ich auch nicht. Es ist außerdem jetzt doch ziemlich frisch geworden. Und wir sollten uns ohnehin langsam auf den Weg machen, damit du dein Kleid anprobieren kannst.«

Oma Finni hatte inzwischen die Kostüme für die Monaco Birds genäht. Am Wochenende hatten Rita, Inge und Moni sie bereits anprobiert und Josefine hatte noch ein paar Kleinigkeiten angepasst, wo es nötig gewesen war. Jetzt fehlte nur noch das Kleid von Peggy Sue.

»Ich muss bei dir überhaupt nichts ändern, Peggy Sue«, sagte Ritas Oma eine Stunde später. »Es passt wie angegossen! Du könnest glatt als Model durchgehen.«

Rita nickte. »Du siehst in dem Kleid so wunderschön aus, Peggy Sue«, schwärmte sie. »Man könnte dich die ganze Zeit nur anschauen.«

Peggy Sue lachte. »Jetzt hört doch mal auf, ihr beiden! Ich werde ja noch ganz verlegen.«

»Musst du nicht«, sagte Oma Finni. »Was wahr ist, ist wahr!«

»Danke für eure Komplimente. Aber das Lob sollte vielmehr der Schneiderin gelten. Das Kleid ist wirklich besonders schön geworden. Vielen Dank, Josefine.«

»Es freut mich, dass es dir so gut gefällt. Möchtest du es mit nach Hause nehmen?«

»Kann ich es vielleicht hierlassen bis zum Wettbewerb?«, fragte Peggy Sue. »Das wäre einfacher für mich.«

»Natürlich. Bei mir ist es gut aufgehoben. Die anderen haben ihre Kleider auch dagelassen«, sagte Oma Finni.

»Ich möchte so gern auch sehen, wie du in deinem Kleid aussiehst, Rita. Magst du es mal anziehen?«, bat Peggy Sue.

»Natürlich.«

»Es ist das Letzte hinten am Kleiderständer«, teilte ihre Oma ihr mit.

Rita wollte das Kleid gerade holen, da klingelte das Telefon im Flur.

»Gehst du bitte ran, Mausi?«

»Hoffentlich ist es nicht wieder dieser seltsame anonyme Anrufer«, meinte Rita, während sie zum Telefon eilte.

»Gibt es den immer noch?«, fragte Peggy Sue.

»Der hat sich seit ein paar Tagen nicht mehr gemeldet«, sagte Oma Finni. »Und ich hoffe, es bleibt auch so.«

»Haslinger«, meldete Rita sich, nachdem sie den Hörer abgenommen hatte.

»Angie?«, hörte sie die Stimme vom anderen Ende der Leitung.

»Nein, hier ist Rita«, korrigierte sie. »Wer ist denn dran?«

»Ihr habt ja fast die gleichen Stimmen. Guten Tag, Rita, hier ist Martin. Martin Adam. Kann ich bitte deine Mutter sprechen?«

»Leider nicht, sie ist beim Friseur. Geht es um den Wettbewerb?«

»Auch.«

»Bis jetzt haben sich fünf Bands und ein Solo-Sänger angemeldet«, informierte ihn Rita. Die Monaco Birds und Charly's Beatboys natürlich mit eingerechnet.

»Gut zu wissen, danke. Meinetwegen würden sechs Auftritte ohnehin reichen für einen Abend. Aber vermutlich kommen noch welche dazu.«

»Das denke ich auch. So eine große Chance will sich gewiss keiner entgehen lassen. Soll ich meiner Mutter vielleicht etwas ausrichten?«

»Ich bin nur kurzfristig für zwei Tage in München. Kannst du mir die Adresse des Friseurs geben? Dann überrasche ich sie dort.«

Er will sie überraschen?

»Natürlich. Das ist der *Friseursalon Lotte* in der Giselastraße. Nur die Hausnummer weiß ich leider nicht«, sagte Rita.

»Danke, das finde ich schon. Vielleicht bin ich heute Abend in der Bar, dann sehen wir uns noch. Bis später, Rita.«

»Bis später!«

Rita legte auf und ging zurück in die Schneiderwerkstatt. »Martin Adam ist in München und will sich mit Mama treffen«, erzählte sie brühwarm den beiden anderen Frauen.

»Ist das dieser Musikmensch aus Hamburg?«, fragte ihre Oma neugierig. »Mit dem deine Mutter essen war?«

»Ja.«

»Man hat nach unserem Auftritt in der Bar gleich gemerkt, dass es zwischen den beiden ein wenig funkt«, sagte Peggy Sue. »Also ich meine ...« Plötzlich wurde sie verlegen. »Die haben sich gut verstanden.«

»Schon gut. Wenn Oma und ich schon keine Männer abbekommen, dann soll wenigstens Mama ihren Spaß haben«, scherzte Rita.

»Ach komm, für mich alte Nudel sind Männer längst Schnee von gestern«, winkte ihre Oma ab. »Und glaubt mir, das ist auch gut so!«

Sie lachten.

»Aber bei dir wird sicherlich bald der Richtige landen, Mausi. So ein hübsches und kluges Mädchen, wie du bist«, fuhr sie fort.

Rita zog eine skeptische Grimasse. »Vielleicht muss man für mich erst einen backen«, meinte sie.

»Ich kann ja mal nach einem Rezept suchen«, schlug Peggy Sue mit einem Zwinkern vor.

»Oder ich bleibe ewig Jungfrau, so wie mein Sternzeichen«, spekulierte Rita.

Peggy Sue legte Rita einen Arm um die Schultern und drückte sie an sich. »Ach, manchmal ist es gar nicht so verkehrt, wenn man Single ist, Rita. Außerdem hast du ja uns.«

Rita nickte. Und sie fühlte sich in diesem Moment, mit Peggy Sues Arm um ihre Schultern, so wohl, dass sie auch gar nichts anderes wollte.

Kapitel 23
Peggy Sue

München, 9. Juli 1966

Peggy Sue war froh, dass sie es diesmal wieder schaffen würde, am frühen Nachmittag zur Probe in die Bar zu fahren. Da der Trainer der Jugend-Baseballmannschaft kurzfristig ausgefallen war, hatten Harry und Tom versprochen, am Nachmittag einzuspringen und das Training zu übernehmen. Trotzdem hatte Peggy Sue beim Frühstück wieder einmal schwindeln müssen, was ihr von Mal zu Mal schwerer fiel. Sie hatte ihrem Mann erzählt, dass sie eine Ausstellung in der Alten Pinakothek besuchen würde.

»Dann brauchst du wohl am Nachmittag den Wagen?«, fragte Harry, als sie nach dem Frühstück gerade auf dem Weg ins Badezimmer war.

»Wenn es dir nichts ausmacht«, sagte sie.

»Nein. Ist mir lieber, du fährst selbst«, beteuerte er. Er mochte es nicht, wenn sie allein in Bussen oder der Trambahn unterwegs war, weil sie da irgendwelche Männer ansprechen könnten. In diesem Fall brachte ihr seine Eifersucht immerhin einen Vorteil.

»Tom holt mich gleich ab. Ich helfe ihm, in seinem Wohnzimmer ein Bücherregal aufzubauen. Am Nachmittag gehen wir aufs Baseballfeld. Aber jetzt müssen wir noch in einen Eisenwarenladen und die passenden Schrauben und Dübel besorgen.«

»Schön, dass du ihm hilfst. Sag ihm einen lieben Gruß von mir«, bat sie, bevor sie ins Badezimmer verschwand.

Kurz vor Mittag wollte sie losfahren, um noch vor Ladenschluss die Aufnahmen abzuholen, die sie in der vergangenen Woche zum Entwickeln in ein Fotogeschäft gebracht hatte. Sie war schon sehr gespannt auf die Bilder, die hauptsächlich von der Probe und ihrem ersten Auftritt stammten. Sie würden ein passendes Foto heraussuchen, auf dem alle vier Monaco Birds gut zu sehen waren, und es mit Informationen zu ihrer Band in der Druckerei vervielfältigen lassen, damit sie mit Handzetteln ein wenig Werbung machen konnten.

»Wo ist denn nur der Abholschein?«, murmelte sie. Sie war sich sicher, dass sie ihn in der Früh schon auf die Kommode unter den Autoschlüssel gelegt hatte, damit sie ihn ja nicht vergaß. Doch jetzt war er nirgends zu finden. War er womöglich hinter die Kommode gerutscht? Sie zog sie ein Stück von der Wand weg, schaute auch unter die Kommode, aber es war kein Abholschein zu finden. Nachdenklich strich sie ihre Haare hinters Ohr und überlegte. Vielleicht hatte Harry ihn woanders hingelegt? Sie würde ihn später fragen.

Als sie am Nachmittag in der Bar eintraf, waren schon alle da. Nur Sigi fehlte, er hatte heute selbst eine Bandprobe. Dafür hatte Moni ihre kleine Schwester Ursi mitgebracht, die zuschauen durfte.

»Leider konnte ich die Fotos nicht abholen«, entschuldigte Peggy Sue sich. »Ich bringe sie beim nächsten Mal mit.«

»Schade. Ich war schon so neugierig«, sagte Rita.

»Ich nicht. Ich sehe auf Fotos immer ganz schrecklich aus«, meinte Inge.

»Das tust du ganz bestimmt nicht!«, erwiderte Peggy Sue.

»Hört mal: Ich habe einen neuen Song geschrieben.« Moni verteilte Zettel mit Texten und Noten. »Ich hoffe, dass er euch gefällt.«

»Ich finde das neue Lied auf jeden Fall ganz toll«, schwärmte Ursi.

»Du bist ja auch ihre Schwester und musst das sagen«, scherzte Rita mit einem Zwinkern.

»Es haben sich bestimmt einige Fehler eingeschlichen. Würdest du wieder den Text korrigieren, Peggy Sue?«, bat Moni.

»Natürlich. Am besten mache ich es noch gleich«, bot sie an.

»Danke. Wir bauen inzwischen schon mal die Anlage auf, damit wir bald anfangen können.«

Peggy Sue holte einen Stift aus ihrer Tasche und ging den Text durch, verbesserte Fehler und änderte Kleinigkeiten im Satzbau. Dabei musste sie aufpassen, dass sich an der Silbenanzahl nichts änderte, damit alles noch zum Rhythmus und zur Melodie passte, die sie allerdings noch nicht kannte. Mehrmals brauchte sie deswegen Moni. Auch weil sie ein Wort ersetzen musste, das sinngemäß nicht funktionierte, und dann der Reim nicht bestehen blieb. Es war etwas knifflig. Aber schließlich hatten sie es hinbekommen und Moni nahm die Gitarre und spielte und sang ihnen das Lied mit dem korrigierten Text vor. Der Titel trug ihren Bandnamen – *Monaco Birds* – und war ein schwungvoller Gute-Laune-Beat-Song. Alle waren begeistert.

»Es ist echt unglaublich, wie gut du das kannst, Moni«, stellte Inge fest.

»Danke. Jetzt müssen unsere Lieder nur noch die Jury überzeugen.«

»Welche drei nehmen wir denn überhaupt für den Wettbewerb?«, fragte Rita.

»Ich dachte *Monaco Birds* und *She loves the World* als schwungvolle Stücke und dann in der Mitte das ruhigere Lied *Destiny*«, schlug Moni vor.

»Eine gute Auswahl«, stimmte Peggy Sue ihr zu.

Da sie bis zum Wettbewerb nicht mehr allzu viel Zeit hatten, würden sie sich bei den kommenden Proben nur auf diese drei Stücke konzentrieren, die sie vor der Jury spielen wollten. Außerdem mussten sie sich Gedanken über den Auftritt machen, darüber, was ihn auszeichnen könnte.

»Martin Adam hat ausdrücklich gesagt, dass es nicht nur um die Lieder gehen wird, sondern auch um einen originellen Auftritt«, erinnerte Moni.

»Allein schon unsere Kleider sind besonders«, merkte Rita an. »Charly's Beatboys werden da gewiss nicht mithalten können!« Sie grinste. »Aber was könnten wir noch machen?«

»Sonst fällt mir auch nichts ein«, meinte Inge. »Ich könnte höchstens für ein wenig Aufregung sorgen, wenn ich wieder von der Bühne verschwinde«, nahm sie sich selbst auf die Schippe.

»Das wirst du schön bleiben lassen!«, mahnte Moni sie sofort. »Am besten trinkst du vorher einen doppelten Cognac, dann bist du nicht so aufgeregt.«

»Mal sehen«, sagte Inge und ihr Grinsen war verschwunden. Hoffentlich hatte sie nicht jetzt schon Angst vor dem Auftritt, dachte Peggy Sue. Das Lampenfieber würden sie ihr nicht so einfach nehmen können.

Moni spielte ihnen *Monaco Birds* noch ein weiteres Mal vor und dann begannen sie, mithilfe der Noten und Monis Anweisungen das Stück gemeinsam einzustudieren. Gesanglich würden Inge und Peggy Sue abwechselnd die erste und zweite Stimme singen. Rita war am Schlagzeug schnell im Rhythmus drin. Nur für die Übergänge von den Strophen zum Refrain müsste sie sich etwas überlegen. Aber das würde sie bestimmt hinbekommen.

»Kannst du eigentlich auch singen oder ein Instrument spielen, Ursi?«, fragte Peggy Sue, als sie nach zwei Stunden eine kleine Pause machten.

Das Mädchen schüttelte den Kopf. »Leider nicht. Unser älterer Bruder Albert und ich sind beide total unmusikalisch«, erklärte sie freimütig.

»Dafür kannst du großartig zeichnen! Darum beneide ich dich«, beteuerte Moni. »Und Albert ...« Sie zögerte kurz, wohl um über seine besonderen Talente nachzudenken. »Nun ja, Albert kann immerhin gut mit Astrid umgehen.«

»Und er macht die beste Hirnwurst!«, fügte Ursi hinzu.

Inge, die gerade an ihrem Wasser genippt hatte, verschluckte sich fast und prustete los. Und auch die anderen kicherten.

»Wie geht es dir denn mit deiner Schwägerin?«, fragte Peggy Sue.

Moni zuckte mit den Schultern. »Ich weiß nicht, wie lange ich das noch mit ihr aushalte im Geschäft. Also, ohne dass wir uns gegenseitig an die Gurgel gehen.«

»Du musst es nur noch so lange schaffen, bis ihr mit den Monaco Birds berühmt werdet.«

»Das wäre die allerbeste Lösung, Schwesterchen«, meinte Moni.

»Was möchtest du denn mal machen, Ursi?«, erkundigte sich Inge. »Du gehst ja noch aufs Gymnasium, oder?«

»Ja. In die zehnte Klasse. Ich möchte auf jeden Fall nach dem Abitur studieren. Architektur.«

»Wie toll!« Rita nickte anerkennend.

»Sie ist die erste Frau in unserer Familie, die studieren wird«, sagte Moni stolz.

»Dafür muss ich aber erst mal das Abi schaffen.«

»Das wirst du – ganz gewiss!«

Angie kam mit einer großen Schüssel voller Fleischpflanzerl, die sie für den Abend in die Kühlung stellte. Sie wirkte ziemlich gut gelaunt. Ob das an dem Treffen mit Martin Adam vor ein paar Tagen lag und sich zwischen den beiden etwas angebahnt hatte?, fragte Peggy Sue sich.

»Kommt ihr gut voran mit den Proben?«, erkundigte sich Angie, nachdem sie alle begrüßt und Moni ihr Ursi vorgestellt hatte.

»Es gibt schon noch viel zu tun«, antwortete Inge.

»Gestern Abend hat sich noch eine Sängerin angemeldet für

den Wettbewerb. Inzwischen sind es acht Teilnehmer. Seht zu, dass ihr wirklich gut übt«, riet Angie.

»Machen wir doch, Mama!«, beteuerte Rita.

»Bevor wir zum neuen Stück zurückkehren, spielen wir jetzt vielleicht noch einmal *She loves the World«,* schlug Moni vor.

»Ach, dann bleibe ich noch kurz. Ich liebe dieses Lied!«, sagte Angie und setzte sich neben Ursi.

Sie gingen wieder alle auf die Bühne zu ihren Instrumenten und begannen zu spielen. Angie schnipste gut gelaunt mit den Fingern dazu.

Auch Peggy Sue mochte dieses Stück ganz besonders gern. Sie sang eben zusammen mit Inge und Moni den Refrain, als jemand die Treppe nach unten in die Bar kam. Peggy Sue traute kaum ihren Augen und hörte vor Schreck auf zu singen. Auch ihre Finger erstarrten auf der Orgel.

Harry und Tom! Sie konnte es nicht fassen. Wie kamen die beiden denn hierher? Mit einem Schlag wurde ihr schlecht und ihr Puls raste. Ihr Mann war ihr auf die Schliche gekommen.

»Was ist denn los, Peggy Sue?«, fragte Moni verwundert.

Doch Peggy Sue war im Moment nicht in der Lage, ihr zu antworten.

»Entschuldigung. Es ist noch geschlossen. Sie dürfen hier nicht so einfach reinkommen«, sagte Angie zu den beiden Männern.

Doch Harry ging bereits zur Bühne. Der Blick aus seinen grauen Augen verhieß nichts Gutes. Tom war neben der Theke stehen geblieben. Er wirkte besorgt.

»Kannst du mir mal erklären, was du hier machst?«, fuhr Harry Peggy Sue an.

»Ich habe doch gerade gesagt, Sie können hier nicht einfach so rein!«, sagte Angie energischer und fügte hinzu: »You must go!«, da Harry Englisch gesprochen hatte und sie offenbar sichergehen wollte, dass er sie auch verstand.

»Schon gut, Angie, Harry ist mein Mann. Und der andere ist unser guter Freund, Tom«, erklärte Peggy Sue und wunderte sich, dass sie überhaupt noch Herrin ihrer Stimmbänder war.

»Wir machen hier nur ein wenig Musik, Harry«, sagte sie zu ihrem Mann und versuchte ihn mit einem bittenden Blick zu sänftigen.

»Ach ja?!«

»Schön, dass wir Sie endlich auch kennenlernen, Harry«, begrüßte Rita ihn freundlich in einem etwas holperigen Englisch. Sie stand von ihrem Hocker hinter dem Schlagzeug auf. »Aber damit ist leider die ganze Überraschung verdorben.«

»Welche Überraschung?«, fragte Harry verwirrt.

Peggy Sue versuchte, selbst nicht allzu überrascht zu wirken, doch schnell verstand sie, was Rita damit bezwecken wollte.

»Ich hatte vor, eine Überraschungsparty hier in der Bar für dich zu deinem Geburtstag im August zu organisieren«, spann Peggy Sue rasch eine Geschichte. »Dabei habe ich Rita kennengelernt. Und Moni. Und ich habe sie gefragt, ob es vielleicht möglich ist, für dich hier in der Bar ein Lied zu singen. Weil du doch immer so begeistert bist von meinem Gesang. Und irgendwie kamen wir dann auf die Idee, gemeinsam Musik zu machen und als Band zu spielen. Inge kam dann auch noch dazu. Und deswegen musste ich natürlich immer wieder mal zu den Proben, ohne dass ich dir davon erzählen konnte.«

Weitere Lügen, doch in diesem Moment hoffte sie inständig, dass sie glaubwürdig genug klangen, um damit durchzukommen.

Harry sagte nichts. Er holte aus seiner Jackentasche einen Fotoumschlag.

Peggy Sue erstarrte.

»Ich habe heute Früh den Abholschein entdeckt, als du im Bad warst, und wollte dir den Weg ersparen und die Fotos abholen.« Er zog die Bilder heraus und warf sie auf den Tisch. Sein Blick war finster. »Es soll eine Überraschung für mich sein, ja? Und wieso habt ihr dann schon vor Publikum gespielt?«

Auf mehreren der Fotos war der Schriftzug von *Angies Vogelbar* klar zu erkennen. Deswegen hatte er offenbar herausgefunden, wo sie heute war.

»Das war meine Bedingung«, mischte sich nun Angie ein, die erstaunlich flüssiges Englisch sprach, wie Peggy Sue bemerkte. »Ich habe zu den Mädchen gesagt, wenn sie hier schon umsonst bei mir proben wollen, dann müssen sie auch einmal für meine Gäste spielen. Ich bin ja nicht die Wohlfahrt, nicht wahr?« Sie fischte sich eine Zigarette aus der Schachtel und hielt sie ihm hin. »Auch eine?«

Peggy Sue musste aufsteigende Tränen unterdrücken, so dankbar war sie, dass auch Angie die Lage erfasst hatte und für sie in die Bresche sprang.

Harry schüttelte den Kopf. Angie ließ die Schachtel sinken und zündete sich mit einem silbernen Feuerzeug ihre Zigarette an. Sie inhalierte tief und blies langsam den Rauch aus. Für einen Moment schien die Zeit in der Bar stillzustehen.

»Das war also die Überraschung, von der du gesprochen hast, Peggy Sue«, sagte plötzlich Tom und lächelte so breit, dass die weißen Zähne in seinem dunklen Gesicht nur so blitzten.

Harry drehte sich zu Tom um. »Sag jetzt bloß, du wusstest davon?«

»Doch. Ich wusste, dass es eine Überraschung geben soll, aber nicht, was genau Peggy Sue vorhat. Sonst hätte ich natürlich verhindert, dass du deine eigene Überraschung platzen lässt.« Tom wandte sich wieder Peggy Sue zu. »Tut mir leid.«

»Dafür kannst du ja nichts, Tom!«, sagte Peggy Sue. »Ich hätte dich doch besser einweihen sollen.«

»Beim nächsten Mal tust du das bitte«, verlangte Tom und Peggy Sue war klar, dass auch er versuchte, ihr beizustehen, obwohl er vermutlich ahnte, dass die Geschichte mit der Geburtstagsüberraschung erfunden war. Auch wenn er Harrys bester Freund war, so kannte er ihn doch gut genug und wusste, wie cholerisch er manchmal sein konnte.

Moni und Inge und natürlich auch Ursi hatten bisher nichts gesagt. Doch ihren Gesichtern war anzumerken, dass sie versuchten zu verstehen, was hier gerade vor sich ging. Und damit sie nicht womöglich etwas falsch machten, hielten sie sich ganz zurück.

Für ein paar Sekunden herrschte wieder ein unangenehmes Schweigen in der Bar.

»Können wir jetzt weiterproben?«, fragte schließlich Rita. »Wir haben noch ziemlich viel vor heute.«

»Ja, komm, Harry. Wir müssen sowieso zurück. Die Jungs warten auf uns am Baseballplatz. Es ist nicht okay, dass wir sie so lange allein lassen.«

Harry suchte Peggy Sues Blick. Und in diesem Moment wusste sie, dass er ihr und den anderen kein Wort glaubte. Sie schluckte.

Harry drehte sich kurz zu seinem Freund um. »Danke, dass du mich hergebracht hast, Kumpel. Fahr du schon zurück und mach das Training mit den Jungs allein. Ich fahre mit Peggy Sue nach Hause.«

»Ach was. Jetzt komm mit, Harry, lass doch Peggy Sue mit ihren Freundinnen proben«, drängte Tom.

»Ich möchte jetzt bestimmt nicht mit dir darüber diskutieren, was ich meiner Frau erlaube und was nicht.« Sein Ton war eisig.

»Wie du meinst«, antwortete Tom, dem die Sache jedoch sichtlich nicht gefiel. »Ich komme später noch auf ein Bier bei euch vorbei.«

»Wir wollen den Abend heute lieber zu zweit verbringen«, stellte Harry klar. »Du kannst uns ein anderes Mal wieder besuchen.«

Tom warf nochmals einen besorgten Blick zu Peggy Sue. Er konnte im Moment nichts für sie tun. Mit einem kurzen Gruß verließ er die Bar.

Harry wandte sich wieder an Peggy Sue. Sie wäre am liebsten auf und davon gelaufen.

»Und du nimmst jetzt ganz schnell deine Sachen und dann fahren wir nach Hause«, forderte er sie auf. Sein Ton duldete keinen Widerspruch.

»Was? Nein! Das geht doch nicht!«, protestierte Rita dennoch. »Sie können Peggy Sue jetzt nicht mitnehmen. Sie ist ja wohl kein kleines Kind mehr, das man einfach so herumkommandieren kann!«

»Peggy Sue ist vor allem meine Frau. Und kommt jetzt mit mir nach Hause«, sagte Harry deutlich.

»Nein! Das wird sie nicht!«, ließ Rita nicht locker. Sie stellte sich schützend vor Peggy Sue. »Ich lasse sie nicht mitgehen.«

»Schon gut, Rita«, winkte Peggy Sue schnell ab. Sie wollte unbedingt vermeiden, dass ihr Mann hier eine noch peinlichere Szene als ohnehin schon machte. Bereits jetzt schämte Peggy Sue sich in Grund und Boden für den Aufruhr, den ihr Mann veranstaltete. Das war für sie sogar noch schlimmer als die Angst, die sie vor den nächsten Stunden hatte.

»Ich fahre mit Harry nach Hause«, sagte sie. Und damit war die Sache beschlossen.

Kapitel 24
Inge

München, 9. Juli, und Niederbayern, 10. Juli 1966

»Warum habt ihr mir denn nicht geholfen, damit sie hierbleibt?«, rief Rita vorwurfsvoll, fast zornig, nachdem Peggy Sue mit ihrem Mann die Bar verlassen hatte.

»Dieser Harry ist mir total unheimlich. Wir hätten sie wirklich nicht einfach so gehen lassen sollen«, murmelte Inge. Doch sie selbst war über den Vorfall so erschrocken gewesen, dass sie nicht in der Lage gewesen war, etwas zu sagen. Geschweige denn, Peggy Sue irgendwie zu Hilfe zu kommen.

»Wir hätten ihr keinen Gefallen getan, wenn wir noch weiter auf ihn eingeredet hätten. Das hätte alles nur noch schlimmer gemacht«, gab Angie zu bedenken. »Männer wie ihn kenne ich nur zu gut. Die sind für kein vernünftiges Gespräch zu haben. Und vor allem lassen sie sich nichts von einer Frau sagen.«

»Aber wir können das doch nicht so ohne Weiteres hinnehmen«, protestierte Rita. »Wer weiß, was der mit Peggy Sue jetzt macht.«

»Sollen wir vielleicht die Polizei rufen?«, fragte Inge ratlos.

»Und was sollen wir denen sagen? Dass ein Mann seine Frau abgeholt hat, weil es ihm nicht passte, dass sie in einer Band spielt?«, warf Angie ein. »Die lachen uns ja aus. Da kann man nichts tun. So schlimm das auch ist!«

»Außerdem ist ihr Mann ein Soldat der US-Armee. So einfach ist das sicher nicht, da etwas zu unternehmen«, kam es nun von Moni.

»Ich habe vorher nicht ganz verstanden, warum sie ihrem Mann nichts gesagt und ihn sogar angeschwindelt hat wegen der Proben«, sagte Rita. »Aber jetzt weiß ich, warum sie das gemacht hat.«

»Dass sie ausgerechnet so einen Mann überhaupt geheiratet hat ...« Inge schüttelte fassungslos den Kopf. »Peggy Sue könnte doch jeden haben. Sie ist so eine großartige Frau!«

»Das ist sie. Aber sie hat mir erzählt, dass er sich erst in der letzten Zeit so verändert hat«, erklärte Rita.

Angie lachte, jedoch ohne einen Funken Humor. »Ein gefährlicher Typ Mann. Am Anfang machen sie einem was vor und wenn sie dann haben, was sie wollen, dann zeigen sie ihr wahres Gesicht«, sagte sie bitter.

»Ich habe wirklich Angst um sie«, meinte Rita und tatsächlich bemerkte Inge eine steile Sorgenfalte auf der Stirn ihrer Freundin.

»Aber dieser Freund, den er dabeihatte, dieser Tom, der scheint in Ordnung gewesen zu sein. Ich hoffe, dass er vielleicht ein Auge darauf hat, dass Harry ihr nichts tut«, sagte Moni.

»Das hoffe ich auch«, pflichtete Inge ihr bei.

»Jedenfalls brauche ich jetzt einen Obstler. Wollt ihr auch einen?«, fragte Angie.

»Ja, bitte«, rutschte es Inge heraus, auch wenn sie eigentlich nichts trinken wollte. Doch nach so einem Vorfall durfte man eine Ausnahme machen.

Angie schenkte fünf Stamperl Schnaps ein und verteilte sie.

»Aber ich bin erst sechzehn!«, warf Ursi ein, nachdem Angie auch ihr ein Glas in die Hand gedrückt hatte.

»Na und? Du bist ja noch ganz blass vor Schreck. Schätzchen. Der Schnaps hilft!«, beteuerte Angie. »Der wirkt wie Medizin.«

Ursi trank den Schnaps genau wie die anderen in einem Zug, dann verzog sich ihr Gesicht zu einer unfreiwilligen Grimasse. »O Gott. Wie schlimm! Ich glaube, das ist nichts für mich«, keuchte sie. Die Frauen lachten, auch wenn ihnen eigentlich nicht danach zumute war.

»Wie wird das denn nun weitergehen mit uns?«, fragte Moni schließlich, die eines der Fotos in die Hand genommen hatte, die sie während der letzten Probe mit dem Selbstauslöser gemacht hatten. »Denkt ihr, Peggy Sue kann ihren Mann überreden, dass sie weiterhin mit uns spielen darf?«

Rita zuckte ratlos mit den Schultern. »Ich weiß es nicht.«

»Aber wenn sie nicht mehr mitspielt, was machen wir dann mit dem Talentwettbewerb?« Moni sah die anderen besorgt an.

»Dann müssen wir das wohl abblasen«, meinte Inge.

»Aber das geht doch nicht! So eine Chance bekommen wir sicherlich nicht so schnell wieder.« Moni war völlig aufgelöst.

»Mich interessiert im Moment viel mehr, was aus Peggy Sue wird«, warf Rita ein. »Ich mache mir wirklich große Sorgen um sie.«

»Ich mir auch«, sagte Inge.

»Versteht mich bitte nicht falsch. Ich mache mir auch Sorgen. Trotzdem müssen wir uns unbedingt überlegen, was wir tun, wenn sie wirklich nicht mehr Teil der Monaco Birds ist«, entgegnete Moni. »Es geht hier schließlich um unsere Zukunft. Es besteht immerhin eine Chance, dass wir den Plattenvertrag gewinnen. Aber auch wenn nicht – wir wollen doch weiter zusammen Musik machen, oder?«

»Eigentlich schon«, antwortete Rita, die neben Moni von Anfang an die treibende Kraft gewesen war, die Band überhaupt zu gründen.

»Ich möchte auch gern weitermachen«, beteuerte Inge. Seitdem sie die Frauen kennengelernt hatte, war ihr Leben buchstäblich wieder lebendiger geworden. Und auch wenn sie ihn natürlich nie vergessen würde, so hatte auch der Schmerz um Bernds Tod ein wenig nachgelassen.

»Könntet ihr im Notfall nicht zu dritt spielen?«, fragte Ursi, die sich offenbar wieder von ihrem Schnaps erholt hatte.

Moni zuckte ratlos mit den Schultern. »Nun ja. Irgendwie ginge es wohl. Schlagzeug, Gitarre und Bass. Inge müsste dann gesanglich alles allein stemmen. Ich kann sie nur ein wenig im Background unterstützen. Aber zur Not müsste man das eben so machen.«

»Wollt ihr das wirklich?«, rief Rita. Sie nahm Moni das Foto aus der Hand und hielt es den anderen hin. »Das sind wir! Und wir gehören alle vier zu den Monaco Birds. Ich will Peggy Sue nicht aufgeben!«

»Ich ja auch nicht«, stimmte Moni ihr zu. »Aber was sollen wir denn machen, falls sie wirklich nicht mehr kommen kann?«

»Und das nur, weil ihr Mann so ein Idiot ist!«, sagte Angie bitter.

Inge schüttelte hilflos den Kopf. Wieso hatte ein so wunderbarer Mann wie ihr Bernd so früh gehen müssen, während Männer wie dieser Harry seine Frau derart schikanierte? Die Welt war so ungerecht.

»Hört mal. Ihr solltet die Stücke auf jeden Fall weiter einstudieren für den Wettbewerb. Im besten Fall kommt Peggy Sue wieder und macht mit euch weiter. Aber falls nicht, wäre es schade, wenn damit auch die Monaco Birds Geschichte wären«, meinte Angie schließlich.

»Na gut«, stimmte Rita zu, auch wenn man ihr anmerkte, dass sie über die Vorstellung, Peggy Sue würde nicht mehr zurückkommen, ziemlich betrübt war. »Aber am Montag, wenn ihr Mann im Dienst ist, rufe ich Peggy Sue an«, erklärte sie entschlossen. »Und wenn ich merke, dass er ihr irgendwas Schlimmes getan hat, dann werde ich mit Leo sprechen.«

»Wer ist denn Leo?«, fragte Inge.

»Ein Bekannter. Er ist Polizist. Er kann mir vielleicht einen Rat geben, was wir machen können.«

»Nun gut. Dann lasst uns jetzt aber bitte weitermachen«, schlug Moni vor.

Sie gingen wieder auf die Bühne und probten ohne Peggy Sue die drei Lieder für den Wettbewerb, bis die Bedienungen kamen, um die Bar für den Abend vorzubereiten.

Am nächsten Tag hatte Inge sich mit dem Zug auf den Weg zum längst versprochenen Besuch bei ihren Eltern gemacht. Ihre

Mutter hatte sie mit dem VW Käfer am Bahnhof in Passau abgeholt und dann waren sie die zwanzig Minuten in das kleine Dorf am Rande des Bayerischen Waldes gefahren.

Wenn man nach längerer Zeit nach Hause kommt, in die Stadt oder das Dorf, in dem man aufgewachsen ist, scheint es so, als wäre man nur wenige Tage lang weg gewesen, dachte Inge, als sie das Haus betrat. Alles war so vertraut.

Während Helga letzte Hand ans Verfeinern der Sauerbratensoße legte, saß Inge am Bett ihres Vaters, das inzwischen im Wohnzimmer stand, damit Helga immer nach ihm schauen konnte. Obwohl Johann sich nur wenig und unkontrolliert bewegen und überhaupt nicht mehr sprechen konnte, hatten seine Augen geleuchtet, als seine Tochter das Zimmer betreten hatte. Er hatte sie erkannt. Zumindest redete Inge sich das ein.

Sie hielt seine Hand, die nach den langen Monaten, seitdem er durch den Schlaganfall schon bettlägerig war, ganz weich geworden war. Die Schwielen der harten Arbeit, die von Kindheit an sein Leben bestimmt hatte, waren verschwunden. Seltsamerweise vermisste sie die raue Haut seiner Hände, die sie immer als Zeichen seiner Kraft und Zuverlässigkeit interpretiert hatte. Sie hatte genau so unverwechselbar zu ihrem Aufwachsen gehört wie der würzige Duft des Waldes gleich neben dem Haus oder das Zwitschern der Vögel. All diese alltäglichen Dinge waren immer so selbstverständlich gewesen, dass sie erst dann auffielen, wenn sie fehlten.

Ihre Mutter schaute kurz herein und riss Inge aus ihren Gedanken.

»Ich lege jetzt die Knödel ins Wasser. In zwanzig Minuten können wir essen«, sagte sie. »Kommst du zu mir rüber oder bleibst du noch hier bei deinem Vater?«

»Ich bleibe noch ein wenig hier sitzen.«

»Ist gut.«

Helga verließ das Zimmer wieder.

Johanns Augen schauten zur Decke. Doch immer, wenn Inge etwas zu ihm sagte, folgten sie ihrer Stimme. Und so redete sie einfach drauflos.

»Ich spiele jetzt in einer Band, Vater. Wir sind lauter Frauen.« Sie erzählte von ihrem ersten Auftritt und dass sie zuerst davongelaufen war. Und wie gut es sich angefühlt hatte, sich dann doch zu trauen und wieder auf die Bühne zu gehen.

»Und es gibt noch etwas, das ich noch niemandem gesagt habe«, fuhr sie fort. »Du weißt, wie sehr ich Bernd geliebt habe und ihn immer lieben werde. Aber es gibt da einen Mann. Er heißt Sigi. Und ... nun ja, er spukt mir viel zu oft im Kopf herum.«

Ihr Vater würde sie sicherlich nicht dafür verurteilen. Falls er noch etwas mitbekam, freute er sich vielleicht sogar darüber, dass seine Tochter nach dem Verlust ihres Mannes wieder ein wenig Lebensfreude gefunden hatte.

»Manchmal habe ich Angst davor, mich wieder auf Gefühle einzulassen, einen Menschen zu lieben, den man vielleicht doch nur wieder verlieren könnte. Andererseits will ich auch nicht für immer allein bleiben. Verstehst du das?«

Sie sah ihn an, in der Hoffnung, in seinen Augen eine Antwort auf ihre Frage zu finden. Doch letztlich konnten sie ihr nur die Antwort widerspiegeln, die sie sich selbst erhoffte.

»Soll ich dir ein wenig vorsingen?«, fragte sie, ohne eine Reaktion zu erwarten. Zuerst überlegte sie, eines der Lieder der Monaco Birds zu singen. Doch dann erinnerte sie sich an ein besonderes Stück, *Capri Fischer.* Das Lied war eine Hommage an den einzigen gemeinsamen Urlaub, den die Familie Anfang der fünfziger Jahre gemacht hatte: eine unvergessliche Reise nach Capri. Ihr Vater hatte nach der Rückkehr aus Italien gleich die Platte von Rudi Schuricke gekauft. Wie oft hatten sie und ihr Vater sie aufgelegt und dazu vergnügt gesungen. Und manchmal hatte sie das Lied auch gehört, wenn sie abends schon im Bett lag und ihre Eltern allein unten in der Stube waren. Einmal hatte sie sich nach unten geschlichen und durch den Türspalt beobachtet, wie ihre Eltern dazu getanzt hatten.

Ihr Vater hatte die Augen nur auf sie gerichtet, als sie sang. Und plötzlich bemerkte sie eine einzelne Träne, die aus seinem Augenwinkel lief und in seinem silbergrauen Haar verschwand.

»Ach, Papa«, flüsterte sie heiser und streichelte über seine sorgfältig rasierte Wange.

Schließlich rief ihre Mutter sie zum Essen. Sie gab ihrem Vater einen Kuss auf die Stirn und verließ das Zimmer.

Ihr Gaumen erlebte eine geschmackliche Zeitreise.

»Der Sauerbraten schmeckt wunderbar, Mama«, lobte sie.

»Magst du vielleicht ein Glas Rotwein dazu? Ich habe noch etwas übrig von dem, den ich in die Soße gegeben habe.«

Inge wollte eigentlich ablehnen, doch da war ihre Mutter schon aufgestanden und hatte den Rest des Weines in zwei Gläser geschenkt.

Es ist nur ein winziges Gläschen!

»Prost, meine Inge – es ist schön, dass du heute da bist«, sagte die Mutter glücklich und sie stießen an.

Nach dem Essen half Inge ihrer Mutter in der Küche, dann setzten sie sich auf die Bank vor dem Haus. Die meiste Zeit sprach Helga und erzählte von der Verwandtschaft und von Leuten, die Inge aus der Kindheit kannte.

»Schönen Sonntag!«, rief ihnen ein junger Mann zu, der am Gartenzaun stehen geblieben war.

»Danke, dir auch, Peter«, sagte Helga.

»Hallo, Peter!«

Peter war ein Freund aus Jugendtagen und sie waren ein paarmal miteinander aus gewesen. Einmal war es sogar zu einem Kuss gekommen. Und vielleicht wäre aus ihnen mehr geworden, wenn nicht Bernd in Inges Leben getreten wäre. *Wäre ich jetzt glücklich, wenn ich mich damals anders entschieden hätte?*

»Du warst aber schon lange nicht mehr hier, Inge. Schön, dich wiederzusehen.«

»Danke. Ich habe gehört, du hast geheiratet?«

Er nickte. »Ja. Am Ende hat es mich doch auch noch erwischt«, scherzte er. »Euch noch einen schönen Nachmittag!«

»Dir auch, Peter!«

»Warum kommst du nicht wieder zurück nach Haus?«, fragte Helga ihre Tochter, als er sich erneut auf den Weg gemacht hatte.

»Mama, du weißt doch, dass ich in München meine Arbeit habe.«

»Du findest bestimmt auch eine Anstellung in einem Modehaus in Passau und mit meinem Auto könntest du hin und her fahren.«

»Ach, Mama ...«

»Ich mache mir oft so große Sorgen um dich, Inge. So ganz allein in München. Als Bernd noch lebte, wusste ich, dass er für dich da ist und er gut auf dich aufpasst. Aber jetzt? Bitte komm doch zurück.«

Für einen kurzen Moment erlaubte Inge sich die Vorstellung, wieder bei ihren Eltern zu wohnen. Doch sie würde das Leben in München viel zu sehr vermissen. Außerdem brauchte sie ihre Freiheit und so schön es hier auch war, so schnell hätten sie auch wieder die Zwänge eingeholt, die es in einem kleinen Dorf nun einmal gab, in dem jeder jeden kannte.

Helga sah es ihr wohl an, dass sie Inge nicht überreden konnte, und seufzte. »Aber du weißt, wenn du doch wieder nach Hause kommen möchtest, bist du immer herzlich willkommen.«

»Das weiß ich. Danke, Mama.«

»Und jetzt gehen wir rein, sehen nach deinem Vater und dann brühe ich uns einen schönen Kaffee auf. Dazu gibt es Eierlikörtorte mit ganz viel Eierlikör drauf.«

Ihr Vater schlief tief und fest. Während Helga Kaffee kochte, holte Inge aus ihrer Tasche ein Geschenk für ihre Mutter.

»Du solltest mir doch nichts mitbringen, Inge!«, schimpfte Helga.

»Jetzt mach schon auf!«, forderte Inge sie auf. Sie hatte lange überlegt, was sie ihrer Mutter schenken sollte. Doch als sie in einer Buchhandlung stöberte, war ihr schließlich etwas eingefallen.

»Ein Bildband von München!«, rief Helga überrascht, nachdem sie das Geschenkpapier gelöst hatte.

»Damit du sehen kannst, wo ich lebe. Und wie schön es dort ist«, sagte Inge. »Vielleicht kann Tante Herta mal einen Tag auf Vater aufpassen, dann besuchst du mich in München. Im Buch kannst du dir jetzt schon aussuchen, was du dir gern mit mir anschauen möchtest.«

Helga umarmte ihre Tochter mit Tränen in den Augen.

»Vielen Dank. Das machen wir, Ingelein!«, beteuerte sie. »Darauf freue ich mich schon jetzt sehr.«

Doch Inge erkannte in ihrem Blick, dass ihre Mutter nirgendwo hinfahren würde, solange ihr Vater so hilflos im Bett nebenan lag.

Am späten Sonntagnachmittag saß Inge wieder im Zug auf der Rückfahrt nach München. Neben ihr stand ein Korb mit lauter Leckereien, die ihre Mutter ihr mitgegeben hatte: geräucherter Schinken und ein halber Laib Bauernbrot, zwei große Stücke Torte, frische Eier, Kirschen aus dem Garten, selbst gekochtes Hollunderblütengelee und eine Flasche Williams Christ Birnenschnaps.

Der kurze Ausflug in ihre alte Heimat hatte ihr gutgetan. Sie nahm sich vor, ihre Eltern wieder öfter zu besuchen. Während der langen Heimfahrt dachte sie aber auch darüber nach, ob und wie es nun mit den Monaco Birds weitergehen würde. Sie war immer noch wie vor den Kopf geschlagen von dem Erscheinen von Peggy Sues Mann und wie er sie behandelt hatte. Plötzlich schlich sich Sigi in ihre Gedanken. Und ihr gemeinsamer Tanz nach dem Auftritt in *Angies Vogelbar*. Schon lange hatte sie sich nicht mehr so glücklich gefühlt wie an diesem Abend, nachdem sie ihre Angst überwunden hatte. Das Adrenalin, das auch nach dem Konzert noch durch ihre Adern geflossen war, hatte sie übermütig gemacht und es hatte einen Moment gegeben, da hätte sie Sigi fast geküsst. Und er sie. In letzter Sekunde war sie zurückgewichen. Einerseits bedauerte sie es, weil sie Sigi wirklich sehr mochte. Andererseits fragte sie sich, ob ihre Seele wirklich schon bereit dafür war, sich wieder auf einen Mann einzulassen, auch wenn ihr Herz sich zu ihm hingezogen fühlte und ihr Verstand es ihr erlaubte.

Sigi hatte kein Wort über diesen Fast-Kuss verloren, der in der aufregenden Neuigkeit über den bevorstehenden Musikwettbewerb sofort in den Hintergrund getreten war. Bei ihrem wöchentlichen Unterricht hatte er sich seither genauso verhalten wie vorher auch. Und doch meinte sie zu spüren, dass auch er sich zu ihr hingezogen fühlte. Oder bildete sie sich das alles vielleicht nur ein? Sie seufzte. Wenn nur dieses Gedankenkarussell in ihrem Kopf endlich aufhören würde. Inge schielte zum Korb, der auf dem freien Platz neben ihr stand. Dann sah sie sich um. Niemand nahm Notiz von ihr. Sie schlang das karierte Geschirrtuch, mit dem der Korb bedeckt war, um die Flasche mit Birnenschnaps, öffnete den Deckel und nahm einen tiefen Schluck.

Kapitel 25
Monika

München, 13. Juli 1966

»Vielleicht solltet ihr die Anmeldung für den Wettbewerb doch zurückziehen«, schlug Siegfried vor, während er nach Feierabend mit Monika in seiner Wohnung im Musikzimmer saß.

»Das werden wir ganz bestimmt nicht!«, entgegnete Monika und ärgerte sich mächtig, dass ihr Bruder das überhaupt vorschlug.

»Aber wenn ihr keinen Ersatz habt für Peggy Sue, könnt ihr euren Auftritt vergessen. Seien wir mal ehrlich.«

Peggy Sue hatte gestern bei ihr und Rita angerufen und voller Bedauern mitgeteilt, dass sie aus der Band aussteigen würde.

»Ist es wegen deines Mannes?«, hatte Monika gefragt.

»Auch«, hatte Peggy Sue geantwortet. »Dass es ihm nicht gefällt, habt ihr ja alle mitbekommen. Aber der wichtigste Grund ist ein anderer.«

»Und welcher?«

»Es macht einfach keinen Sinn, wenn ich weiter dabeibleibe, Moni. Wenn wir nur geprobt und ab und zu zum Spaß gespielt hätten, dann wäre es egal gewesen. Aber jetzt mit dem Wettbewerb – das ist mir dann doch zu viel. Ich habe das nicht so ernst gesehen, wie ihr das tut. Vor allem du möchtest unbedingt gewinnen und eine Platte veröffentlichen. Du träumst davon, dass die Monaco Birds berühmt werden. Aber das würde mit mir sowieso nicht funktionieren, Moni. Weil ich in einem Jahr schon wieder zurück in Illinois bin.«

»Aber bis dahin ist doch noch Zeit. Da finden wir schon eine Lösung. Bitte, Peggy Sue! Du kannst uns doch ausgerechnet jetzt nicht im Stich lassen.«

»Bitte mach es mir nicht so schwer, Moni. Es geht einfach nicht. Es tut mir leid.«

Monika musste akzeptieren, dass sie Peggy Sue nicht überreden konnte, auch wenn sie ihr gern noch weiter ins Gewissen geredet hätte. Vielleicht hatte die Amerikanerin ja auch recht. In einigen Monaten würde sie wieder in ihre Heimat zurückgehen. Und spätestens dann hätte sie ohnehin aus der Band aussteigen müssen. Letztlich war es eine Schnapsidee gewesen, dass sie überhaupt mit dabei gewesen war.

»Ich habe lange mit Rita und Inge gesprochen. Wir versuchen es jetzt zu dritt, weil es unmöglich ist, in der kurzen Zeit noch eine Ersatzfrau zu finden, die die Lieder auch noch rechtzeitig erlernen kann«, erklärte Monika ihrem Bruder. »Vielleicht finden wir ja später noch jemanden, der passt und für Peggy Sue nachrückt. Bei den Beatles kam ja auch Ringo Starr anstelle von Pete Best und es hat gut funktioniert«, sagte sie.

»Du vergleichst euch also schon mit den Beatles«, neckte Siegfried sie.

»Du weißt, was ich meine.«

»Natürlich, man kann jemanden finden«, bestätigte er. »Aber

dir ist schon klar, dass an Peggy Sue musikalisch so schnell niemand rankommt? Inge singt auch ziemlich gut, aber Peggy Sue hat in ihrer Stimme noch etwas ganz Eigenes. Und so, wie sie auf der Bühne steht, hat sie eine nahezu unvergleichliche Ausstrahlung. Es ist, als ob sie dort hingehöre. Ich finde, sie hat wirklich das Potenzial zu einem Star.«

»Und ich nicht, oder wie?«, fragte Monika fast ein wenig beleidigt.

»Du bist eine großartige Musikerin, beherrschst deine Gitarre und den Bass einwandfrei. Und du kannst als Einzige von euch Lieder komponieren und arrangieren. Aber es geht um Bühnenpräsenz. Rita kann gar nicht singen und du nur so mittelgut. Ich weiß nicht, ob Inges Stimme die Songs allein tragen kann.«

Monika ärgerte sich, dass ihr Bruder an den Monaco Birds in der verkleinerten Version zweifelte. Natürlich wäre es mit Peggy Sue perfekt gewesen, aber es würde auch so gehen. Zumindest mussten sie es versuchen. Schließlich nahmen auch zwei Solokünstler am Wettbewerb teil. Es gab also keine Vorgabe, wie viele Leute in der Gruppe sein mussten. War das Wegfallen ihrer Leadsängerin der einzige Grund für Sigis Einwände?

»Du rätst mir jetzt aber nicht, dass wir uns abmelden sollen, damit wir als Konkurrentinnen für euch keine Rolle mehr spielen?«, fragte sie ihn direkt.

Ihr Bruder lachte. »Also bitte, Moni. Das ist doch lächerlich. Ich mag eure Musik, wirklich. Aber wir spielen schon länger zusammen und im Gegensatz zu euch sind wir auch eine komplette Band. Ich sehe uns deutlich vor euch bei einem Wettbewerb. Sogar mit Peggy Sue hättet ihr vermutlich keine Chance gegen Charly's Beatboys.«

»Das sehe ich aber etwas anders«, fuhr Monika ihn an und ihr wurde vor Ärger richtig übel. »Auch wenn Peggy Sue nicht mehr dabei ist: Inge singt immer noch besser als Charly.«

Jedes Mal, wenn sie diesen Namen aussprach oder sie auch nur an ihn dachte, kochte Wut in ihr hoch. Vor allem über sich selbst, dass sie nach der bitteren Enttäuschung über das verpasste Beatles-Konzert zu viel getrunken und mit ihm geschlafen hatte. Schon tausendmal hatte sie sich gewünscht, es rückgängig machen zu können.

»Aber an der Gitarre reicht sie weder an Charly noch an mich heran«, entgegnete Siegfried. »Und so fehlt Peggy Sue nicht nur gesanglich, sondern auch instrumental, weil sie auf der Elektro-Orgel den Songs noch richtig Fleisch gegeben hat.«

Eigentlich müsste Monika ihrem Bruder zustimmen. Inge konnte die Lieder zwar inzwischen tadellos spielen, aber ihr fehlte an der Gitarre tatsächlich das gewisse Etwas. Monika selbst wäre viel geeigneter gewesen, doch da keine außer ihr Bass spielte, konnte sie ihr Talent an der Gitarre nicht beweisen.

»Wir werden ja sehen, wer am Ende der Bessere von uns ist«, erwiderte sie also nur.

Sigi sah auf seine Armbanduhr. »Wir müssen gleich zum Abendessen runter«, erinnerte er sie.

»Ich habe keinen Appetit. Bitte entschuldige mich bei Mutter. Ich mache noch einen kleinen Spaziergang.«

Sie hatte nicht nur keinen Hunger, sondern vor allem keine Lust, Astrid zu sehen. Auch wenn ihre Schwägerin sich in Gegenwart ihres Schwiegervaters zusammenriss, schwelte die ganze Zeit diese gegenseitige Abneigung und sie hatte das Gefühl, immer auf der Hut sein zu müssen. Und das wollte sie sich heute nicht antun.

»Bist du mir böse?«, fragte Siegfried.

Sie zuckte mit den Schultern. »Böse nicht, aber ich finde es schade, dass wir deine Unterstützung nicht mehr haben. Du willst mit deiner Band gewinnen, das verstehe ich. Aber ich will es ebenfalls. Und du solltest dir besser nicht zu sicher sein.«

Monika ließ ganz außen vor, dass auch noch andere im Wettbewerb um den Plattenvertrag antreten würden und es nicht unwahrscheinlich war, dass weder die Monaco Birds noch Charly's Beatboys sich am Ende durchsetzen würden. Für sie war es inzwischen nur noch ein Wettbewerb zwischen ihnen.

»Möge die bessere Band gewinnen!«, sagte Siegfried fast feierlich.

»So soll es sein.«

Monika machte einen ausgedehnten Spaziergang durch die abendliche Stadt und genoss die laue Sommernacht. Die Leute saßen draußen auf den Treppenstufen der Häuser oder standen in kleinen Gruppen rauchend zusammen, lachten und unterhielten sich. Die Außentische der Cafés und Wirtshäuser waren überall gut belegt. Monika überlegte kurz, ins Kino zu gehen, doch vermutlich konnte sie sich sowieso auf keinen Film konzentrieren.

»Hey, Rotschopf! Was machst du denn hier?«, hörte sie eine nur allzu bekannte Stimme und erstarrte.

Monika sah sich um und entdeckte Charly, der mit Alois, dem Schlagzeuger, an einem Biertisch vor einem Lokal saß. Sie blieb stehen.

Die unerwartete Begegnung trieb ihr die Hitze in die Wangen. Wieso war er ohne Julia hier? Hatte seine Freundin heute Dienst im Krankenhaus oder herrschte wieder dicke Luft zwischen ihr und Charly? Hat sie womöglich herausgefunden, dass er sie betrogen hatte?

»Nicht, dass dich das etwas angehen würde, aber ich gehe spazieren«, sagte sie barsch.

Charly lachte.

»Magst du ein Bier mit uns trinken, Moni?«, fragte Alois freundlich. Er war ein netter Kerl, den Monika seit der Grundschule kannte.

»Nein danke, Alois.«

»Ich glaube, Rotschopf will wieder nach Hause und für den Wettbewerb üben«, stichelte Charly und nahm einen großen Schluck Bier, bevor er sich eine Zigarette anzündete.

»Das solltest du besser auch tun«, gab sie eisig zurück. »Und du solltest dir auch überlegen, wie originell euer Auftritt werden soll. Darauf legt die Jury wohl auch ziemlich viel wert. Das hat Martin Adam uns ausdrücklich gesagt.«

»Hat er das?«, fragte Charly und an seinem Blick konnte sie erkennen, dass er diese Vorgabe entweder nicht kannte, oder sie bisher nicht so ernst genommen hatte.

»Wir haben da schon so einige Ideen«, verriet sie, wobei ihnen außer den extra geschneiderten Kleidern noch nichts eingefallen war. Doch das musste er schließlich nicht wissen.

»Ach ja? Welche denn?«

»Das seht ihr dann beim Wettbewerb.«

»Sag mal, Moni, stimmt es, dass diese Amerikanerin, Peggy Sue heißt sie, glaube ich, aus der Band ausgestiegen ist?«, fragte Alois interessiert und ohne Häme.

Monika nickte nur.

»Schade. Ich fand sie bei eurem Auftritt wirklich sehr stark. Die hat eine tolle Stimme.«

»Ich finde es auch schade«, sagte Charly.

»Ach ja?«, fragte sie überrascht.

»Klar. Jetzt ist es fast schon lächerlich einfach, gegen euch zu gewinnen. Das macht beinahe keinen Spaß mehr«, versuchte er, sie zu provozieren.

Monika kochte innerlich. Es lag ihr so viel auf der Zunge. Doch das alles konnte sie nicht laut sagen. Deswegen drehte sie sich ohne ein weiteres Wort um und wollte sich auf den Heimweg machen, als ihr plötzlich schwindelig wurde. Sie hatte das Gefühl, dass das Pflaster unter ihren Füßen nachgab. Noch während sie stürzte, wurde ihr schwarz vor Augen.

»Monika!«

Jemand packte sie unter dem Arm und zog sie vom Bürgersteig weg.

Rasch kam sie wieder zu sich, als man sie auf einen Stuhl setzte und ein Glas Wasser an den Mund hielt. Sie trank ein paar Schlucke und fühlte sich sofort ein wenig besser.

»Geht's wieder?«, fragte Alois, der sie besorgt ansah.

»Ja«, murmelte sie.

»Hier! Leg das auf deine Stirn.«

Charly reichte ihr ein nasses Tuch, das er wohl rasch aus dem Lokal geholt hatte. Die Kühle an ihrer Stirn half tatsächlich.

»Tut mir leid«, sagte sie noch etwas benommen. »Ich glaube, ich bin gestolpert.« In dem Moment, als sie es sagte, spürte sie ein dumpfes Brennen in ihren Handflächen. Sie drehte sie nach oben und sah, dass sie aufgeschürft waren, vermutlich, weil sie sich reflexartig hatte abstützen wollen. Die Hose war dreckig geworden und so wie es sich anfühlte, hatte sie sich die Knie ebenfalls aufgeschlagen.

»Wie ist das denn passiert?«, fragte Alois.

»Ich weiß nicht. Es ging so schnell. Plötzlich fühlte ich mich so seltsam.«

Sie hätte das Abendessen doch nicht ausfallen lassen sollen. Und getrunken hatte sie heute auch viel zu wenig bei der Hitze. Kein Wunder, dass ihr schwindelig geworden war.

»Ich fahre dich nach Hause«, sagte Charly entschlossen.

»Nein, das musst du nicht«, winkte sie ab und stand auf. Doch ihr war immer noch etwas schummerig zumute. Außerdem hatte sie Schmerzen in den Knien. Trotzdem wollte sie sich auf keinen Fall ausgerechnet von Charly fahren lassen. Schlimm genug, dass er ihren peinlichen Sturz miterlebt hatte.

»Es geht schon«, beteuerte sie erneut. Sie würde einfach die Zähne zusammenbeißen.

»Was glaubst du, was Sigi uns erzählt, wenn wir dich so nach Hause gehen lassen?«, fragte Charly. »Jetzt mach kein Theater und komm mit.«

Alois bezahlte rasch das Bier, dann gingen sie langsam mit

ihr zum Wagen, der glücklicherweise gleich um die Ecke geparkt war.

»Setzt dich nach hinten und lege die Beine auf den Sitz«, forderte Charly sie auf.

Kaum war sie eingestiegen, erinnerte sie der Geruch nach kaltem Zigarettenrauch und Leder an die Nacht, in der sie hier – genau auf dieser Rückbank – mit Charly geschlafen hatte. Bei dieser Erinnerung drehte sich ihr Magen um. Glücklicherweise waren sie noch nicht losgefahren. Sie schaffte es gerade noch, die Autotür wieder aufzureißen und sich auf den Bürgersteig zu übergeben.

Kapitel 26
Rita

München, 15. Juli 1966

Müde und völlig zerschlagen kam Rita spät in der Nacht aus der Bar nach oben in die Wohnung. Am Abend waren zwei Musiker aufgetreten, die an akustischen Gitarren Lieder von Simon & Garfunkel und Bob Dylan spielten. Es war ziemlich viel los gewesen und zudem hatten sie auf Leyla verzichten müssen, die am Morgen mit einer Blinddarmentzündung ins Krankenhaus eingeliefert worden war und für eine Weile ausfallen würde. Erich war inzwischen jedoch so gut eingearbeitet und konnte es zeitlich mit seinem Studium vereinbaren, dass er auch unter der Woche öfter einspringen konnte, und damit Liesel bei Notfällen nicht mehr so oft aushelfen musste.

Rita schlief erschöpft ein, war jedoch nach nur wenigen Stunden wieder hellwach. Ständig musste sie an Peggy Sue denken. Nach dem Debakel bei der Probe hatten sie tagelang nichts von ihr gehört. Sie war auch nicht ans Telefon gegangen, als Rita es mehrmals tagsüber versucht hatte. Vor lauter Sorge hatte Rita sich schon mit Leo treffen wollen, um ihn zu fragen, was man unternehmen könnte, da hatte Peggy Sue sich plötzlich doch gemeldet. Mit ruhiger, fast ausdrucksloser Stimme hatte sie Rita gesagt, dass sie nicht mehr Teil der Monaco Birds sein würde. Als

Rita versucht hatte, sie umzustimmen oder wenigstens zu einem Treffen zu überreden, hatte Peggy Sue ihr knapp versichert, dass alles in Ordnung sei, sich verabschiedet und aufgelegt.

Doch Rita nahm es ihr nicht ab, dass es ihr gut ging. Und sie wollte nicht akzeptieren, dass dieser Harry seine Frau wie eine Leibeigene behandelte.

Rita betrat das Atelier. Oma Finni saß an ihrer Nähmaschine neben dem Fenster und fädelte routiniert hellblaues Garn in die Öse der Nadel. Trotz ihres Alters sah sie noch so gut wie ein Luchs, wie sie selbst immer betonte.

»Guten Morgen, Oma.«

»Guten Morgen, Mausi. Du bist ja schon früh wach heute«, sagte sie überrascht.

»Ich habe eine große Bitte an dich.«

»Was liegt dir denn auf der Seele, meine Kleine?«

»Kannst du mich mit dem Wagen in die amerikanische Siedlung zum Perlacher Forst fahren?«

Rita hatte keinen Führerschein und ihre Mutter schlief noch tief und fest. Außerdem würde Angie ihr davon abraten, sich einzumischen.

»Du willst zu Peggy Sue?«, fragte ihre Oma. »Das belastet dich alles sehr, nicht wahr?«

»Ich verstehe nicht, wie ein Mann so sein kann«, sagte sie. »Und ich mache mir wirklich Sorgen um sie.«

Oma Finni seufzte. »Es tut mir so leid, dass Peggy Sue es mit ihrem Mann so schwer hat. Sie ist so eine wunderbare junge Frau, so hübsch und mit einem so großen Talent. Aber was hast du denn vor, wenn wir dort sind?«

»Ich will mich einfach selbst davon überzeugen, dass es ihr gut geht. Und sie soll wissen, dass sie nicht bei ihm bleiben muss, wenn sie das nicht möchte. Am liebsten wäre es mir, sie würde ihre Sachen packen und mit zu uns kommen. Deswegen wäre es gut, wenn wir mit dem Auto fahren, dann könnten wir im Notfall gleich alles im Kofferraum transportieren, was sie mitnehmen möchte.«

»Ach, meine Kleine. So eine Ehe gibt man nicht einfach so schnell auf. Auch wenn er sie nicht gut behandelt, ist er ihr Ehemann. Und du weißt doch gar nicht, was genau sich zwischen den beiden abspielt. Ehrlich gesagt, ich kann mir nicht vorstellen, dass Peggy Sue mit dir mitfahren wird.«

»Aber Oma! Wir haben es alle gesehen, wie er mit ihr umspringt. Und sie hat es mir auch gesagt, dass sie Angst hat, weil er sich so seltsam verhält. Vielleicht hofft sie ja nur darauf, dass jemand kommt und ihr hilft, von ihm wegzukommen.«

»Steigerst du dich da nicht ein wenig in etwas rein? Immerhin hat sie ihn vor nicht allzu langer Zeit geheiratet. Vielleicht ist das jetzt nur eine Krise. So etwas macht jeder mal durch.«

Doch Rita schüttelte den Kopf. »Das glaube ich nicht. Das ist viel mehr. Und sie ist nicht glücklich mit ihm. Das habe ich gespürt. Wie sollte sie es auch mit einem Mann sein, den sie belügen muss, um ganz harmlose Dinge zu tun, die ihr Spaß machen? Und, wenn sie keine eigenen Entscheidungen treffen darf? Sie ist eine erwachsene Frau und er hat sie vor uns allen wie ein kleines Kind behandelt und richtig gedemütigt!«

»Das ist natürlich nicht richtig. Aber so geht es vielen Frauen«, sagte Oma Finni traurig. »Leider auch noch heutzutage, dabei hatte ich immer gehofft, dass die Zeiten sich ändern würden.«

»Waren mein Opa und mein Vater auch so? Ich meine, haben sie auch alles bestimmen wollen?«, rutschte es Rita heraus. Noch nie hatte sie so eine Frage gestellt. Ihr Opa war noch vor ihrer Geburt im Krieg gefallen und ihr Vater war aus ihrem Leben verschwunden, als sie noch ein Kleinkind gewesen war. Sie hatte überhaupt keine Erinnerung an ihn. Er hatte, weiß Gott wohin, Reißaus genommen, weil die Familie ihm nicht wichtig gewesen war. Womöglich war er inzwischen auch schon längst gestorben.

»Dein Opa war ein gutmütiger Mann, aber er hatte natürlich auch seine kleinen Macken. Und dein Vater, nun ja ... er war schwierig«, sagte ihre Großmutter und Rita sah ihr an, dass sie nicht mehr dazu sagen wollte.

»Dann war es vielleicht gut, dass ich ohne meinen Vater aufgewachsen bin«, meinte Rita ohne irgendein Gefühl von Bedauern. Sie hatte es immer gut gehabt bei ihrer Oma und der Mutter. Und dann gab es ja noch ihren Onkel Robert, der zwar nicht bei ihnen gelebt hatte, aber trotzdem oft für sie da gewesen war.

»Ich denke auch, dass es genau so richtig war, wie es damals gekommen ist.« Oma Finni nickte ihr zu.

»Und? Kannst du mich bitte fahren? Sonst habe ich einfach keine Ruhe.«

»Weißt du denn, wo genau sie wohnt?«

»Bei der Anmeldung für den Musikwettbewerb mussten wir alle auch unsere Adressen angeben. Ich habe sie vom Anmeldebogen abgeschrieben«, gab sie zu und holte einen Zettel aus ihrer kleinen Umhängetasche.

»Na gut. Wenn du das unbedingt möchtest, dann fahre ich dich zu ihr«, sagte Oma Finni und stand auf.

»Bleib du besser im Auto«, sagte Rita, als sie eine Dreiviertelstunde später die Beifahrertür öffnete.

»Bitte tu aber nichts Unüberlegtes«, mahnte ihre Oma sie.

»Nein. Bestimmt nicht!«, versprach Rita.

»Und falls ihr Mann zu Hause ist und dich auch nur irgendwie falsch anschaut, kommst du sofort zurück zum Wagen. Verstanden?«

»Ich verspreche es, Oma.«

»Ich habe kein gutes Gefühl. Vielleicht ist es doch besser, wenn ich mitkomme«, sagte ihre Großmutter und wollte schon die Tür öffnen, doch Rita schüttelte energisch den Kopf.

»Nein. Bitte bleib hier, Oma. Es wird schon nichts passieren.«

Rita schloss die Wagentür und ging auf das Wohnhaus zu. Als sie am Eingang nach einer Klingel suchte, kam gerade eine Frau mit einem Mädchen aus der Tür und Rita schlüpfte an ihr vorbei ins Haus. Sie las im Erdgeschoss die Türschilder. Hier gab es keine Peggy Sue und Harry Malone. Doch im ersten Stockwerk hatte sie die richtige Wohnung gefunden und klingelte an der Tür.

Nichts rührte sich.

Sie wartete eine Weile und versuchte es dann erneut. Schließlich klopfte sie.

»Peggy Sue, falls du daheim bist, mach bitte auf. Ich bin's,

Rita. Und ich gehe nicht weg, ehe ich mit dir gesprochen habe.«

Sie hörte von drinnen ein Geräusch. Also war jemand zu Hause! Sie klopfte erneut. Und schließlich öffnete die Tür sich so weit, wie die Türkette es zuließ.

»Rita! Was machst du hier?«, fragte Peggy Sue durch den Türspalt. Rita sah nur einen Teil ihres Gesichtes, die andere Seite war hinter der Tür versteckt.

»Ich wollte nach dir sehen und mit dir sprechen, Peggy Sue. Kann ich reinkommen?«, bat Rita.

»Das ... das geht jetzt leider nicht.«

»Und warum nicht?«

»Weil es so ist.«

»Mach doch bitte die Tür auf und lass mich rein!«

»Bitte, mach es mir nicht so schwer, Rita.«

»Ich bin mit meiner Oma hergefahren. Sie sorgt sich ebenfalls um dich und wartet unten. Bitte, lass uns reden. Wenigstens kurz.«

»Ihr hättet nicht herkommen sollen.«

»Aber Peggy Sue! Das, was dein Mann mit dir gemacht hat, das geht nicht. Du darfst dir das nicht gefallen lassen!«, rief Rita.

»Das musst du schon mir überlassen, Rita. Dich geht das überhaupt nichts an!«, antwortete Peggy Sue in einem so scharfen Ton, dass Rita erschrak.

Das war nicht die Peggy Sue, die sie kennengelernt hatte. Ganz und gar nicht. Trotzdem wollte sie nicht aufgeben.

»Ist Harry zu Hause?«, fragte sie etwas leiser.

»Nein.«

»Dann kannst du mich doch kurz in die Wohnung lassen. Wir müssen wirklich reden!«

»Müssen wir nicht. Und du gehst jetzt besser.«

»Bitte, Peggy Sue. Ich glaube es einfach nicht, dass du freiwillig so plötzlich aus der Band aussteigen und uns nicht mehr sehen möchtest.«

»Ich habe es dir und Moni schon am Telefon gesagt und ich sage es dir jetzt ein letztes Mal, Rita. Vielleicht hörst du mir endlich einmal richtig zu. Ich mache nicht mehr mit, weil es keinen Sinn macht, dass ich weiter in der Band bleibe und sowieso in knapp einem Jahr aussteigen müsste. Und weil du es nicht verstehen willst, ist es besser, wenn wir unseren Kontakt ganz abbrechen. Es gibt andere Dinge, um die ich mich kümmern muss.«

»Aber Peggy Sue!«

»Jetzt geh nach Hause, Rita! Bevor die Nachbarn sich noch wundern.«

Peggy Sue schlug die Tür vor Ritas Nase zu.

Rita wollte schon gehen, aber sie konnte und wollte nicht so einfach aufgeben und klopfte erneut. Doch Peggy Sue reagierte nicht mehr.

»Ich glaube dir das alles nicht, Peggy Sue! Und wenn du Hilfe brauchst, dann kannst du jederzeit kommen. Hast du gehört? Jederzeit!«

Mit einem unguten Gefühl verließ Rita das Haus und ging zum Wagen.

»Und?«, fragte Oma Finni, nachdem sie eingestiegen war.

Rita schüttelte den Kopf.

»War sie nicht da?«

»Doch. Aber sie hat mich nicht reingelassen. Sie will nichts mehr mit uns zu tun haben.«

Rita spürte, wie ihr Tränen in die Augen schossen. Tränen der Hilflosigkeit. Aber auch der Wut. Hier stimmte etwas ganz und gar nicht. Doch sie konnte nichts tun, solange Peggy Sue es nicht zuließ.

»Ach, Mausi. Du wirst es wohl akzeptieren müssen«, sagte ihre Oma mitfühlend.

»Vielleicht muss ich das, aber ich kann es trotzdem nicht. In ein paar Tagen werde ich es noch einmal versuchen.«

»Du darfst dich nur nicht in die Sache verrennen. Versprich mir das. Auch wenn einem etwas überhaupt nicht gefällt, manche Dinge kann man leider nicht ändern.«

Als Oma Finni den Wagen startete, sah Rita noch einmal zum Haus. Und da entdeckte sie an einem der Fenster im ersten Stock ein Gesicht: War das Peggy Sue?

Rita bekam eine Gänsehaut, als sie erkannte, dass es nicht Peggy Sue war, sondern Harry. Als er bemerkte, dass Rita ihn entdeckt hatte, verschwand er rasch und zog die Gardinen vor.

Für einen Freitag waren heute relativ wenige Gäste in der Bar. Obwohl Leyla fehlte, hatte Rita nicht so viel zu tun wie üblich und leider genügend Zeit, um sich Gedanken um Peggy Sue zu machen. Immer wieder musste sie an das Gesicht am Fenster denken. Harry war also in der Wohnung gewesen, während sie an der Tür mit seiner Frau gesprochen hatte. Hoffentlich hatte ihr Besuch Peggy Sue nicht geschadet.

Rita öffnete die Kühlung, holte eine Flasche Weißwein heraus und schenkte sich ein Glas ein. Normalerweise trank sie nur selten Alkohol, während sie arbeitete, doch heute wollte sie ihre Nerven beruhigen.

Aus der Küche war das Klingeln des Telefons zu hören.

»Ich geh schon!«, rief Angie ihr zu und verschwand. Es dauerte eine Weile, bis sie mit einem breiten Lächeln im Gesicht wiederkam. Sie wirkte geradezu aufgeregt. Rita ahnte, wer da soeben angerufen hatte.

»Wann kommt Martin Adam eigentlich wieder?«, fragte sie deswegen.

»Eigentlich wollte er erst einen Tag vor dem Wettbewerb da sein. Aber jetzt fliegt er schon Sonntagfrüh und bleibt über eine Woche. Und stell dir vor, er hat mich eingeladen, mit ihm für zwei Tage an den Starnberger See zu fahren. Am Dienstagnachmittag kommen wir wieder zurück, natürlich rechtzeitig, bevor wir aufsperren.«

Rita sah ihrer Mutter das Glück an. »Ich freue mich für dich, Mami. Er scheint wirklich nett zu sein.«

»Er ist nicht nett.«

»Wie?« Rita sah sie irritiert an.

»Er ist nicht nett, sondern aufregend. Spannend. Abenteuerlustig. Selbstbewusst. Und vor allem respektvoll.«

Rita lachte. »Ist ja schon gut. Ihr werdet sicher eine schöne Zeit haben. Und das gönne ich dir sehr.«

Angie sah ihre Tochter mit einem besonderen Lächeln an.

Dann legte sie ihre Hand auf Ritas Wange: »Und du wirst ganz bestimmt auch bald so eine aufregende Zeit erleben. Glaube mir.«

Endlich hatten die letzten Gäste die Bar verlassen. Angie war mit der Geldkasse bereits nach oben in die Wohnung gegangen. Rosi, Erich und Rita sammelten noch die Aschenbecher ein, wischten die Tische ab und spülten die Gläser.

Die beiden Bedienungen waren schon weg, als Rita die Bar abschloss.

»Rita?«, flüsterte eine Stimme, die sie nicht gleich erkannte, und Rita erschrak heftig.

Sie sah nach oben, wo sie im schwachen Licht der Straßenlaterne den Umriss einer Frau sah.

Als sie die Treppe hinaufstieg, war ihr klar, wer in einem Sommermantel und mit einem tief ins Gesicht gezogenen Kopftuch vor ihr stand.

»Peggy Sue!«, sagte Rita völlig überrascht.

»Kann ich heute bei dir schlafen?«, fragte sie mit heiserer Stimme.

»Aber natürlich!«

Da Angie noch im Badezimmer war, führte Rita Peggy Sue gleich in ihr Zimmer. Die Treppe hinauf in die Wohnung hatten sie kaum ein Wort gesprochen.

»Komm, zieh den Mantel aus.«

Peggy Sue öffnete langsam die Knöpfe und schlüpfte wie in Zeitlupe aus dem Mantel. Sie wirkte völlig erschöpft. Dann zog sie das Tuch vom Kopf.

Rita zog scharf die Luft ein.

»Was hat er nur mit dir gemacht?«, fragte sie entsetzt.

Ihr Gesicht war auf der linken Seite geschwollen und unterschiedliche Farbtöne von Gelb bis Lila zeigten, dass die Verletzung teils frisch und andere schon einige Tage alt sein mussten.

»Dieser verdammte Mistkerl!«, flüsterte Rita und spürte, wie ihr Tränen übers Gesicht kullerten. Sie wischte sie trotzig weg.

»Ist es möglich, dass ich vorerst ein paar Tage bei dir bleibe?«, fragte Peggy Sue leise.

»Solange du möchtest!«, beteuerte Rita. »Und wenn du reden möchtest ...?«

»Jetzt noch nicht, bitte.«

»Ich verstehe.«

Rita hörte, wie Angie das Badezimmer verließ.

»Ich bin gleich wieder da!«, sagte sie und ging hinaus auf den Flur. In wenigen Sätzen informierte sie ihre Mutter über den Stand der Dinge.

»Das arme Mädchen«, sagte Angie. »Soll ich reinkommen und mit ihr sprechen?«

»Nein. Ich wollte nur, dass du weißt, dass sie da ist.«

»Wenn ihr mich braucht, sagt Bescheid.«

»Danke, Mami. Hast du vielleicht noch Schmerztabletten von deiner Zahnbehandlung übrig?«

»In der Schublade in der Küche.«

Rita holte eine Tablette und ein Glas Wasser und brachte es Peggy Sue zusammen mit einem nassen Geschirrtuch. »Bitte nimm eine Tablette. Das hilft gegen die Schmerzen.«

»Danke.« Sie schluckte die Tablette und spülte sie mit mehreren Schlucken Wasser hinunter.

»Und lege das an deine Wange. Damit geht die Schwellung vielleicht etwas zurück.«

Peggy Sue drückte das kalte Tuch vorsichtig an ihr Gesicht und zuckte dabei leicht zusammen.

»Soll ich dich nicht besser ins Krankenhaus bringen?«

»Nein. Wirklich nicht. Es geht schon.«

Da Peggy Sue in der Eile vergessen hatte, ein Nachthemd in ihre kleine Tasche zu packen, gab Rita ihr eines von ihren und ein Handtuch. »Im Spiegelschrank müsste noch eine verpackte Zahnbürste sein. Die kannst du benutzen.«

Peggy Sue verschwand ins Bad und Rita hörte das Wasser laufen. Währenddessen wechselte sie die Bettwäsche und schlüpfte dann in einen kurzen Schlafanzug.

»Das Bett ist frisch bezogen für dich«, sagte sie, als Peggy Sue zurück ins Zimmer kam.

»Und wo schläfst du?«

»Auf dem Sofa im Wohnzimmer.«

»Nein. Bitte bleib hier. Ich ... ich kann jetzt nicht allein sein.«

»Das musst du nicht. Wenn du möchtest, bleibe ich hier bei dir.«

»Danke!«

Und ganz plötzlich schien der Damm zu brechen und der Schock, unter dem sie wohl bisher gestanden hatte, ließ nach. Sie schluchzte und weinte wie ein kleines Kind und ihr ganzer Körper bebte. Rita ging zu ihr und nahm sie in den Arm, hielt sie sanft und gleichzeitig fest, murmelte ihr tröstende

Worte ins Ohr. Nach einer Weile beruhigte Peggy Sue sich langsam.

Rita gab ihr ein Taschentuch und Peggy Sue putzte sich vorsichtig die Nase, die ebenfalls in Mitleidenschaft gezogen worden war.

»Es tut mir so leid«, murmelte sie.

»Dir muss gar nichts leidtun ... Komm, leg dich jetzt besser hin.«

»Du bleibst doch hier?«

»Freilich!«

Peggy Sue schlüpfte unter die Bettdecke und drehte sich vorsichtig auf die rechte Seite, die offenbar am wenigsten abbekommen hatte. Rita schaltete das Licht aus und rutschte neben sie.

»Ich hätte keine Stunde mehr länger bei ihm bleiben können«, murmelte Peggy Sue.

»Jetzt bist du ja in Sicherheit; versuch, ein wenig zu schlafen. Er wird dir nichts mehr tun.« Rita streichelte beruhigend durch Peggy Sues lockiges dichtes Haar und suchte nach passenden Worten. »Wenn ich singen könnte, würde ich dir jetzt ein Schlaflied vorsingen. Aber das kann ich dir nicht auch noch antun ...«

Sie spürte, wie Peggys Sues Körper plötzlich bebte und sofort hatte sie ein schlechtes Gewissen. »Tut mir leid, Peggy Sue, das hätte ich nicht sagen sollen!«

Doch dann merkte sie, dass sie gar nicht weinte, sondern lachte. Ihre Nerven spielten vermutlich gerade völlig verrückt. Kein Wunder, nach all dem, was sie durchgemacht hatte.

Rita lachte nun auch. Es war die Erleichterung, dass Peggy Sue Harry entkommen war.

»Danke, Rita«, flüsterte Peggy Sue, als sie sich wieder gefangen hatte.

»Schon gut. Ich bin froh, dass du hier bist.«

Sie strich ihr wieder durch das Haar und gab dabei acht, dass sie Peggy Sues verletzte Wange nicht versehentlich berührte. Langsam wurde Peggy Sues Atem ruhiger und gleichmäßiger. Vermutlich wirkte inzwischen auch die Tablette. Sie war eingeschlafen.

»Ich lasse nicht zu, dass er dir noch mal etwas antut!«, flüsterte Rita so leise in die Dunkelheit, dass es kaum zu hören war.

Und plötzlich brach ein Tor in ihr auf, das bisher fest verschlossen gewesen war. Ein warmes Gefühl schien jede Zelle ihres Körpers zu erfüllen. Ihr Herz klopfte eine unbekannte Melodie, sie fühlte sich vollkommen überwältigt. Und sie wusste: Das ist Liebe. In diesem Moment erkannte sie mit völliger Klarheit, warum bisher kein einziger Mann irgendwelche romantischen Gefühle in ihr ausgelöst hatte. Sie konnte keine Männer lieben, weil sie Frauen liebte. Sie liebte *diese Frau*, Peggy Sue, die verletzt und schutzbedürftig neben ihr lag. Doch mit dieser Erkenntnis kam auch die Aussichtslosigkeit, die damit einherging. Peggy Sue brauchte gerade jetzt eine gute Freundin, die ihr zur Seite stand, und keine Frau, die selbst keinen blassen Schimmer hatte, wie sie mit diesen neu erwachten Gefühlen umgehen sollte.

Kapitel 27
Peggy Sue

München, 16. Juli 1966

Als Peggy Sue aufwachte, spürte sie die Wärme eines weichen Körpers an ihrem Rücken. Die Welt schien für den Bruchteil einer Sekunde in Ordnung, auch wenn sie nicht sofort wusste, wo sie war. Plötzlich zuckte sie zusammen, als sie die Erinnerung an die letzten Tage mit voller Wucht einholte.

»Nicht erschrecken, Peggy Sue. Du bist bei mir.«

Rita! Natürlich!

Langsam setzte sie sich auf. Ihr Kopf schmerzte höllisch.

Sie drehte sich um und sah Rita, die sie anlächelte und offensichtlich versuchte, ihr Mitleid zu verbergen. Jedoch ohne Erfolg.

»Wie geht es dir denn?«, fragte sie.

»Ich überlege, ob es sich eher anfühlt, als hätte ein Bus mich überrollt oder ein Pferd auf meinem Kopf herumgetrampelt«, sagte Peggy Sue in dem Versuch, das Mitleid aus Ritas Augen zu vertreiben.

»Möchtest du noch ein wenig liegen bleiben?«, fragte Rita.

»Ich muss mal kurz ins Badezimmer.«

»Natürlich.« Rita schwang sich aus dem schmalen Bett, damit Peggy Sue aufstehen konnte.

Sie ging auf die Toilette. Als sie sich die Hände wusch und ihr geschwollenes Gesicht im Spiegel sah, schluckte sie. Harry war völlig außer Kontrolle geraten.

Peggy Sue schloss die Augen. Auch wenn sie am liebsten alles aus ihrem Gedächtnis gestrichen hätte, liefen die letzten Tage wie in einem Film vor ihr ab.

Nachdem Harry sie aus der Bar geholt hatte, war er schrecklich wütend gewesen. Er hatte sich überhaupt nicht mehr beruhigen können. Sie beteuerte ihm, wie leid es ihr tat, und versprach ihm hoch und heilig, nie wieder zu lügen. Nach den passenden Worten ringend, hatte sie versucht, ihm zu erklären, wie es überhaupt so weit gekommen war, doch das hatte alles nur noch schlimmer gemacht.

»Wer weiß, wie oft du mich sonst noch hintergangen hast und in Zukunft noch tun wirst!«, schrie er sie an. »Wie soll ich dir denn je wieder vertrauen?«

Und so ein klein wenig konnte sie ihn sogar verstehen. Sie hatte ihn in den letzten Wochen tatsächlich oft angelogen. Trotzdem war seine Reaktion völlig überzogen.

»Bitte lass uns eine Nacht darüber schlafen«, hatte sie ihn erschöpft gebeten, nachdem sie stundenlang alle möglichen Vorwürfe und Beschimpfungen über sich hatte ergehen lassen müssen.

»Wann du schlafen gehst, bestimme ich«, schrie er und in diesem Moment schlug er, wie aus dem Nichts, zu und sie taumelte zurück, konnte sich gerade noch am Sofa festhalten, um nicht zu stürzen. Erst als sie ihn entsetzt ansah, kam er zur Besinnung.

»Es tut mir leid, Darling. Das wollte ich nicht!«, beteuerte er bestürzt. »Bitte verzeih mir.«

Peggy Sue war so geschockt gewesen, dass sie nichts darauf sagen konnte.

»Du hättest mich einfach nicht anlügen dürfen, du weißt doch, wie wütend mich das macht. Bitte tu das nie wieder, ja?«

Er hatte sich bei ihr immer wieder entschuldigt und sie dann ins Schlafzimmer gebracht. Peggy Sue hatte gehofft, dass die Sache sich damit wieder beruhigen würde und es genügte, wenn sie nicht mehr in der Band spielte.

Doch den ganzen Sonntag über hatte er sie keine Sekunde aus den Augen gelassen. Als Tom sie besuchen wollte, wimmelte er ihn unter einem Vorwand ab. Er nahm den Autoschlüssel an sich und machte alle Besorgungen, damit sie nicht außer Haus musste. Doch mit ihrem Gesicht wäre sie ohnehin nirgendwo hingegangen. Sie verhielt sich ruhig und gab sich einsichtig, weil sie ihn nicht noch einmal provozieren wollte. Als sie Rita und Moni anrief, um ihnen zu sagen, dass sie nicht weiter in der Band spielen würde, stand er neben ihr und belauschte das Gespräch. Es fiel ihr schwer, sich vor Harry nicht anmerken zu lassen, wie bitter es für sie war, ihren Freundinnen das mitzuteilen und ihnen zu versichern, dass sie sich keine Sorgen machen sollten. Ihre Eltern hatten sie zu einer selbständigen jungen Frau erzogen und jetzt hatte Harry aus ihr ein unterwürfiges Etwas gemacht.

Langsam normalisierte sich die Lage und die blauen Flecken wurden schwächer und schillerten bald nur noch hellgrün. Insgeheim begann sie immer öfter darüber nachzudenken, wie sie ihn verlassen konnte. Ja, sie hatte Fehler gemacht und hätte ihren Mann niemals anlügen dürfen. Doch das wäre nicht notwendig gewesen, wenn er seine unbegründete Eifersucht unter Kontrolle und mehr Vertrauen in sie gehabt hätte.

Wenn das Telefon klingelte, ging sie nicht ran, weil er es ihr verboten hatte. Auch wenn er nicht zu Hause war, hielt sie sich daran. Denn ihr war klar, dass er sie testen würde, indem er selbst anrief und es ihr dann vorwerfen würde, wenn sie sich meldete.

Fast jeden Abend ging er aus und sie war froh darüber. Obwohl er meistens betrunken nach Hause kam, ließ er sie seit der Ohrfeige in Ruhe. Am Freitagmorgen war er so verkatert, dass er verschlief und sich unter einem Vorwand krankmeldete. Ausgerechnet an diesem Tag klopfte Rita an ihre Wohnungstür.

Harry stand nur zwei Schritte neben ihr, als Peggy Sue mit ihr sprach und sein Blick war eindeutig. Sie versuchte, Rita loszuwerden, damit er nicht wieder durchdrehte. Doch am liebsten wäre sie mit Rita verschwunden. Als sie endlich gegangen war, hatte er sich so aufgeregt, dass er sie an den Schultern gepackt und wild geschüttelt hatte. Vergeblich hatte sie versucht, ihn zu besänftigen. Schließlich hatte er sie erneut so heftig geohrfeigt, dass sie gestürzt war. Dabei hatte er gebrüllt, dass sie selbst Schuld an allem habe, weil sie ihn immer so wütend machte.

Erschöpft und voller Schmerzen hatte sie sich dann aufs Sofa gelegt und er ließ sie wieder keine Sekunde aus den Augen. Nun hatte er wohl Angst, dass seine Frau das Angebot von Rita annehmen und zu ihr verschwinden könnte.

Am Abend hatte es wieder an der Haustür geklingelt. Es war Tom, der nach den beiden sehen wollte. Diesmal konnte Harry ihn nicht so ohne Weiteres abwimmeln. Es blieb ihm nichts anderes übrig, als ihn hereinzulassen. Doch zuvor hatte er Peggy Sue ins Schlafzimmer gescheucht, wo sie unbedingt bleiben sollte, sonst würde sie erneut etwas erleben.

Sie wartete, bis ihr Mann mit Tom im Wohnzimmer war, dann öffnete sie die Schublade in der Kommode, in der sie unter ihrer Wäsche ein Kuvert mit Geld versteckt hatte. Die Summe hatten ihre Eltern ihr für die Zeit in Deutschland mitgegeben, damit sie eine Art Notgroschen dabeihatte. Sie musste das Geld nur in D-Mark umwechseln. Hatten sie damals schon geahnt, dass es mit Harry Schwierigkeiten geben könnte? Nach seinem erneuten Ausbruch war ihr klargeworden, dass es so nicht mehr weitergehen konnte. Mit dem Geld würde sie bei der nächsten Gelegenheit verschwinden. Sie öffnete das Kuvert, das sich seltsam leicht anfühlte, und riss erschrocken die Augen auf. Bis auf einen Zwanzigdollarschein war alles weg. Harry hatte das Geld offenbar gefunden und es an sich genommen.

Ohne weiter über die Konsequenzen nachzudenken, war sie ins Wohnzimmer gestürmt.

Tom fiel aus allen Wolken, als er sie sah.

»Harry, was hast du mit Peggy Sue gemacht?«, fragte er seinen Freund fassungslos.

»Das war ein Unfall! Sie ist gestürzt.«

»Stimmt das, Peggy Sue?«

Sie sah ihn an, konnte es nicht aussprechen, doch ihre Augen sagten ihm die Wahrheit.

»Verdammt. Soll ich dich zu einem Arzt bringen?«, fragte Tom besorgt.

»Nein, es geht schon, Tom«, fand sie ihre Sprache wieder.

»Darum kümmere ich mich schon selbst!«, beteuerte Harry scharf.

Tom baute sich in seiner ganzen Größe vor ihm auf. »Ich glaube dir nicht, dass es ein Unfall war. Und das zu sagen, tut mir weh. Du bist mein bester Freund, Harry, aber ich erkenne dich in letzter Zeit kaum mehr wieder. Nicht nur, wie du dich deiner Frau gegenüber benimmst, sondern auch bei anderen Gelegenheiten schnell die Beherrschung verlierst. Dass du deine Frau schlägst, ist unverzeihlich. Ich werde nicht mehr länger zusehen und dich melden müssen.«

»Bist du verrückt? Das kannst du nicht tun!«, rief Harry und plötzlich entdeckte Peggy Sue einen Funken von Angst in seinen Augen. Die US-Army ließ ihren Soldaten so ein unbeherrschtes Verhalten nicht so einfach durchgehen. Wenn Tom den Vorfall meldete, würde ihr Mann vermutlich in ernsthafte Schwierigkeiten geraten.

»Ich will es nicht tun, aber du lässt mir keine andere Wahl. Ich muss Peggy Sue vor dir schützen.«

In diesem Moment sah Peggy Sue die Möglichkeit eines Auswegs. Sie bat Tom, ihn nicht zu melden, und auch sie versprach, niemandem etwas von seinen Schlägen zu sagen, wenn Harry ihr im Gegenzug das Geld zurückgeben und sie gehen lassen würde.

»Bist du dir sicher, dass du das möchtest, Peggy Sue?«, fragte Tom eindringlich.

Sie nickte. »So ist es das Beste.«

Er wandte sich an Harry. »Du hast es gehört. Wenn du deinen Hals aus der Schlinge ziehen möchtest, dann gib Peggy Sue das Geld«, forderte Tom ihn auf.

So in die Enge getrieben, rückte Harry plötzlich damit heraus, dass er mit dem Geld Spielschulden bezahlt hatte. Er versuchte, die Verantwortung auf andere zu schieben, zu erklären, wie sehr er unter Druck stünde, weil es Männer gab, denen er noch mehr Geld schuldete und die keine Geduld hatten. Und nun verstand Peggy Sue, warum er sich in letzter Zeit so sehr verändert hatte. Womöglich war ihr Mann spielsüchtig und sie hatte es nicht bemerkt. Auch wenn das natürlich keine Entschuldigung für sein Verhalten war. Im Grunde bestärkte es sie noch mehr darin, ihn zu verlassen. Und dann eben ohne Geld. Sie wollte keine Minute länger bei ihm bleiben.

»Du darfst nicht gehen, Peggy Sue!«, rief Harry und packte sie plötzlich am Arm. Sie schrie erschrocken auf.

Doch Tom zog ihn sofort von ihr weg. Noch einmal warnte er ihn vor den Konsequenzen und diesmal schien Harry zu realisieren, dass er nur diese eine Chance hatte. Unter Toms entschlossenem Blick verkrümelte er sich in die Küche.

Peggy Sue bedankte sich bei Tom.

»Wo willst du denn jetzt hin? Kann ich dir irgendwie helfen?«

»Ich habe eine Freundin, Rita. Sie arbeitet in der Bar, in der wir geprobt haben. Bei ihr kann ich bleiben. Du musst dir keine Sorgen machen.«

Er holte ein paar Scheine aus seiner Geldbörse und drückte

sie ihr in die Hand. »Wenn du es nicht nimmst, dann lasse ich dich nicht gehen. Es ist nicht viel, aber du wirst es brauchen. Und wenn ich noch mehr tun kann, dann melde dich!«

Sie war berührt von seiner Hilfe und spürte, wie plötzlich Tränen in ihre Augen schossen. Doch sie wollte jetzt nicht weinen, durfte es nicht, da sie ansonsten womöglich der Mut verlassen würde, um zu gehen.

»Kannst du mir vielleicht meine Sachen in *Angies Vogelbar* bringen?«, bat sie ihn doch noch um einen Gefallen.

»Ich bringe dir alles morgen Mittag«, versprach er.

»Danke!«

Sie suchte nur rasch ein paar Kleidungsstücke zum Wechseln, die sie in eine kleine Tasche packte. Dann schlüpfte sie in einen leichten Mantel und setzte ein Tuch auf.

»Tu das nicht, Peggy Sue!«, rief Harry in einer Mischung aus Wut und Verzweiflung. Für einen kurzen Moment trafen sich ihre Blicke. Und auch, wenn er sie jetzt gehen lassen musste, um keine Schwierigkeiten zu bekommen, ahnte sie, dass es damit noch nicht vorbei sein würde. Doch erst einmal würde sie vor ihm in Sicherheit sein.

»Peggy Sue? Ist alles gut bei dir?«, rief Rita und riss sie damit aus ihren Gedanken.

»Ja. Ich komme gleich.«

Noch einmal blickte sie in den Spiegel. Diesmal entschlossen. Es tat zwar weh, dass ihre Liebe zu Harry in so einem traurigen Fiasko endete. Doch sie würde diese Ehe nicht aufrechterhalten. Harry durfte keine Macht mehr über sie haben und ihr Leben bestimmen. Die blauen Flecken würden bald verschwunden sein, und sie würde ohne ihn klarkommen. Und natürlich würde sie auch wieder mit den Monaco Birds spielen und alles daransetzen, um diesen Wettbewerb zu gewinnen. Vielleicht war genau das ja der Weg, der sie aus der Sackgasse dieser unseligen Ehe führen würde.

»Danke, Tom, dass du gestern für mich da warst«, sagte sie, als er ihr am Mittag zwei große Taschen mit ihren Sachen gebracht hatte.

»Wenn du sonst noch was aus der Wohnung brauchst, sorge ich dafür, dass du dort sein kannst, wenn Harry nicht zu Hause ist.«

»Vielleicht in der nächsten Zeit einmal. Im Moment schaffe ich es noch nicht, da wieder hinzugehen.«

»Das verstehe ich. Es tut mir so leid, Peggy Sue, dass ich nicht eher gemerkt habe, in welchen Schlamassel er sich geritten hat. Offenbar hat er jede Menge Spielschulden und wurde deswegen auch immer gereizter. Aber das ist natürlich keine Entschuldigung für das, was er getan hat.«

»Er hat sich entschieden, zu spielen. Das hat er sich selbst zuzuschreiben.«

»Trotzdem. Ich hätte erkennen müssen, dass sein Verhalten dir gegenüber immer schlimmer wurde. Aber leider drückt man bei Freunden immer mal ein Auge zu, auch wenn sie es nicht verdienen.«

»Ich hoffe, er lernt etwas daraus.«

»Er weiß, dass ich ihn beobachten werde. Du musst dir keine Sorgen mehr machen, Peggy Sue.«

»Danke, Tom. Ich kann vorerst bei Rita bleiben. Und mir sogar nebenbei ein wenig Geld in der Bar verdienen, weil eine der Bedienungen im Krankenhaus ist. Und wenn mein Kopf wieder richtig frei ist, werde ich überlegen, wie es weitergehen soll.«

»Ich bin jederzeit für dich da!«, sagte er und sah sie freundlich an. Doch es war nicht nur Freundlichkeit. Sie glaubte auch, noch etwas anderes in seinen dunklen Augen zu entdecken. Doch womöglich täuschte sie sich.

»Wenn du irgendetwas brauchst, dann melde dich. Versprochen?«

»Versprochen.«

Am Nachmittag konnten Moni und Inge es kaum glauben, als Rita und Peggy Sue bereits in der Bar auf sie warteten. Sie hatte ihr Gesicht so gut wie möglich geschminkt und ließ die dichten Locken offen nach vorne ins Gesicht fallen. So war ihr kaum anzusehen, was sie mitgemacht hatte.

Rita hatte versprochen, den beiden nichts von der Geschichte zu erzählen, die Peggy Sue ihr nach dem Frühstück anvertraut hatte. Sie wollte in den Augen der anderen keine geschlagene Frau sein. Nur Angie und Josefine hatten etwas davon mitbekommen, kannten jedoch keine Details. Und das sollte auch so bleiben.

»Du bist also wirklich dabei beim Wettbewerb?«, fragte Moni aufgeregt.

»Bin ich«, versicherte Peggy Sue. »Aber bis dahin müssen wir wirklich noch viel üben. Mein Ziel ist es nämlich jetzt, den

Wettbewerb zu gewinnen und mit den Monaco Birds eine Schallplatte aufzunehmen.«

Moni lächelte breit. »Und mit dir zusammen werden wir das auch schaffen!«

Kapitel 28
Inge

München, 21. Juli 1966

Inge hatte sich ab heute für den Rest der Woche freigenommen. Nachdem sie sich in diesem Jahr bisher nur wenige Urlaubstage genommen hatte, war ihre Chefin damit einverstanden gewesen.

Den ganzen Vormittag verbrachte sie damit, die drei Lieder für den Wettbewerb zu üben, damit sie am Samstag auch richtig saßen. Sie war so froh, dass Peggy Sue wieder zurück war und sie gesanglich nicht die alleinige Verantwortung trug. Trotzdem überkam sie immer wieder die Sorge, dass sie beim Auftritt erneut versagen könnte. Gleichzeitig war sie schon ganz hibbelig vor Aufregung und fragte sich, ob sie es tatsächlich schaffen könnten, den Plattenvertrag zu ergattern. Sie kannte die Konkurrenten nicht und hatte auch Charly's Beatboys bisher noch nicht live gesehen. Doch die anderen Monaco Birds beteuerten ihr, dass Sigi und Charly mit ihren Jungs ziemlich gut waren und sicherlich große Chancen auf den Plattenvertrag hätten.

Nach einem sehr frühen Mittagessen fuhr sie zum Ostfriedhof und brachte einen Strauß Blumen und eine Kerze an das Grab ihres Mannes. Eine Weile lang hielt sie in Gedanken Zwiesprache mit ihm, erzählte von der vergangenen Woche, von der Arbeit und von den Proben.

»Weißt du, ich habe das Gefühl, als ob sich gerade etwas verändern würde in meinem Leben. Etwas Bedeutendes. Und ich weiß nicht, ob ich davor Angst haben soll«, murmelte sie, während sie die Blumen in der Vase so lange arrangierte, bis sie ihr perfekt erschienen.

Sie stand auf, sah zuerst auf ihre Armbanduhr, dann auf das Datum auf der grauen Steinplatte: *19. 3. 1964*. »Heute genau um 12 Uhr vor 854 Tagen bist du gestorben, mein Schatz. Ich habe es gestern ausgerechnet, wie lange die Strecke wäre, wenn der Zeiger einer Uhr jede Sekunde seit deinem Tod einen Millimeter nach vorne springen würde. Es sind von deinem Todestag bis jetzt genau 73 785 600 Sekunden vergangen, falls ich mich nicht verrechnet habe. Das bedeutet, dass mich genauso viele Millimeter von deinem Todestag trennen. Aufgerundet sind das 74 Kilometer, Bernd.«

Sie hielt einen Moment inne.

»Und mit jeder Sekunde wird die Strecke und die Entfernung größer. Doch egal, wie weit und mit wem ich in Zukunft auch gehen werde, du wirst in meinem Herzen immer bei mir sein.«

Für einen kurzen Moment schloss sie die Augen.

»Ach, was für wunderbare Worte«, sagte plötzlich ein älterer Herr, der nur ein paar Gräber weiter stand und ihren Monolog offensichtlich mitbekommen hatte, ohne dass sie ihn bemerkt hatte.

Inge lächelte verlegen. »Danke.«

»Meine Frau Christel liebte Perlen und trug die Kette, die ich ihr zu unserer Verlobung geschenkt hatte, fast jeden Tag.« Der Mann griff in seine Hosentasche und holte etwas heraus, das er ihr auf der ausgestreckten Hand zeigte. Es war eine einzelne matt schimmernde Perle.

»Bevor ich Christel die Kette für ihre letzte Reise um den Hals legte, habe ich diese Perle von der Schnur abgenommen und trage sie seither immer bei mir.«

Inge schluckte bei seinen Worten. »Wie schön, dass Sie damit auf so besondere Weise mit Ihrer Frau verbunden sind«, sagte sie mit heiserer Stimme.

»Das bleibt man eben immer, egal, wie viel Zeit vergeht, nicht wahr?«.

Sie nickte. »Alles Gute Ihnen.«

»Danke, Ihnen auch.«

Er steckte die Perle wieder in die Hosentasche und hob kurz seinen Hut, um dann seiner Wege zu gehen.

Am frühen Abend fand die letzte Musikstunde vor dem Wettbewerb statt.

»Möchtest du mit mir die drei Stücke noch üben, die ihr am Samstag spielt?«, fragte Sigi wie nebenbei.

Inge schüttelte den Kopf. »Müssen wir nicht. Die habe ich heute schon genug geprobt«, winkte sie ab. Doch eigentlich ging es darum, dass sie mit Moni vereinbart hatte, ihm nicht zu sagen, welche Lieder sie für den Wettbewerb ausgewählt hatten. Immerhin waren sie Konkurrenten um einen ziemlich wichtigen Preis, den alle unbedingt erringen wollten.

»Ich bin schon sehr gespannt, auf Samstag.«

»Ich auch. Und so froh, dass Peggy Sue wieder mit an Bord ist.«

»Das kann ich nachvollziehen«, sagte er. »Hat Rita eigentlich gesagt, wie viele sich inzwischen angemeldet haben?«

Inge nickte. »Insgesamt sind es acht Bewerber. Eine Gruppe hat sich wohl gestern wieder abgemeldet, weil der Sänger einen Unfall hatte.«

»Dann stehen unsere Chancen also jeweils 1 zu 8«, resümierte Sigi.

»So ist es. Zumindest im Moment.«

»Was habt ihr denn für Bühnenkleidung?«, fragte er neugierig.

»Wenn Moni dir das nicht verraten hat, dann werde ich auch nichts sagen«, meinte sie ein wenig keck.

»Ich sehe schon, dass ich nichts aus dir herauskriege«, sagte er mit einem entwaffnenden Lächeln, das ihr ein Bauchflattern bescherte.

»Wirst du nicht. Ich kann dir nur so viel sagen, dass ihr große Augen machen werdet.«

Es gefiel ihr, ihn ein wenig zappeln zu lassen, ohne ihm jedoch etwas Konkretes zu verraten. Die Kleider, die Josefine geschneidert hatte, waren wirklich ein Hingucker.

»Na gut. Dann bin ich ja mal gespannt. Und jetzt legen wir besser los«, sagte Sigi. »Schau, ich habe dir mal was Klassisches herausgesucht: Die Bourrée von Johann Sebastian Bach.«

Sie hatten noch keine Dreiviertelstunde geübt, da klingelte es plötzlich an der Wohnungstür.

»Ich sehe mal nach, wer das ist«, sagte Sigi und verließ das Musikzimmer.

Gleich darauf kam er mit Charly zurück. »Entschuldige, Inge, Charly holt nur schnell einen Satz Saiten ab, die ich für ihn besorgt habe. Wir machen gleich weiter.«

»Schon gut. Hallo, Charly.«

»Hallo!« Er schien zu überlegen, wer sie war.

Sigi öffnete eine Schublade und suchte nach den Saiten.

»Hey, jetzt weiß ich es wieder. Du bist die Sängerin, die beim ersten Anlauf von der Bühne verschwunden ist«, sagte Charly mit einem frechen Grinsen.

»Charly!«, mahnte Sigi.

»Dafür lief es beim zweiten Anlauf umso besser«, konterte sie, ohne sich ärgern zu lassen.

Charly zuckte mit den Schultern. »Trotzdem. Wenn man so schlimmes Lampenfieber hat, kann man das nicht einfach so abstellen. Kann sein, dass dir das am Samstag wieder passiert.«

Dieser Mistkerl!

»Diesmal wird Inge das sicher gut hinbekommen!«, kam Sigi ihr zu Hilfe. Er hatte die Saiten gefunden und reichte Charly das Päckchen.

»Mal sehen ... Bei euch Monaco Birds scheint ständig was zu passieren. Die eine verlässt mal kurz die Band, die andere läuft feige von der Bühne und die nächste kann keinen Schritt gehen, ohne zu stolpern.«

»Mir war schwindelig, weil ich nichts gegessen hatte. Und das war nur ein einziges Mal!«, sagte Moni scharf, die plötzlich in der Tür stand.

Wer würde denn heute wohl noch in ihre Unterrichtsstunde platzen?, fragte Inge sich insgeheim amüsiert.

»Sei froh, dass Alois und ich dich gerettet und nach Hause gebracht haben, Rotschopf.«

»Ach herrje! Muss ich dir jetzt etwa auf ewig dafür dankbar sein?«, fragte Moni genervt.

Es war nicht zu übersehen, dass die beiden sich überhaupt nicht leiden konnten.

»Ich hoffe mal, ich muss dich nicht ständig retten.«

»Musst du gewiss nicht! Und wer weiß, vielleicht passiert diesmal ja euch ein Missgeschick auf der Bühne«, meinte Moni.

»Keine Sorge. Bei uns wird bestimmt alles nach Plan laufen«, beteuerte er.

»Auf jeden Fall!«, stimmte Sigi ihm zu. »Aber trotzdem, Leute, wir haben hier gerade Unterricht und wollen weitermachen«, erinnerte er.

»Klar. Man sieht sich!« Charly hob kurz das Päckchen mit den Saiten und verschwand aus der Wohnung.

»Es tut mir leid, dass ich euch gestört habe«, sagte Moni, kaum dass er weg war, und ihr Gesicht wurde traurig. »Aber Hexi ist vorhin einfach umgefallen und … und sie ist tot!«

»Hexi? Das kann doch nicht sein!«, entfuhr es Sigi erschrocken.

»Doch. Leider.« Moni schniefte kurz auf, ehe sie sich ein Taschentuch aus ihrer Hosentasche angelte.

»Ach, der arme Dackel!«, murmelte Inge mitfühlend. Die alte Hundedame war ihr ab und zu im Treppenhaus begegnet.

»Unsere Eltern sind nicht da und Ursi kommt gleich zurück von der Nachhilfe. Ich schaffe es nicht, es ihr allein zu sagen. Sie wird am Boden zerstört sein. Kannst du bitte mitkommen, Sigi?«, bat Moni ihren Bruder.

Sigi warf einen kurzen Blick zu Inge. »Das ist jetzt aber sehr unge...«

»Aber natürlich gehst du mit!«, unterbrach Inge ihn. »Das ist ein trauriger Ausnahmefall. Es tut mir wirklich leid mit dem Hund.«

»Danke dir, Inge«, sagte Moni.

»Bleibt es bei unserer letzten Bandprobe am Samstagmittag?«, fragte Inge zur Sicherheit. Da sie selbst kein Telefon hatte, war es immer etwas schwierig, sich abzusprechen. Vor allem, wenn sich etwas änderte.

»Ja. Ich höre extra früher auf im Laden, damit wir noch ein letztes Mal gemeinsam üben können. Und in den Bühnenkleidern«, setzte sie hinzu. »Aber wir haben nicht lange Zeit, weil auch die anderen Bands kommen wollen, um ihre Sachen zu bringen und um sich schon mal umzusehen.«

»Wir übrigens auch!«, erinnerte Sigi.

»Ich kann auch etwas früher kommen, wenn das hilft. Ich habe frei.«

»Das wäre toll, Inge. Und Peggy Sue muss jetzt keine Rücksicht mehr auf ihren Mann nehmen, das macht alles viel einfacher.«

»Wieso? Hat er sie verlassen?«, fragte Sigi.

»Sie hat ihn verlassen!«, korrigierte ihn Inge und er schien überrascht.

Es war erstaunlich, dass in den Köpfen der meisten Leute noch immer die Frau als diejenige galt, die sitzengelassen wurde.

»Aber jetzt müssen wir uns wirklich beeilen, Sigi. Ursi muss jeden Moment kommen«, bat Moni.

Inge packte noch schnell ihre Sachen zusammen, dann ging sie gemeinsam mit den beiden nach unten.

»Wir sehen uns dann am Samstag«, sagte Sigi, als sie vor der Wohnung ihrer Eltern im ersten Stock angekommen waren.

»Ja. Bis Samstag«, verabschiedete Inge sich und plötzlich verspürte sie wieder einen Anflug von Lampenfieber, wenn sie nur daran dachte. Doch diesmal durfte sie den Auftritt auf keinen Fall gefährden, zu viel stand auf dem Spiel. Das würden die anderen ihr nie verzeihen.

Kapitel 29
Monika

München, 23. Juli 1966

Monika war schon ein wenig spät dran, als sie mit ihrer großen Tasche bei der Bar ankam, dabei war sie eigentlich mehr als pünktlich aufgebrochen. Doch sie hatte auf halbem Weg bemerkt, dass sie die Stiefel für den Auftritt vergessen hatte, und noch mal umkehren müssen, um sie zu holen.

In den letzten Tagen war sie mit ihren Gedanken ständig woanders. Der Tod des Dackels und die deswegen tieftraurige Ursi, die lästigen Auseinandersetzungen mit Astrid. Doch das war alles nichts gegen ein anderes Problem, dem sie sich jetzt jedoch nicht stellen konnte. Sie musste sich einzig und allein auf den Auftritt heute Abend konzentrieren. Nichts war für sie wichtiger, als den Plattenvertrag zu gewinnen und damit eine Chance zu bekommen, mit den Monaco Birds professionell Musik zu machen.

Sie wollte gerade die Treppe nach unten gehen, da kamen ihr Angie und Martin Adam entgegen, die lachend und Händchen haltend die Bar verließen. Seitdem sie von ihrer kurzen Reise an den Starnberger See zurückgekommen waren, sah man die beiden oft miteinander. Martin Adam schien einen Narren an der attraktiven Barbesitzerin gefressen zu haben und Angies Augen funkelten vor Glück.

»Grüß euch«, sagte Monika.

»Da bist du ja endlich, Moni!«, rief Angie. »Die warten schon ganz aufgeregt auf dich.«

»Ich musste noch mal umkehren, weil ich was vergessen hatte«, erklärte sie.

»Ich bin schon gespannt auf euren Auftritt heute Abend. Aber eines vorweg: Die Tatsache, dass Angie und ich uns gut verstehen und sie Ritas Mutter ist, wird euch keinen Vorteil verschaffen«, kündigte Martin an. »Also gebt euer Bestes, wenn ihr gewinnen wollt.«

»Das werden wir«, beteuerte Moni.

»Wir gehen nur noch kurz einen Kaffee trinken und ich komme dann später zu euch«, sagte Angie zu Moni und verschwand dann mit dem Musikproduzenten.

Die Generalprobe war, wie eine Generalprobe sein sollte. Völlig chaotisch. Bis auf Peggy Sue waren alle total nervös und patzten sowohl an den Instrumenten als auch bei den Texten.

»Ganz tief durchatmen«, versuchte Peggy Sue, ihre Mitstreiterinnen ein wenig zu beruhigen. »Dann wird alles gut.«

»Ihr dürft nur nicht so hektisch sein«, sagte Josefine, die ihnen vorhin mit den Kleidern geholfen hatte und nun bei der Probe als Zaungast mit dabei war.

»Versuchen wir es noch ein letztes Mal«, schlug Monika vor, die absolut nicht zufrieden war.

»Aber wir müssen uns wirklich beeilen, die anderen kommen bald«, mahnte Rita.

»Dann lasst uns loslegen!«, sagte Inge und griff nach ihrer Gitarre.

Diesmal verpasste immerhin keine von ihnen ihren Einsatz und auch jede Textzeile saß, doch sie waren meilenweit von ihren Leistungen in den letzten Tagen entfernt.

Monika seufzte. »Das kann dann ja nur bedeuten, dass heute Abend alles super funktionieren wird.«

»Ich hoffe es«, murmelte Inge.

Plötzlich war ein anerkennendes Pfeifen zu hören.

»Sapperlot! Das sind aber mal fetzige Kleider!«, rief eine nur allzu bekannte Stimme und Monika drehte sich erschrocken zur Treppe um. Charly und Franz, der Bassist von Charly's Beatboys, kamen nach unten, jeder einen Instrumentenkoffer und eine kleine Sporttasche in der Hand, in der vermutlich ihre Bühnenkleidung war.

Verdammt! Sie hätten sie auf keinen Fall schon jetzt in ihren Kleidern sehen sollen.

»Damit fallt ihr auf und kommt bestimmt bei der Jury sehr gut an«, meinte Charly, der über seine Feststellung jedoch nicht ganz glücklich schien.

»Das fürchte ich auch«, stimmte Franz ihm stirnrunzelnd zu.

»Genau das ist auch der Sinn und Zweck«, sagte Josefine mit einem Lächeln. »Die Mädchen werden sie alle umhauen!«

»Was macht ihr überhaupt schon hier? Ihr seid viel zu früh dran!«, schimpfte Rita.

»Besser zu früh als zu spät«, meinte Charly trocken, der Monika mit keinem Blick bedachte. Was ihr nur recht war.

Er hatte gewusst, dass sie heute noch probten. Natürlich war er absichtlich früher gekommen, um einen Blick auf die Konkurrenz zu werfen. Wenigstens hatten sie die ausgewählten Songs nicht gehört. Zumindest hoffte Monika das. Langsam stieg wieder Übelkeit in ihr hoch und sie schluckte.

»Wir sollten uns umziehen, ehe noch mehr kommen und unsere Geheimwaffe entdecken«, raunte Rita ihren Freundinnen zu.

Sie verschwanden alle in den Lagerraum und schlüpften aus ihren Kleidern. Rita hängte sie auf Kleiderbügel mit einem Schutzüberwurf in einen schmalen Schrank in der Ecke, in den hoffentlich niemand einen Blick werfen würde.

Als sie wieder in die Bar gingen, war Josefine schon gegangen. Dafür waren Erich und Rosi eingetroffen, um alles für später vorzubereiten. Auch Liesel würde am Abend einspringen, da Leyla noch im Krankenstand war und Rita und Peggy Sue heute nicht mithelfen konnten. Damit für die einzelnen Bands und Interpreten ausreichend Zeit zur Verfügung stand und auch für die Jury zur Bewertung, würde der Wettbewerb bereits um 19.30 Uhr losgehen. Zu diesem Zeitpunkt etwa würden die Interpreten auch die Reihenfolge der Auftritte erfahren.

Den restlichen Nachmittag verbrachten die Monaco Birds zusammen oben in der Wohnung. Monika hatte aus der Metzgerei Wiener Würstchen, Senf und Semmeln für alle mitgebracht. Doch sie selbst brachte kaum etwas hinunter. Jedoch zwang sie sich, zumindest eine trockene Semmel zu essen, damit ihr nicht wieder schwindelig wurde.

Inge war die ganze Zeit seltsam still.

»Geht es schon wieder los mit dem Lampenfieber?«, fragte Peggy Sue.

Sie nickte. »Ich weiß einfach nicht, was ich dagegen machen kann!«

»Am besten, du trinkst jetzt gleich mal einen Schnaps zur Beruhigung«, riet Monika. »Und vor dem Auftritt noch einen. So ein Debakel wie beim letzten Mal darf es diesmal nicht geben.«

Rita holte die Flasche mit dem guten Marillenschnaps ihrer Oma. »Wer mag sonst noch einen?«, fragte sie.

»Heute trinke ich auch mal einen mit«, sagte Peggy Sue und wirkte entspannter, als Monika sie jemals erlebt hatte. »Ich muss ja nicht mehr Auto fahren später.«

»Du auch, Moni?«

»Für mich nicht, danke«, winkte sie ab.

»Wirklich nicht?«

»Nein!«

»Na gut.« Rita schenkte noch einen für sich ein.

»Auf den Sieg der Monaco Birds!«, rief sie und die drei kippten den Schnaps hinunter, während Monika einen Schluck Wasser trank.

»Sagt mal, wovon habt ihr eigentlich als junge Mädchen am meisten geträumt?«, fragte Peggy Sue plötzlich.

»Meinst du als kleines Kind oder eher als Jugendliche?«, hakte Inge nach.

»Na ja, so mit zwölf oder dreizehn vielleicht«, antwortete Peggy Sue.

»Also ich wollte schon damals auf einer Bühne stehen. Als Sängerin«, begann Monika. »Da träumte ich auch noch davon, dass meine Stimme plötzlich so besonders war, dass ich alle damit umhauen würde. Doch ich musste mit der Zeit leider akzeptieren, dass ich zwar nicht schlecht singe, aber eben auch nicht wirklich gut. Deswegen habe ich mich auf die Instrumente konzentriert.«

»Und das kannst du wirklich richtig gut. Und vor allem kannst du komponieren«, beteuerte Peggy Sue. »Gut singen können viele, aber tolle Songs schreiben nur wenige.«

Das stimmte vermutlich. Trotzdem trauerte sie ausgerechnet diesem einen fehlenden Talent besonders nach.

»Was ist mit dir, Inge?«, fragte Peggy Sue weiter.

Inge schien kurz zu überlegen, dann grinste sie plötzlich. »Ihr dürft nicht lachen, aber damals war ich flach wie ein Brett und wünschte mir nichts mehr, als einen Busen wie meine Cousine Burgl zu haben.« Sie deutete mit den Händen einen üppigen Vorbau an.

»Ich weiß ja nicht, wie diese Burgl gebaut ist, aber es sieht nicht so aus, als ob dein Wunsch in Erfüllung gegangen wäre«, witzelte Rita und sie lachten alle.

»Tja. Sehr viel mehr ist es wirklich nicht geworden bei mir«, gab Inge zu. »Aber inzwischen bin ich nicht mehr unglücklich darüber. Denn bei Cousine Burgl haben mehrere Kinder und die Schwerkraft die einst so wallenden Berge in eine ordentliche Hängepartie verwandelt.«

Sie prusteten alle los und Inge lachte am lautesten. Sie schlug vor, noch einen halben Schnaps zu trinken.

»Ich hoffe nur, wir müssen am Ende nicht alles abblasen, weil ihr drei sturzbetrunken seid!«, sagte Monika nur halb im Scherz.

»Keine Sorge«, winkte Inge ab. »Bis zum Auftritt ist das längst wieder verflogen.«

»Und was war dein größter Wunsch, Rita?«, fragte Peggy Sue die Nächste in der Runde.

Rita zuckte mit den Schultern. »Ehrlich gesagt, weiß ich das gar nicht«, sagte sie. »Ich glaube, ich wusste nie so richtig, was ich mir eigentlich vom Leben wünsche.«

»Wie meinst du das?«, wollte Peggy Sue wissen und sah sie interessiert an.

»Na ja. Dass man sich mancher Träume gar nicht immer gleich bewusst ist.«

»Ach, komm. Von irgendetwas musst du damals doch geträumt haben«, mischte Inge sich ein.

»Ich dachte immer, ich hätte alles. Das Einzige, das ich mir damals wirklich gewünscht habe, war eine Katze. Aber meine Mutter reagiert allergisch auf Katzenhaare. Außerdem hätte sie die ganze Zeit in der Wohnung bleiben müssen, weil es mit den vielen Autos zu gefährlich gewesen wäre.«

»Katzen gab es bei uns daheim immer genügend«, meinte Inge.

»Ich kann mir vorstellen, dass es schön wäre, auf dem Land zu leben und Tiere zu haben«, sagte Rita.

»Wirklich?«, fragte Moni überrascht. »Ausgerechnet du willst aufs Land?«

»Zumindest mal eine Weile könnte ich es mir vorstellen«, sagte Rita. »Vielleicht würde es mir aber auch ganz schnell langweilig werden.«

Sie wandte sich an Peggy Sue. »Und jetzt musst du uns aber auch deinen Wunsch von damals verraten.«

Peggy Sue lächelte, als hätte sie schon auf die Frage gewartet. »Ich wollte immer nach Europa. Die ehemalige Heimat meiner Großeltern sehen, Schlösser, Burgen, jahrhundertealte Kirchen. In Wien war ich bis jetzt zwar noch nicht, aber immerhin habe ich es tatsächlich nach Europa geschafft.«

»Also hat dein Wunsch sich erfüllt«, bemerkte Rita mit einem Lächeln, das ein wenig sentimental wirkte, wie Monika fand.

»Ja. Auch wenn ich mir die Umstände ein wenig anders gewünscht hätte. Trotzdem, ich bin sehr froh, dass ich hier bin.«

»Könntest du dir vorstellen, für immer hier zu leben?«, fragte Rita.

»Es gefällt mir sehr, auch wenn ich meine Familie natürlich ein wenig vermisse. Aber ob ich immer hier leben könnte ...«

In diesem Moment öffnete sich die Tür und Josefine kam herein. »Wir sollten uns langsam an eure Frisuren und ans Schminken machen«, erinnerte sie die vier Freundinnen. In ihre Kleider und Stiefel würden sie unten erst unmittelbar vor dem Auftritt schlüpfen.

Monika spürte, wie es in ihrem Bauch zu kribbeln begann. Und diesmal war keine Übelkeit daran schuld. Es war die Aufregung. Nicht mehr lang und sie würden auf der Bühne stehen.

Die dreiköpfige Jury hatte seitlich neben der Bühne an einem Tisch Platz genommen. Links neben Martin Adam saß eine Frau, etwa Anfang dreißig, mit einer raffinierten Kurzhaarfrisur, die er als Linda Greyston aus London vorgestellt hatte. Eine Studiomusikerin, die ab und zu auch in den Aufnahmestudios seiner Plattenfirma arbeitete. Monika hatte von Angie erfahren, dass die beiden auch privat gut befreundet waren und er sogar der Pate ihrer kleinen Tochter war. Rechts von Martin Adam saß ein rundlicher Mann mit Glatze. Olaf Linkersmann. Er war Tontechniker im Studio von Martin Adam und ebenfalls eigens für den Wettbewerb aus Hamburg angereist.

In der Bar herrschte Hochbetrieb und schon jetzt so früh am Abend gab es kaum mehr Platz für weitere Gäste. Monika konnte es kaum fassen, als sie unter den vielen Leuten auch ihren Bruder Albert und Ursi entdeckte, und drängte sich kurz vor der Verkündung der Reihenfolge der Auftritte zu ihnen durch.

»Ihr seid heute hier!«, rief sie glücklich und fiel den beiden um den Hals.

»Ursi konnte ein wenig Aufmunterung gebrauchen«, sagte Albert, »und ich bin auch schon sehr gespannt, wie ihr euch schlagt.«

»Astrid wollte nicht mit?«, fragte Monika mit einem Zwinkern.

»Die spielt mit unseren Eltern Canasta«, verriet ihr Bruder. »Das war übrigens die Idee von Vater.«

Monika musste sich ein Grinsen verkneifen. Das tat er sicher nur seinen Kindern zuliebe, damit sie heute in Ruhe den Abend genießen konnten.

Siegfried stand etwas weiter hinten an der Bar neben Charly und seiner Freundin Julia und hob grüßend die Hand. Albert und Ursi winkten ihm zu.

»Und wem drückt ihr die Daumen? Sigi oder mir?«, fragte Monika schelmisch.

»Glücklicherweise habe ich zwei davon!«, sagte Albert lachend und drückte demonstrativ beide Daumen.

»Ich auch«, erklärte Ursi und Monika verstand natürlich, dass ihre Geschwister sich nicht für einen von ihnen entscheiden konnten.

Doch Ursi kam etwas näher zu Monika und flüsterte: »Aber bei dir drücke ich ein wenig fester!«

»Ach, du Süße!« Monika gab ihrer kleinen Schwester einen dicken Kuss auf die Wange.

Martin Adam stand nun von seinem Platz auf und bat um Ruhe. Er begrüßte alle herzlich, vor allem auch die Presse, die mit zwei Vertretern da war. Dann las er – die durch Lose ermittelte – Reihenfolge der Auftritte vor. Es hatte auf den letzten Drücker noch eine weitere Anmeldung gegeben. Neun Teilnehmer gab es also, zwei Einzelinterpreten, fünf Bands und zwei Duos. Die Monaco Birds waren an sechster Stelle. Charly's Beatboys sollten den letzten Auftritt machen, was diese mit einem lauten Jubel zur Kenntnis nahmen.

Während die ersten Interpreten in den Lagerraum verschwanden, um sich umzuziehen, ging Monika an die Theke und bestellte bei Erich ein Glas Sprudelwasser. Dabei fing sie einen Blick von Charly auf, der sie ansah, während er besitzergreifend einen Arm um Julia legte. Wieso glaubte er eigentlich, dass er ihr immer noch und immer wieder zeigen musste, dass er eine andere liebte? Er dachte doch wohl nicht etwa, dass sie noch irgendetwas von ihm wollte?

Durch die Menge kam Rita auf sie zu. Im Schlepptau hatte sie einen jungen Mann mit Brille, den Monika noch vom allerersten Abend in der Bar kannte, als er eine Weile neben ihr an der Theke gesessen hatte.

»Mein allerbester Freund Paule ist heute auch gekommen«, rief Rita vergnügt.

»Hallo. Wir sind uns schon mal begegnet«, konnte auch er sich an ihre erste Begegnung erinnern. »Moni, oder?«

»Genau. Und das hier sind mein älterer Bruder Albert und meine kleine Schwester Ursi.«

Paul begrüßte sie.

»Ah, jetzt lerne ich dich endlich auch mal kennen«, sagte Rita zu Albert. »Du machst die besonders leckere Hirnwurst, oder?«

»Äh, ja.« Albert lächelte etwas peinlich berührt.

Monika und Ursi prusteten los.

»Kann Paule vielleicht hierbleiben und euch Gesellschaft leisten?«, fragte Rita. »Dann steht er nicht so allein herum.«

»Klar!«, antwortete Ursi und lächelte ein wenig schüchtern zu Paul herüber.

»Und ich muss mal schnell für kleine Musikerinnen!«, verkündete Moni und verschwand in Richtung Toilette.

Kapitel 30
Rita

München, 23. Juli 1966

Die letzten Tage waren für Rita ein gewaltiges Auf und Ab der Gefühle gewesen. Nachdem sie endlich herausgefunden hatte, wer sie eigentlich war, und sich eingestanden hatte, dass sie in Peggy Sue verliebt war, fiel es ihr schwer, unbefangen mit ihr umzugehen. Doch sie versuchte alles, um sich nichts anmerken zu lassen.

Peggy Sue hatte sich erstaunlich schnell erholt, zumindest nach außen hin. Dennoch befand sie sich derzeit in einem emotionalen Ausnahmezustand, der in den letzten Tagen durch den bevorstehenden Auftritt überdeckt worden war. Nach dem Wettbewerb würde sie sich eingehend damit beschäftigen müssen, wie es mit ihrer Ehe und überhaupt mit ihr weitergehen sollte, so viel war Rita bewusst. Nie im Leben würde sie ihr da ausgerechnet jetzt ihre Gefühle gestehen, die für sie ohnehin noch völliges Neuland waren. Auch Rita selbst musste sich erst einmal damit auseinandersetzen, was das alles für sie bedeutete. Und wie sie damit umgehen sollte, dass Peggy Sue vorübergehend bei ihnen wohnte und auch noch in der Bar aushalf. Sie war ihr ständig so nah. Rita ertappte sich immer wieder dabei, wie sie Peggy Sue ansah, oftmals sicherlich einen Moment zu lang. Sie musste wirklich aufpassen, dass Peggy Sue nicht herausfand, was sie für sie empfand.

Inzwischen hatten sie die Abstellkammer neben der Schneiderwerkstatt ausgeräumt und ein Klappbett für Peggy Sue hineingestellt. Das Zimmer war zwar sehr klein, aber Peggy Sue betonte, dass es ihr zum Schlafen völlig ausreichte und sie froh darüber war, dass sie überhaupt hier sein durfte.

Nachdem Rita Paul bei Ursi und Albert in guten Händen gelassen hatte, wollte sie sich an der Bar etwas zu trinken holen. Sie entdeckte Peggy Sue, die sich an einem der Tische angeregt mit Inge unterhielt. Inge hielt ein Glas Cognac in der Hand und trank immer wieder mal einen Schluck, damit ihr Lampenfieber sie nicht wieder in die Knie zwang. Peggy Sue lachte über etwas, das Inge gesagt hatte. Sie sah so wunderschön aus, auch in den unauffälligen Sachen, die sie jetzt trug, bevor sie sich für den Auftritt umziehen würden. Die letzten Verfärbungen der Blutergüsse waren so weit verblasst, dass sie mit der Schminke überhaupt nicht mehr zu erkennen waren.

Rita unterdrückte ein Seufzen. Am liebsten hätte sie Peggy Sue an der Hand genommen und wäre mit ihr davongelaufen. Weit weg. In ein Häuschen auf dem Land, wo niemand sie kannte und sie einfach nur glücklich miteinander leben konnten. Doch natürlich war ihr klar, dass das nur ein versponnener Traum war, fern jeglicher Realität. Würde sie ihre Liebe zu Frauen jemals offen ausleben können? Die meisten Menschen wären entsetzt darüber, dass sie sich zu ihrem eigenen Geschlecht hingezogen fühlte, auch wenn sie sich das nicht ausgesucht hatte. Sie würde in dieser Hinsicht ein heimliches Leben führen müssen, dessen war sie sich sicher. Und das war in der Großstadt viel einfacher als auf dem Land.

Rita fragte sich nicht zum ersten Mal, was ihre Mutter dazu sagen würde, wenn sie es wüsste. Hätte sie Verständnis oder wäre sie sehr enttäuscht von ihrer Tochter? Sie wirkte gerade so glücklich, wie sie an der Theke stand und mit Martin Adam flirtete.

»Diesmal ist es anders, Rita«, hatte sie ihr heute früh mit verträumtem Blick gesagt, als sie in der Küche gemeinsam das Frühstück zubereitet hatten.

»Wie meinst du das, Mami?«

»Das mit Martin und mir fühlt sich nicht an wie eines dieser üblichen kleinen Abenteuer. Stell dir vor, er hat mich gefragt, ob ich es einrichten kann, demnächst mal eine Woche zu ihm nach Hamburg zu kommen. Er würde sogar mit mir einen Ausflug nach Sylt machen.«

»Natürlich fährst du dahin, Mami!«, hatte Rita sofort gesagt. »Wir schaffen das auch mal eine Woche ohne dich. Peggy Sue wird bestimmt ebenfalls aushelfen.«

»Meinst du wirklich?«

»Aber sicher!«

Angie hatte ihre Tochter fest umarmt und gemurmelt: »Ich glaube, ich habe mich in ihn verliebt.«

Und das waren Worte, die Rita noch nie aus dem Munde ihrer Mutter gehört hatte. Vielleicht war diesmal wirklich alles anders.

In diesem Moment kam Peggy Sue auf Rita zu und beugte sich nah zu ihr herüber, damit Rita sie über den Lärm hinweg verstehen konnte. Dabei streifte eine ihrer Locken Ritas Wange und sie atmete ihren Duft ein, der, unterstrichen durch ein dezentes Parfüm, sie an einen Frühlingsmorgen erinnerte. Frisch und voller neuem Leben.

»Sag mal, Rita, kann es sein, dass dieser Mann hier in der Bar ist, der uns an der Isar zu Hilfe gekommen ist, als uns diese betrunkenen Typen angemacht haben?«, fragte sie.

»Wirklich? Mir ist er noch nicht aufgefallen«, sagte Rita und sah sich um, während sie sich eine Zigarette ansteckte. »Ich kann ihn nirgends entdecken.«

»Vielleicht täusche ich mich ja, aber ich dachte, ich hätte ihn vorhin gesehen.«

Bald darauf kam Monika zurück. Rita winkte auch noch Inge zu ihnen, so dass sie versammelt waren, als die erste Band angesagt wurde und zu spielen begann. Die fünf jungen Männer trugen drei Songs vor, die sehr an den Folk-Rock Stil der Band The Byrds angelehnt waren.

Die Zuschauer honorierten den Auftritt mit großem Applaus.

»Das ist schon mal ein guter Start. Die sind nicht übel«, sagte Inge.

»Aber sie kommen nicht an Charly's Beatboys ran. Und schon gar nicht an uns«, stellte Moni klar.

Rita grinste und Peggy Sue nickte zustimmend. »Sehe ich genauso.«

Aufmerksam verfolgten sie die weiteren Auftritte. Das Gitarren-Duo, das als Nächstes an der Reihe war, verpatzte gleich das erste Lied, nachdem einer der beiden Interpreten nicht textsicher beim Refrain war. Leider konnte man ihm die

Unsicherheit auch bei den nächsten Stücken deutlich anmerken.

»Der Arme«, flüsterte Inge mitfühlend.

»Trotzdem. Die können uns schon mal nicht gefährlich werden«, entgegnete Peggy Sue.

Falls Inges Lampenfieber uns keinen Strich durch die Rechnung macht, dachte Rita, sprach es jedoch nicht laut aus.

»Schau mal, Rita, dein Paule scheint sich gut mit meiner Schwester zu verstehen«, bemerkte Moni und nickte in die Richtung, in der die beiden neben Albert standen und sich unterhielten.

Rita lächelte. Sie hatte sich so gefreut, dass Paul heute gekommen war und er seine Enttäuschung wohl einigermaßen überwunden hatte. Und noch mehr freute es sie, dass er mit Ursi eine so nette Unterhaltung hatte. Auch wenn Monis Schwester erst knapp siebzehn war, sah man den beiden den Altersunterschied kaum an. Vielleicht würde es ja zwischen den beiden funken?

Als die vierten Teilnehmer bereits mit ihrem zweiten Lied auf der Bühne standen, gaben die Frauen sich Zeichen und verschwanden in den Lagerraum, um sich umzuziehen.

»Himmel, gleich wird es ernst«, sagte Inge aufgeregt.

»Es wird nicht ernst, es wird lustig!«, korrigierte Peggy Sue aufmunternd.

»Wenn du das sagst.«

Rita öffnete den Schrank. Bis auf ein paar Schachteln auf dem Boden war er leer.

»Wo sind denn die Kleider?«, fragte sie verwundert und

drehte sich zu den anderen um. »Hat jemand von euch sie schon rausgeholt?«

Alle drei schüttelten den Kopf.

»Warum sollten wir das tun?«, fragte Peggy Sue.

»Vielleicht, um sie doch besser oben in der Wohnung aufzubewahren? Jedenfalls sind sie weg!«

»Das kann doch gar nicht sein!«, rief Moni. »Vielleicht hat jemand den Schrank geöffnet und sie sind runtergefallen und derjenige hat sie einfach irgendwo anders hingelegt?«

Sie suchten den ganzen Raum ab, in dem zusätzlich zu den Getränkekartons zahlreiche Taschen und Schuhe von den anderen Wettbewerbsteilnehmern herumstanden. Vergeblich. Die Kleider blieben verschwunden.

»Und wenn jemand sie in irgendeine der Taschen geräumt hat?«, überlegte Moni.

»Halt. Wir können doch nicht einfach die Sachen von anderen Leuten durchwühlen!«, mahnte Rita.

»Aber was bleibt uns denn anderes übrig? Wir brauchen doch unsere Kleider!«, rief Moni und begann bereits, die erste Tasche zu öffnen.

In diesem Moment ging die Tür auf und der Musiker, der als Solokünstler vor ihnen auftrat, kam herein. »Lasst euch nicht stören, ich brauche nur schnell meine Jacke.«

Er ging zu einem Karton, auf den er die Jacke gelegt hatte.

»Kein Problem«, sagte Rita schnell. »Du bist Michael, oder?«

»Ja. Oder einfach Michi«, stellte er sich vor und schlüpfte in seine schwarze Lederjacke. Er hatte ein nettes Lächeln.

»Sag mal, hast du zufällig irgendwo vier verschiedenfarbige Kleider gesehen?«, fragte Inge.

Rita erwartete, dass er das verneinte, doch zu ihrer Überraschung sagte er: »Ob es Kleider waren, weiß ich nicht. Da war so eine Schutzhülle drüber. Aber unten schauten vier farbige Stoffzipfel raus. Die sind mir aufgefallen. Rot, war dabei und Lila, glaub ich. Oder nein, das eine war eher grün und noch ein Blaues vielleicht.«

»Das sind unsere Kleider!«, rief Moni aufgeregt. »Wo hast du die gesehen?«

»Einer der Musiker hat sie schon vor einer Weile rausgetragen. Ich weiß aber nicht, zu welcher Band er gehört ... Es tut mir leid, aber ich muss jetzt echt raus auf die Bühne.«

»Danke. Ja, beeile dich, Michi. Und viel Erfolg für dich!«, wünschte Peggy Sue dem sympathischen jungen Mann.

»Danke! Euch auch!«

»Welcher Idiot hat unsere Sachen mitgenommen?«, fragte Rita erbost, als die Tür hinter Michi zufiel.

»Ich kann es mir schon denken!«, sagte Moni mit finsterer Miene.

Inge nickte. »Ich mir auch.«

»Das war entweder Charly oder Franz. Oder beide. Sie sind die Einzigen, die wissen, dass uns die Kleider gehören.«

Rita stemmte sich wütend die Hände in die Hüften. »Das darf doch nicht wahr sein. Langsam reicht es mir wirklich mit Männern, die meinen, sie können sich Frauen gegenüber alles herausnehmen!«

»Jedenfalls müssen wir uns jetzt echt ranhalten, wir haben

nicht mehr lange Zeit bis zu unserem Auftritt«, erinnerte Peggy Sue.

»Dann mache ich mich auf die Suche nach Charly und Franz«, erklärte Rita.

»Ich komme mit!«, beschloss Moni mit grimmiger Miene.

Während Michi inzwischen auf der Bühne stand und eine Ballade vortrug, drängten sich Rita und Moni durch die Leute auf der Suche nach den Übeltätern. Doch statt Charly und Franz entdeckte Rita ganz hinten in einer Ecke tatsächlich diesen Mann, der an der Isar gewesen war. Und den sie vermutlich auch schon öfter in der Gegend gesehen hatte. Auch heute trug er eine Sonnenbrille und hatte einen Hut auf. Er war es zweifellos. War das ein Zufall?

Jetzt durfte sie sich damit aber nicht aufhalten. Moni steuerte inzwischen auf Sigi zu, der an der Bar stand. Vielleicht wusste er etwas.

»Charly oder Franz oder beide haben unsere Kleider genommen«, kam Moni atemlos sofort zur Sache. »Weißt du, wo die beiden sind?«

»Entschuldige bitte, die beiden sollen was getan haben?«, fragte Sigi ungläubig und lachte dann kurz auf.

»Sie haben unsere Kleider für den Auftritt aus dem Lagerraum geholt. Wir müssen aber gleich auf die Bühne und uns noch umziehen!«, ergänzte Rita drängend. »Also, wo sind die beiden?«

»Ich glaube, die wollten raus an die frische Luft und eine rauchen«, antwortete er.

»Wenn deine Kumpels unsere Sachen gestohlen haben und

uns damit den Auftritt versauen, dann könnt ihr euch alle auf was gefasst machen!« Moni schrie nun fast.

»Jetzt hör aber mal auf, Moni. Das letzte Mal hast du auch Astrid beschuldigt, das Ticket genommen zu haben. Dabei konnte sie überhaupt nichts dafür. Und vermutlich ist es heute genauso.«

»Heute ist es völlig anders!«, fuhr Moni ihn an, ließ ihn dann jedoch einfach stehen.

Es hatte keinen Zweck, weiter mit ihm zu diskutieren, denn offenbar wusste er nichts. Dass er dabei seine Hände im Spiel haben könnte, glaubte Rita keine Sekunde.

Sie folgte Moni nach oben und tatsächlich fanden sie Charly mit seiner Freundin Julia und Franz vor dem Lokal beim Rauchen. Als Rita das Grinsen der beiden Männer sah, wusste sie gleich, dass die beiden schuldig waren.

»Gebt uns auf der Stelle unsere Kleider!«, forderte Moni mit drohender Miene und Rita hatte schon Angst, dass sie den beiden gleich an die Gurgel gehen würde.

Sie zuckten unschuldig mit den Schultern.

»Eure Kleider?« Charly tat so, als hätte er das Wort *Kleider* noch nie in seinem Leben gehört. »Keine Ahnung, wo ihr euer Zeug habt.«

Nun platzte Rita der Kragen. »Jetzt hört mal zu, ihr Idioten! Wir sollen in wenigen Minuten auf die Bühne und wenn ihr jetzt nicht sofort mit der Sprache herausrückt, wo ihr unsere Kleider versteckt habt, dann werde ich dafür sorgen, dass ihr von meiner Mutter Hausverbot bekommt. Und zwar sofort! Dann könnt ihr euren Auftritt heute vergessen!«

Charly hob beschwichtigend die Hände. »Ist ja schon gut! Wir wollten euch doch nur ein wenig aufziehen.«

»Aufziehen? Du denkst also, mit unseren Gefühlen kann man einfach so spielen?«, fuhr Moni ihn an.

»Jetzt mach mal keine große Sache daraus.«

»Ihr habt das echt gemacht?«, fragte Sigi, der seiner Schwester und Rita gefolgt war. »Sagt mal, spinnt ihr?«

»Jetzt reg dich nicht auf«, sagte Franz. »Die Kleider sind in Charlys Wagen.«

»Ihr müsst ja ganz schön Angst vor uns haben, wenn ihr zu solchen Methoden greift, um uns vom Auftritt abzuhalten«, meinte Rita verächtlich.

Julia trat einen Schritt von ihrem Freund weg und schüttelte den Kopf. »Das geht ja gar nicht!«, herrschte sie Charly an. »Ihr holt die Sachen, auf der Stelle!«

»Pronto!«, rief Rita.

»Aber das schaffen wir doch trotzdem alles nicht mehr! Bis wir umgezogen sind, müssten wir doch schon längst auf der Bühne sein«, sagte Moni, den Tränen nah.

»Tut mir leid, Moni, dass ich euch vorhin nicht geglaubt habe. Ich regle das«, versprach Sigi und verschwand nach unten.

Wenige Minuten später gab Martin Adam bekannt, dass die Reihenfolge sich verschoben hatte und die Monaco Birds nun als letzte Band des Abends auftreten würden.

Wie Sigi das geschafft hatte, wollte Rita gar nicht wissen. Jedenfalls würde die Monaco Birds jetzt niemand mehr aufhalten können.

Kapitel 31
Peggy Sue

München, 23. Juli 1966

Nach der ganzen Aufregung um die Kleider mussten sie erst einmal Moni beruhigen. Sie war so aufgelöst über die Unverschämtheit von Charly und dem Bassisten, dass Peggy Sue sich fast ein wenig Sorgen um sie machte. Schon vor ein paar Tagen war ihr aufgefallen, wie blass sie war.

»Komm, wir haben noch ein paar Minuten, bis wir uns umziehen müssen. Lass uns doch noch ein wenig an die frische Luft gehen«, sagte sie zu ihr.

Moni nickte und folgte ihr nach oben.

»Ist alles gut bei dir, Moni?«, fragte Peggy Sue gleich. Es war im Moment einfacher für sie, sich um andere zu sorgen, als sich mit den eigenen Problemen zu beschäftigen.

»Es geht schon wieder«, erklärte Moni, doch sie sah mit finsterer Miene zu Charly und seiner Freundin hinüber, die etwas abseits standen und heftig stritten.

»Geschieht ihm ganz recht, dass seine Freundin mal mitbekommen hat, was für ein falscher Hund er ist«, zischte sie.

In diesem Moment drehte Julia sich von Charly weg und ging mit energischen Schritten davon. Er zuckte nur mit den Schultern und beeilte sich dann, wieder in die Bar zu gehen, um seinen eigenen Auftritt nicht zu verpassen. Dabei ignorierte er Moni und Peggy Sue völlig.

»Schade, dass er so ein Idiot ist. Er ist nämlich ein ziemlich guter Musiker«, sagte Peggy Sue und seufzte.

Plötzlich griff Moni nach ihrer Hand und hielt sich an ihr fest. Sie schwankte. Peggy Sue legte sofort einen Arm um sie und packte sie, damit sie nicht umkippte. Doch Moni hatte sich schnell wieder gefangen und löste sich von ihr.

»Danke, Peggy Sue.«

»Moni? Irgendwas ist los mit dir. Magst du es mir vielleicht erzählen?«

Doch ihre Freundin winkte ab. »Ich habe mich vorhin einfach nur zu sehr aufgeregt. Und wieder mal zu wenig gegessen.«

»Das ist sicherlich richtig, trotzdem ist da doch noch was anderes. Und es hat ganz bestimmt mit Charly zu tun, nicht wahr?«

Plötzlich liefen Tränen über Monis Wagen.

»Ist es so schlimm?«, fragte Peggy Sue leise.

Moni nickte.

Unversehens kam Peggy Sue ein Verdacht. »Ist es vielleicht ...?« Sie sprach nicht weiter, legte stattdessen eine Hand an ihren eigenen Bauch und sah Moni fragend an.

Moni erschrak. Offenbar hatte sie ins Schwarze getroffen. »Du darfst es niemandem sagen, Peggy Sue. Hörst du? Keinem!«, drängte sie leise.

Peggy Sue sah die Not in ihren Augen. »Kein Mensch wird es von mir erfahren, wenn du das nicht möchtest«, versprach sie. »Bitte mach dir keine Sorgen, Moni.«

»Danke!«, flüsterte Moni atemlos.

»Willst du den Auftritt lieber absagen? Ich könnte das verstehen.«

»Nie im Leben! Ich will unbedingt gewinnen!«

Peggy Sue lächelte. »Gut. Dann gehen wir jetzt runter und du holst dir an der Theke ein Stück Brot und einen Saft. Und das wirst du essen und trinken, bevor wir auftreten.«

»Aber ...«

»Kein Aber. Wenn du auf der Bühne umkippst, dann gewinnen wir keinen Blumentopf.« Sie hatte automatisch eine der Redewendungen ihres Mannes verwendet und versuchte, ihn sofort wieder aus ihren Gedanken zu verscheuchen. »Und jetzt komm, Moni. Wir lassen uns von niemandem aufhalten!«

»Trotzdem traue ich es Charly zu, dass er uns vor dem Auftritt auch noch den Strom abdreht, damit wir nicht spielen können«, murrte Moni, jedoch nicht mehr ganz so ernst.

Peggy Sue lachte. »Das wird ihm sicher nicht gelingen.«

»Peggy Sue!«, rief da jemand.

Sie drehte sich um. Tom kam mit raschen Schritten auf sie zu.

»Tom! Ist mit Harry etwas passiert?«, fragte sie erschrocken.

»Nein. Nein. Keine Sorge.« Er lächelte beruhigend. »Ich habe gehört, dass du heute hier bei diesem Wettbewerb mit eurer Band auftrittst, und ich wollte euch sehen und ordentlich anfeuern!«, erklärte er. »Ich hoffe nur, ich bin nicht zu spät und habe euch noch nicht verpasst.«

»Eigentlich wären wir schon dran gewesen, aber es hat sich etwas verschoben.«

»Dann bin ich ja ein Glückspilz.«

»Allerdings!«

Peggy Sue wandte sich zu Moni. »Das ist Tom. Ein guter Freund. Du hast ihn schon mal gesehen.«

»Allerdings war der Anlass nicht sonderlich schön«, sagte er.

»Leider. Das hier ist Monika. Moni. Das Herz der Monaco Birds. Sie hat die drei Lieder geschrieben, mit denen wir heute auftreten, und sie spielt Bass.«

»Na dann bin ich ja mal schon sehr gespannt auf euch«, sagte Tom.

»Danke. Wir sollten jetzt aber wirklich nach unten gehen.«

Peggy Sue nickte. »Schön, dass du da bist«, sagte sie leise, während er sie nach unten in die rauchgeschwängerte Bar begleitete.

Peggy Sue hatte für Moni gerade etwas zu trinken und ein Stück Brot organisiert, da kamen Charly's Beatboys als vorletzte Band unter großem Applaus auf die Bühne. Inzwischen hatten sie bereits eine ordentliche Fangemeinde, die sie unterstützte und mit lauten Zurufen anfeuerte. Die Musiker trugen alle Jeans, Turnschuhe und schwarze T-Shirts und schon beim ersten Lied bestätigte sich, dass sie sich von den anderen deutlich abhoben. Sigi konnte dem Publikum in *Angies Vogelbar* diesmal zeigen, was er auf der Gitarre draufhatte. Und Charly schien der vorangegangene Streit – zuerst mit Monika und dann mit seiner Freundin – nur noch umso mehr zu motivieren, die Bühne zu rocken.

»Die sind richtig toll heute«, murmelte Peggy Sue.

Doch den Frauen blieb jetzt keine Zeit mehr, weiter zuzuhören. Nachdem Moni ein paar Bissen gegessen und den Saft getrunken hatte, schoben sie sich rasch in den Lagerraum. Rita und Inge hatten sich bereits umgezogen und jede trug auch einen farblich zum Kleid passenden Lippenstift.

»Ihr müsst euch beeilen!«, drängte Rita.

»Schon gut, wir machen ganz schnell«, sagte Moni. Sie schien sich wieder gut zu fühlen und ihre Augen funkelten vor Aufregung.

»Übrigens, du hattest recht, Peggy Sue«, sagte Rita. »Das ist wirklich der Mann, der damals an der Isar war.«

»Dann habe ich mich also doch nicht getäuscht!«

»Hast du nicht.«

Peggy Sue bemerkte, dass Rita sie immer nur kurz ansah und einen längeren Blickkontakt vermied. Das war ihr in den letzten Tagen schon öfter aufgefallen. Dabei war sie jedoch stets freundlich und tat alles, damit Peggy Sue sich wohlfühlte. Sie konnte sich keinen Reim darauf machen, was mit Rita los war. Wenn der ganze Trubel um den Auftritt vorbei war, würde sie ihre Freundin einfach mal in Ruhe darauf ansprechen. Vielleicht hatte sie auch ein Problem, über das sie nicht reden wollte. So wie Moni.

»Hört mal, wie die Leute zu Charly's Beatboys abgehen«, riss Inge sie aus ihren Gedanken. »Die Jungs haben leider echt was drauf.«

»Aber wir sind besser!«, beteuerte Moni, während sie in ihr smaragdgrünes Kleid schlüpfte.

»Das sind wir!«, sagte Peggy Sue und zog ihre Stiefel an.

»O Gott. Hoffentlich mache ich nicht alles kaputt!«, murmelte Inge, die zauberhaft und gleichzeitig ein wenig verrucht in ihrem roten Kleid und den frech auftoupierten blonden Haaren aussah.

Peggy Sue nahm sie an den Schultern und sah ihr in die Augen.

»Du und ich, wir werden heute alles geben und jeden Einzelnen da draußen mit unseren Stimmen verzaubern!«, sagte sie eindringlich. »Keine von uns steht allein da oben. Und egal, was uns schon alles passiert ist und was wir überstehen mussten, wir schaffen das gemeinsam.«

Inge schluckte und nickte.

»Ja. Das tun wir!«

Draußen ging nun das letzte Lied von Charly's Beatboys zu Ende und die Leute applaudierten und johlten begeistert.

»Ihr seht toll aus, aber ihr braucht unbedingt noch Lippenstift!«, richtete Rita sich an Peggy Sue und Moni.

Ein paar Minuten später nahmen sie sich an den Händen und bildeten einen Kreis.

»Wir sind die Monaco Birds und wir werden es ihnen jetzt zeigen, was wir draufhaben«, sagte Moni in die Runde.

Sie nickten sich zu, dann gingen sie nach draußen.

Kapitel 32
Inge

München, 23. Juli 1966

Während sie durch das Publikum hindurch auf die Bühne zugingen, waren begeisterter Applaus und anerkennende Pfiffe zu hören.

»Wow – die sind ja heiß!«, rief einer.

»Jetzt kriegen wir noch unseren Höhepunkt des Abends!«, freute sich ein anderer.

Unterschiedliche Leute schrien ihre Namen und feuerten sie an: »Rita! Peggy Sue! Moni! Inge!«

Inge verspürte zwar große Angst, aber es war auch berauschend, als sie zur Bühne hinaufstieg und all die Menschen sah, die ihnen zujubelten. Zudem hatten Peggy Sues Worte sie bestärkt und ihr Mut gemacht. Sie war nicht allein. Nicht mehr. Sie hatte Freunde gefunden und als Teil dieser Gruppe verspürte sie eine große Wertschätzung und Zusammenhalt. Sie wollte jetzt auch nicht mehr an ihre Angst denken, sondern daran, wie großartig es sich anfühlte, diese Angst zu überwinden. Auch wenn Josefines Marillenschnaps und ein doppelter Cognac vorhin sicherlich ein wenig nachgeholfen hatten. Beim nächsten Auftritt würde sie es ohne schaffen! Das wusste sie ganz genau.

Du bist bei mir, Bernd, genau jetzt! Sie wurde ganz ruhig, als sie ihre Gitarre umhängte.

»Und hier nun die letzte Band des Abends, die um den heiß begehrten Plattenvertrag antritt: Die Monaco Birds!«, kündigte Martin Adam sie offiziell an.

Es war so weit.

Um ihrem Auftritt nebst der bunten Kleider etwas Besonderes mitzugeben, würden sie das erste Lied, das sie spielten – *Monaco Birds* – a capella beginnen und erst nach einem Drittel des Songs die Instrumente dazu spielen.

Die Frauen nickten sich zu und Rita begann mit den Fingern zu schnipsen. Dann schnipsten nach und nach Inge, Moni und zuletzt Peggy Sue, die gleichzeitig mit Inge und Moni mit dem Gesang einsetzte.

Die Leute schienen zunächst etwas irritiert, weil sie Instrumente erwartet hatten. Doch dann begannen die Ersten bereits mitzuschnipsen. Inge bemerkte Sigi im Publikum, der ihr mit einem Lächeln zuzwinkerte und ebenfalls schnipste. Fast wäre sie aus dem Takt gekommen, doch nur fast.

Mit dem Beginn der zweiten Strophe setzten nun auch die Instrumente ein. Als Monis Bass ertönte, vibrierte der Boden unter Inges Füßen. Kurz darauf glitten die Finger ihrer linken Hand über das Griffbrett der Gitarre und mit dem Plektrum in der anderen Hand schlug sie in die Saiten. Ritas Schlagzeugstöcke wirbelten nur so zwischen Becken und Trommeln hin und her. Peggy Sues Finger tanzten behände über die Tasten der Orgel. Es war wie ein Rausch. Schon bald nahm Inge die vielen Gesichter in der Bar kaum mehr wahr. Es war, als wären sie und die Musik eins und alles andere spielte überhaupt keine Rolle mehr.

Erst als der letzte Ton von *Monaco Birds* verklang, bemerkte Inge den tobenden Applaus. Ein paar waren sogar von ihren Tischen aufgesprungen. Andere sahen sie erwartungsvoll an.

Überwältigt nickten die Frauen sich breit lächelnd zu. Die erste Hürde hatten sie mit Bravour gemeistert.

Das zweite Lied – *Destiny* – war zwar ruhiger, dafür aber sehr emotional und kraftvoll. Inge fand, dass sie es zusammen mit Peggy Sue noch nie so gut gesungen hatte wie heute. Ihre Stimmen verschmolzen im Refrain geradezu miteinander. Auch diesmal ernteten sie so viel Applaus, dass Inge merkte, wie ihr vor Hitze das Blut in die Wangen schoss. Warum hatte sie je Angst vor diesem Gefühl gehabt?, musste sie sich unwillkürlich fragen und strahlte über ihr ganzes Gesicht.

Beim schwungvollen letzten Lied *She loves the World* begannen einige Leute zu tanzen. Es war nicht zu übersehen, wie der Titel die Gäste in der Bar mitriss.

Lilly is a smart girl
with a brilliant mind.
She's a smart girl with a brilliant mind.
She loves the world
and she is dreaming
of the perfect kiss.
She loves the world
waiting with longing
for the true love – endless bliss.

She loves the world
She loves the world.
Oh yeah.
She loves the world
She loves the world ...

Als auch das dritte Lied zu Ende war, verbeugten sie sich wie in Trance und gingen, begleitet von frenetischem Applaus, der kaum enden wollte, von der Bühne. Sie fielen einander in die Arme.

»Wir haben es geschafft!«, rief Moni und über ihre Wangen kullerten Tränen der Freude.

Sie hatten alles gegeben, das Publikum begeistert, aber über den Ausgang des heutigen Abends würde die Jury entscheiden.

Sie blieben, wie auch alle anderen Interpreten, in der Bar, während die Jury zur Beratung die Köpfe zusammensteckte. Das Warten zerrte an Inges Nerven. Ungeduldig nagte sie an ihrem Daumennagel, während Peggy Sue eine ihrer Locken um ihren Finger drehte. Immer wieder kamen Leute und beglückwünschten sie zu ihrem Auftritt, doch Inge brachte nie mehr als ein leises »Danke« über die Lippen.

Plötzlich griff jemand nach ihrer Hand. Sie drehte sich um.

»Komm mit, Inge!«, sagte Sigi mit einem geheimnisvollen Lächeln. Er zog sie durch die Leute hindurch in den Lagerraum, in dem glücklicherweise niemand war.

»Was ist denn, Sigi?«, fragte sie atemlos.

»Ihr wart heute unglaublich!«, sprudelte es aus ihm hervor.

»Ihr doch auch!«, beteuerte sie.

»*Du* warst heute unglaublich!«, sagte er, ein wenig leiser.

»Danke ... Und danke, dass du mir auf diesem Weg hierher als mein Lehrer beigestanden hast, Sigi. Ohne dich hätte ich das nicht geschafft.«

»Das freut mich, dass du das sagst, Inge. Aber ich will nicht nur dein Lehrer sein«, gab er plötzlich nah an ihrem Ohr zu.

»Sigi ...«

Ihre Beine wurden plötzlich ganz weich und ihr Herz schlug so schnell, dass sie fast Angst hatte, es würde sich überschlagen.

»Ich weiß, was du hinter dir hast, Inge. Und wenn es dir zu schnell geht, dann sag es mir bitte. Es ist nur ... Ich würde dich so gerne küssen.«

»Dann küss mich doch«, flüsterte sie und schlang ihre Arme um seinen Hals.

Bevor seine Lippen die ihren berührten, dachte sie für einen Augenblick an Bernd. Doch sie wusste, dass sie seinen Segen hatte. Er würde wollen, dass sie glücklich war.

Und dann küssten sie sich. Sanft und behutsam legte sich Sigis Mund auf ihren und Inge spürte augenblicklich ein Kribbeln in ihrer Magengrube. Nein, es war nicht ihr erster Kuss, doch er fühlte sich für sie an wie der wunderbare Beginn von etwas Neuem.

Plötzlich wurde die Tür geöffnet und sie schraken auseinander.

»Jetzt kommt schon, in ein paar Minuten wird das Ergebnis verkündet!«, rief Moni und schien nicht sonderlich überrascht zu sein, dass sie ihren Bruder und Inge beim Küssen ertappt hatte.

»Moni?«, rief Sigi ihr hinterher.

Sie drehte sich noch mal zu ihnen um. »Ja?«

»Egal, wer heute gewinnt. Zwischen uns ist alles gut, oder?«, fragte er.

Moni lächelte und nickte. »Ja. Das ist es.«

Als sie sich zu den anderen durchschlängelten, bemerkten sie, wie Angie an der Theke mit einem Mann stritt. Er trug einen Hut und eine dunkle Sonnenbrille, was in einer Kellerbar seltsam anmutete, wenn nicht gerade Faschingszeit war, wie Inge fand.

»Kennst du den Mann, der mit deiner Mutter diskutiert, Rita?«, fragte Inge.

»Kennen nicht, aber ich habe ihn schon öfter hier in der Gegend gesehen. Und vor Kurzem hat er mir und Peggy Sue an der Isar geholfen, als uns ein paar Betrunkene belästigt haben.«

»Aber wieso streitet er mit deiner Mutter?«, fragte Peggy Sue.

»Das werde ich jetzt rausfinden!«, sagte Rita und drängte sich zur Theke durch. Inge und Peggy Sue folgten ihr.

»Dann warst du es also, der ständig bei uns angerufen hat?«, fuhr Angie den Mann an.

»Ja. Aber bitte lass es mich doch erklären, Angie!«

»Ich will aber nichts hören!«

»Soll ich ihn rauswerfen, Chefin?«, fragte Erich.

»Ja!«

Als Erich den Mann am Arm packte und er sich losmachen wollte, rutschte ihm die Sonnenbrille von der Nase. Inge bemerkte strahlend hellblaue Augen, die ihr bekannt vorkamen.

»Moment. Das muss doch nicht sein. Ich gehe ja schon!«, beteuerte der Mann. »Trotzdem müssen wir unbedingt bald reden. Auch über Rita.«

»Was ist mit mir?«, fragte Rita verwirrt. »Der Mann hat uns vor Kurzem geholfen. Du kennst ihn, Mami?«

Angie atmete einmal tief ein und aus. Dann zündete sie sich mit zitternden Fingern eine Zigarette an. »Allerdings, mein Schatz. Das ist Gerald. Er ist dein Vater, Rita.«

Rita sah völlig überfordert zwischen dem Mann und ihrer Mutter hin und her. »Mein Vater?«

In diesem Moment ergriff Martin Adam das Mikrophon. »So, meine Lieben, wir sind nun so weit. Es war keine einfache Entscheidung. Denn es gab ein Kopf-an-Kopf-Rennen von drei Teilnehmern, die uns ganz besonders gut gefallen haben. Das waren Charly's Beatboys, die Falk Brüder und die Monaco Birds!«

In der Bar wurde wild geklatscht und gepfiffen. Rufe für die jeweiligen Favoriten wurden laut. Die beiden Reporter stellten sich schon mit ihren Kameras bereit, um gleich die Sieger zu fotografieren. Sigi klopfte Alois voller Freude auf die Schulter, dann wandte er den Blick zu Inge und nickte ihr zu.

Inges Herz raste vor Aufregung fast noch schneller als vorhin bei ihrem Kuss. Der Sieg war zum Greifen nah. Wieder spürte sie eine Hand, die nach ihr griff. Diesmal war es Moni. Gleichzeitig sah sie zu Rita, die offenbar nicht wusste, wem sie ihre Aufmerksamkeit schenken sollte.

Martin Adam räusperte sich.

»Also … am Ende hat uns dann eine Band doch ein klein wenig mehr überzeugt. Die Jury war sich einig, wer sich über einen Plattenvertrag freuen darf.« Er machte eine kurze Pause und die Spannung war kaum mehr auszuhalten.

Mit einem breiten Grinsen im Gesicht rief er schließlich: »Die Gewinner des heutigen Abends sind – die Monaco Birds!«

Und dann brach lauter Jubel aus.